불교가사의 연행과 전승

김종진 지음

이회문화사

머리말

불교가사에 맹귀우목(盲龜遇木)이라는 표현이 있다. 『열반경』에서 유래한 말로, 사람이 이 세상에 태어난 것은 눈 먼 거북이 나무를 만나는 것과 같다는 말이다. 바다 깊은 곳에 한 마리 거북이 살고 있어 백년만에 한 번씩 바다 위로 떠오르고 그 물 위에는 구멍 뚫린 나무가 물결을 따라 떠다니는데, 거북이 바다 위로 떠오르는 순간 마침 그곳을 떠다니는 나무의 구멍에 고개를 밀고 올라타야만 육지에 다다르는 매우 어려운 상태를 말한다. 이렇게 보면 이 세상에 나를 둘러싸고 있는 하나 하나의 인연이 소중하지 않음이 없을 것이다. 필자가 불교가사를 매개로 하여 학문 세계와 소통을 하게 된 것 역시 소중한 인연이라 하지 않을 수 없다.

필자가 처음 불교가사에 관심을 가지면서 느낀 어려움은, 가사 내용을 이해한다고 해도 작품에 대한 입체적인 조망에는 한계가 있다는 점이었다. 이를 극복하기 위해서는 여기 저기에 소장되어 있는 원전텍스트를 확인하는 작업이 필요했다. 이 과정에서 불교가사는 과연 어떠한 상황에서 연행되었는가에 대한 의문을 가지게 되었는데, 석사학위논문을 불교가사의 연행연구로 시작했던 것은 이러한 맥락에서였다.

이후 불교가사의 범주 설정에서부터 근본적인 인식의 변화가 필요함을 느끼고, 각각의 이본을 모두 검토하여 각각의 작품 군이 유통되는 양상을 정리하고자 하였다. 그리고 지금까지 관념의 문학으로서만 인식되던 불교가사가 사실은 조선후기의 문화사적인 맥락이나 사회사적인 맥락에서 생동하는 의미를 지니고 있다는 점도 밝히고자 하였다. 본고의 제1장인 유통연구는 박사학위 논문으로서, 그 동안 스스로 지녔던 의문점들을 풀어보려는 필자의 보고서인 셈이다.

이와 함께 이 책에는 불교가사의 연행과 전승에 있어서 제기되는 물음에 대한 작은 보고서를 함께 묶었다. 전승문헌의 시대적 추이를 살핀 글(제2장)과 무가와의 관련성을 살핀 글(제3장), 그리고 연행의 현장성이 주제표출방식에 미치는 영향을 고찰한 글(제4장) 등이다. 이로써 불교가사의 연행과 전승 그리고 작시원리에 대한 일관된 흐름을 전개하고자 하였다. 다만 이 책의 표제에 있는 연행의 문제는 제1장 유통연구에서 유통의 주체와 맥락을 정리하면서 포괄적으로 논의하였기에 독립적인 항목으로 독립시키지는 않았다.

이 책이 나오기까지는 실로 많은 분들의 도움이 있었다. 필자를 학문의 길로 인도하시고 불교가사의 지평을 열어 보이신 임기중 선생님의 가르침이 없었더라면 이 책은 나오지 못했을 것이다. 옥순문생(玉筍門生)의 재목이 되지 못함을 못내 송구스럽게 생각하며 더욱 정진할 것을 다짐해 본다. 그리고 마음속에 언제나 큰 나무로 서 계시는 이종찬, 김태준, 홍기삼 선생님과 논문심사를 맡아주신 김학성 김홍규 선생님께 감사 드린다. 여러모로 도움을 주신 선배님과 동학들, 그리고 오래 전의 인연을 책으로 만들어 주신 박영희 사장님과 편집 진에게 감사의 마음을 드린다. 아울러 평생을 자식을 위해 헌신하시는 어머니와 가족들에게 이 책이 조그만 위로가 되었으면 한다.

2002. 6. 1

김 종 진

목 차

불교가사의 유통 연구 / 11

불교가사의 구연과 주제구현방식의 관련양상 / 309

불교가사의 유통 연구

Ⅰ. 머리말

1. 연구의 목적

이 연구의 목적은 불교가사가 수록된 문헌자료를 주된 대상으로 하여 불교가사가 유통되는 기반을 살피고, 개별작품이 유통되는 실제적인 양상을 밝히고자 하는 것이다. 유통의 기반에 대한 논의에는 창작과 전승의 주체는 누구이며, 불교가사가 어떤 맥락에서 유통되었는가, 그리고 불교가사를 수용하는 수용자의 인식은 어떠한가하는 문제를 포함한다. 실제적인 유통의 양상에는 개별작품이 창작되고 전승되는 과정과 함께, 하나의 작품 군을 이루는 여러 이본이 각각의 문헌에서 어떤 양상으로 존재하고 있는지에 대한 탐색이 포함된다. 그리고 이상의 논의에서 얻은 결과를 토대로 불교가사 유통의 역사적 전개과정을 살핀다. 이를 통해 불교가사의 창작과 전승 및 수용을 아우르는 유통의 흐름을 명확히 밝히며 각각의 이본에 실현된 불교가사의 담론의 특징에 대한 이해의 심도를 높이는 계기가 마련한다.

많은 수의 불교가사는 이본에 따라 서술 분량과 표현방식 등에서 다양한 변화를 보이고 있디. 이는 각각의 이본이 유통되는 시대와 공간이 다르기 때문에 나타나는 결과이다. 따라서 원본으로 알려진 최초의 작품이나, '原型'으로 비정된 텍스트만을 대상으로 한 불교가사의 유통에 대한 이해에는 일정한 한계가 있을 수밖에 없다. 특히 불교가사의 경우에는 작자가 뚜렷하지 않은 가사가 널리 유통되었으며, 이 경우에 '원본'이라 부를 만큼 정제된 형식으로 기록된 작품을 찾기가 어렵다는 점에서 더욱 그러하다. 같은 작품 군에 속하는 이본이라 하더라도 수록되어 있는 문헌의 성격에 따라 각각의 이본이 지니는 사회적 문화적 실천언어로서 그 의미와 기능은 달라지게 되는데, 이를 고찰하면 불교가사의 전승과 수용에 내재된 세계관과 심미적 변모까지도 살필 수 있을 것이다.

본고에서 제기하는 '유통'의 개념은 한 편의 가사가 생산되어 유포되는 과정, 전승자에 의해 대중들에게 유포되는 과정, 그리고 이것이 청자와 독자에 의해 수용되고, 다시 환원되어 발신자의 창작이나 전승자의 작품 선택에 영향을 주는 담론의 전과정을 포괄한다. 이 과정에 참여하는 유통의 주체는 생산자 전승자 수용자로 나누어진다.

불교가사의 생산자로는 먼저 佛家의 의식을 주관하며, 佛法을 전파하는 승려집단을 들 수 있다. 이들은 크게는 그 시대의 불교계의 신앙적 필요에 따라, 작게는 특정한 齋儀式이나 그 밖의 필요에 따라, 새로운 가사를 짓기도 하고, 기존의 가사를 판각하여 유통시키기도 하였다. 이들은 또한 일반 대중에게 직접 혹은 간접적으로 가사를 전파한다는 의미에서, 전승자의 역할을 하기도 한다.

전승의 주체에는 판각과 문헌 전승에 주도적인 역할을 하는 사찰과, 민중의 삶 속에 좀더 직접적으로 다가가 구연을 통해 전파하는 一群의 무리- 佛家에서 齋를 주관하면서 불교가사를 구연하는 승려 및 탁발승, 걸립패 -가 있다. 이들은 정도의 차이는 있으나, 불교문화의 구심력 안에서 불교가사를 구연하는 공통점을 지니고 있다. 탁발승과 걸립패의 경우, 공식적인 불교계와의 관련이 희미한 경우도 있기는 하지만, 구연자가 사찰과의 관련성을 표방하고 있고, 또 이들을 받아들이는 수용자가 그들을 불교문화의 한 축으로 이해하고 있었다는 점에서, 이들을 함께 불교가사의 전승자 집단으로 해석할 수 있다.

창작의 주체, 전승의 주체와 함께 불교가사의 유통에 중요한 축을 담당하는 것은 수용의 주체이다. 讀經巫와 향두꾼은 불교가사를 대중에게 전파하는 전승자의 역할을 하기도 하지만, 이들은 이에 앞서 불교문화라는 구심력 밖에서 불교가사를 향유하는 수용의 주체라고 할 수 있다. 또 다른 수용의 주체는 일반 청중과 독자들이다. 이늘은 다양한 불교 의식에서 불교가사가 구연될 때, 청중으로 참여하여 가사의 내용에 수긍하는 탄성을 발하기도 하고, 구연에 따른 종교적인 감화를 신앙적인 행위로 표출하기도 한다. 또한 읽거나 들은 것을 필사로 남겨 어떤 의미에서는 또 다시 전승자의 역할을 하기도 한다. 사찰에서 판각 유통시킨 불교가사나, 다른 대본을 읽고 다시 필사하는 것은 불교에서 권장하는 필사공덕에 해당된다. 그런데 이들 수용의 주체는 단순히 불교가사만을 향유하지는 않았다. 이들은 내방가사, 한글 간찰, 국문소설 등 다양한 장르의 수용자이기도 하며, 불교가사의 수용은 그들의 문학체험의 일부에 지나지 않는다. 이상에서 제시한 창작·전승·수용의 각 주체들의 불교가사에 대한 인식은 언제나 같은 것은 아니며 또한 시대에 따라 다르게 표출된다. 불교가사의 유통을 기술함에 있어서 생산자와 전승자 그리고 수용자의 가사에 대한 인식과 유통의 맥락을 총체적으로 살펴야 하는 이유가 여기에 있다.

2. 연구사 검토

불교가사에 대한 선행 연구를 구전 유통과 문헌 유통의 두 방향에서 검토하기로 한다.

구전 유통에 관련된 연구로는 불교가사가 어떤 연행 환경에서 전승되어 왔으며, 가사를 전달하는 매개자의 역할을 누가 담당했는가, 그리고 가사의 전승이 어떤 맥락과 의도에서 이루어졌는가에 대한 논의를 들 수 있다.

손진태는 『朝鮮神歌遺篇』에 〈回生曲〉과 〈戒責歌〉를, ≪佛敎≫誌에 〈自責歌〉〈回心曲〉〈西往歌〉를 소개하면서, 巫覡이 전승의 주체로서 중요한 역할을 하고 있음을 밝혔다.[1]

이능화는 탁발승의 行脚時에 〈회심곡〉 등이 불려졌고, 걸립패의 募緣時에도 불교가사라 할 수 있는 '和請'이 불려졌다고 소개하고 있다.[2] 탁발승과 걸립패에 의한 불교가사의 유통에 대해서는 홍윤식과 한만영에 의해서도 실증적으로 조사된 바 있다.[3]

김봉영은 枕肱의 가사 세 편-〈歸山曲〉〈太平曲〉〈靑鶴洞歌〉-을 "寺院 內에서 僧侶들이 唱함직한" 것으로 소개하면서, 불교가사가 사원 내에서 전승되었을 가능성을 제기하였다.[4]

---

1) 손진태,『조선신가유편』, 향토연구사, 1930
    손진태, 조선불교의 국민문학, ≪불교≫ 86~91호, 불교사, 1931.8~1932.1
2) 이능화,『조선불교통사』(신문관, 1918), '分衛托鉢公證携帶'조와 '和請舞鼓新式廢止'조
3) 홍윤식, 화청에 대한 역사적 고찰(1,2), ≪법시≫ 38~39, 1970.11~12
    한만영, 화청과 고사염불,『증보판 한국불교음악연구』, 서울대출판부, 1988 (1977초판)
4) 김봉영, 미발표의 침굉가사에 대하여,『국어국문학』20, 국어국문학회,

  김동욱은 〈회심곡〉이 오늘날 각 집 문전에서 보시를 청하는 門僧 念佛의 가락에서 파생했을 것으로 보았다. 그리고 이들은 신라시대의 念佛僧 門僧 緣化輩 居士 歌舞僧의 전통을 이은 것으로 보았다.5)

  김성배도 불교가사의 발생과 형성에 門前 念佛僧의 역할이 주도적이었음을 밝혔다.6) 김성배는 또한 향두가에 대한 구비자료 조사를 통해 불교가사의 전승에 향두꾼의 역할이 컸다는 점을 밝혔다.7)

  이상의 논의를 통해, 巫覡이나 걸립패, 탁발승, 향두꾼 등이 불교가사의 전승에 중요한 매개자로서 역할을 하였음이 밝혀졌다. 그러나 정작 佛家에서 불교가사가 어떤 맥락에서 전승되고 있는지에 대한 구체적인 해명은 이루어지지 않았다. 이는 불교가사의 유통에 대한 역사적인 근거자료가 부족했기 때문인데, 그 공백을 메우기 위해서는 현장조사에 의한 연구를 기다려야 했다.

  『和請』에서는 불교가사가 구연되는 전승맥락에 대한 실제적인 자료를 소개하였다.8) 이에 따르면 불교가사가 구연되는 의식은 주로 지장보살과 관련된 齋儀式, 즉 十王各拜齋, 四十九齋 등이다. 그런데 증언자에 따라서는 常住勸供이나 靈山齋, 혹은 豫修齋를 비롯하여 모든 재에서 부를 수 있다고 하였고, 가사의 내용 또한 『釋門儀範』에 나타난 그대로를 부르는 것이 아니라 정상에 따라 임의로 부르는 것이라 하였다.

  1959
5) 김동욱, 신라행자염불 및 설화, 『한국가요의 연구(속)』, 이우출판사, 1980(1962초판)
6) 김성배, 『한국불교가요의 연구』, 아세아문화사, 1973
7) 김성배, 『향두가 · 성조가』, 정음사, 1975
    김성배, 한국향두가의 연구, 『성곡논총』 5집, 1975
8) 무형문화재 조사보고서 제65호, 『화청』, 1969

또 다른 조사보고서인 『법주사 탑돌놀이』9)에는 〈회심곡〉〈별회심곡〉 〈백발가〉〈몽환가〉〈권왕가〉가 수록되었고, 『法鼓十二次』의 '和請歌詞' 항목에는 새롭게 구술된 가사가 채록되었다.10) 이러한 자료집은 비록 현재의 유통의 상황에 대한 조사보고서이기는 하나, 시대를 거슬러 불교가사가 전승되는 과정을 유추할 수 있는 자료로서의 의의를 지니고 있다.

이외에 불교가사의 담당층을 한문학 담당층과 대비시켜 논의를 전개한 연구11), 불교가사와 재의식과의 관련양상을 살핀 연구12), 불교가사와 무가의 상호텍스트성에 관한 고찰13), 그리고 불교가사의 禪院에서의 유통을 밝혀낸 연구14) 등이 뒤를 이었다.

구전 유통과 관련된 또 다른 논의는 작품 속에 내재된 구술성을 해명하는 일이었다.

임기중은 불교가사에 나타난 다양한 글말의 쓰임새를 분석하였다.15) 그는 불교가사의 틀을 머리글 몸글 맺음글의 세 부분으로 나누고, 머리

---

9) 무형문화재 조사보고서 제103호, 『법주사 탑돌놀이』, 1972

10) 무형문화재 조사보고서 제37호, 『법고십이차』, 1967. 채록된 자료는 임기중에 의해 〈별별회심곡〉〈초발심수행가〉〈원효대사수도가〉〈십계행가〉로 소개되었다.(『불교가사』, 동국대학교부설 역경원, 1993)

11) 이진오, 조선후기 불가한문학의 유불교섭양상, 한국정신문화연구원 한국학대학원 박사학위논문, 1989

12) 김종진, 불교가사의 연행연구, 동국대 대학원 석사학위논문, 1991

13) 김종진, 불교가사와 무가의 상호텍스트성 연구, 『국어국문학논문집』 17집, 동국대 국어국문학회, 1996

14) 김종진, 학명의 가사 〈선원곡〉에 대하여, 『동악어문논집』 33집, 동악어문학회, 1998

15) 임기중, 불교가사에 나타난 우리 글말의 쓰임새, 『한글』 214호, 한글학회, 1991

글과 맺음글의 얼개에는 몇 가지 고정적인 틀이 있으며, 양자간에는 서로 유기적 관련성이 있음을 밝혔다. 그리고 몸글의 두드러진 쓰임새는 입말에 얹은 글말, 글말에 얹은 입말, 차례로 이어지는 말, 가까이 겹침 말, 멀리 겹친 말 등 11가지의 두드러진 쓰임새가 있음을 밝혔는데, 이들 대부분은 불교가사의 구술적 속성을 반영하는 독특한 표현기법으로 해석된다.

이상의 연구는 불교가사의 구전 유통에 관한 여러 측면을 다룬 성과로 인정된다. 그러나 유통에 관한 일관되고 총체적인 이해를 위해서는 다음의 몇 가지가 보완되어야 하리라고 본다.

첫째, 창작과 전승의 주체인 승려집단에 대한 종합적인 논의가 필요하다는 점이다. 그리고 유포와 전승의 중요한 축으로서 사찰의 역할도 인정되는데, 이에 대한 논의는 그 동안 거의 이루어지지 않았다.

둘째, 불교가사가 향유되고 수용되는 맥락에 대한 논의가 요구된다. 그 동안의 연구에서는 특정한 불교가사가 어떤 방식으로 전승되고 있는지, 청중과 독자의 성향은 어떠한지, 그리고 어느 시대에 어떤 불교가사가 유통되었는지에 대한 언급이 이루어지지 않았다. 이는 불교가사가 어느 시기부터, 그리고 어떤 조건 아래에서 구연되어 왔는가에 대한 방증자료가 빈곤하고, 조선후기의 불교문화사 연구가 구체적인 유통의 양상을 살피는데 도움을 줄 정도로 충분히 기술되지 않았다는 점 때문에 초래된 결과로 보인다. 이러한 한계를 인정하면서, 불교학계의 현장조사 결과와 문헌자료를 적극적으로 해석하면 전승과 수용의 양상과 변모를 밝힐 가능성이 열릴 것이다.

셋째, 불교가사가 齋의식에서 연행되었다고 밝힌 이후, 의식과 가사의 관계에 대한 심도 있는 언급이 이루어지지 않았다. 의례라 함은 常用儀禮와 非常用儀禮로 나뉘어지는데, 齋의식은 非常用儀禮의 하나일 뿐이다. 최근의 불교학계의 연구동향은 재의식이 아닌 의식에서도 불교가사가 구연되고 있음을 밝힌 바 있다. 불교의례를 연구하는 불교학계의 실증적인 연구결과에 기대어 좀더 폭넓은 논의가 가능하리라고 본다.

넷째, 기존의 연구에서 불교가사에 쓰인 입말의 다양한 쓰임새와 입말과 글말의 관련 양상이 밝혀졌음을 살펴보았다. 이를 바탕으로 각각의 이본에 드러나는 구술성과 문자성의 긴장관계에 대한 논의가 필요하리라 본다.

구전 유통에 대한 이상의 문제점을 해결하기 위해서는, 문헌으로 전승되는 다양한 이본에 대한 검토와 함께 문헌 자체에 대한 세밀한 독법이 필요하다고 생각된다. 구전 유통과 문헌 유통의 상호보완적인 접근이 필요한 것이다.

그 동안 문헌 유통에 대한 연구는 개별 작품을 중심으로 부분적으로 이루어져 왔다. 기존에 이루어진 불교가사의 연구사 검토[16]에서 거듭 지적되는 것처럼, 개별 작품에 대한 논의는 〈서왕가〉와 〈승원가〉에 집중되었다. 〈서왕가〉의 경우 이병기가 가사의 시초가 될 수 있음을 암시[17]한 이후, 가사의 발생문제와 결부되어 논란이 거듭되었다. 〈승원가〉는 김종우가 자료를 소개한 이후 이두로 표기되었다는 점 때문에 지속적인 관심을 받아왔다. 그리고 〈서왕가〉와 〈승원가〉는 문학사적인 관점에서나 장르사적인 관점에서 주목을 받아왔고, 두 작품과 나옹화상에

---

16) 장정수, 종교가사 연구사, 『한국가사문학연구』, 태학사, 1995
　　　임기중, 불교시가연구-한글시대의 불교시가, 『한국문학연구』 22집, 동국대학교 한국문학연구소, 2000
17) 이병기, 『국문학개론』, 일지사, 1961, 132쪽

얽힌 제반 사실을 규명하는 것은 나름대로 중요한 의의를 지니는 것으로 평가되었다. 구체적으로 표기나 작자문제 그리고 시대 비정에 얽힌 논란이 거듭되었으며, 이에 따른 모든 논의가 고려말 작품설에 대한 긍정론과 부정론으로 귀결되었다.[18]

다음으로는 한 작품군의 이본에 드러나는 변이 양상을 고찰한 연구가 있다. 주요 대상이 되는 작품은 〈서왕가〉〈수도가〉〈승원가〉〈회심곡〉 등이었다.

먼저 〈서왕가〉에 대해서는 최강현, 구수영, 강선섭, 정재호의 연구가 주목된다. 최강현은 〈서왕가〉가 수록된 『보권염불문』의 여러 판본을 검

---

18) 〈서왕가〉나 〈승원가〉의 고려말 창작 가능성에 대한 긍정론을 전개한 이는 최강현, 김종우, 김기탁, 정대구, 인권환, 유효석 등이고, 부정적인 입장을 제기한 이는 김기동, 강전섭, 이병주, 정재호 등이다.

최강현, 가사의 발생사적 연구, 『새국어교육』 18~20집, 1974

김종우, 나옹화상승원가(필사본), 『국어국문학』 10집, 부산대, 1971

김종우, 나옹과 그의 가사에 대한 연구, 『부산대학교 논문집』 17집, 부산대, 1974

김기탁, 나옹화상의 작품과 가사발생 연원고찰, 『영남어문학』 3집, 영남어문학회, 1976

정대구, 승원가의 작자연구, 『숭실어문』 1집, 숭전대, 1984

인권환, 나옹왕사 혜근의 사상과 문학, 『한국불교문화사상사』, 가산불교문화진흥원, 1992

유효석, 여말 초기가사의 장르현상-〈승원가〉를 중심으로, 『국어국문학논총』, 강신항박사 정년기념논총, 태학사, 1995

김기동, 『국문학개론』, 정연사, 1964

강전섭, 나옹화상작 가사 4편에 대하여, 『한국언어문학』 23집, 한국언어문학회, 1984

이병주, 가사와 불교, 『인생탈춤』, 한진출판사, 1978

정재호, 나옹작 가사의 진위고-서왕가, 수도가, 승원가를 중심으로, 『사대논총』 11집, 고려대 사대, 1986

토하여, 각 판본의 선후관계와 영향관계를 상세하게 밝혀 놓았다.19) 최
강현과 구수영은 여러 이본을 대교하여, 문체 및 표기법의 차이를 규명
하였다.20) 강전섭은 〈서왕가〉〈수도가〉〈승원가〉의 원형을 재구성하면
서, 이들 작품이 나옹과 직접 관련이 없는 불교중흥기의 시대적 산물이
라는 견해를 제시하였다.21) 정재호는 세 작품이 필요한 시기는 나옹화
상 당시가 아니라, 이들 가사가 문자로 정착하게 되는 18세기의 조선조
라는 견해를 제시하였다.22)

　〈회심가〉와 〈회심곡〉에 관한 연구는, 가장 많은 이본으로 전하는 불
교가사에 걸맞게, 문헌유통의 측면에서도 거듭되었다. 이대복은 〈회심
곡〉의 강창문학적인 특징을 밝혔다.23) 이옥영, 김주곤, 지병규는 현전
하는 네 편의 이본을 상호 대비하여 〈회심곡〉의 계통을 정리하고, 각각
의 유통의 의의를 밝혔다.24) 이상의 논의를 통해, 〈회심곡〉과 다른 세
편의 이본은 문체와 어조와 내용 및 사상과 전개방식 등에서 상호 이
질적인 성격을 가지고 있다는 점이 밝혀졌다. 그리고 〈회심곡〉은 서산
대사의 작품이라 확신할 수 없으나 상대적으로 가능성이 많으며 수용자

---

19) 최강현, 서왕가연구-주로 그 수록문헌과 연대를 중심하여, 『인문논집』 17
　　　　집, 고려대 문과대학, 1972
20) 최강현, 가사의 발생사적 연구, 『새국어교육』 18~20집, 1974
　　구수영, 나옹화상과 〈서왕가〉 연구, 『국어국문학』 62・63호, 국어국문학
　　　　회, 1973
21) 강전섭, 위의 논문
22) 정재호, 나옹작 가사의 진위고, 『사대논집』 11, 고려대, 1986
23) 이대복, 강창문학으로서 본 〈회심곡〉, 『서울사대학보』 제7권 1호, 1965
24) 이옥영, 회심곡연구, 이화여대 대학원 한국학과 석사학위논문, 1988
　　김주곤, 회심곡연구, 『논문집』 4집, 대구한의대, 1987
　　지병규, 회심곡의 연구, 『어문연구』 21집, 어문연구회, 1991

에 의해 그 권위를 인정받았다는 점과 함께, 〈별회심곡〉〈특별회심곡〉
〈속회심곡〉 등은 〈회심곡〉의 이본으로서 구비전승으로 인한 여러 변이
양상을 드러내고 있다는 점이 공통된 결론이었다.25)

불교가사가 문헌으로 유통되는 양상을 선명하게 드러내기 위해서는
다음의 몇 가지 사항이 보완되어야 할 것이다.

첫째, 문헌 유통 연구라 했을 때 생각할 수 있는 목판본 필사본 활
자본의 분포 양상에 대한 종합적인 고찰이 필요하다.

둘째, 현재 전하는 모든 이본을 계통적으로 분류하고 어떤 작품이
가장 많은 빈도와 범위로 유통되었는가 하는 실제적인 고찰이 요구된다.

셋째, 개별 작품의 이본유통에 대한 전체적인 조망이 필요하다. 예를
들면, 〈서왕가〉의 경우 최강현에 의해 서지적인 조사가 철저하게 이루
어졌고, 강전섭에 의해 이본간의 변이 양상이 드러났으며, 정재호에 의
해 작품을 수용하는 수용자의 의식이 밝혀졌다고 볼 수 있다. 이와 같
은 선학들의 논의를 토대로 하면서, 목판본과 필사본의 이본을 통합적
인 시각으로 해석하고, 각각의 이본이 가지는 담론의 의미와 그것의 역
사적 변이 양상에 대해서 살펴볼 단계에 이르렀다.

〈승원가〉의 경우, 나옹화상의 〈서왕가〉와 함께 가사의 발생사적인
맥락에서 주로 접근이 이루어졌다. 그런데 '자책가'라는 제목의 많은 이
본이 있고 〈승원가〉는 그 중의 하나일 뿐인데도, 〈승원가〉의 표기에만
집착하여 〈자책가〉 전반에 대한 논의가 이루어지지 않은 것은 불합리
하다. 〈승원가〉가 〈자책가〉의 이본에 불과하다는 사실과 이두 표기에
과도하게 집착하는 오류에 대해서는 이미 강전섭이 지적한 바 있다. 그

---

25) 김주곤은 각 이본의 대조표를 만들고, 각 구가 교체 전도 보충 축약 누락
   전이 등의 양상을 보인다고 하였다.(위의 논문, 280쪽)

러나 전체적으로 〈자책가〉의 유통양상을 드러내는 연구는 이루어지지
않았다.

〈회심곡〉의 각 이본들은 스토리 전개방식이 다르고, 내용과 주제 및
사상적 측면에서도 상당한 차이가 있는데도,[26] 이들을 묶어 '회심곡'이
나 '회심곡류'로 묶어 통합적으로 논의를 전개하고 있어, '회심곡류'의
유통의 실상이 제대로 밝혀지기 어려웠다. 지금까지 〈회심곡〉 유통의
실상이 대체적으로는 밝혀졌다 하더라도, 시대에 따라 담론의 양상이
어떤 변모를 보이는가에 대해서는 충분한 논의가 이루어졌다고 말하기
어렵다.

넷째, 구전 유통과 문헌 유통의 양 측면을 포괄하는 담론의 양상에
대한 연구가 필요하다는 점이다. 개별적인 불교가사의 유통을 문학사회
학적 배경에서 이해하고 시대의 변화 속에서 해석하려는 연구는 이루
어지지 않았다. 불교가사의 담론이 시대에 따라 어떤 모습으로 변모하
고 있고, 그 의미는 무엇인지에 대해 현재 전하는 문헌 자료를 통해 밝
혀내는 것이 현 단계의 과제라고 할 수 있다.

3. 연구의 대상과 방법

불교가사의 유통 양상을 살펴보기 위해, 본고에서 주목하는 것은 다
음의 몇 가지 사항이다. 첫째는 가사를 창작하여 유통시키는 주체의 성
격과 여기에 배경으로 작용하는 사회적인 맥락이다. 둘째는, 한 편의 가
사가 구전이나 문헌을 통해 수신자에게 전달되는 경로와, 그것의 언어
표현의 양상이다. 셋째는, 수용자가 불교가사를 향유하는 방식이다. 넷

---

26) 지병규, 앞의 글, 199쪽

째는 수용자의 반응에 따라 다시 발신자나 전승자가 특정한 작품을 창작하거나 특정한 불교가사를 선정하여 집중적으로 구연하는 과정이다.

이상의 논의는 부분적으로 각기 다른 방법론에 의지하게 된다. 먼저 개별작품의 존재양상에 대한 탐색을 위해 문헌학적인 방법을 동원한다. 개별 작품의 창작의 제반 양상을 살피기 위해서는 작가론적인 고찰을, 그리고 특정한 작품이 실제로 구연되는 양상을 살피기 위해서는 연행론적인 고찰을 필요로 한다. 수용자의 향유 양상을 살피기 위해서는 수용론적인 고찰이 필요하며, 그것이 유통되는 담론의 사회적 맥락과 그 변천 양상을 살피기 위해 문학사회학적인 방법론을 필요로 한다. 이상의 방법론은 모두 불교가사의 유통의 양상을 드러내기 위해 부분적으로 의지하게 될 것이다.

각 장에서 논의하는 내용을 제시하면 다음과 같다.

제2장에서는 불교가사가 유통되는 기반을 탐색한다. 유통의 주체는 창작자, 전승자, 수용자로 나누어지는데, 각 주체의 성격과 불교가사를 중심으로 관련을 맺는 양상을 살펴본다.

제3장에서는 구전 중심의 유통과 문헌 중심의 유통으로 나누어, 불교가사가 유통되는 양상을 전체적으로 조감한다. 특히 문헌 중심의 유통에서는, 현재 전하는 각각의 문헌들이 어떤 형태로든 유통 주체의 의식을 반영하고 있다는 것을 밝힌다.

제4장은 현전하는 모든 불교가사를 대상으로 하여 각각의 이본을 각 작품별로 분류하여 그 유통의 빈도를 파악한다.

제5장에서는 이를 바탕으로 개별 작품의 유통의 양상을 살펴본다. 이에 해당되는 작품은 〈서왕가〉, 〈회심가〉, 〈회심곡〉, 〈자책가〉, 〈백발가〉, 〈몽환가〉와 〈몽환별곡〉 등이다. 이들 작품의 이본에 따른 변이 양상을 드러내기 위해서는 주제적 특징에 대한 고찰이 요구되므로, 먼저

작품의 내용과 주제를 검토한다. 그리고 유통의 결과물인 각각의 이본
에 보이는 변이의 양상과, 그 변이에 개재된 전승자(필사자, 판각자, 구
전의 주인공들) 및 수용자의 의식과 내적 특질 등을 살핀다.

　그러나 개별 작품간에 다양한 특성으로 인하여, 작품별로 논의의 방
식이 달라지지 않을 수 없다. 즉, 〈서왕가〉와 〈회심가〉처럼 통시적인
논의가 가능한 작품은 시대의 순서에 따라 유통의 역사를 작성하는 것
을 원칙으로 한다. 〈회심곡〉, 〈자책가〉, 〈백발가〉, 〈몽환가〉, 〈몽환별곡〉
은 공시적인 양상을 중심으로 살펴본다.

　제6장에서는 유통의 사회사를 작성한다. 조선 후기 불교문화사의
공백에 따라 불교가사의 유통에 대한 실증적이고 직접적인 언급은 고
사하고 간접적인 증언도 드문 현실에서, 현재 전하는 문헌 자료는 불교
가사의 유통의 실상을 말해주는 가장 명확하고 신빙성 있는 자료라는
가치를 지니고 있다. 여기에서는 앞장에서 살펴본 결과를 바탕으로 작
품의 유통을 사회 문화적 기반에서 해석하고, 나아가 그 역사적 전개양
상까지 살펴본다.

Ⅱ. 유통의 주체와 맥락

가사의 창작과 관련이 있거나, 유포에 직접 간접으로 관련이 있는 이들, 그리고 청자와 독자 등, 수용의 전 과정에 참여한 이들은 모두 불교가사 유통의 주체가 된다. 이를 구체적으로 나열하면 다음과 같다.

① 새로운 가사를 지어 필사나 구연으로 유포시키는 개별 작가(禪僧)
② 판각을 염두에 두고 경전을 가사체에 담아 광범위한 유통을 꾀하는 작가(敎學僧)
③ 자기 사찰 소속의 승려의 가사나 대중적으로 널리 알려진 가사를 판각하여 광범위한 유통을 꾀하는 寺刹
④ 전래의 가사를 佛家의 일정한 의식에서 부르는 和請僧
⑤ 사찰의 운영과 수행의 한 방편으로써 시주행각을 하면서 〈회심곡〉 등을 부르는 托鉢僧
⑥ 사찰내의 佛事를 위해 단체적으로 시주행각을 벌이면서 〈회심곡〉 등을 부르는 걸립패
⑦ 망자의 영혼 천도를 위한 진오기굿에서 〈회심곡〉〈자책가〉 등을 외우는 무격, 巫經의 하나로 〈회심곡〉을 읊는 讀經巫
⑧ 민간의 장례식 때 운구하면서 〈회심곡〉 등을 부르는 향두꾼
⑨ 듣거나 읽은 가사를 필사하여 유통시키는 이
⑩ 불교가사의 연행현장에 청중으로 참여하거나 문헌을 통해 향유하는 이

이 가운데 ①과 ②는 창작의 주체, ③~⑥은 전승의 주체, ⑦~⑩은

수용의 주체로 상정할 수 있다.

1. 창작의 주체와 맥락

불교가사를 창작하여 유포시킨 승려작가는 크게 두 부류로 나누어
진다. 하나는 선승이요, 다른 하나는 교학승의 성격을 가지는 一群의
승려들이다.27)

1) 선승

새로운 가사를 지어 필사나 구연으로 유통시킨 선승으로는 枕肱, 鏡
虛, 滿空, 漢巖, 鶴鳴 등이 있다.

枕肱(1618~1684)은 〈歸山曲〉〈太平曲〉〈靑鶴洞歌〉를 지어 유통시
켰다. 이 가사들이 구체적으로 어떤 맥락에서 창작되고 대중에게 읽혔
는지에 대한 구체적인 기록은 남아 있지 않다. 그러나 〈귀산곡〉과 〈태
평곡〉에는 전달하고자 하는 이치가 불교계의 현실적인 맥락에서 분명
히 제시되어 있다. 〈귀산곡〉에는 아무런 쓸모도 없는 '營利'와 '財貨'만
엿보는 '錯錯子'28), 그리고 방자하게 지내며 염불과 참선을 등한시하고
'外事'만 따르는 승려에 대한 질책이 담겨 있다. 〈태평곡〉에는 크게 두
가지의 불교계의 현실적인 모순이 제시되어 있다. 하나는 배고픔을 참
지 못한 채, 망태를 둘러메고 배 밤 석이 송이 머루 다래를 훑으면서

---

27) 선승의 가사는 주로 수행을 권하거나 자신의 깨달음을 표출한 내용을 담
　　고 있으며, 교학승의 가사는 불경의 진리를 바탕으로 가사화하거나 불경
　　의 유포와 관련된 내용을 담고 있는 경우가 많다.

28) 잘못을 저지르는 이

죽반(粥飯)을 돕는 승려들의 존재이다. 이들은 또 저자거리를 돌아다니며 술을 마시고 온갖 '이욕'을 다 챙기는 犯法僧이기도 하다. 다른 하나는 수십 년 동안 잡된 지식을 주워 배워 禪門도 알고 敎門도 다 안다는 듯이 행세하는 '늘근 것'들의 존재와, 천박한 지식으로 다투고 있는 '山門의 학자'와 '그 아래'의 '발강학자'29)들의 존재이다. 침굉이 이러한 불교계의 모순을 극복하는 혁신의 방법으로 제기한 것은, 수도인 개개인이 출가의 본지를 깨달아 參禪과 念佛에 힘쓰는 것이다.

枕肱의 가사는 사찰 내의 수도인을 대상으로 한 가사다. 이를 통해 불교가사가 단순한 대중 포교의 맥락에서만 유통된 것은 아니며, 사찰 내의 수도인을 대상으로 한 수행문으로서도 유통되었음을 알 수 있다.

鏡虛(1846~1912)는 〈參禪曲〉과 〈법문곡〉과 〈可歌可吟〉을 지어 유통시켰다. 그는 法脈이 쇠잔해진 조선 말기에 禪院과 禪室을 개설하여, 새로운 禪修行의 풍토를 조성한 인물이다.30) 특히 그는 1899년부터 1903년까지 약 5년간 영남과 호남에서 본격적인 結社運動을 펼친 바 있다. 그는 1899년(54세)에 해인사의 祖室로 주석하면서 본격적인 결사를 시작하였고, 계속하여 1900년(55세)에는 화엄사에서, 1902~1903년(57, 58세)에는 범어사에서 결사운동을 전개하였다. 그가 결성한 결사의 목적과 운영방안은 문집에 있는 여러 편의 취지문에 잘 드러나 있다.31) 結社文은 결사의 취지를 밝히고, 여러 대중이 모여 선을 닦는 것

---

29) 미숙한 학자를 말함.

30) 김경집, 경허의 정혜결사와 그 사상적 의의, 『한국불교학』 21집, 한국불교학회, 1996, 382쪽

31) 陜川郡伽倻山海印寺修禪寺創建記(1899)
　　海印寺修禪寺芳啣引(1899)
　　結同修定慧同生兜率同成佛果稧社文(1899)
　　華嚴寺上院庵復設禪室定完規文(1900)

이기에 지켜야 할 몇 가지 규례를 제시한 글이다. 이러한 결사는 경우에 따라서 특정한 장소에서 특정한 수도인만 참여하는 것이 아니고, 승속과 남녀노소 및 현우귀천을 가리지 않고 동참한다.[32]

그가 〈참선곡〉을 지은 시기는, 禪風을 크게 떨치고, 문장에서도 인정받은 때[33]인 55세~58세 경으로 보인다. 또한 이 시기는 그가 여러 佛事에 활발하게 참여하여, '參證記文', '序文' 등을 지은 시기이다. 〈참선곡〉은 修禪結社에 참석한 여러 수도자, 즉 승속 남녀노소 현우귀천을 포함한 모든 참선 수도인에게 發心하여 정진하라는 법문을 가사화한 것이다. 이러한 사실은 〈참선곡〉의 결사부분에 있는 "이글을 자세보아 하루도 열두시며 밤으로도 조금자고 부지런히 工夫하소 이노래를 깊이 믿어 책상우에 펴여놓고 시시때때 警策하소"라는 구절을 통해서 확인할 수 있다. 경허의 가사 중에서 특히 〈참선곡〉의 유통은 結社運動의 공간이 되는 禪院과 밀접한 관련이 있다.

禪院을 통한 불교가사의 창작과 전승은 경허의 법제자인 滿空과 漢巖으로 이어진다. 滿空(1871~1946)은 1904년(34세)에 경허로부터 만공이라는 법호와 함께 傳法偈를 받았다. 이후에는 덕숭산에 머물면서 수덕사 정혜사 견성암을 重創하고 많은 사부대중을 거느리며 선풍을 드날렸다.[34] 『滿空語錄』[35]에 수록된 불교가사 〈參禪曲〉과 〈참선을 배워

梵魚寺鷄鳴庵修禪社芳啣淸規(1902)
東萊郡金井山梵魚寺鷄鳴庵創設禪社記(1903)
梵魚寺設禪社契誼序

32) 석명정 역주, 『경허집』, 극락선원, 1990, 84쪽

33) 최강현, 경허선사와 그의 가사에 대한 고찰, 『수도공대 논문집』 3집, 수도공대, 1971, 16쪽

34) 석지명, 만공선사, 『한국불교인물사상사』, 불교신문사편, 민족사, 1990, 445쪽

정진하는 법〉은, 그 창작의 시기와 유통의 맥락이 명확하게 언급된 바
는 없으나, 참선에 동참한 수도인에게 勸勉하는 맥락에서 유통시켰을
것으로 보인다.

漢巖(1876~1951)은 〈參禪曲〉을 지었는데, 이 가사는 禪院이라는 공
간에서 유통되었다는 기록이 남아있다. 1921년(45세)에 금강산 장안사
에서 주석 하던 그는, 그해 9월 금강산 건봉사로 자리를 옮겨 새로 禪
會를 설치하였다. 건봉사는 신라 때부터 萬日念佛會로 유명한 염불도량
인데, 漢巖은 李雲坡 和尙의 요청에 따라 坐禪院의 方丈의 소임을 맡게
되었다.36) 그리고 1921년 겨울 安居때 結社를 시작하였으며 1922년 정
월일에 解除하였다. 〈참선곡〉은 당시 결사모임에서 知殿을 맡았던 河淡
스님의 청으로 지은 것으로, 함께 수행했던 대중들에게 정진을 당부하
고자 지어서 나누어주고 외우도록 했던 가사다.37)

鶴鳴(1867~1929)은 1924년 정읍 내장사에 禪院을 결성하여 半農半
禪運動을 펼친 인물이다. 그는 혁신운동을 펼치면서 〈參禪曲〉〈禪園曲〉
〈新年歌〉〈望月歌〉〈涅槃歌〉〈解脫曲〉〈往生歌〉를 직접 짓고 수행인들
에게 부르도록 했다. 그의 가사에는 半農半禪運動이 지향하는 바가 구
체적으로 표출되어 있는데, 그는 가사의 구연을 선원 규칙의 하나로 넣
어 활용할 정도로 적극성을 보였다.

  1. 梵音은 時勢에 적합한 淸雅한 梵唄를 학습하며 또 讚佛 自讚 回心 還
     鄕曲을 新作하거나 唱하기로 함.

---

35) 선학원, 1968

36) 〈金剛山乾鳳寺萬日院新設禪會後禪衆芳啣錄序〉, ≪대중불교≫ 134호, 불기
    2538. 1

37) 김호성, 『방한암선사』, 민족사, 1995, 155쪽

인용한 '규칙'에는 수행을 하면서 時勢에 적합한 범패를 학습하면서, 동시에 여러 가지 노래를 불렀던 것을 말해준다. 인용한 〈규칙〉에 소개된 '讚佛'과 '回心'은 불교가사와 직접 관련된다. 讚佛은 찬불가를 뜻하며, 그가 새로 창작한 여러 편의 가사를 가리킨다. 그리고 '回心'은 기존에 널리 전승되던 〈회심가〉 혹은 〈회심곡〉을 지칭하는 것으로 생각된다. '自讚'은 ≪불교≫ 65호에 소개된 한시를 말하고, '還鄕曲'은 箕城大師의 〈念佛還鄕曲〉으로 생각된다.

학명의 가사는 크게 두 가지 경향을 지니고 있다. 하나는 〈선원곡〉처럼 운동이 지향하는 바를 직접 드러내는 것이다. 다른 하나는 거의 창가에 가까운 짧은 형식의 가사를 지어 자신의 생각의 핵심을 간결하게 드러내는 것이다.38) 학명의 가사는 그가 실천했던 불교운동의 지향을 효율적으로 전달하고 있으며, 새로운 시대에 불교계가 당면한 변화의 움직임을 능동적으로 표출하고 있다는 의의를 지닌다.

그리고 불교혁신운동에 불교가사를 활용하는 그의 방식은 당시의 불교계에 상당한 반향을 불러일으켰다. 그리하여 그는 碧蓮庵에서 십여 년간 보금자리를 치고 半農半禪主義로 때로는 禪園曲을 부르며 호미자루를 들고 김을 매기도 하고, 때로는 解脫曲을 부르며 把定도 하며, 때로는 明月曲을 부르며 看月도 하는 모습을 보여 주었다.39)

內藏禪院을 내장 승계에 세우고, 순진한 소년을 모아 禪理를 보이고 敎學을 가리키며 농업을 힘쓰게 하되 歌舞까지 있어 일하면서 글월을 읽으면서 선을 연구하면서 몸과 마음이 쾌활 쾌활케 되었으니 실로 斯界에

---

38) 학명의 가사 중 비교적 짧은 가사를 예로 들면, 〈新年歌〉(30구), 〈望月歌〉(16구), 〈解脫曲〉(16구), 〈往生歌〉(32구) 등을 들 수 있다.

39) 김소하, 〈南遊求道禮讚〉, ≪불교≫ 64호, 불교사, 1929.10, 49쪽

最新案 試業인 동시에 理想的 禪院이라 하겠다.[40]

이상에서 학명의 지향이 실천을 통한 선의 혁신이었으며, 그러한 이상을 가사 속에 적극 수용하고, 또 선원 내에서 유통시키고 있음을 알 수 있다. 그리고 혁신 운동과 가사의 구연이 서로 유기적인 관계를 지니고 있으며, 이러한 시도가 당시의 불교계에 하나의 이상적인 모습으로 인식되었음을 알 수 있다.

2) 교학승

智瑩과 南湖永奇 및 東化竺典은 앞에서 살펴본 선승과는 다른 맥락에서 불교가사를 창작하고 유통시킨 승려들이다. 이들은 선으로 이름이 높은 선승은 아니며, 당대에 불교경전의 주석과 판각에 자신의 역량을 쏟아 부은 인물이다.

智瑩은 1790년대에 불암사에서 많은 경전의 판각을 주관하였다. 그런데 그의 신분이나 불암사의 당시의 사찰의 성격에 대해서는 확실하게 밝혀진 것이 없다. 다만 그가 판각을 주도한 판본의 간기에 자신을 '信士'[41], '淸信士'[42], '印慧信士'[43], '聾虛信士 智瑩'[44] 및 '무심긱 무운신ᄉ 지형'[45]이라 적은 것을 보면, 그는 居士에 가까운 인물로 보인다.

---

40) 강유문, 내장선원일별, ≪불교≫ 46·47호, 불교사, 1928.5, 83쪽

41) '功德主 淸信士 智瑩 保體'『敬信錄諺釋』, 1796

42) '淸信士 智瑩 保體' '功德主 淸信士 智瑩'『佛說高王觀世音經』, 1795
    '功德主 淸信士 智瑩 保體'『敬信錄諺釋』, 1796

43) '甲寅(1794) 孟冬 法性山 無心客 印慧信士 智瑩 述'〈參禪曲〉

44) '功德主 聾虛信士智瑩 保體'『佛說十二摩訶般若波羅蜜多經』, 1797

45) '병진즁츄 법셩산 무심긱 무운신ᄉ 지형 관슈근지'『경신록언셕』, 1796

그럼에도 그는 1790년대에 모든 판각에 功德主로 참여하고, 경전을 가사로 풀이하면서, 〈參禪曲〉 등의 가사를 새로 짓기도 하는 등, 사찰의 운영과 포교에 중심으로 서 있다.46) 또한 불교경전 외에 道家의 경전까지도 한글로 풀이하여 판각한 것으로 보아, 그는 불교 도교에 해박한 지식을 가지고 있는 인물임을 알 수 있다. 그의 가사 〈奠說因果曲〉과 〈修善曲〉은 경전을 대본으로 하여 가사화한 것이다. 1700년대 한 세기 동안 거듭 판각된 『普勸念佛文』에서는 경전의 중심내용을 한자와 함께 한글로 풀이해놓고, 〈서왕가〉〈회심가〉 등의 구전 가사를 첨부하고 있음을 알 수 있는데, 지형은 한 걸음 더 나아가 경전 자체를 본격적으로 가사에 담아 널리 펴는 교학적인 시도를 하고 있다. 지형 이전의 불교 가사를 보면, 부분적으로 『아미타경』 등의 경전을 제시하여 작품 주제의 전달효과를 높인 시도는 있었으나, 경전을 담아 전하는 노래로서 가사를 적극적으로 활용하고자 한 시도는 그에 이르러서 처음으로 시도되는 것이다.

---

46) 지형이 주관하여 판각한 『佛說高王觀世音經』(1795)의 施主秩에 기록된 35인의 명단을 보면, 淸信士 3명(그중 1인이 智瑩), 信男 1명, 行信男 1명, 引勸信士 1명, 淸信女 16명, 비구니 3명, 童子 1명, 童女 1명이다. 불암사판본의 다른 경전의 판각후기에도 비슷한 양상으로 나타난다. 또 〈권선곡〉 중에 '在家勸曲', '貧人勸曲'이라는 소제목이 있는데, 예사롭게 보아도 무방하나, 특별히 '재가인'과 '빈인'을 대상으로 하는 가사를 판각했다는 점에서, 불암사가 거사 및 재가신도 중심의 사찰이었을 가능성을 보여준다. 그리고 특히 하층민을 위한 기복신앙적인 요소도 강하게 나타난다. 이상보는 〈수선곡〉에 "셕일의 빈가녀즈 금젼일푼 보시호고 만승왕녀 되야나고" 등 여인의 염불공덕을 열거하여, 부동국에 왕생하기 위한 일체의 선행을 권유한 것으로 보아, 불교가사의 청중은 여신도들이 주 대상이었음을 알게 한다고 하였다. 그런데 위에서 보듯이 시주질의 명단에도 비구는 없는 대신에 비구니만 있고, 또 淸信女가 많은 것으로 미루어 보아도 같은 결론을 내릴 수 있다.

南湖永奇(1820~1872)는 寫經과, 讀經, 그리고 경전의 간행과 보급에 일생을 바친 인물이다.[47] 그는 1852년(철종 3년) 철원의 보개산 지장암에 들어가 『아미타경』을 베껴 쓰고, 이를 이듬해 삼각산 내원암에서 『무량수경』과 함께 간행하였다. 그리고 1855년에는 봉은사에서 『화엄경소초』 80권과 『별행』 1권 등을 간행하고 藏經閣을 지어 봉안할 때, 봉은사 주지로서 주도적인 역할을 하였다.[48] 그가 지은 〈廣大募緣歌〉[49]는 봉은사에서 『화엄경소초』를 판각할 때, 제목 그대로 '募緣'을 하기 위해 지은 불교가사다. 가사가 실려있는 『화엄경소초중간조연서』를 보면, 작품의 끝에 "을묘춘남호ㅅ미비로장영긔셜향근셔"라는 기록이 있는데, 이는 을묘년 봄에 남호 영기가 향을 사르면서 삼가 필사했다는 말이며, 이는 남호 자신이 직접 지어 기록으로 남긴다는 말과 상통한다. 남호가 쓴 필사본 『화엄경소초중간조연서』의 序文에는 1689년과 1774년에 판각된 장판이 불에 타고 마모되어, 다시 을묘년(1855)에 판각하기로 하였다는 취지가 실려 있다. 〈광대모연가〉에는 비록 『화엄경』의 經文을 逐字的으로 요약하거나 해석하지는 않고 있으나, "밍구우목 희유혼들 화엄판긔 만날손가 우담발화 희유혼들 화엄판긔 만날손가"라고 하면서, 화엄경 판각의 공덕을 강조하고 있는 것으로 보아, 경전의 판각과 보급에 매우 긴요하게 쓰인 가사로 생각된다. 〈광대모연가〉는 『화엄경』 판각에 필요한 재원을 얻기 위해 탁발을 행할 때, 募緣文으로서 구연되었을 가능성이 있다. 또한 당시 봉은사의 법회 때에 發願文으로 대중들과 함께 낭송하였을 가능성도 크다.[50]

---

47) 범해 찬, 김윤수 역, 『동사열전』, 광제원, 1991, 387쪽
48) 『봉은사사지』, 사찰문화연구원, 1997, 92쪽
49) 원래의 제목은 〈디방광블화엄경판긔광디모연가〉이다.
50) 최근에 봉은사의 미륵대불 점안식(1996.1.27)에서 노전 보화스님이 가사

東化쯔典은 〈勸往歌〉를 지어 유통시켰다. 〈권왕가〉는 1908년 범어사에서 목판으로 간행되었으나, 작자는 물론이고 유통상황에 대한 어떤 언급도 남아있지 않다. ≪海東佛報≫ 1~3호(1913.11~1914.2)에는 〈권왕문〉이라는 제목으로 가사의 일부가 수록되어 있는데, 여기에는 '동화축전 유져'로 소개되었다.『석문의범』(1935)에는 '東化쯔典-乾鳳寺'의 〈권왕가〉로 소개되었다.

동화축전이 구체적으로 어느 때 사람이며, 어느 절에서 활약을 한 인물인지 밝혀진 것은 없다. 그러나 그의 삶의 편린이『동사열전』에 실려있어 참고할 만 하다.『동사열전』에는 그의 삶을 독립된 글로 제시하지는 않았으나, 南湖 永奇와 雙月禪伯의 삶을 소개한 대목에서 그의 이름이 발견된다. 봉은사의 남호 영기가 1853년에『아미타경』과『무량수경』을 간행하였음은 앞에서 언급한 바 있는데, 당시에 전국에서 유명한 용상대덕이 대거 참여하여 거룩한 佛事의 원만한 성취를 證明할 때, 여기에 참여한 證明法師 10인 중의 한 분으로 동화축전이 소개되었다.51)

雙月禪伯 역시 생몰연대를 알 수 없는 인물이다.『동사열전』에 따르면 쌍월선백은 1852년에 註釋을 곁든『유마경』3권과『觀經』1권,『미타경』등을 간행하기 시작하여 이듬해인 1853년에 완료하였는데, 이때 동화축전이 서문을 썼으며 이를 寶蓋山 聖住庵에 간직하였다고 하였다.52)

───────────────

형식으로 된 〈미륵발원문〉을 봉독하였다. 그는 '매일 아침 법회때마다 미륵발원문을 낭송하였고, 이제는 오늘을 마지막으로 역사속으로 보존된다'는 말과 함께 그 법회에 참여한 모든 대중과 함께 낭송한 바 있다. 시대를 거슬러 올라가 〈광대모연가〉도 화엄경 판각이라는 봉은사의 시대적인 사명을 이룩하기 위해 같은 방식으로 불려졌을 가능성은 충분할 것이다.

51) 범해 찬, 김윤세역,『동사열전』, 광제원, 1991, 387쪽

52) 같은 책, 399쪽

이상과 같이 동화축전과 관련된 이들이 모두 경전의 편찬과 寫經에 남다른 의지를 가지고 있는 인물이라는 공통점이 있다. 동시에 그를 판각사업을 증명할 법사로 초대한 것을 통해서, 그 또한 경전의 사경과 편찬에서 이름이 높았음을 알 수 있다. 그의 법호가 '佛經'이라는 의미를 담고 있는 '쁜典'인 것도 이와 무관하지 않을 것이다.

한편 『석문의범』에 있는 '동화축전-건봉사'라는 기록은 건봉사가 동화축전은 물론이고 불교가사 〈권왕가〉의 유통에도 밀접한 관련이 있음을 시사한다. 필자가 보기에 〈권왕가〉는 건봉사의 萬日念佛會와 관련을 가지며 유통되었을 것으로 생각된다. 건봉사에는 신라 경덕왕 때(758년) 發徵和尙이 처음으로 개설한 바 있는 萬日念佛會의 전통이 최근세에 다시 이어지고 있다. 즉, 1802년에는 聳虛和尙이, 1851년에는 碧梧和尙이, 그리고 1881년에는 萬化和尙이 약 27년 5개월이 소요되는 만일염불회를 개설하여 마쳤다. 1908년에는 雲坡和尙이 새로운 만일염불회를 개설하였고, 이후 1921년에 염불회를 禪院으로 바꾸기 전까지 염불수행을 했던 기록이 남아있다.

〈勸往歌〉는 『아미타경』『무량수경』『화엄경』『열반경』 등 여러 경전을 인용하여 西方淨土와 唯心淨土를 서술한 가사다.53) 修禪結社에서 〈참선곡〉을 지어 정진을 권면한 것처럼, 오랜 기간 동안 염불회를 운영하면서 아미타불이 주관하는 정토세계를 노래하는 가사를 지어 읽도록 했을 가능성은 충분하다. 〈권왕가〉는 萬日會에 주도적으로 참여하였을 '건봉사'의 동화축전이, 염불회에 동참한 대중들에게 읽도록 하거나, 아니면 법회를 마치면서 필생의 대작으로 回向하면서 유통시켰을 것으로 생각된다.

---

53) 손진태, 조선불교의 국민문학(속), ≪불교≫ 90호, 불교사, 1931.8, 43쪽

2. 전승의 주체와 맥락

전승의 주체는 문헌전승의 주체와 구비유통의 주체로 나누어진다. 문헌전승의 주체에는 불교가사를 판각하여 유포시킨 寺刹이 있으며, 구비전승의 주체에는 和請僧, 托鉢僧, 걸립패가 있다. 이들이 구연하는 불교가사의 몇몇 작품은 그대로 대중적인 인기를 얻게 되었고, 또 수용자의 반응에 따라서 전승자가 다시 그 가사를 구연하는 상호작용이 이루어졌다.

1) 사찰

불교가사는 일정한 불가의식에서 구연되었는데, 이때 사찰은 불교가사의 유통의 공간으로서 그 의미를 갖는다. 이와 함께 사찰은 불교가사의 전승의 주체로서 자리잡고 있다. 각 사찰에서는 대중적인 불교가사나, 그 사찰에 속해 있는 고승의 가사를 판각하여 널리 확산시키기도 하고, 사찰의 특정한 목적을 위해 새로운 작품을 판각해 유포하기도 하였다. 판각 유통의 주체로서 관련된 사찰은 仙巖寺, 龍門寺, 修道寺, 桐華寺, 海印寺, 禪雲寺, 佛巖寺, 梵魚寺 등이다.

선암사(1695) - 〈귀산곡〉〈태평곡〉〈청학동가〉
용문사(예천. 1704) - 〈나옹화상셔왕가〉〈인과문〉
수도사(1741) - 〈나옹화상셔왕가〉〈인과문〉
동화사(1764) - 〈나옹화상셔왕가라〉〈인과문〉〈회심가고〉
용문사(묘향산. 1765) - 〈나옹화상셔왕가라〉〈회심가고〉
해인사(1776) - 〈나옹화상셔왕가라〉〈인과문〉〈회심가고〉
해인사(1776) - 〈강월존자서왕가〉〈청허존자회심가〉

선운사(1787) - 〈나옹화샹셔왕가라〉〈인과문〉〈회심가고〉
불암사(1795) - 〈전설인과곡〉〈수선곡〉〈권선곡〉〈참선곡〉
범어사(1908) - 〈서왕가〉〈자책가〉〈권왕가〉

선암사에서는 개인 문집을 판각하면서 구전이나 필사유통되던 불교가사를 포함시켰다. 용문사, 수도사, 동화사, 해인사, 선운사에서는 한글로 된 염불서인 『염불보권문』을 판각하면서 여기에 가사를 포함시켰고, 이는 불교가사를 대중화하는 데 상당한 영향력을 미치게 되었다. 불암사에서는 한 작가에 외혜 창작된 내 편의 독립석인 가사를 판각하고 이를 합철하여 유통시켰다. 범어사는 비교적 최근에 기존에 전승되던 〈서왕가〉〈자책가〉와 새로이 등장한 〈권왕가〉를 판각하여 책으로 유통시켰다.

판각은 광범위한 유통을 의도하는 행위이며, 누구나 비교적 쉽게 베껴 적을 수 있었던 필사본과는 달리 많은 공력과 경제력이 소용되는 佛事다. 이에 따라 판각되는 불교가사는 판각을 주도한 각 사찰의 신앙적인 경향을 반영한다고 할 수 있다. 그러나 각 사찰의 신앙적인 경향이라는 것은 한국불교의 통불교적인 성격 때문에 뚜렷하게 드러나기 어렵다. 오히려 같은 가사가 당시에 여러 사찰에서 거듭 판각한 『염불보권문』에 실려있는 것으로 보아, 불교가사의 유포는 각 사찰의 신앙적인 성격을 드러내기 이전에, 당시 불교계의 시대적인 효용을 반영하고 있는 것으로 해석할 수 있다. 이는 각 사찰의 독창적인 교리나 신앙적인 성격을 넘어선 것으로, 염불신앙 중심의 불교, 대중 지향적인 불교, 의례 중심의 불교라는 조선후기의 불교계의 추세를 반영하는 것이다.[54]

한편 판각은 하지 않았으나, 불교가사의 창작과 유통에 배경적 주체

---

54) 홍윤식, 『한국불교사의 연구』, 교문사, 1988, 311쪽

로 서 있는 사찰이 있다. 이를 나열하면 다음과 같다.

> 봉은사 - 남호 영기의 〈장안걸식가〉〈광대모연가〉
> 건봉사 - 동화축전의 〈권왕가〉와 한암의 〈참선곡〉
> 해인사·범어사 - 경허의 〈참선곡〉[55]
> 내장사 - 학명의 〈선원곡〉〈참선곡〉

여기에 제시한 불교가사는 그 사찰의 佛事를 행하기 위한 募緣文 내지 發願文의 역할을 하기도 하고(봉은사), 그 사찰에서 주관하는 念佛會(건봉사)나 禪院의 修禪結社에 참여한 대중들의 수행을 위한 法文(건봉사, 해인사, 범어사, 내장사)으로 유통되기도 하였다.

2) 화청승

화청승은 佛家의 의식에서 화청을 구연하는 승려를 말한다. 화청은 본래 여러 불보살을 고루 청한다는 의미를 가지고 있는데, 그 방법에 있어 곱曲을 사용하므로 원래의 의미를 벗어나 음악적인 용어로 사용되고 있다. 현장조사보고서인 『화청』에 따르면 정토왕생을 발원하는 모든 음악을 화청이라 할 수 있으나, 실제로는 〈권왕가〉〈원적가〉〈회심곡〉〈자책가〉 등의 불교가사를 지칭하고 있다고 한다. 불교가사를 음악적인 측면에서 부르는 명칭이 화청이라는 것이다. 그런데 근래에 화청이 주로 亡人의 천도의식에 불려지지만, 원래는 정토사상에 입각한 불교의 대중화 과정에서 여러 방면으로 불려졌을 것으로 추정하고 있다.[56] 그러나 구체적으로 언제부터 화청으로서의 불교가사가 망인의

---

[55] 경허의 〈참선곡〉은, 그가 해인사에서도 선원의 창설에서도 주도적인 위치에 있었으므로, 해인사와도 관련이 있다.

천도의식에서 불려졌고, 불교의 대중화 과정에서 어떤 방면으로 구연되었는지에 대한 자료는 없는 실정이다.57)

불교의 대표적인 천도의례는 49齋이다. 이는 다시 그 규모에 따라 常住勸供齋, 大禮王供齋(十王各拜齋), 靈山齋로 나누어진다.58) 이외에도 水陸齋, 豫修齋 등이 있다. 이러한 의식의 각 절차를 음악적인 측면에서 보면 대부분이 梵唄로 이루어져 있고, 내용의 측면에서 보면 한문으로 된 偈頌과 산문, 그리고 多羅尼로 구성되어 있다. 범패는 같은 승려라도 배워서 부르기도 쉽지 않고, 일반 내중들이 익히 들어서 이해하기란 더더욱 어려운 것이다. 원래 의식절차의 하나로서의 '화청'은 의식의 마지막 부분인 '回向'시에 佛菩薩을 고루고루 청하여 극락에 왕생토록 한다는 의미를 지니는 것인데, 여기에 연행되는 것은 역시 범패로 불려지는 화청의 請詞가 있는가 하면, 지금까지와는 다른 우리말로 된 평이한 노래가 등장하기도 한다. 불교가사를 화청으로 부른다고 할 때, 回向의 의미는 의식의 본래의 의미와 상관없이 그 자리에 참석한 대중들을 위로하고, 또 佛法을 쉬운 우리말에 담아 전달한다는 현실적인 의미를 갖는다.

결국 불교의식에서 화청을 부르기 전에 범패를 불렀으므로, 범패승 중에 불교가사를 부르는 제한적인 일부가 화청승이 된다. 1969년에 조사된 『화청』의 최초의 현장 조사 결과, 봉원사의 박송암, 선바위의 이

---

56) 이상 화청에 대한 설명은 『화청』, 문화재관리국, 1969, 15쪽 인용

57) 봉원사의 박송암스님의 증언에 따르면, 화청이 소위 동냥승으로 말미암아 나쁜 인상을 받아왔기 때문에 화청의 역사적인 것에 대해선 아는 바가 없다고 하며, 일반적으로 스님들로서는 그것 부르기를 피한다고 한다. (『화청』, 63쪽)

58) 홍윤식, 『영산재』, 대원사, 1991, 31쪽

경협, 신흥사의 윤동화, 봉원사의 김혜경 스님 등의 몇 분이 화청에 능한 것으로 보고되었다. 이들은 대부분이 범패의 기능보유자 내지는 일가견이 있는 분들이다.

그런데 화청은 썩 잘 부르는 사람이 드문 반면에 또 반대로 못 부르는 사람도 드물다고 한다. 누구나 『석문의범』의 가사만 주면 곧 부를 수가 있을 만큼 화청의 가락은 아주 평이한 것이라고 보고하고 있다.[59] 또한 '화청이란 모든 齋에서 칠 수 있는 것으로서, 그때그때 정상에 따라 임의로 부르는 것'이라 하며, 『석문의범』에 수록된 것도 원본이라고 못박을 것은 못되고, 그것도 실은 옛날에 유행하고 있던 화청을 문자로 기록한 것에 지나지 않을 것'이라고 대부분의 화청승이 증언하고 있다.[60] 그렇다면 꼭 어떤 불교가사를 어떤 재의식에서 불러야 한다는 규정은 없으며 모든 불교가사가 언제든지 어떤 재의식에서라도 불려질 수 있는 것이다. 『석문의범』에 수록해 놓은 여러 편의 화청은 일종의 구연의 대본으로서 존재하는 셈이다.[61]

그러나 의례의 일부로 구연된 불교가사가 영혼천도의례에만 쓰인 것은 아니고, 불교의 대중화 과정에서 여러 방면으로 구연될 가능성이 있다. 이는 『화청』에서도 언급한 바 있는데, 한국 불교계의 전반적인 의례를 검토한 최근의 연구에서는 영혼천도의례와 같은 비정기적인 의례만이 아니라, 정기적으로 행해지는 일상신앙의례에서도 불교가사가 구연되었음이 밝혀졌다.

---

59) 『화청』, 64쪽
60) 같은 책, 66쪽
61) 홍윤식의 『영산재』(대원사, 1991)와 『화청』에서도 『석문의범』에 소개된 불교가사를 인용하고 있다.

  이렇듯 부처님의 법의 문을 열어 젖힌 뒤 비로소 道場釋을 위한 經文 및 多羅尼 眞言 등을 외우는데 道場釋에 쓰이고 있는 眞言 및 多羅尼 經文으로는 四大呪와 千手經, 義湘祖師의 法性偈, 그리고 般若心經 解脫呪 내지 스님들에 따라서는 경허스님의 參禪曲이며 보조스님의 誡初心學人文, 그리고 원효스님의 發心修行章62) 등을 독송하기도 한다.63)

  이렇듯 五分香禮 및 獻香眞言을 마친 후, 아침 예불에서와 같이 禮敬文 奉誦이 이어지게 된다. 그리고 寺中의 가장 年老한 僧侶거나 또는 爐殿 소임자에 의한 간략한 祝願 및 般若心經 奉讀으로서 아침 및 저녁 예불은 마쳐지게 되는 바, 일반적으로 아침예불 때의 祝願文으로는 고려말 懶翁和尙이 지은 行禪祝願이거나, 唐의 怡山然禪師가 짓고 1964년 운허스님이 번역한 怡山慧然禪師 發願文 등이 사용되고 있다.64)

  인용문은 경허의 〈참선곡〉과 가사체로 번역한 〈이산혜연선사 발원문〉이 일상적으로 이루어지는 예불시에 儀式謠로 구연되었음을 알려준다.

  한국불교에서 시행되고 있는 十齋日은 六齋日에 기초한 채 佛說預修十王生七經 내지 佛說地藏菩薩發心因緣十王 등을 근거로 한 十王信仰과의

---

62) 『법고십이차』(무형문화재조사보고서 37, 1967)의 화청항목에서는 권수근이 구술한 화청가사를 제목없이 채록하였는데, 널리 알려져 있지 않은 가사이다. 임기중은 이를 〈별별회심곡〉〈초발심수행가〉〈원효대사수도가〉〈십계행가〉의 네 편으로 나누어 소개한 바 있다. 이중 〈원효대사수도가〉는 원효대사의 〈發心修行章〉을 우리말로 바꿔 풀이한 가사로서, 『불교의 회심가사』(대구, 삼영출판사, 1978)에 〈원효대사발심가〉로 소개된 것과 대농소이하다.

63) 정각(문상련), 불교 제의례의 설행절차와 방법, 『불교전통의례와 연극 연희화의 방안 연구』, 엠애드, 1999, 201쪽

64) 같은 책, 216쪽

관련 속에 생겨난 것이라 이해되기도 한다. 이에 석문의범은 十齋日 및 十王願佛, 시왕명호, 시왕탄일, 관할지옥, 소속 六甲 등을 도표를 제시하고 있는 즉, …… 이경협 스님은 위 내용에 따른 다음과 같은 六甲十王願佛歌를 짓기도 하였다. 이는 십재일을 十惡과 관련시킨 채 그에 대한 淨戒의 측면을 강조, 念佛을 통한 왕생극락을 발원하는 내용으로서 구성되어 있다.65)

인용문은 十齋日과 관련하여 〈육갑시왕원불가〉가 새로 창작되었고, 또 구연될 가능성이 있음을 지적하고 있다.

삼국유사에 신라풍속은 2월 초파일부터 보름까지 탑돌이를 했다고 기록되어 있는 바, 신라이래 탑돌이가 행해졌음을 알 수 있다. 그리고 조선조 이래 근세에 있어 원각사지 즉 파고다공원에서의 탑돌이가 성행하였으며 현재에 있어 통도사 금강계단에서의 탑돌이 및 법주사 팔상전의 탑돌이와 불국사 석가탑과 다보탑의 탑돌이 등 모든 사찰마다에서 탑돌이를 행하게 되는 즉, 이는 浴佛儀式 내지 燃燈會 등 특정의례의 후반부에 이어 행함이 통례로 되어 있다. 한편 탑돌이 때에는 대중의 후렴과 선창의 창이 어루러진 가운데 다음과 같은 전래 佛歌66)를 부르거나 혹 석가모니불 精勤을 하는 가운데 탑돌이를 행한다.67)

인용문은 탑돌이에도 불교가사가 연행되었음을 말하고 있다. 원래는 의식적인 면이 더욱 강조되었던 탑돌이는 참여인원의 증가와 시대의

---

65) 같은 책, 326쪽

66) 사월이라 초파일은 관등가절 이아니냐(후렴) 경축하세 석가세존 명을빌고 복을빌고(후렴) 대자대비 넓으신덕 만세경축 하오리다(후렴)로 시작되는 탑돌이 사설을 소개하고 있다. 그러나 이 탑돌이 사설은 이창배에 의하면 해방직후에 지어진 노래로서 종래에는 없던 노래라고 한다.(이창배편, 『한국가창대계』, 홍인문화사, 1976, 742쪽)

67) 같은 책, 361쪽

변화에 따라 놀이적인 성격이 가미되기도 한다. 홍윤식에 따르면, "특히 佛誕日이나 중추절을 중심으로 해서는 신도뿐만이 아니라 일반 주민까지도 참가하게 되었고 그것은 하나의 민속적인 놀이로 발전해 나간 것이다. 이때에 음악도 四法樂器인 종 북 운판 목어를 써서 짓소리와 홋소리로 부르던 것이 三絃六角이 합쳐 나가게 되었고, 노래도 布念(報念)과 百八精進歌 등의 남도잡가의 민요풍으로 변해나가 완전히 탑돌이가 민속화되어 나간 것을 말해준다.[68]"고 하며, 속리산의 팔상전을 돌던 탑돌이를 "그 자취를 감춘지 60여 년"만에 복원하여 보고하고 있다.[69] 그리고 여기에 '탑돌이사설'이라 하여 〈회심곡〉, 〈별회심곡〉, 〈백발가〉, 〈몽환가〉, 〈권왕가〉를 소개하고 있다.

이상에서 조사된 자료는 비록 최근의 것이기는 하나, 예로부터 불교가사가 영혼천도의례의 범위를 넘어서도 구연되었을 개연성을 충분히 보여주는 것이다.

3) 탁발승

탁발승은 개인적인 시주행각을 벌이면서 〈회심곡〉을 구연하였다.

조선에는 예로부터 양식을 비는 중이 있었는데, 이를 동냥승이라 한다. (중략) 동냥이라 함은 중이 사람들에게 보시를 권하여 佛事를 운영하고 만드는 것을 말한다. 조선의 동냥승 중에는 목탁을 치며 여러 번 千手呪를 외우는 자가 있다. 수행하는 중도 또한 그것을 한다. 그리고 꽹과리를 치며 〈회심곡〉(송운대사 지음)을 부르는 자도 있는데, 오직 신세가 가난하고 도력 또한 보잘 것 없는 이들이나 하는 것이다. 이들을 세상사람들

---

68) 『법주사탑돌놀이』, 무형문화재조사보고서 제103호, 1972, 420쪽
69) 같은 책, 422쪽

은 땡땡이중이라 부르는데, 꽹과리의 소리를 본떠 이름한 것이다. 이 또한 신라 大安大師의 유풍이다.[70]

이 기록에 따르면 꽹과리를 치면서 염불을 하거나 노래를 부르는 전통은 원효대사의 스승인 신라 진평왕 때의 大安大師(571∼644)로부터 연원한다고 한다. 그런데 탁발을 하면서 〈회심곡〉을 부르는 중을 땡땡이 중이라고 불렀으며, 회심곡은 신세도 가난하고 승려로서의 자질 또한 변변치 않은 자들이나 부른다는 것이다. 여기에서 〈회심곡〉, 즉 화청을 부르는 승려에 대한 일반인들의 인식과 불교계의 입장을 확인할 수 있다. 이는 『화청』의 현장조사 당시에도 승려들이 자신이 和請僧으로 불리는 것을 꺼려하여, 더러는 조사를 극구 회피했다는 사실과 통하는 인식이라 하겠다.

한편 탁발승이 부르는 노래로는 〈회심곡〉이 대표적이다. 〈회심곡〉은 대중적인 친화력을 가진 평이한 사설로 구성되어 있어 대중들이 가장 친숙하게 받아들일 수 있는 가사이다. 탁발승들은 이러한 수요자들의 구미에 알맞은 가사를 택하여 집중적으로 구연하였다. 이에 따라 화청 전체를 〈회심곡〉이라고 하기도 하는 등 개념의 혼란을 가져오기도 하였다.[71]

이러한 〈회심곡〉이 전해지는 문헌은 대부분 1800년대 이후의 것들이고, 이중에는 1900년대에 들어서 필사된 것도 많은 것으로 생각된다. 물

---

70) 朝鮮自古來 乞糧僧 名曰棟樑僧 棟樑出處 見於高麗李相國集 (중략) 其所謂棟樑者 凡浮圖之勸人布施 營作佛事之稱也 朝鮮棟樑僧 有擊木鐸者 多誦千手呪 修行者亦爲之 有擊銅鈸 唱回心曲(松雲大師所作)者. 惟身貧道又貧者爲之 俗呼(씽씽)僧是象銅鈸之聲而爲名 亦卽新羅大安大安之遺風也 (이능화, 『조선불교통사』, '分衛托鉢公証携帶')

71) 한만영, 화청과 고사염불, 『한국불교음악연구』, 서울대출판부, 1988, 97쪽

론 문헌자료의 연대를 절대적인 기준으로 삼을 수는 없지만, 〈회심곡〉
은 불교가사가 활발하게 판각되던 1700년대는 물론이고, 1900년대 초에
도 - 〈서왕가〉 〈자책가〉 〈권왕가〉가 범어사에서 판각된 것을 보면 - 불
교의 주도세력으로부터 별로 주목받지 못했던 가사로 생각된다. 〈회심
곡〉은 탁발승 걸립패 등, 민중 속을 파고드는 이들의 반복되는 구연으
로 말미암아 널리 전파되었던 것이다. 그렇다면 비록 확실하게 근거가
있는 것은 아니나, 〈회심곡〉은 1800년대에 탁발승과 걸립패의 연행을
통해 가상 대표적인 불교가사로 부각되었으며, 지금까지도 민중의 사랑
을 받게 된 것으로 볼 수 있다.

4) 걸립패

개인적인 시주행각인 탁발에 비해 걸립패는 단체를 이루어 勸施主
行脚을 벌이는 이들을 말한다.[72] 걸립이란 원래 절을 重建할 때 모금
하기 위하여 승려들이 민가로 다니며 經文-주로 千手經-을 외거나 염
불을 하여 시주를 받는 것을 말한다.[73] 조선 후기 사원경제의 쇠퇴로
빈궁해진 사원은 많은 佛事를 위해서 걸립패를 조직하여 대중에게 勸
布施의 기회로 삼았다.[74]

조선승가에는 예로부터 하나의 行化之法이 전해 내려온다. 만약 어느
사찰이 화재로 다 타버려 새로 세우려 하면, 그때 여러 명의 승려- 일정
하지는 않지만 많게는 오륙십 명까지 -를 모아 하나의 무리를 만드는데,
이를 '건립(建立)'이라 부른다. 또 '군중파'(群衆派), '금고'(金鼓)라고 부

---

72) 홍윤식, 화청에 대한 역사적 고찰(2), ≪법시≫ 39호, 1970.12, 51쪽
73) 한만영, 앞의 책, 101쪽
74) 『화청』, 27쪽

르는데, 이는 북을 치며 나아가고 종을 치며 물러나는 것이 마치 군법(軍法)과 같기 때문이다. 무용을 잘하는 자, 법고를 잘 두드리는 자, 바라를 잘 울리는 자, 희학(戱謔)을 잘하는 자, 잘 기록하는 자가 각각 명목이 있어 화주, 고수, 포수, 화동, 무동 등으로 불려지며, 여러 마을을 두루 돌아다닌다. 사찰에서도 모연을 할 때에는 명망 있는 스님들도 모두 기꺼이 걸립을 했다. 예를 들면 금강산의 遇隱和尙 退雲禪師같은 분도 또한 일찍이 화동을 했었다. 이러한 법이 언제부터 나왔는지(서산 사명의 승군 이후에 나오지 않았을까 의심된다)는 모르나 최근에 이르러서는 (일제시대의 寺刹領에 따라 : 역자주) 모두 폐지하였다.[75]

걸립패가 모연을 하면서 부르는 곡조는 告祀念佛과 〈회심곡〉[76]이며, 경우에 따라서는 고사염불과 〈회심곡〉을 합쳐 화청이라 부르기도 한다.[77] 걸립패에 의한 〈회심곡〉의 구연은 최근에도 계속되고 있다.[78]

---

75) 朝鮮僧家 從古以來 遺傳一種行化之法 如一寺刹被災掃蕩 謀欲建立 時聚羣僧 多至五六十人不等 作一團派 謂之建立 亦云群衆派 亦云金鼓 以其鼓進金退 一如軍法故名 善舞踊者 善打法鼓者 善鳴法鑼者 善戲謔者 善書記者 各有名目 卽云化主 鼓手 砲手 花童舞童等 徧行閭里 及諸寺刹 次第募緣 高僧碩德 皆樂爲之 例如金剛山之遇隱和尙(楡岾寺 重創化主也 寺災 師募緣重建 未及落成 而又災 師又再建之) 退雲禪師(四十年 影不出山之講僧也) 亦嘗爲花童焉 未知此法出自何時(疑卽出自西山泗溟僧軍以後) 而至于近年 並皆自廢矣 (이능화, 『조선불교통사』, '和請舞鼓新式廢止')

76) 한만영, 앞의 책, 101~103쪽

77) 『화청』, 123~154쪽

78) "(박송암)은 1946년 봉원사의 大房을 신축할 때 김운파를 화주승으로 하고 봉원사의 諸僧과 함께 걸립을 다녔다고 한다. 그때에 주로 천수경과 화청을 쳤다고 하는데 아마 평염불(*여기에서 평염불은 회심곡과 같다 : 인용자 주)을 불렀던 것 같다 하였다."(한만영, 앞의 책, 98쪽) "낭걸립패의 회심곡은 평염불에 포함되지 않고 따로 독립된 곡으로 되어 있는데, 이것은 걸립패가 마을에 들어갔을 때 주로 동리의 노인들을 모아놓고 그들을 즐겁게 해 주기 위해 부른다. (중략) 회심곡은 특히 3년

이들이 부른 〈회심곡〉은 탁발시에 부른 〈회심곡〉과 같은 것이다. 그런데 걸립패는 마을에 들어가 많은 청중을 모아 놓고 여러 가지 오락적인 연회를 보여주면서 부수적으로 행하는 고사 염불의 한 곡조로 〈회심곡〉을 부르는 것이기 때문에, 이들의 구연은 어떤 매개자보다도 강한 전파력을 가지고 있는 것으로 보인다. 〈회심곡〉이 1800년대에 이르러 급격히 확산되고 가장 대중적인 곡조가 되기까지에는 걸립패의 구연이 크게 작용했으리라 생각된다.

3. 수용의 주체와 맥락

수용의 주체에는 불교가사를 불교외적인 맥락에서 수용하고 있는 讀經巫와 향두꾼, 그리고 불교가사를 구연이나 문헌을 통해서 수용하는 청중과 독자가 있다.

1) 독경무

불교가사의 유통에는 독경무의 역할도 주목된다. 불교가사가 불교가 아닌 무속의 의식에서 구연된 배경에는 무속과 불교의 융합이라는 우리의 독특한 종교문화적 전통이 자리잡고 있다. 불교가사가 구연되는 불교의식은 49재를 비롯한 천도재인데, 이는 무속의 집가심 자리걷기 진오기 오구굿 시왕굿 등과 유사하다.79) 이 가운데 진오기굿 등 망자의 천도의례에서 구연되는 무가를 解寃系 敎述巫歌라 하며, 같은 목적

______

상이 끝나지 않은 집에 가서 주인의 특별한 요청에 의하여 변소에서 부르기도 한다."(한만영, 앞의 책, 107쪽)

79) 김태곤, 무속과 불교의 습합, 『무속신앙』, 민속학회편, 교문사, 1989, 147쪽

의 의례에서 독경무에 의하여 구연되는 무가를 解寃系 教述巫經이라
한다. 巫經은 讀經時에 주로 구연되는 經文으로서, 한문구에 토를 단
형태로 되어 있고 巫冊을 통하여 보급되기도 하는데[80], 여기에 불교가
사가 다수 포함되어 있다. 이러한 불교가사는 원한을 품은 채 망자가
된 조상신을 청하여 그들의 원통함을 풀어주고 극락으로 인도한다는
내용을 담고 있어서, 특히 비명횡사한 원혼을 위로하는 경우에 널리 구
연되었다. 불교가사를 무가나 무경으로 수용할 때 전반적으로 심오한
불교적 지식이나 체계보다는 삶과 죽음 그리고 저승에서의 심판이라는
보편적인 인식을 담은 내용을 지닌 가사를 택하였던 것이다.

2) 향두꾼

향두꾼은 불교가사를 불교라는 제한된 범위를 벗어나 수용하고 있
는 수용자이면서, 민간에서의 전파에 상당히 큰 영향을 끼친 전승자의
성격도 지니고 있다. 향두꾼은 '香徒'라는 말에서 유래하였다. 이는『삼
국유사』에 최초로 등장한다. 헌덕왕 9년(817년)에 순교한 이차돈의 무
덤을 重修하고 비를 세우면서, 이 무덤을 禮佛하는 '香徒'를 모아 壇을
만들고 범패를 불렀다고 한다.[81] 이 향도는 사찰 이외에 내방하여 佛
事를 하였는데, 장송을 위하여 결성되는 오늘날의 향두꾼(香徒軍)은 바
로 이들의 전통을 이은 것으로 볼 수 있다.[82]

한편『세종실록』에는 향도들이 세운 佛堂과 佛像을 헐어야 된다는

---

80) 박경수·서대석,『한국구비문학대계』별책부록 3, 한국정신문화연구원,
    1992, 450쪽

81) 興輪寺永秀禪師 結湊斯塚禮佛之香徒 每月五日 爲魂之妙願 營壇作梵 (『三
    國遺事』興法, '原宗興法')

82) 김동욱, 신라행자염불 및 설화,『한국가요의 연구』, 이우출판사, 1980, 78쪽

신하들의 간청과 이에 반대하는 세종의 반론이 기록으로 남아 있는
데,83) 이를 통해 불교의 민간 신앙 단체로서의 香徒의 전통이 조선 전
기에도 지속된 것을 알 수 있다. 조선 중기 이후에는 향도가 일종의 洞
民契와 유사한 조직으로 佛會와의 관련이 점점 모호해지는 경향이 있
으며, 그 폐단이 매우 심했던 것으로 드러난다.84) 그러나 기본적으로
향두꾼이 장례의식과 관련을 맺는 것은 전과 같았다.

都下의 무뢰배가 무리를 맺어 횡행하는 것은 이미 捕廳에서 잡아 다스
렸으나 그것이 어디에서 말미암았는지를 따져보니, 사실은 香徒契에서 말
미암았습니다. 향도계라는 것은 도하의 백성이 계를 맺어 무리를 모아서
送終에 쓰기 위한 것이며, 사대부와 여러 宮家도 많이 들었는데 무리를
모을 때에 그 사람이 착하고 악한 것을 묻지 않고 다 거두어들였으므로,
여느 때에는 형세에 의지하여 폐단을 일으키고 상여를 맬 때에는 소란을
피우면서 다투고 때리며 못하는 짓이 없으며, 또 都家라 하여 매우 비밀
하게 맺어서 亡命한 자를 불러모은 곳이 되었습니다. 먼저 禁令을 세워
향도계를 죄다 폐지하고 그 도가를 헐어서 폐단의 근원을 끊고 따로 鄕
約의 법에 따라 都城 사람이 送喪할 때에는 그 동리에서 각각 스스로 서
로 돕게 해야 하겠습니다. 京兆에 물어서 定式하는 것이 어떠하겠습니까.
하니 임금이 모두 윤허하였다.85)

이와 같이 향두꾼은 본래 불교의 민간신앙단체였지만, 조선중기 이

---

83) "염불하는 향도는 그 유래가 오래되었다. 이 앞서는 그르게 여기는 자가
    있다는 것을 듣지 못했었는데, 이제 人君이 불단을 처음으로 세우게 된
    뒤로 有司들이 비로소 들어 탄핵하니 내 그 뜻을 알지 못하겠노라."『세
    종실록』125권(세종 31년 8월 8일 을묘)
84) 김성배,『한국불교가요의 연구』, 아세아문화사, 1973, 91~92쪽
85)『숙종실록』15권, 숙종 10년 2월 25일 신유.

후에는 종교적인 색채를 벗고 일종의 契 조직으로 변질되면서, 사회의 안정을 해치는 집단으로 인식되었다. 그러나 장례의식을 위한 마을 단위의 조직체라는 성격은 지속적으로 유지하고 있는 것을 알 수 있다.

향두꾼이 가사를 연창하는 방식을 보면, 향두꾼이 상여의 선두에 서서 요령을 흔들면서 향두가를 선창하면, 이를 운구를 하는 향도들이 받아 후렴을 따라 부른다. 향두가는 운구하는 노동의 피로를 덜고 상호간에 호흡을 맞추며 상주를 위로하는 기능을 한다. 이때 구연된 가사는 '향두가' '향도가' '회심곡' '메김노래' '상여노래'의 제목으로 전해지는데, 구체적인 사설은 대부분이 〈회심곡〉이거나 〈회심곡〉을 변형시킨 것들이다.[86] 〈회심곡〉은 인간이 겪는 생로병사의 과정과 저승길의 심판의 내용을 파노라마처럼 전개하면서 인생무상을 애절하게 드러내는 가사인데, 연행 상황의 특성상 향두가로 구연되는 〈회심곡〉은 청자들에게 상당한 감응력으로 전파되었을 것이다.

3) 청중과 독자

연행상황에 따라 청중의 성격도 여러 가지로 나누어 볼 수 있다.

첫째, 천도재 등의 일정한 불교의 의식에 참여하여, 의식가요로 구연된 불교가사를 수용하는 이들이다. 이들은 부모의 극락 왕생을 기원하는 재의 의뢰인이거나 그 구연의 현장에 직접 참여한 이들이다.

둘째, 불교 의식을 벗어나 하나의 구비 연행물로서 불교가사를 향유하는 이들이다. 탁발승과 걸립패에 의해 이루어지는 불교가사 구연의 청중을 말한다.

셋째, 진오기굿 등 무속의 천도의례에 참여한 이들이다. 이들은 첫째

---

86) 김성배, 『한국의 민속』, 집문당, 1980, 321쪽

의 경우와 마찬가지로 先亡 父母의 천도를 의뢰한 가족과 그 현장에 직접 참여하고 있는 이들이 포함된다.

넷째, 마을 공동체의 민간 제의 때 의식요로 부르는 불교가사를 듣는 이들이다. 이들은 민간에서 장례의식을 행할 때 참여하는데, 향두꾼이 부르는 향두가로서 불교가사를 듣거나, 향두꾼이 선창하는 불교가사의 한 대목을 받아 후렴으로 화답하는 이들이다.

여기에 제시한 청중 가운데, 재를 의뢰하거나 재의 현장에 참여한 이들, 그리고 마을의 장례의식에 참여하여 창자의 구연을 듣는 이들은, 자신들이 현재 접하는 상황자체가 삶과 죽음의 근원적인 질문을 제기하는 순간이기 때문에, 인생의 무상함과 시왕의 심판, 그리고 지옥 길의 험난함과 극락의 장엄함을 사실적으로 전하는 가사를 들으면서 상당한 공감을 느꼈을 것이다. 그리고 가사의 내용에 따라 때로는 비탄에 잠기기도 하고 때로는 마음의 위로를 얻는 등의 심리적 반응을 보였을 것이다.87) 따라서 이 같은 상황에서 불려지는 불교가사의 감응력과 전파력은 상당했을 것으로 미루어 짐작할 수 있다. 이는 걸립패의 구연상황에서도 다르지 않다. 걸립패의 경우에 마을에 들어가 특별히 告祀소리를 원하는 집에 가서 선망부모의 천도를 위해 불교가사를 구연하는 일이 많기 때문이다.

다음으로 불교가사의 독자에 대하여 검토해 보도록 한다. 불교가사의 독자에 관한 직접적인 기록은 없으나, 염불의례서의 판각 후기를 통해 간접적으로 확인할 수 있다.

『보권염불문』의 '유전기'에는 "인간 다른 보시션스을 만만 무궁ᄒ야

---

87) 〈회심곡〉이 구연될 때, 할머니들이 '그렇지.' 하는 탄성을 내면서, 가사의 내용에 대한 동감을 듣는 즉시 표출하기도 한다.

도 니 념불칙 화쥐나 시쥐나 냑간 동참 공덕만 곳지 못ᄒ오이다 ᄯ 니
칙을 냑간이나 바가 내야셔 후셰 사룸게 젼ᄒ면 그 공덕을 다 니르지
못ᄒᆯ쇠다"라고 하여, 염불서의 유통에 경제적인 기여를 하는 이의 공덕
과 함께 종교적인 의미를 강조하고 있다. 불교가사의 창작과 판각유포
에 종교적인 의도가 강하게 작용하고 있음은 당연한 사실이다. 중요한
것은 이러한 창작과 판각의 주된 대상으로 한문을 모르는 부녀자층이
설정되어 있다는 점이다.

> 딘셔 못ᄒ고 언문ᄒᄂᆫ 사룸을 위ᄒ야 깁흔 경에 쓰들 언문으로 써내야셔
> 대도 념불ᄒᆯ 줄 알고 념불 동참ᄒ야 셔방 극낙셰계 가계 권ᄒ뇌다[88]

> 인ᄒ여 동지쟈 약간인을 어더 발원합력ᄒ와 진ᄌ판본을 기간ᄒ여 일부
> 경뎐이 되오니 식재 보고 차탄왈 이 ᄯᅩ한 엿튼 공덕이 아니나 진ᄌᄂᆫ 유
> 식쟝부들은 보면 알아 봉ᄒᆡᆼᄒ기 쉽거니와 녀ᄌ며 무식쳔류들은 비록 가
> 르쳐 닐을지라도 ᄌᆨ긔 안목으로 보ᄂᆫ 것만 못ᄒ니 언셔로 회셕ᄒ여 판의
> 삭여 금후 사룸의게 광권ᄒ면 엇지 즐겁지 아닐야 ᄒ야눌 이 말숨이 졍
> 히 올흔지라[89]

인용문은 한문은 못하고 '한글만 아는 이'를 위해 언해를 하여 판각

---

88) 『보권염불문』 '져리나 므의나 념불 권ᄒ 후 바라라'

89) 『경신록언셕』 후기. 『경신록』은 道家書로 분류되지만, 판각의 주된 목적
이 "션ᄉ란 흥긔ᄒ야 힘뼈 닥그며 악업으란 징계ᄒ야 곳쳐말아 각각 복
뎐을 심어 뼈 셩셰풍화 가온더셔 한가지로 태평을 안락ᄒ게 ᄒ오쇼셔"라
고 한 점에서, 불교가사의 판각의 의도와 같은 것으로 판단된다. 그리고
지형의 〈勸禪曲〉의 '在家勸曲'에서는 在家 君子들에게 '경신록을 얻어보아
세상인사를 차리되 충군효부하고 보시적덕하라'고 당부하고 있다. 이를
통해 보면 지형의 의식 속에는 불교와 도교의 구분은 중요하지 않고, 대
승경전, 위경, 도가서류 등의 판각이 모두 세속인의 교화라는 의도 아래
일관된 행위로 포괄되고 있음을 알 수 있다.

을 했다는 의미를 담고 있다. 이는 같은 책에 수록되어 있는 〈서왕가〉
와 〈인과문〉 및 후에 첨가된 〈회심가〉와 관련시켜 같은 의미로 해석해
도 무방한 내용이다. 그리고 지형이 불암사에서 판각을 하여 유포시킨
『경신록언셕』의 후기에도 '여자'와 '무식한 천한 부류의 사람들'을 위해
한글로 번역을 했다고 한 것으로 미루어, 같은 작가에 의해 지어진 〈전
설인과곡〉〈수선곡〉〈권선곡〉 및 〈참선곡〉의 독자를 같은 계층으로 상
정해도 무방하리라 본다.

한편 『사친가』와 『부인치가사』에는 〈빅발가〉와 〈회심곡〉이 각각 한
글 간찰 및 내방가사와 함께 수록되어 있는데, 이는 불교가사를 수용하
는 계층이 한글 간찰과 내방가사를 향유하는 수용자층과 공통분모를
가지고 있음을 시사한다.

그리고 다음의 기록은 불교가사의 독자층과 소설의 독자층과의 관
련양상을 간접적으로 드러내고 있다.

大抵 今觀世之大小人 皆好其古談之冊 而不好其念佛之冊 其亦不思之 甚矣
쏘 다룬 잡셔 예아기칙을 보지말고 니 념불칙을 훈번이나 보거나 듯거나
ㅎ면 셔방의 가오리다.90)

부질업논 쇼셜보와 앗가온 날을 허송ㅎㄴ니 이 신심에 유익훈 글을 보와
작복쇼지ㅎ미 어지 다힝치 아닐이오.91)

인용된 글에는 '古談冊'은 '雜書'에 지나지 않으며 그것을 읽는 것은
'부질없는' 짓이고 '아까운 날을 허송하는' 일이라는 것과, '신심에 유익
한' 이 '염불책'을 한 번이나 보거나 듣거나 하는 것은 극락 가는 복을

---

90) 『보권염불문』 '유전기'
91) 『경신록언셕』 후기

만드는 행위임이 강조되어 있다. 이는 소설 및 옛 이야기책을 탐독하는 독자층이 염불책이나 불교가사를 수용하는 독자층과 다르지 않음을 전제로 한 것이다.

이와 함께 『교정졔마무젼』에는 〈회심곡〉이 소설과 함께 수록되어 있고, 박순호 소장본의 소설자료에도 〈회심곡〉이 세 편 수록되어 있는 것이 주목된다. 이러한 자료는, 불교가사 가운데 특히 〈회심곡〉같은 작품은 종교적인 범위를 벗어나서 일반 소설에 버금가는 흥미를 가진 독서물로 수용되었음을 말해준다. 이러한 수용자의 〈회심곡〉에 대한 선호와 호응은 전승의 주체로 하여금 다시 〈회심곡〉을 집중적으로 구연하게 하는 동인으로 작용하고 있다.

Ⅲ. 유통의 경로

불교가사의 유통 경로는 구비전승과 문헌전승으로 나누어진다. 그러나 각각의 매체에 의한 전승이 독립적으로 이루어지는 것은 아니다. 비록 구전으로 전승되더라도 판각이나 필사가 수반되는 경우가 대부분이다. 그리고 새로 창작된 가사일지라도 구연의 대본으로서의 성격을 가지고 있어서, 오롯하게 문헌을 통해서만 전승이 이루어지는 것은 아니다. 이에 따라 구비전승과 문헌전승은 상호보완적 기능을 지니는 것으로 볼 수 있다. 이러한 점을 전제로 하면서, 구전 중심의 유통과 문헌 중심의 유통으로 나누어 살펴보도록 한다.

1. 구전 중심의 유통

1) 구연의 방식

불교가사는 대부분의 경우 개인적인 창자에 의해 길게 구연되는 특징을 보인다. 화청승은 한 편의 가사를 처음부터 끝까지 암기하여 일정한 가락으로 구연한다. 이러한 방식은 탁발승 설립째 독경무의 경우에도 다름이 없다. 화청은 '부른다'거나 '소리한다'라고 하지 않고 '친다'고 말하는데, 이는 화청을 연행할 때 그 가사를 가지고 목탁이나 징 등을 치면서 맞추는 방식이므로 그렇게 부른다. 이는 화청이 소리(歌詞) 위주가 아니고 長短 위주로 발생하고 발전한 데서 연유한 것이다.

> 현행 화청도 몇 가지로 정해진 장단에 소리만 부쳐서 부르고 있으며 원효대사도 지금 북에 해당한다고 볼 수 있는 표주박을 두드리며 노래 불렀다고 함이 우연한 일이 아닌 것 같다. 이렇게 생각할 때, 화청의 음곡은 북 치고 목탁 치고 하는 것이 위주가 되고 그 장단에 불교적인 가사를 부친 것이라 생각된다.(장단도 토속적 불교장단) 그래서 북 친다란 말이 그 북 장단에 부쳐 부르는 소리까지 합쳐 화청친다란 말로 발전한 것이 아닌가 한다. 京都雜記 등에도 소리를 하며 북을 치는 것을 소리 위주로 기록하지 않고 법고란 북 위주로 기록한 것은 前記한 사실을 뒷받침하는 것이라 본다.[92]

인용문에서 화청 연행의 중심은 북 치고 목탁 치고 하는 장단의 반주가 된다는 것을 알 수 있다.

화청승 탁발승 걸립패의 구연과 달리, 향두꾼은 먼저 자신이 요령을 흔들면서 한 구절씩 선창을 하고, 이어 운력꾼들이 후렴을 부르며 화답을 한다. 이러한 방식은 선창자와 후창자의 상호 교감에 의해 가사의 구연이 이루어지는 특징을 보여준다.

다음의 경우는 불교가사를 구연하는 또 다른 방식을 보여준다. 즉, '보고 읽으면서' 구연하는 방식이다.

> 중들이 북을 지고 시가로 들어와 치는 것을 法鼓라고 한다. 혹 募緣文을 펴놓고 방울을 울리면서 염불을 하기도 하고, 혹 쌀자루를 지고 문 앞에 와서 재올리라고 소리치기도 한다. 또 떡 한 개로 속세의 떡 두 개와 바꾸기도 한다. 속담에 중의 떡을 얻어 어린이에게 먹이면 마마를 곱게

---

92) 『화청』, 34쪽

한다고 한다. 그러나 상감(正祖)께서 중들을 금하여 성문으로 들어오지 못하게 했으므로 성밖에서만 아직도 이런 풍습이 남아 있다.93)

이 기록에서 '탁발승이 정월 초하룻날 남의 집 대문 앞에다 募緣文을 펴놓고 읽었다'는 기록은, 곧 화청의 대본을 보고 읽으면서 募緣을 했다는 의미로 해석된다.94)

불교가사의 구연자는 즉흥적으로 새로운 가사를 짓기도 하지만, 대부분은 기존에 이루어진 가사를 택하여 구연하되, 특정한 대목에서 연행의 상황과 청중의 반응을 고려하여 내용을 확장시키기도 한다. 입말이라는 매체는 일회적이고 즉흥적이며, 상황에 따라 달라지는 가변적인 특징을 지니고 있다. 따라서 구연자는 구연되는 상황과 밀접한 가사를 택하여 진술할 필요가 있다. 이러한 유통의 속성상 불교가사의 이본에는 많은 구비전승의 흔적이 담겨져 있다. 텍스트의 표기에서 보여주는 심한 입말의 흔적들, 구절의 도치와 변형, 구전 공식구의 빈번한 사용, 그리고 이본에 따라 달라지는 생략과 확장의 내용 등은 구비전승의 가능성과 실제적인 양상을 동시에 보여준다. 비록 문헌으로 전하는 가사라 하더라도 거기에는 다양한 구술적 속성이 반영되어 있으며, 구연의 현장성을 직접 혹은 간접적으로 반영하고 있는 것이다.

---

93) 緇徒負人鼓 入街巷搖動 謂之法鼓 或展募緣文 叩鈸念佛 或荷米俗沿門唱齋
又用一餠換俗二餠 俗得僧餠 飼小兒 以爲善痘 當宁朝禁僧尼不得入都門 城
外當有此風 『京都雜志』 권2歲時, '元日'

94) 정각, 앞의 책, 388쪽. 정각은 또한 절 떡을 나눠주는 행사 역시 화청과의 연관 선상에서 행해졌던 것으로 보았다.

2) 곡조의 분화

불교가사는 문학적인 갈래의 명칭이며, 음악적인 측면에서는 화청이라는 이름으로 알려져 있다. 그리고 때로는 화청을 '회심곡'이라 일컫기도 한다.[95] 이는 일반인뿐만 아니라, 화청을 전문적으로 치는 화청승들의 인식이기도 하다. 이러한 용어의 혼란에서 우리는 화청, 혹은 불교가사 전체에서 '회심곡'이 차지하는 비중과, 이에 따른 일반인과 화청승의 인식을 동시에 살펴볼 수 있다. 화청의 곡조는 '회심곡'의 곡조이며, '회심곡'의 곡조는 곧 불교가사 전체의 곡조인 셈이다. 지금까지 화청의 곡조에 대한 논의도 주로 〈회심곡〉을 중심으로 이루어졌다.

회심곡은 절 안에서 승려들이 부를 때에는 통상 화청가락으로 부르며, 엇모리 장단에 징으로 반주하는 경우가 많다. 절에서 현재 부르는 회심곡은 '별회심곡' 계통과 '화청회심곡' 계통으로 나누어진다. 절 밖에서 부르는 회심곡은 원래 탁발승이 부르는 소리로 흔히 염불회심곡이라 한다. 탁발할 때의 속성상 회심곡의 앞뒤에 고사소리인 덕담이나 축원소리가 다양하게 불려지고, 음악은 대체로 대중들이 좋아하는 평조 염불로 짜여져 있다. 소릿조 회심곡은 염불회심곡을 더욱 속화시켜 경·서도 명창들이 부르는 소리인데, 사설의 기본 골격은 염불회심곡과 같으며, 음역을 더욱 넓게 잡거나 화려한 목기교를 써서 음악적인 변화에 치중하는 경향을 띤다. 소릿조 회심곡은 평조염불의 덕담, "일심으로 정념은 극락세계라. 염불이면 동참……"하는 사설로 시작된다.[96]

이상의 논의에서 회심곡의 곡조가 '화청 회심곡', '염불회심곡', '소릿

---

95) 한만영, 화청과 고사염불, 『한국불교음악연구』, 서울대학교출판부, 1988, 99쪽

96) 배연형, 회심곡 음반 연구, 『불교가사연구』, 동국대학교출판부, 2001

조 회심곡'으로 나누어지며, 곡조의 분화와 가사의 내용이 서로 밀접한 관련을 가지고 있다는 사실을 확인할 수 있다.

2. 문헌 중심의 유통

불교가사가 수록된 문헌을 제시하면 다음과 같다.

목판본 - 『침굉집』, 『보권염불문』(수도사본, 용문사본, 해인사본, 선운사본), 『신편보권문』, 『지경영험전』, 『수선곡』, 『권왕문』

필사본 - 『보권념불문』, 『지경녕험던』, 『歌詞』, 『사친가』, 『부인치가사』, 『화엄경소초중간조연서』, 『증도가』, 『백발가-附서간문』, 『불교가사』, 『회심곡단』, 『감응편』, 『불설멸의경』, 『범서』, 『자칙가』, 『육도가라』, 『빅가사』, 『몽환가』, 『회심곡권단』, 『서방금곡』, 『악부』, 『가집』, 『아악부가집』, 『선중방함록』, 『백남현거사속집』

활자본 - 『경허집』, 『석문의범』, 『교정계마무전』, 『만공어록』, 『인생탈춤』

잡 지 - 《조선불교월보》, 《해동불보》, 《불교》, 《일광》

자료집 - 『조선가요집성』, 『조선신가유편』, 『증보가요집성』, 『한국가창대계』, 『화청』, 『법고십이차』, 『법주사 탑돌놀이』, 『한글필사본고소설자료총서』, 『향두가·성조가』, 『단가사설집』, 『한국구비문학대계』, 『역대가사문학전집』

이상의 책에서 불교가사와 함께 수록되어 있는 여타의 글은 불교가사와 함께 그 문헌의 성격을 규정한다. 동시에 이것은 불교가사의 담론이 지니는 의미를 다르게 할 수도 있다. 문헌에 실린 한 편의 불교가사는 그 자체로 자족적인 것이 아니라 다른 구성물과 상호관계를 형성하면서 존재하는 것으로, 문헌의 성격은 불교가사의 의미를 파악하는데 중요한 단서가 된다.

불교가사가 수록된 문헌을 그 성격에 따라 분류하면, ① 문집, ② 한글 경전과 함께 묶은 책, ③ 의례집, ④ 歌集, ⑤ 巫歌集과 巫經, ⑥ 일반 가사와 함께 묶은 책, ⑦ 한글 간찰과 함께 묶은 책, ⑧ 소설과 함께 묶은 책, ⑨ 불교가사집, ⑩ 단권가사책 등으로 나눌 수 있다.

불교가사는 단일한 맥락에서 창작되고 전승된 것이 아니다. 이에 따라 채록된 자료나 기존의 문헌에 수록된 여러 이본들도 각각 그 이본만의 연행상황이 있고, 서로 다른 사회문화적 배경이 감춰져 있다. 그리고 각각의 이본에는 그 문헌을 필사하거나 판각한 주체들의 서로 다른 의식이 반영되어 있다. 이 가운데 가사 생산자의 의도를 반영하는 문헌으로는 ①과 ②를, 가사 전승자의 필요를 반영하는 매체로는 ③, ④, ⑤를, 수용자의 의식을 반영하는 매체로는 ⑥, ⑦, ⑧을 들 수 있다.

1) 가사의 생산자와 문헌유통의 맥락

(1) 문집과 불교계의 혁신

불교가사가 수록된 문집으로는 『枕肱集』『鏡虛集』『白農遺稿』가 있다. 『枕肱集』은 枕肱大師(1616~1684)의 문집이다. 여기에 〈歸山曲〉〈太平曲〉〈靑鶴洞歌〉가 수록되어 있다. 그의 가사는 선적인 풍류의식을 담으면서도, 17세기의 불교계가 안고 있는 모순과 부조리를 통렬하게 비판하고 그 대응책을 제시하고 있다. 『枕肱集』의 편자인 若休의 '枕肱遺稿序'에 보면, 대사는 자신의 시문이 후세에 전해지는 것을 원하지 않아 모두 태워버렸는데, 제자인 편자가 기록해 둔 것과 구비로 전해지는 것을 모아, 침굉 입적 후 11년만에 펴냈다고 기록하고 있다. 이런 맥락에서 그의 불교가사는 판각되기 이전에는 사찰에서 修道人을 중심으로 필사되거나 구전되었을 것으로 추정된다. 그리고 문집의 판각이 단순하게 한 禪僧을 추모하는 차원에서 그쳤던 것은 아닐 것이다. 가사의 판각 유통은 침굉이 제기한 그의 문제의식을 공유하고 그 해결방안을 찾고자 노력하는 실천적인 맥락에서 그 의의를 지닌다고 볼 수 있다.

『鏡虛集』은 鏡虛 惺牛(1846~1912)의 문집이다. 여기에 〈參禪曲〉〈可歌可吟〉〈법문곡〉이 실려 있다. 경허는 19세기말에서 20세기초에 걸쳐 한국불교사에서 禪風을 진작시키고 復興시킨 인물로 평가받고 있다. 그의 노력은 당시 불교계에 큰 반향을 일으켜 修禪의 풍조가 이루어졌고, 그의 문하에 많은 禪匠이 배출되어 곳곳에서 禪風을 떨쳐 풍미했으며, 禪室이나 禪院도 자연스럽게 개창을 보았다.[97] 그의 노력은 전국적인 범위의 선풍운동과 선풍대중화 운동으로 발전하게 된다. 1920년대의 禪學院의 창설과 禪友共濟會의 결성, 그리고 1930년대의 禪學院의 재건과 男女禪友會의 조직 등이 바로 그것이다. 그리고 이러한 운동의 중심에 경허의 제자인 漢巖과 滿空이 있다.

1942년에 발간된 『경허집』은 한국의 전통 禪脈을 계승하려는 禪學院의 주관으로 이루어졌다. '우리 功勞者의 表彰은 우리 손으로'라는 표어 아래 진행된 문집의 발간은, 전국 禪院의 首座의 힘으로 부담하기로 하였는데, 이 사업의 중심기관이 바로 中央禪院, 즉 禪學院이었던 것이다. 당시 문집 간행의 발기인으로는 韓龍雲 滿空 漢巖 등 불교계의 중진들이 대거 참여하였다. 이처럼 『경허집』의 발간과 유포는 단순하게 경허의 업적을 드러내는 차원을 넘어 선학원을 중심으로 한 禪大衆化運動과 맥을 같이 하는 것이다.[98]

『白農遺稿』는 鶴鳴禪師(1867~1929)의 유고문집이다. 지금까지 〈圓

---

97) 성타, 경허의 선사상, 『한국불교사상사』, 원광대출판부, 1975, 1116쪽
98) 김광식, 『한국근대불교사연구』, 민족사, 1996, 136~137쪽

寂歌〉〈往生歌〉〈新年歌〉〈參禪曲〉〈解脫曲〉〈望月歌〉〈禪園曲〉의 가사가 수록된 것으로 알려져 있다. 그는 1920년대 내장사에서 半農半禪을 표방한 불교혁신운동을 펼쳤으며, 선학원 및 선우공제회의 창립과 운영에 주도적인 역할을 하기도 하였다. 그러나 그의 문집은 유고로만 존재할 뿐 정식 체제를 갖춘 문집으로 간행되지는 않았고, ≪불교≫지에 그의 가사가 소개됨으로써 대중적으로 알려지게 되었다.

그의 가사는 짧은 형식에 새시대의 희망에 찬 분위기를 담고 있는 특징이 있는데, 창가 형식에 가까운 그의 가사는 佛誕日 成道節 涅槃節 등과 포교회의 행사에서 필요로 하는 새로운 틀의 불교가사였다. 새로운 불교의식집으로 1935년에 간행된 『석문의범』에 그의 가사 〈圓寂歌〉〈往生歌〉〈新年歌〉가 수록된 것은 우연한 일이 아니다.[99]

枕肱, 鏡虛, 鶴鳴의 문집에 실린 불교가사는, 각기 그들이 처하고 있는 시대의 불교계의 현실에 대한 문제의식을 노정하면서 불교계의 자각을 요구하거나, 그 변화의 고리를 가사의 창작과 전파를 통해 마련하고 있다는 점에서, 불교가사의 한 맥을 형성하고 있다. 이들 가사를 담고 있는 문집은 그들이 추구했던 불교운동의 한 맥락에서 그 계승자들에 의해 적극적으로 판각되었고, 전국적인 모금을 통해 활자본으로 간행되었으며, 전국적인 보급망을 가진 불교잡지를 통해 폭넓게 전파되었다는 데 그 유통의 특징이 있다.

(2) 강경문으로의 유통

한글 경전과 불교가사를 함께 묶어 유통시킨 문헌으로는 『持經靈驗

---

99) 최근에 채록된 향두가에도 그의 가사 〈원적가〉가 수록되어 있다. 김성배, 『향두가·성조가』, 정음사, 1975, 78쪽

傳』과『불셜멸의경』이 있다. 그리고『梵書』와『육도가라』는 불경을 가사화한 독립적인 문헌으로, 같은 성격을 지니고 있다.

『지경영험전』은 1795년에 불암사에서 판각한 여러 편의 글을 모은 것으로 국립도서관에『金剛靈驗傳』이라는 표제로 전한다.100) 여기에는 불교가사 〈전설인과곡〉〈수선곡〉〈권선곡〉〈참선곡〉이 「지경영험전」, 「관세음보살지송영험전」과 함께 수록되었다. 「지경영험전」에는『金剛經』을 외운 공덕으로 환생하거나 天上樂을 받았다는 내용의 일화가 19편, 「관세음보살지송영험전」에는『觀音經』을 외운 공덕으로 복덕을 입었다는 일화가 26편 실려 있다.

불암사 장판으로 현재 전하는 것은 32종이다. 그 내용은 경전, 불교가사, 위경, 도가류의 책, 의식문, 팔만대장경 목록 등 다양하다. 이 가운데 경전과 불교가사를 묶어 펴낸 것이『지경영험전』이다.

　대승무량수장엄경 안택신주경 증정경신록과 여러 다라니경을 가려뽑은 진언요초, 이 네 판본은 처음에 판본이 없었는데, 이번에 처음으로 판에 새겼다. 팔양경 은중경 고왕경 조왕경 환희조왕경 명당신경의 여섯 종류는 원래 판본이 있었는데 세월이 오래 흘러 닳아진고로 다시 판에 새겼다. 육도가타경과 여러 경전 가운데 가려뽑아 전설인과곡이라 이름붙이고, 지경영험전언역과 〈권선곡〉〈참선곡〉〈수선곡〉 또한 간행하였다. 장엄경 진언요초 은중경 고왕경을 합하여 한 권으로 만들고, 경신록 상하편을 합하여 한 권으로 만들고, 팔양경 안택경 조왕경 명당경 등을 합하여 한 권으로 만들고, 영험전 〈인과곡〉〈권선곡〉〈참선곡〉〈수선곡〉 등을 합하여 한 권으로 만들었다.101)

---

100) 불암사 장판을 쇄출하여 펴낸 문헌은 이외에도 규장각 소장의『팔양경』, 동국대소장의『인과곡언해』와『전설인과곡』등이 남아 있다.

101) 今玆 大乘無量數莊嚴經 安宅神呪經 增訂敬信錄 及 抄諸多羅尼經 名曰

인용문은 불암사 장판의 『佛說高王觀世音經』 뒤에 붙어 있는 刊記
인데, 이를 보면 원래는 「지경영험전」을 〈전설인과곡〉〈권선곡〉〈참선
곡〉〈수선곡〉 등과 함께 일책으로 엮어놓았음을 알 수 있다. 그리고 네
편의 가사 중에서 〈전설인과곡〉은 『六道伽陀經』을, 〈수선곡〉은 『如來藏
經』을 가사화한 것으로 밝혀놓았다. 『육도가타경』은 地獄, 餓鬼, 傍生
(畜生), 阿修羅, 人道, 天道 등의 六道를 노래한 偈頌인데, 〈전설인과곡〉
에서는 경전의 내용을 본사로 삼고, 본사의 앞뒤에 '서곡'과 '별창권락
곡'을 붙여놓았다. 〈전설인과곡〉의 요지는 善行者는 善果를 惡行者는
惡果를 거둔다는 것으로, 선행 텍스트인 『육도가타경』의 내용을 비교적
충실하게 드러내고 있다. 〈수선곡〉은 생사이별의 우환과 설움이 없는
不動國에 왕생하기 위해서는 善心積德하고 염불하며, 善心으로 보시해
야 한다는 요지를 담고 있고, 중간이후에는 不動國에 나는 여러 가지
방편을 나열하고 있는데, 제목 밑에 '出如來藏經'이라 하여, 이 가사가
『如來藏經』을 대본으로 하였음을 밝혀놓았다.

『불셜멸의경』에는 「불셜멸의경」, 「불셜열반경」과 함께 불교가사 〈왕
싱곡〉이 수록되어 있다. 「불셜멸의경」은 말세에 악업만 짓는 이를 어떻
게 제도할 것인가라는 보살의 물음에 부처가 설한 내용이 담겨있다. 가
르침의 내용은 三種의 善根 因緣을 쌓으면 천상에 올라 무한한 복락을

眞言要抄 此四種 初無板本 而始克剞劂者也 八陽經 恩重經 高王經 竈王
經 歡喜竈王經 明堂神經 此六種 原有刊板 而歲久刊剝 故重爲鋟梓者也
六道伽佗經 與諸經 中 抄出諺譯 名曰 奠說因果曲 幷持經靈驗傳諺譯 及
勸禪曲 參禪曲 修善曲 亦爲入刊 而莊嚴經 眞言要抄 恩重經 高王經 合爲
一册 敬信錄 上下編 合爲一册 八陽 安宅 竈王 明堂 等經 合爲一册 靈驗
傳 因果 勸禪 參禪 修善等曲 合爲一册爲 竊念 諸種經卷 發願刊行者 壹
爲普勸諸貴賤男女老少 僧道 各種福田 生亨安泰 死往極樂云爾(上之十九
季(1795) 乾隆 乙卯暮春開刊 楊州 天寶山 佛巖寺 藏板)

받을 것이라는 것인데, 그 세 가지 선근은 곧, 참선공부와 염불공부와 자비심으로써 중생을 이끌어 불법에 귀의케 하는 것이다. 「불설열반경」은 부처가 사라쌍림에 의지하여 열반에 든 후, 그의 죽음을 애달파하는 마야부인에게 설한 내용이 실려 있다. 그 요지는 불법을 비방하지 말고 찬양하면 천상락을 받을 것이요, 아미타불 극락 발원이 진실한 선근이니, 하루 한 번씩이라도 염불에 힘쓰라는 것이다.

여기에 함께 수록되어 있는 〈왕생곡〉은 극락왕생이라는 주제를 담은 가사이다. 작품의 전반부엔 인생의 무상함을 비교적 길게 서술한 뒤, 三惡道에 빠진 인간은 지옥에서 온갖 고초를 다 겪는다는 내용을 담고 있다. 그리고 이 고초에서 벗어나는 방도를 『아미타경』에 있는 부처의 설법을 인용하여 제시하고 있다. 이처럼 〈왕생곡〉은 『아미타경』등의 정토계 경전을 수용하여 가사화한 것으로서 일종의 講經文이라 할 수 있다. 이런 점에서 〈왕생곡〉은 『불설멸의경』에 수록된 다른 경문과 대등한 위치에 서 있다.

더욱 주목되는 것은 이러한 문헌 속에서 작품 자체에 대한 인식이 작품의 서두에서 결말부분까지 여러 번에 걸쳐 반복된다는 점이다.

오회라 슬푼지라 무량겁을 드나들며 삼계화퇵 싱스듕의 고초밧는 듕싱들아 꿈들만 꾸지말고 셩교말슴 들어보오

우리셰존 대법왕이 빅쳔방변 베프르샤 삼계듕싱 구완할졔 셩교듕의 이른말슴 십만억토 셔편쪽의 극낙이라 ᄒᆞᄂᆞᆫ세계 엇지ᄒᆞ여 극낙인고

이경문을 ᄌᆞ시솗허 세샹참차 부뎌말고 아미타불 졍토발원 몸셩홀졔 놀지말고 시시넘넘 아미타불 셔셔도 아미타불 이몸만 바리오면 극낙으로 바로가오

작품의 서두에서 앞으로 이야기할 내용은 바로 성인의 가르침이라는 가치를 부여함으로써 〈왕생곡〉을 경전의 위치로 끌어올리고 있으며, 작품의 중간과 끝부분에 이러한 가치를 재확인하는 진술을 반복적으로 제시하고 있다. 특히 작품의 중간 부분에는 『아미타경』을 소의 경전으로 하여, 극락의 장엄상과 극락에 왕생한 이들의 前生 因果를 길게 나열하고 있다.

한편 경전과 함께 실려 전하는 불교가사는 아니지만, 그 자체가 경전의 구실을 하고 있는 단행본으로 『梵書』와 『육도가라』를 들 수 있다. 『범서』 속의 〈법화일승가〉는 『묘법연화경』의 전체적인 순서와 체제를 충실하게 따르면서 요약하고 있는 가사다. 〈육도가라〉는 고해에서 벗어나 피안에 도달하는 방편으로 布施, 持戒, 忍辱, 精進, 禪定, 智慧 등의 6바라밀을 실천하도록 권면하고 있는 가사다. 이 작품은 불도들에게 利他自利라는 대승불교의 성취를 권면하기 위해 지어진 가사로 생각된다.[102]

이상에서 불교가사가 경전과의 연관 선상에서 유통되는 양상을 살펴보았다. 불교가사가 경전과 함께 수록되어 있는 경우와, 경전을 충실하게 가사로 옮기는 경우에, 그 가사는 佛法을 담고 있는 경전에 상응하는 가치를 지니는 것으로 인식되고 있음을 알았다. 불교의 대승경전을 그 경전의 大義를 벗어나지 않는 범위에서 구어로 풀이하는 것을 講經文이라고 한다면, 여기에 제시한 불교가사는 바로 강경문으로서 유통된 것이라 할 수 있다.[103]

---

102) 최강현, 불교가사 육도가를 살핌, 상산정재호박사 화갑기념논총 『한국가사문학연구』, 태학사, 1995, 570～571쪽

103) 강경문은 중국의 六朝 이래 불교의 '唱導'와 '轉讀'에서 유래했다. 이는 대승경전을 바탕으로 하여 종교교의나 교리를 풀어 낸 것으로, 사원에서

2) 가사의 전승자와 문헌유통의 맥락

(1) 의식 대본인 의례집

불교의 儀式節次나 眞言類와 함께 불교가사가 편집된 문헌으로는 1700년대의 『普勸念佛文』과 1900년대의 『釋門儀範』이 있다.

『보권염불문』은 1704년에 청허후예인 明衍이 예천의 용문사에서 펴낸 염불의례서다. 이 문헌에서 불교가사의 컨텍스트로서 관련을 지니는 깃은 『아미타경』과 여러 가지 의식질차, 즉 念佛作法과 食堂作法 그리고 眞言多羅尼 등이다. 念佛作法은 각 판본마다 공통적으로 수록되어 있는데, 염불작법을 행하면서 부르는 偈頌과 眞言多羅尼가 순서대로 소개되어 있다.104) 食堂作法은 용문사본과 수도사본에 수록되어 있는데 靈山齋를 마치면서 상단권공에 올렸던 공양물을 다시 대중들에게 공양을 하면서 행하는 의례이다.105) 이러한 의식 절차는 불교가사가 의식에

俗講僧, 法師, 都講, 維那에 의해 구연되었다. 이는 佛本生이나 민간의 전설고사와 영웅고사, 역사고사를 신이한 색채로 윤색하여 가두에서 구연한 變文과는 그 성격이 다르다. (林家平 外, 『中國敦煌學史』, 北京語言學院出版社, 1992, 635~636쪽 참고)

104) 염불작법의 내용을 소개하면 다음과 같다.
淨口業眞言 뎡구업진언 / 開經偈 一說 기경게 / 開法藏眞言 三誦 기법장진언 삼송 / 천슈천안 관즈지보살 광대원만 무애대비심 신묘장구 대다라니왈 / 次道場偈云 도량게운 / 次懺悔偈云 참회게 三說 / 讚佛偈 / 阿彌陀佛贊 / 往生偈 왕싱게

105) 念佛作法과 食堂作法의 의미는 한마디로 靈山會上의 거대한 관념적 체계를 불교의식이란 형식을 통하여 형상화하려는 것이다. 그런데 영산회상의 관념체계를 입체적으로 형상화하기 위해서는 음악적 요소, 무용적 요소 및 의식도량의 장엄 등을 모두 필요로 하게 된다. 이 같은 제요소들을 불교의식의 구성요소로 삼을 때 그 같은 불교의식 자체를 作法이라하며, 그것이 형상화하려고 하는 관념체계에 따라 영산작법 식당작법 등으

서 어떤 위상을 지니고 있으며 가사의 구연이 어떤 효과를 기대하는지를 유추하는데 중요한 맥락이 된다.

불교가사가 최초로 판각되어 유통의 범위를 크게 확장하고 있는 문헌이 염불의례서라는 것은 주목할 만한 사실이다. 〈서왕가〉〈인과문〉〈회심가〉 등의 가사가 구전과 필사로 전승되다가 1700년대 초반에서 중반에 이르는 시기에 비로소 판각의 기회를 가지게 된 것은, 염불의례로 대표되는 불교의식의 정비과정에서 그 필요성이 제기되었기 때문이다. 그리고 이들 작품이 18세기 한 세기 동안 거듭 판각 유통되었다는

로 나누어지는 것이다. 결국 作法이란 넓은 의미에서 불교의식 자체를 말하는 것이라 하여도 무방하다. 불교의식 자체를 作法이라하고 있는 구체적인 자료는 조선후기에 편찬된 의식집으로서 『작법귀감』을 들 수 있다.(홍윤식, 『한국불교사의 연구』, 교문사, 1988, 446쪽)

다음으로 眞言多羅尼와 관련하여 조선시대의 전반적인 국역경전의 현황과 관련시켜 살펴볼 필요가 있다. 현재 전하는 조선시대의 국역경전은 60여종에 이르는데, 기도 제사 佛供 등에 관계되는 진언다라니류가 가장 많고, 다음으로는 천지팔양경 등의 위경류와 아미타경 등의 정토계 경전, 그리고 지장관계 경전이 많이 유포되었다(홍윤식, 앞의 책, 312~313쪽). 특히 18세기 이후에는 『梵音集』(경종 3년(1723) 지리산의 智還이 小禮 大禮 預修 志盤 仔夔文 등의 의식집을 折衝 刪補한 것으로 전남곡성 도림사에서 개간함. 齋儀式 作法을 집대성한 책.) 『作法龜鑑』(순조 2년 (1826) 순창 龜岩寺의 白坡가 刪補한 상하권으로 된 儀式集.) 『同音集』 (연대미상. 刪補者 미상. 의식절차를 수록한 책이 아니라 모든 불교의식에 있어 실제 범패로 부르는 曲名을 모아 수록한 의식집.) 『一判集』(작자와 연대 미상. 18세기 이후에 편찬된 것으로 추정됨.) 등의 의례서가 거듭 판각되었는데, 이들 문헌은 범패의 기능을 중요시하여 이의 원류를 바로잡고 정확하게 전승 유포하려는 의도를 가지고 편찬되었다. 그런데 조선후기에 새삼스럽게 의식에 있어 음률이 문제시되어 왔다는 것은 조선시대의 불교의식에 眞言類가 많이 삽입된 결과이며, 眞言의 讀誦은 바른 음률에 의해서 행해져야 한다는 인식에서 기인하는 것이라 한다.(홍윤식, 앞의 책, 288쪽)

것은, 그만큼 그 시대 불교계에서 염불의례서에 대한 수요가 컸고, 동시에 불교가사에 대한 수요도 컸다는 것을 의미한다.

불교의례의 정비와 불교가사의 유통이 밀접한 관련을 맺고 있는 양상은, 1900년대에 새로운 의식의 정비가 시대의 화두로 등장하였을 때 다시 한 번 확인된다. 『석문의범』은 1935년에 펴낸 불교의례서로서 『志盤文』『仔虁文』『梵音集』『作法龜鑑』『要集』 등의 내용을 토대로 의식문을 합리적으로 정비한 책이다.[106] 이책에는 『범음집』과 『작법귀감』을 모본으로 하면서도, 이러한 책에서 특히 강조하고 있는 의식음악인 범패에 관해서는 한 마디 언급도 없다.[107] 대신 『석문의범』에는 기존에 '화청'으로 인식해 온 많은 수의 불교가사를 수록하였으며, 단형 가사와 창가형식의 새노래도 수용하고 있다. 이러한 변화는 산중불교가 도시불교로 전환하는 시대에 의식의 전통을 재확립하는 의의를 지닌다. 그리고 그 변화의 중심에 불교가사가 있다는 것을 다시 한 번 확인할 수 있다.

(2) 시정유통의 대본인 가집

불교가사가 수록된 가집에는 『樂府』『歌集』『雅樂部歌集』이 있다.

『樂府』에는 〈회심곡〉〈속회심곡〉〈별회심곡〉〈특별회심곡〉〈나옹화상서왕가〉〈마설가〉〈몽환가〉〈일소가〉〈몽환별곡〉이 수록되어 있다. 『歌集』에는 〈회심곡〉(2편) 〈속회심곡〉〈별회심곡〉이 수록되어 있다. 『雅樂部歌集』에는 〈회심곡〉〈속회심곡〉〈별회심곡〉〈몽환가〉가 수록되어 있다.

---

106) 권상로의 서문
107) 홍윤식, 앞의 책, 320쪽

『악부』는 편자인 이용기가 1930~1934년 사이에 李王職雅樂部에서 소장하고 있던 여러 가지 가창 대본을 보고 필사한 것으로 추정된다.[108] 수록된 작품은 가사, 잡가, 민요, 시조, 창가, 동요, 한시문, 소설, 수필 등이다. 『가집』과 『아악부가집』도 비슷한 성격과 내용을 가지고 있다. 여기에 실린 노래는 일반적으로 창이나 음영이나 낭송을 통해 널리 불려진 곡조를 중심으로 수록해 놓은 것인데, 사실은 전문 가창인들의 레퍼토리를 집대성한 것으로 볼 수 있다. 여기에 실린 불교가사의 경우는 그때까지 화청승, 탁발승, 걸립패 등에 의해 널리 구연되었던 노래의 대본이라는 성격을 가진다. 한편 〈별회심곡〉(『아악부가집』 15번), 〈별회심곡-관악산됴〉(『가집』 128번), 〈별회심곡-관악산됴〉(『악부』 14번)은 기존에 유통되던 〈회심곡〉과 상당한 거리에 놓여 있어, 〈회심곡〉의 연행이 다양하게 확대되고 있는 실상을 잘 보여주고 있다.

3) 가사의 수용자와 문헌유통의 맥락

(1) 무경과 무가로의 수용

『朝鮮神歌遺篇』에 수록된 〈回生曲〉과 〈戒責歌〉는 편자인 손진태가 東萊郡 龜浦의 무녀인 韓順伊로부터 수집한 무경을 옮긴 것이다. 그리고 ≪불교≫ 88호에 소개한 〈서왕가〉〈자책가〉〈권왕가〉는 동래 구포의 맹인 崔順道 소장의 필사본을 옮긴 것이다. 이들 자료는 불교가사가 독경무의 무경으로 수용되고 있음을 여실히 보여주고 있다.

『歌詞』에는 〈육갑회심곡〉, 〈천혼왕생극락가〉, 〈자책가〉가 수록되어

---

108) 임기중, 아악부가집과 악부와 가집, 『고전시가의 실증적 연구』, 동국대학교출판부, 1992, 610쪽

있는데, 이중 〈육갑회심곡〉은 진오기굿을 할 때 구연되는 무가이다. 이
는 이들 노래가 불교가사로서 수용되었거나, 무경으로서 독경무에 의해
연행되었음을 의미한다.

　『한국구비문학대계』에는 〈무상가〉〈회심곡〉〈별회심곡〉〈왕생가〉〈백
발가〉 등의 가사가 모두 27회에 걸쳐 '巫歌'로서 채록되어 있는데, 이들
중 많은 부분은 讀經巫의 巫經集을 채록한 것이다. 〈회심곡〉(2-9)[109] 〈별
회심곡〉(2-9) 〈진오기〉(3-1)는 〈회심곡〉을 그대로 차용한 것이며, 〈회
심곡해원〉(1-9) 〈조상경〉(2-2) 〈별회심곡〉(2-5) 〈해원푸리〉(3-2)는 〈회
심곡〉을 구연 상황에 맞게 변형한 것들이다. 이외에 〈왕생가〉(2-5)는
〈왕생가〉를, 〈회심곡〉(2-5)은 본고에서 〈회심가〉라 부르는 불교가사를
그대로 빌어 쓴 것이다. 〈무상가〉(2-5)는 불교가사 〈권왕가〉와 〈몽환가〉
를 뒤섞어 무가로 활용한 것이며, 〈백발가〉(2-5)는 불교가사 〈백발가〉
를 구연상황에 맞게 변형한 것이다.[110] 독경무에 의해 유통된 가사는
〈회심곡〉〈서왕가〉〈자책가〉〈권왕가〉〈회심가〉〈왕생가〉〈몽환가〉〈백
발가〉 등이며 이중에서 가장 널리 유통된 것은 역시 〈회심곡〉이다.

(2) 일반 독자들의 수용

　일반가사나 언간 및 소설과 함께 유통되는 불교가사는 독자층의 수
용인식을 반영하고 있는 문헌으로 생각된다.

　일반가사와 함께 불교가사가 수록되어 있는 문헌으로는 『사친가』
『부인치가사』『빅가사』가 있다. 『사친가』에는 〈사친가〉, 〈철륜낙사가〉,

---

109) 일련 번호는 『한국구비문학대계』의 권수이다.

110) 이상에 대해서는 이 책에 수록된 「불교가사와 무가의 상호 텍스트성」
　　참고.

〈담천륜낙사가〉 등의 내방가사와 한글 간찰인 '상장신힝서'와 함께 불교가사 〈빅발가〉가 수록되어 있다. 『부인치가사』에는 내방가사인 〈치가사〉와 한글 간찰의 대본인 '언간독(上下)'과 함께 〈회심곡이라〉가 실려 있다. 『빅가사』에는 〈초당문답가〉의 연작이 수록되어 있고 이와 함께 〈토굴슈지염불〉이 수록되어 있다.

불교가사가 한글간찰과 함께 실려있는 문헌으로는 『사친가』 『부인치가사』와 『빅발가』가 있다. 앞의 두 책은 일반가사와 함께 합철되어 있고, 『빅발가』에는 불교가사 〈빅발가〉와 함께 서간문 두 편이 함께 수록되어 있다.

소설과 불교가사가 함께 수록되어 있는 문헌은 딱지본인 『교정제마무전』이다. 여기에는 소설과 함께 〈회심곡〉이 수록되어 있다. 이외에도 『교주가곡집』에 소개된 〈회심곡〉에 "光緖坊刻졔마무던附刊"이라는 문구가 있는 것으로 보아, 〈제마무전〉은 〈회심곡〉과 함께 방각본과 딱지본으로 유통된 것을 알 수 있다. 그리고 박순호 소장의 필사본 소설 이본 자료에도 〈회심곡〉이 세 편111) 수록되어 있는데, 이 또한 〈회심곡〉이 소설에 버금가는 서사성을 가진 독서물로 인식되어 읽혔거나 소설과 합철되어 유통되었을 가능성을 강하게 시사한다.

일반가사 및 서간문 그리고 소설과 함께 필사된 가사는 대부분 〈회심곡〉과 〈빅발가〉이다. 〈빅발가〉는 인생무상을 토로하는 일종의 歎老歌로서, 특별히 종교적인 의미를 부여하지 않아도 될 만한 내용이다. 유통의 범위가 불교문화권 밖으로 확장될 여지가 많다. 〈회심곡〉은 인생의 생로병사와 저승에서의 심판이 순차적으로 전개되며, 인생무상과 죽음에 대한 두려움이 극적으로 과장되어 있다. 이러한 흥미소는 이 작품이 민간에서 폭넓게 수용되는 요인이 된 것으로 보인다.

---

111) 『한글필사본고소설자료총서』, v.51, v.70, v.86, 월촌문헌연구소

Ⅳ. 작품 유통의 통계적 실상

1. 작품의 판본별 분포

문헌에 실린 불교가사를 판본별로 나누어 소개하면 다음과 같다.

1) 목판본과 필사본

표 제	출전문헌	판본	필사나 판각된 연도	이본 및 대표작품명
가가가영	역대 1416번	필		가가가음
가가가음	역대 1418번	필		가가가음
감사별곡	서방금곡 역대 1435번	필	1931	회심곡
강월존자서왕가	신편보권문	목	1776	서왕가
광대모연가	화엄경소초중간조연서	필	1855	
광제가	불교가사	필	1887	
권불가	불교가사	필	1887	회심가
권선곡	지경녕험뎐	필		권선곡
권선곡	수선곡	목	1795	권선곡
권왕가	권왕문	목	1908	권왕가
권왕가	역대 1508번	필		권왕가
권왕가	역대 1509번	필		권왕가
권왕가	역대 1510번	필		권왕가
권참곡	역대 1516번	필		법문곡(경허)
귀산곡	침굉집	목	1695	
나옹스님토굴가	강전섭 (1986)	필		증도가
나옹화상서왕가	악부	필	1930~1934경	서왕가
나옹화상셔왕가라	역대 1299번 〈인선가라〉에 수록	필		서왕가
나옹화상수도가	감응편	필		증도가

표 제	출전문헌	판본	필사나 판각된 연도	이본 및 대표작품명
나옹화상승원가	나옹화상승원가 역대 1570번	필		자책가
나옹화상자칙가라	나옹화상자칙가라 역대 1571번	필		자책가
나옹화상증도가	증도가	필	1864~1899	증도가
나옹화상서왕가라	보권념불문	필		서왕가
나옹화상셔왕가라	보권염불문	목	1704,1741,1764,1765,1776,1787	서왕가
뎐셜인과곡	지경녕험뎐	필		전설인과곡
마설가	악부	필	1930~1934경	참선곡(지형)
몽중회심곡	감응편	필		
몽환가	아악부가집 227번	필	1934~1935경	몽환별곡
몽환가	악부 309번	필	1930~1934경	몽환별곡
몽환가	증도가	필	1864~1899	몽환가
몽환가	몽환가(두루마리본)/ 역대 520번	필		몽환별곡
몽환가	서방금곡 역대 1741번	필	1931	몽환가
몽환가	역대 1740번	필		몽환가
몽환가	역대 1739번	필		몽환별곡
몽환별곡	악부 320번	필	1930~1934경	몽환별곡
무량가	무량가 역대 1743번	필		회심곡
백발가	불교가사	필	1887	백발가
백발가	서방금곡 역대 1771번	필	1931	백발가
백발가	역대 1769번	필		백발가
백발가	역대 1768번	필		백발가
백발가	역대 1164번	필		백발가

표 제	출전문헌	판본	필사나 판각된 연도	이본 및 대표작품명
백발가	역대 1163번	필		백발가
백발가	역대 1770번	필		백발가
법화일승가	범서	필		
별회심곡	악부	필	1930~1934경	회심곡
별회심곡	역대 1785번	필		회심곡
별회심곡	역대 1170번	필		회심곡
별회심곡	가집	필	1934	회심곡
별회심곡	아악부가집	필	1934~1935경	회심곡
빅발가	白髮歌附書簡文	필	1865 혹은 1925	백발가
빅발가	사친가	필	1839 혹은 1899	백발가
빅발가	역대 541번	필		백발가
빅발가	역대 1816번	필		백발가
빅발가	역대 1817번	필		백발가
사체가	서방금곡 역대 1435번 첨부	필	1931	회심곡
삼연선생염불가	감응편	필		
서왕가	감응편	필		서왕가
선심가	불교가사	필	1887	회심곡
셔왕가	가사집 역대 1216번	필		서왕가
셔왕가	셔왕가 역대 1862번	필		서왕가
셔왕가	권왕문	목	1908	서왕가
속회심곡	악부	필	1930~1934경	회심곡
속회심곡	가집	필	1934	회심곡
속회심곡	아악부가집	필	1934~1935경	회심곡
수선곡	감응편	필		수선곡
슈션곡	수선곡	목	1795	수선곡

표 제	출전문헌	판본	필사나 판각된 연도	이본 및 대표작품명
슈션곡	지경녕험뎐	필		수선곡
슈션곡	지경영험전	목	1795	수선곡
신년가	역대 1904번	필		신년가(학명)
열반가	역대 1598번	필		열반가(권상로)
열반가	서방금곡 역대 1597번	필	1931	열반가(학명)
영암화상토굴가	영암화상토굴가 이상보 (1980)	필	1829 혹은 1889	토굴가
왕생가	역대 1999번	필		왕생가
왕생가	역대 1998번	필		왕생가
왕생가	역대 2000번	필		왕생가
왕생가	역대 2001번	필		왕생가
왕생곡	역대 2003번	필		왕생곡
왕싱곡	불셜멸의경	필		왕생곡
원적가	역대 1281번	필		열반가(학명)
육갑회심곡	가사	필	1835 혹은 1895	
육도가라	육도가라	필		
인과문	보권염불문	목	1704,1741,1764,1765,1776,1787	인과문
인과문	보권넘불문	필		인과문
일소가	악부	필	1930~1934경	
입실가	백남현거사속집 역대 2094번	필	1920	
이달한노러	불교가사	필	1887	
자책가	역대 2102번	필		자책가
자책가	자칙가	필		자책가
자책가	증도가	필	1864~1899	자책가
자책가	가사	필	1835 혹은 1895	자책가

표 제	출전문헌	판본	필사나 판각된 연도	이본 및 대표작품명
자칙가	권왕문	목	1908	자책가
자칙가라	역대 2107번	필		자책가
ㅈ칙가	가사집 역대 1303번	필		권왕가
장안걸식가라	화엄경소초중간조연서	필	1855	
장한가	장한가	필		
재이변회심곡	재이변회심곡 역대 2127번	필		회심가
전설인과곡	수선곡	목	1795	전설인과곡
제일참선곡	역대 2149번	필		참선곡(지형)
진여자성가	감응편	필		
참선곡	수선곡	목	1795	참선곡(지형)
참선곡	서방금곡 역대 2207번	필	1931	참선곡(학명)
천혼왕생극락가	가사	필	1835 혹은 1895	
청학동가	침굉집	목	1695	
청허존자회심가	신편보권문	목	1776	회심가
초암가	초암가 역대 2252번	필		초암가
초암가	초암가 역대 2251번	필		초암가
초암가	감응편	필		초암가
초암가	증도가	필	1864~1899	초암가
태평곡	침굉집	목	1695	
토곡가	토골가 역대 2320번	필		토굴가
토굴슈지염불	빅가사	필		도굴가
특별회심곡	악부	필	1930~1934경	회심곡
환참곡	역대 2423번	필		회심곡
회심가고	보권념불문	필		회심가

표 제	출전문헌	판본	필사나 판각된 연도	이본 및 대표작품명
회심가고	보권염불문	목	1764,1765,1776, 1787	회심가
회심곡	증도가	필	1864~1899	회심가
회심곡	악부	필	1930~1934경	회심가
회신곡	우민가 회신곡 역대 1403번	필		회심곡
회심곡	역대 2435번	필		회심곡
회심곡	역대 1769번 〈백발가〉 의 뒷부분	필		회심곡
회심곡	역대 2436번	필		회심곡
회심곡	역대 2434번	필		회심곡
회심곡	역대 2437번	필		회심가
회심곡	역대 2433번	필		회심곡
회심곡	역대 2438번	필		회심곡
회심곡	교훈가 역대 1400번	필		회심곡
회심곡	아악부가집	필	1934~1935경	회심가
회심곡	가집 93번	필	1934	회심곡
회심곡	가집 126번	필	1934	회심가
회심곡	자칙가	필		회심가
회심곡	회심곡권단	필		회심곡
회심곡	감응편	필		회심가
회심곡	회심곡단	필	1893경	회심곡
회심곡니라	한글필사본고소설자료 총서 51권	필		회심곡
회심곡니라	회심곡니라 역대 1404번	필		회심곡
회심곡이라	한글필사본고소설자료 총서 70권	필		회심곡
회심곡이라	부인치가사	필	1848경	회심곡
회심곡일권	한글필사본고소설자료 총서 86권	필		회심곡

2) 활자본

표 제	출전문헌	출간 및 채록연도	이본 및 관련 작품
가가가음	경허집	1942	가가가음
가가가음	석문의범	1935	가가가음
계책가	조선신가유편	1930	자책가
권왕가	법주사탑돌놀이	1972	권왕가
권왕가	불교 89,90호	1931.11~1931.12	권왕가
권왕가	조선불교월보 17,18호	1913.6~1913.7	권왕가
권왕가	석문의범	1935	권왕가
권왕문	해동불보1~3호	1913.11~1914.1	권왕가
귀일가	조선불교월보8호	1912.9	
기념가	조선불교월보7호	1912.8	
나옹화상낙도가	조선가요집성	1934	증도가
나옹화상서왕가	조선가요집성	1934	서왕가
나옹화상서왕가	조선가요집성	1934	서왕가
나옹화상심우가	조선가요집성	1934	참선곡(지형)
망월가	불교 69호 (백농유고)	1930.3	
몽환가	법주사탑돌놀이	1972	몽환가
몽환가	석문의범	1935	몽환가
반회심곡	한국가창대계	1976	회심곡

표 제	출전문헌	출간 및 채록연도	이본 및 관련 작품
반회심곡	화청	1969	회심곡
백발가	단가사설집 23번	1990	백발가
백발가	법주사탑돌놀이	1972	백발가
백발가	석문의범	1935	백발가
법문곡	경허집	1942	
별별회심곡	법고십이차	1967	
별회심곡	조선가요집성	1934	회심곡
별회심곡	석문의범	1935	회심곡
별회심곡	법주사탑돌놀이	1972	회심곡
별회심곡-불가조	한국가창대계	1976	회심곡
서왕가	불교 88호	1931.10	서왕가
선원곡	일광 2호 (백농유고)	1929	
신년가	석문의범	1935	신년가
신년가	불교 68호 (백농유고)	1930.2	신년가
십계행가	법고십이차	1967	
열반가	불교 63호 (백농유고)	1929.9	열반가(학명)
열반가	석문의범	1935	열반가(퇴경)
염불가	화청	1969	
왕생가	석문의범	1935	왕생가
왕생가	불교 66호 (백농유고)	1929.12	왕생가
왕생가	한국가창대계	1976	왕생가
원적가	석문의범	1935	열반가(학명)
원효대사수도가	법고십이차	1967	
육갑시왕원불 지옥십악업	한국가창대계	1976	육갑시왕원불가
육갑시왕지옥원 불십악업	화청	1969	육갑시왕원불가

표 제	출전문헌	출간 및 채록연도	이본 및 관련 작품
인생탈춤	인생탈춤	1978	
자책가	불교 88호	1931.10	자책가
참선곡	건봉사선중방함록 대중불교	1922	참선곡(한암)
참선곡	경허집	1942	참선곡(경허)
참선곡	만공어록	1968	참선곡(만공)
참선곡	석문의범	1935	참선곡(경허)
참선곡	불교 65호 (백농유고)	1929.11	참선곡(학명)
참선을 배워 정진하는 법	만공어록	1968	
초발심수행가	법고십이차	1967	
팔상에 대한 말씀	화청	1969	팔상가
해탈곡	불교 64호 (백농유고)	1929.10	
회생곡	조선신가유편	1930	회심곡
회심곡	조선가요집성	1934	회심가
회심곡	법주사탑돌놀이	1972	회심가
회심곡	증보가요집성	1955	회심곡
회심곡	증보가요집성	1955	회심곡
회심곡	교정제마무전	1916	회심곡
회심곡-불가조	한국가창대계	1976	회심곡
회심곡-소릿조	한국가창대계	1976	회심곡
회심곡	석문의범	1935	회심가

2. 이본의 작품군별 분류

이상에 소개된 목판본과 필사본으로 전하는 151편과, 활자본으로 전하는 63편의 이본을 내용의 유사성에 따라 묶으면, 모두 58편의 독립적인 작품(혹은 作品群)으로 나누어진다.

1.가가가음(경허) 2.광대모연가(남호) 3.광제가 4.권선곡(지형) 5.권왕가(동화축전) 6.귀산곡(침굉) 7.귀일가(최취허) 8.기념가(김정혜) 9.망월가(학명) 10.몽중회심곡 11.몽환가 12.몽환별곡 13.백발가 14.법문곡(경허) 15.법화일승가 16.별별회심곡(권수근 구술) 17.삼연선생염불가(김창흡) 18.서왕가 19.선원곡(학명) 20.수선곡(지형) 21.신년가(학명) 22.십계행가(권수근 구술) 23.열반가(퇴경) 24.열반가(학명) 25.염불가(이경협 구술) 26.왕생가(학명) 27.왕생곡 28.원효대사수도가(권수근 구술) 29.육갑시왕원불가(이경협 구술) 30.육갑회심곡 31.육도가라 32.인과문 33.인생탈춤(이홍선) 34.일소가 35.입실가(백남현 거사) 36.익달한노리 37.자책가 38.장안걸식가라(영기) 39.장한가 40.전설인과곡(지형) 41.증도가 42.진여자성가 43.참선곡(경허) 44.참선곡(만공) 45.참선곡(지형) 46.참선곡(학명) 47.참선곡(한암) 48.참선을 배워 정진하는 법(만공) 49.천혼왕생극락가 50.청학동가(침굉) 51.초발심수행가(권수근 구술) 52.초암가(용암대사) 53.태평곡(침굉) 54.토굴가 55.팔상가(이경협 구술) 56.해탈곡(학명) 57.회심가 58.회심곡

이 가운데 대표작품명 이외의 제목으로 유통되는 가사를 제시하면 다음과 같다.

가가가음 - 가가가음, 가가가영
권왕가 - 권왕가, 권왕문
몽환별곡 - 몽환별곡, 몽환가
백발가 - 백발가, 빅발가
법문곡 - 법문곡, 권참곡
서왕가 - 서왕가, 강월존자서왕가, 나옹화상서왕가, 나옹화상서왕가라,
         나옹화상서왕가, 나옹화상서왕가라, 서왕가

수선곡 - 수선곡 슈션곡
열반가(학명) - 열반가, 원적가
왕생곡 - 왕생곡, 왕싱곡
자책가 - 자책가, 계책가, 나옹화상승원가, 나옹화상자칙가라, 자칙가,
　　　　　자칙가라, 즈칙가
전설인과곡 - 전설인과곡, 던셜인과곡
증도가 - 나옹화상증도가, 나옹화상낙도가, 나옹스님토굴가, 나옹화상수도가
참선곡(지형) - 참선곡, 나옹화상심우가, 마설가, 제일참선곡
토굴가 - 토굴가, 토골가, 토굴슈지염불, 영암화상토굴가
회심가 - 회심가, 권불가, 재이변회심곡, 청허존자회심가, 회심가고,
　　　　　회심곡
회심곡 - 회심곡, 감사별곡, 무량가, 별회심곡, 사체가, 선심가, 속회심곡,
　　　　　특별회심곡, 환참곡, 회신곡, 회심곡니라, 회심곡이라, 회심곡일
　　　　　권, 반회심곡, 별회심곡, 회생곡

3. 판본별 유통의 양상과 의미

　　대표작품으로 제시된 불교가사를 이본의 수와 판본별 성격, 그리고
시대를 기준으로 구분하면 다음과 같다.

　　㉠ 판각과 필사가 거듭된 작품[112]
　　　　㉠-1. 회심곡(31회), 회심가(15회), 서왕가(14회), 인과문(7회)
　　　　　　　자책가(8회), 몽환가 (3회), 몽환별곡(5회), 백발가(12회)
　　　　㉠-2. 수선곡(4회), 권선곡(2회), 전설인과곡(2회), 참선곡(지형)(3회)
　　　　㉠-3. 증도가(3회), 초암가(4회), 토굴가(3회) 권왕가(5회)
　　　　　　　왕생곡(2회)

---

112) 판각의 경우 판각한 횟수를 1회로 설정하였다.

ⓛ 판각유일본으로 전하는 작품
　귀산곡, 태평곡, 청학동가

ⓒ 필사유일본으로 전하는 작품
　광대모연가, 광제가, 몽중회심곡, 법화일승가, 삼연선생염불가,
　육갑회심곡, 육도가라, 일소가, 입실가, 이달한노리, 장안걸식가라,
　장한가, 진여자성가, 천혼왕생극락가, 참선곡(한암)

ⓔ 활자본과 2,30년대의 불교잡지에 새로 소개된 작품113)
　가가가음, 법문곡, 참선곡(경허) -『경허집』
　참선곡(만공), 참선을 배워 정진하는 법(만공) -『만공어록』
　귀일가, 기념가 -『조선불교월보』
　망월가(학명), 신년가(학명), 열반가(학명), 왕생가(학명),
　참선곡(학명), 해탈곡(학명) - ≪불교≫(백농유고)
　선원곡(학명) - ≪일광≫(백농유고)
　열반가(퇴경) -『석문의범』

ⓜ 해방 이후 창작되거나 채록된 작품
　별별회심곡, 십계행가, 원효대사수도가, 초발심수행가-≪법고십이차≫
　인생탈춤 -『인생탈춤』
　염불가, 육갑시왕원불가, 팔상가 -『화청』

　㉠-1은 복합적인 유통의 경로를 보이는 작품이다. 〈서왕가〉〈인과문〉
〈회심가〉는 1700년대에 전국적으로 판각 유포되었고, 〈서왕가〉와 〈회심

---

113) 여기에 소개된 작품 중, 가가가음(경허), 신년가(학명), 열반가(퇴경),
　　열반가(학명), 왕생가(학명), 참선곡(학명)은 필사본으로도 전하나, 활자
　　화의 의미가 더욱 중요한 작품으로 생각된다. 아울러 현전의 필사본은
　　대부분 문집이 발간되거나 잡지에 소개된 이후에 필사된 것으로 보인다.

가〉는 이후로도 지속적으로 필사 유통되었다.114) 〈회심곡〉〈몽환별곡〉 〈몽환가〉115) 〈백발가〉는 필사가 거듭된 가사다. 이들 가사는 〈자책가〉와 함께 불교 의식이나 민간의 연행 공간에서 활발하게 구연되고 전승된 가사로 보여진다.

㉠-2는 지형이 불암사에서 판각을 하여 유통시킨 가사이다. 불암사 장판의 불교가사는 일정한 상황에서 연행된 작품이 아니고, 여러 경전을 번역하거나 윤색해서 일반 대중에게 널리 읽히려 했던 작품이다. 비록 〈참선곡〉이 〈마설가〉라는 제목으로 『악부』에 실려 있어, 가창되었을 가능성도 없지 않지만, 지형의 가사는 읽혀지는 가사로 보는 것이 타당할 듯하다. 위의 가사에 대한 언급은 아니지만, 지형 자신이 주관하여 판각했던 『경신록언셕』의 후기에, "녀ᄌ며 무식 쳔류들은 비록 가르쳐 닐을지라도 ᄌ긔 안목으로 보는 것만 못ᄒ니 언셔로 희석하여 판의 삭여"라고 했던 것으로 미루어 보면, 지형의 가사는 일정한 공간에서 부르기보다는 눈으로 보고 소리로 읊는 가사였을 것으로 생각된다.

㉠-3은 주로 필사를 통해 유통된 가사로 생각되며, 구전되었더라도 제한적으로 유통되었을 가능성이 큰 것으로 보인다.

㉡과 ㉢에 소개된 가사는 단선적인 유통경로를 보여주는 작품이다. 목판본의 경우 1회 판각에 수 백부 이상 인출할 수 있기 때문에, 그 유통의 범위와 확산의 정도가 크다고 말할 수 있으나, 목판본 그 자체의 유통일 뿐, 다양한 소통경로를 보여주거나 지속적으로 수용되었다는 근

---

114) 〈인과문〉은 각 사찰의 판본으로 전하였으나, 해인사판본을 필사한 『보권념불문』외에는 더 이상 필사되지 않은 것을 보면, 이후에 지속적으로 유통되지 않은 것 같다.

115) 〈몽환별곡〉과 〈몽환가〉는 이본관계로 볼 수 있을 정도로 상호간의 거리가 가까우므로 함께 묶어 논의하기로 한다.

거는 찾아볼 수 없다.

㉣에 소개된 작품은 1800년대 말기부터 1920~30년대에 걸쳐 유통된 것이다. 이 가운데 유통사적으로 중요한 의의를 지니는 작품으로는, 전 불교계의 역량을 동원하여 문집으로 펴낸 경허의 가사, 불교잡지에 소개된 동화축전과 학명선사의 가사, 여러 선승들에 의한 〈참선곡〉류의 유행, 창가에 가까운 단형의 불교가사의 등장을 들 수 있다.

이상의 분류를 검토하면, 불교가사에는 단일한 유통 경로를 보이는 작품과 복합적인 유통 경로를 보이는 작품이 있음을 발견할 수 있다. 그리고 양자간에 필연적인 상관관계가 있는 것은 아니지만, 대체로 전자는 읽는 가사이고, 후자는 주로 구전되면서 판각이나 필사를 통해 문헌유통과 상보적인 관계를 형성하고 있는 가사임을 알 수 있다. 특히 〈서왕가〉〈회심가〉〈회심곡〉〈자책가〉〈백발가〉〈몽환별곡〉〈몽환가〉는 유통의 공간과 시대의 변화에 따라 달라지는 담론의 양상을 세심하게 살펴볼 필요가 있는 작품들이다. 이들 가사는 위에서 제시한 것처럼, 목판본이나 필사본으로 거듭 유통되었으며, 재의식이나 민간의식에서 폭넓게 수용되었다.116) 이들 가사에 대한 유통의 양상을 구체적으로 검토하지 않고서는 불교가사 전체의 유통의 양상을 기술할 수 없을 정도이다. 이에 따라 다음 장에는 이들의 이본 자료를 대상으로 하여, 다양한 이본 파생의 양상을 검토하고, 그 속에 내재된 유통 주체의 의식의 변모에 대해 살펴보기로 한다.117)

---

116) 이 가운데 〈회심곡〉〈백발가〉 등의 몇 작품은 현재에도 널리 구연되고 있으며, 음반을 통해서 유통되기도 한다.

117) 여기에서 제외되는 가사와 활자본을 통해 새로 유통되는 가사의 유통에 대해서는 제6장 불교가사 '유통의 사회사'에서 포괄적으로 기술하게 될 것이다.

V. 작품별 유통의 양상

1. 〈서왕가〉의 유통

1) 이본의 분포

〈서왕가〉의 유통 양상을 살펴볼 수 있는 문헌으로는 목판본으로 유통된 『염불보권문』, 『신편보권문』, 『권왕문』과 필사본으로 유통된 『보권념불문』, 『악부』, 『감응편』 등이 있다. 『조선가요집성』, ≪불교≫ 88호, 『화청』에는 후대에 채록된 자료가 수록되어 있다. 이를 소개하면 다음과 같다.

1.(A1) 〈나옹화샹셔왕가〉. 95구. 목판본인 『보권염불문』에 실려있다. 『보권염불문』의 최초의 판본은 1704년에 예천 용문사에서 판각한 것이며, 여기에 순한글의 줄글체로 수록되어 있다. 다음에 소개하는 동화사판본에 비교해 보면 내용과 구수는 동일하나 글자체가 거칠고 음운상의 차이가 있다. 수도사판본(1741)은 용문사판본과 동일하다.

2.(A2) 〈나옹화샹셔왕가라〉. 95구. 목판본인 『보권염불문』에 실려 있다. 예전 용문사본을 복각한 동화사판본(1764)에 비교적 정연한 순한글 줄글체로 수록되어 있다. 묘향산 용문사판본(1765)과 해인사판본(1776), 선운사판본(1787)은 동화사판본과 같은 작품이 수록되어 있다.

3.(A3) 〈나옹화샹셔왕가라〉. 필사본인 『보권념불문』에 실려있다. 순한글 줄글체로 A2의 서왕가를 필사한 것이다.

4.(B4) 〈江月尊者西往歌〉. 74구. 목판본인 『신편보권문』에 실려 있다. 1776년에 해인사에서 간행한 것으로, 〈서왕가〉가 국한문 줄글체로 수록되어 있다.

5.(B5) 〈나옹화상서왕가〉. 74구. 『조선가요집성』에 실려 있다. '신편보권문의 강월서왕가'를 옮겼다는 해설이 있으나, 실제로는 표기 및 내용에서 약간의 차이가 발견된다.

6.(C6) 〈나옹화상서왕가〉. 148구. 『조선가요집성』(1934)에 실려 있다. 권상로가 채록한 것을 편자인 김태준이 국한문을 섞어 소개하였다.

7.(A7) 〈서왕가〉. 『감응편』에 필사되어 있다. '서왕가1과 똑같은 내용의 작품'으로 소개되었다.[118]

8.(A8) 〈나옹화상서왕가〉. 95구. 『악부』에 순한글로 필사되어 있다.

9.(A9) 〈셔왕가〉. 95구. 목판본인 『권왕문』에 소개되어 있다. 권왕문은 1908년 범어사에서 만하스님이 화주가 되어 간행한 것으로, 〈권왕가〉 〈자책가〉와 함께 순한글로 수록되어 있다.[119]

10.(A10) 〈서왕가〉. 95구. ≪불교≫ 88호에 소개되었다. 경남 동래군 구포 맹인 최순도 소장의 필사본을 베낀 것인데, 원래 순한글로 된 것을 한자를 섞어 소개하였다.[120]

---

118) 하성래, 가사문학의 원형인 수도가, ≪문학사상≫ 29, 1975.2, 문학사상사
이상보, 『한국불교가사전집』, 집문당, 1980, 114~115쪽
119) 〈서왕가〉의 끝에 다음과 같은 축수의 글과 간기가 있다.
대황졔폐하셩슈만셰 황후폐하셩슈만세 태샹황졔폐하셩슈만셰 황귀비젼
하슈쳔츄 황틱즈젼하슈졔년 시쥬강지희 화쥬만하승님 년 월 일 질인포
늉희이년칠월일경샹남도동닉부금졍샨범어스기간
120) 다음에 紹介코저 하는 三種歌詞(西往歌, 自責歌, 勸往歌)는 慶南 東萊郡
龜浦 盲人 崔順道 所藏 無題 寫本을 全寫한 것이다. 該寫本은 朝鮮文으

11.(A11) 〈셔왕가〉. 89구.『가사집』에 수록되어 있다. 임기중편『역대가사
    문학전집』에 작품번호 1216번으로 소개되어 있다.

12.(A12) 〈셔왕가〉. 95구.『역대가사문학전집』에 작품번호 1862번으로 실
    려 있다.

13.(A13) 〈나옹화상셔왕가라〉.『역대가사문학전집』에 작품번호 1299번
    〈인선가라〉의 한 작품으로 실려 있다.

14.(A14) 〈셔왕가〉.『화청』(1969)에 실려 있다.

이상에서 제시한 14편의 〈서왕가〉는 이본의 성격에 따라 95구의 이
본(A계열)과 74구의 축약된 이본(B계열), 그리고 148구의 장형화된 이
본(C계열)의 세 계열로 나누어진다. A계열에는 11편의 이본이 있는데,
시대에 따라 1700년대에 판각된 목판본과 관련 있는 이본(A1, A2,
A3)과, 1800년대 후반~1900년대 전반기에 재수용한 이본(A7~A14)으
로 나눌 수 있다. B계열은 선행하는 것으로 생각되는 A계열의 〈서왕가〉
를 축약한 이본이고, C계열은 유통되면서 분량이 확대된 이본이다.

2) 내용 구조

〈서왕가〉의 화자는 이 세상에 태어나 仁者[121]로서 당당히 자기 존
재를 내세울 수 있는 존재이나, 아직 마음속에 감추어진 佛性을 깨닫지
못한 자이다. 그는 세속적으로 당당한 삶을 살아가면서도, 인생의 무상
함을 느끼고 자아를 되돌아보게 된다. 주인공이 삶의 덧없음을 깨닫고

로 되여 잇고, 往往 判讀키 困難한 箇所도 업지 안이 하엿스나 여긔서는
明白한 誤傳만을 訂正하고 쏘 漢字를 석어 表記하여 두고저 한다. (손진
태, 조선불교의 국민문학(속), ≪불교≫ 88호, 1931.10)

121) 이본에 따라서는 '人子'나 '丈夫'로 나타나 있다.

실존적인 고뇌를 거치는 과정은, 四門遊觀하여 인생의 유한함을 깨닫는 석가의 체험에 다름 아니다.

7.져근닷 싱각ᄒ야 8.셰ᄉ을 후리치고 9.부모끠 하직ᄒ고 10.단표ᄌ 일납애 11.쳥녀쟝을 비기들고 12.명산을 츳자드러 13.션지식을 친견ᄒ야 14.ᄆᆞ음을 불키려고 15.쳔경 만론을 16.낫낫치 츄심ᄒ야 17.뉵적을 자부리라 18.허공마롤 빗기투고 19.마야검을 손애들고 20.오온산 드러가니 21.졔산은 쳡쳡ᄒ고 22.ᄉ샹산이 더옥놉다

인용구에서 '져근닷 싱각ᄒ야'의 표면상의 의미는 '잠시동안 생각하는 것'이지만 여기에는 화자의 깊은 실존적인 고뇌와 통찰이 감추어져 있다. '셰ᄉ을 후리치고' 떠난다는 것은 그 만큼 출가가 일도양단의 과감한 결심이었음을 반증한다. 화자는 고행의 길에 몸을 던진다. '단표자 일납'과 '쳥려쟝'은, 그 길이 호사스러운 구도의 길이 아니라, 각고의 수행의 과정임을 예시하는 것이다. 주인공은 수많은 경전과 교리를 밝히고 선지식을 만나 깨달음의 동기를 얻으며, 마음 속에 있는 감각의 욕망과 번뇌심을 분쇄하는 철저한 수행을 거친 뒤에야, 비로소 지혜를 증득하는 단계에 이르렀던 것이다.

그러나 彼岸에 도달한 화자는 다시 뗏목을 타고 중생이 있는 세계로 돌아온다.

36.념불마ᄂᆞ 즁싱드라 37.몃싱을 살냐ᄒ고 38.셰ᄉ만 탐챡ᄒ야 39.이욕의 줌겻ᄂ다 40.ᄒᆞ르도 열두시오 41.ᄒᆞᆫ돌도 셜흔날애 42.어닉날애 한가ᄒ고 43.쳥뎡ᄒᆞᆫ 불셩은 44.사롬마다 ᄀᆞ자신돌 45.어닉날애 싱각ᄒ며 46.ᄒᆞᆼ사 공덕은 47.불니 구둑ᄒᆞᆫ돌 48.어닉시예 나야쁠고 49.셔왕은 머러지고 50.지옥은 갓갑도쇠

인생의 유한함, 세속적 환락의 덧없음을 인식하지 못하는 중생들에게 화자는 인생의 유한함 깨우치고, 자기 안에 보물이 있어 청정한 불성을 간직하고 있음을 자각하도록 한다. 그러나 그것을 깨닫지 못한 결과 극락은 멀어지고 지옥은 가까이 되는 것이다. 그 실천의 방안으로 화자가 특히 강조하는 것은 염불을 통한 극락왕생이다. 염불을 하는 마음은 자신 안에 감추어져 있는 보배를 밝게 하는 공덕이다. 다만 중생들은 그것을 깨닫지 못해 삼계 윤회를 벗어나지 못하고 있는 것이다. 이러한 현재의 상태를 벗어나기 위해서는 인생무상을 깨닫고 '저근덧' 생각하였던, 화자 자신의 체득에 상응하는 일도양단의 과감한 결단이 요구된다.

73.져근닷 싱각ᄒ야 74.ᄆ음을 ᄭ쳐먹고 75.태허를 싱각ᄒ니 76.산첩첩 슈잔잔 77.풍슬슬 화명명ᄒ고 78.숑쥭은 낙낙ᄒ듸 79.화장바다 건네저어 80.극낙셰계 드러가니 81.칠보 금듸예 82.칠보망을 둘너시니 83.구경ᄒ기 더옥죠희

인용구에서 '저근덧 생각ᄒ야 마음을 ᄭ쳐먹는' 주체는 물론 화자 자신이다. 그러나 이 대목은 삼계 윤회를 벗어나지 못하는 중생들에게 가상의 미래를 펼쳐 보이는 미래 가정의 이야기일 수도 있다. 즉, 화자와 청자가 하나가 되어 그려보는, 결단과 염불공덕 이후에 맞이할 극락이라는 공간을 그린 것이다. 이처럼 〈서왕가〉의 결사는 화자 자신의 득도 체험과 중생의 극락왕생에 대한 당부를 하나로 융합하여, 미래에 극락에서 누리는 환희를 제시하고 있다.

3) 유통의 시대적 양상

(1) 18세기 전기의 양상 - 불교의례정비물로서 <서왕가>의 판각-

① 『보권염불문』의 성격과 <서왕가>의 위상

<서왕가>는 1704년『보권염불문』에 수록됨으로써 최초로 판각의 기회를 얻게 되었다.『보권염불문』은 1704년 예천의 용문사에서 청허의 후예임을 내세운 明衍이 펴낸 것이다. 명연은 서문에서, 원나라 사람인 王子成이 간행한『禮念彌陀道場懺法』10권을 본받아, 여러 경전에서 간추려 낸 염불문을 언문으로 해석하여 염불서를 펴낸다고 하였다. 그리고 이를 통해 선남선녀들이 염불에 힘써 극락세계, 서방정토에 함께 태어나도록 하겠다는 의도를 밝히고 있다.[122]

판본에 따라 차이는 있지만『염불보권문』의 체제와 내용은 크게 네 부분으로 나누어진다.[123]

제1부는 경전의 일부를 간략하게 가려 뽑아 소개하였다. 즉,『대집경』『대아미타경』『무량수경』『현호경』『대화엄경』등의 경전에서, 대중들

---

122) 極樂居士 王子成 本儒家 名相君子也 儒之百家之書 佛之諸經之論 通知撮略 作念佛懺罪十三文 普勸諸人念佛 咸皆離苦得樂 其功莫少也 然文廣意深 末世諸人 少知多疑 不能通知 亦不知 念佛之大有益 貪着世間之物慾也 我以管見 略抄諸經之說 以爲念佛之文 且以諺書解釋 使善男善女 易通易知 摘葉尋根 由粗入精 故經云 一念南無阿彌陀佛者 能免生死之苦海 直往西方之極樂 皆成佛道 亦所謂勸他念佛 則自不念佛 而同生極樂 由是 普勸諸人念佛 咸歸西方淨土 然所述管見 皆是藜藋之類 飽人不堪食 以俟絶陳之流 敢竭鄙誠 恭頌短引甲申春 月日 慶尙左道 醴泉龍門寺 淸虛後裔 明衍忘其文短 諸經論及懺文 撮出節目 略述念佛文 兼以諺字解釋 普勸諸人 「大彌陀懺略抄要覽普勸念佛文序」

123) 김영배, 염불보권문의 해제,『염불보권문의 국어학적 연구』, 동악어문학회, 1996, 96~97쪽

이 쉽게 이해하고 신심을 가질 수 있는 내용을 가려 뽑아 평이한 문체로 소개하고 있다. 여기에는 아미타불의 수승함을 찬미하는 내용[124]과 아미타불이 주재하는 극락세계의 환희상을 찬미하는 내용[125], 그리고 염불을 통해서 극락 왕생할 수 있음을 소개하는 내용[126]으로 다시 나누어진다.

제2부는 기존의 여러 염불서 중에서 염불공덕으로 극락 왕생하게 되었다는 일화를 중심으로 옮겨 실었다. 『왕생전』『법원주림』『미타감응도』『증험전』 등에서 가려 뽑은 10인의 전기가 실려 있다.

제3부는 당시에 유통되던 불가의 日用儀式과 염불의례를 판각한 것이다. 용문사본을 비롯해서 모든 판본에 다 수록되어 있는 「염불작법차서」와, 홍률사본을 제외한 모든 판본에 있는 「십대발원문」, 「대불정수능엄신주」, 「관음보살ㅈ지여의눈쥬」, 그리고 용문사와 수도사판본에 있는 「식당작법」과 〈서왕가〉와 〈인과문〉이 여기에 해당한다.[127]

제4부는 각 사찰에서 『염불보권문』과는 독립적으로 판각한 것을 부록으로 덧붙인 것이다.[128] 용문사본의 「임종정념결」「부모효양문」, 동화사본에 첨가된 〈회심가고〉, 「유마경」, 「왕랑반혼전」, 해인사본의 「현씨

---

124) 「모돈 부톄 타불만 ᄀᆞ지 못하다 ᄒᆞ시니라」, 「모돈 부톄을 넘ᄒᆞ미 타불만 못ᄒᆞ다 ᄒᆞ시니라」

125) 「모돈 셰계 극낙국만 ᄀᆞ지 못ᄒᆞ다 ᄒᆞ시다」, 「극낙셰계 아홉품 넌곳좌딕 이신니 샹삼품 즁삼품 하삼품」, 「즁삼품」, 「하삼품」

126) 「다룬 사룸을 넘불ᄒᆞ라 권ᄒᆞ면 ᄒᆞ가지로 극낙셰계 간다 ᄒᆞ시니라」, 「불법년니 니시면 위ᄒᆞ고 업스면 해ᄒᆞ다 ᄒᆞ시니라」, 「신심미 니시면 이ᄒᆞ고 업스면 잇티 못ᄒᆞ며」, 「셰스 탐ᄒᆞᄂᆞᆫ 사룸은 넘불ᄒᆞ야 크게 즐거운 주를 아지 못ᄒᆞ다 ᄒᆞ시니라」

127) 김영배, 앞의 글

128) 김영배, 앞의 글

행적」, 「불설아미타경」 등이다.

『보권염불문』은 예천의 용문사(1704)에서 처음 판각한 이래, 팔공산 수도사(1741), 대구 동화사(1764), 구월산 흥률사(1765), 묘향산 용문사(1765), 합천 해인사(1776), 무장 선운사(1787)에서 거듭 판각되었다. 지역적으로 보면 영남, 호남, 경기, 황해를 아우르는 전국적인 분포를 보여주고 있고, 연대를 보면 1704년부터 1787년에 이르기까지 지속되었다.

이처럼 많은 사찰에서 『보권염불문』을 판각하고 복각하여 광범위하게 유통시키는 데 힘을 쏟은 이유는 무엇일까. 이는 『보권염불문』이 대중포교와 의식의 정비라는 당시 불교계의 시대적 소임을 다하기에 매우 상징적이고 적극적인 의미를 지니고 있기 때문이다. 이 책의 기본적인 성격은 극락왕생을 권하는 염불서이다. 이와 함께 임병 양란을 거치면서 교세가 쇠약해진 불교계가 불교의식 정비의 일환으로 펴낸 책이라는 또 다른 의미를 부여할 수 있다. 일종의 불교의례집으로서 불교의식의 절차를 정비한 책인 것이다.129)

『보권염불문』의 여러 판본 중 〈서왕가〉를 포함하고 있는 것은 예천 용문사, 수도사, 동화사, 묘향산 용문사, 해인사, 선운사 판본으로, 흥률사판본을 제외한 모든 판본에 수록되어 있다. 이에 따라 〈서왕가〉는 이미 1700년대 초에 극락왕생을 희구하는 하나의 의식물로서 확고하게 자리잡고 있으며, 그러한 권위에 의지해 전국적인 범위로 유통되었다고 볼 수 있다.

앞서 〈서왕가〉가 『보권염불문』의 체제에서 「염불작법」 등과 함께 제3부에 속해 있다고 소개하였다. 여기에서는 더 나아가 〈서왕가〉가

---

129) 여기에서 말하는 의례의 정비란, 시대의 변화에 따른 새로운 의식의 창조에 국한되지 않고, 예전부터 내려오는 의례의 절차를 분명히 하여 하나의 규범으로 삼으려는 것을 의미한다.

『보권염불문』의 체제에서 차지하는 위치를 구체적으로 살펴보기로 한다. 결론부터 말하면, 〈서왕가〉는 『보권염불문』의 전반적인 의도와 내용을 대중적인 노래 형식으로 훌륭하게 소화하고 있는 가사이다. 『보권염불문』에 함께 실린 다른 글에서 〈서왕가〉의 지향과 일치하는 특징들을 쉽게 발견할 수 있다.

　　㉠ 슬프다 플긋테 이슬 ᄀᆞᆺ훈 목숨이 아젹긔 잇따가 나죄 주그며 오롤 잇싸가 닉일 죽눈 거슬 쳔년 만년나나 살가 ᄒᆞ야 셰간 탐심만 ᄒᆞ눈니 디옥 죄 슈홀 ᄯᅢ예 쳐ᄌᆞ 권쇽도 디신티 못ᄒᆞ고 제죄눈 제슈혼다 ᄒᆞ시니라

　　㉡ ᄯᅩ 이몸 주근 후에눈 샹좌과 텨ᄌᆞ 권쇽기 만만ᄒᆞ야도 망쟈 위ᄒᆞ야 현왕지 초지 오지나 ᄒᆞ야 망쟈 제도 ᄒᆞ쟈 ᄒᆞ리눈 젹고 쇼과 물과 만히 잡고 영장 인스나 잘ᄒᆞ쟈 ᄒᆞ눈니 슬프다 망쟈눈 더옥 죄상이 만만 무궁ᄒᆞ다 ᄒᆞ시니 모다 아로쇼셔

　　㉢ ᄯᅩ 극낙셰계 어디 인눈고 이 휘지눈 션역킈 이시디 ᄀᆞ장 머다 ᄒᆞ거니와 잠간 스이네 간다 ᄒᆞ시니 근심말고 부모쇼양과 보시션스와 념불 동참과 냑간 ᄒᆞ면셔 셔방으로 가고져 ᄒᆞ면 반드시 다 간다 ᄒᆞ시니라130)

　이 글은 『보권염불문』의 전체적인 판각의 의도를 잘 드러낸 글로서, 언문으로 펴내게 된 동기와 이 책이 지향하는 점이 명시되어 있다. 그런데 이는 〈서왕가〉의 지향점과 매우 밀접한 관련을 가진다. 먼저 ㉠은 인생의 무상함을 곡진하게 표현하고 있는데, 이는 〈서왕가〉의 서두에 제시된 '무상함을 생각하니 다 거짓 것이로다' 하는 내용과 상통한다.

───────────────

130) 「져리나 ᄆᆞ의나 념불 권훈 후 바라라」 (용문사판 30ㄴ ~ 31ㄱ)

ⓒ은 〈서왕가〉 연행의 효용에 관련되는 내용을 담고 있다. 『보권염불문』의 판각과 유통이 선망부모를 극락 왕생하는 데 있는 것처럼, 〈서왕가〉의 판각과 연행이 바로 망자의 혼을 서방으로 보낸다는 효용을 지니게 되는 것과 관련된다. ⓒ은 서방 극락세계를 이야기하고 있다. 그런데 이는 『보권염불문』의 곳곳에 자세히 소개되어 있고 또 강조하는 내용으로서, 이 또한 〈서왕가〉가 궁극으로 지향하고 있는 세계인 것이다.

이처럼 〈서왕가〉는 『보권염불문』의 한 장에 속해 있으면서, 『보권염불문』의 내용상의 지향을 그대로 알기 쉽게, 그리고 더욱 절실하게 반영하고 있다. 〈서왕가〉는 산문으로 기술된 앞의 내용들, 특히 1부와 2부의 교조적인 가르침을 수도인의 구도행각이라는 가상의 체험을 통해 운문으로 실어 전하는 노래다. 〈서왕가〉는 『보권염불문』의 전체적인 내용을 다시 구어의 노래로 부르는 일종의 변문으로서 자리잡고 있는 것이다.

② 〈서왕가〉 유통의 두 경로

〈서왕가〉의 유통은 문헌 유통과 구전 유통의 두 경로를 통해 이루어졌다. 이는 『보권염불문』의 내용과 문헌의 성격에 이미 내재해 있는 방식이다.

먼저 읽기의 대본으로서, 즉 독서물로서 『보권염불문』이 자리잡고 있는 것은 제1부와 제2부이다. "청허후예 명연은 여러 경론 및 참문 구절 조목을 모으고, 염불문을 약술하고 아울러 언문으로 새겨서 모든 사람들에게 널리 권한다.[131]"는 서문의 내용과 함께 "또 다른 잡이야기책

---

131) 淸虛後裔 明衍忘其文短 諸經論及懺文 撮出節目 略述念佛文 兼以諺字解
　　　釋 普勸諸人

을 보지말고 이 책을 한 번이나 듯거나 보거나 한 사람은 다 극낙세계 가오리다"[132]라는 글을 통해, 이 책이 기본적으로 하나의 읽을거리로 편집되었음을 알 수 있다. 『보권염불문』의 언해와 판각은 편자의 의도에 따르면, '진서'는 못하고 '언문'만을 아는 대중들에게 '깊은 뜻'을 언문으로 써서 염불할 줄 알게 하여 궁극에는 서방극락에 가게 하려는 데 있으며, '다른 이야기책'에 빠져 있는 대중들에게 '읽을 거리'를 제공하려는 데 있다.

이와 함께 『보권염불문』은 구비연행의 대본이라는 역할도 하고 있다. 이러한 성격이 두드러지는 대목은 「염불작법」이나 「식당작법」의 절차가 소개되어 있는 제3부이다. 「염불작법차서」는 念佛作法의 차례를 소개한 것이다. 여기에는 여러 편의 게송, 다라니, 주문이 국한문으로 소개되어 있다. 이는 『보권염불문』이 단순한 읽을거리에 지나지 않는 것이 아니라, 읽기와 암송, 그리고 낭독과 구연의 대본으로 자리잡고 있음을 말하는 것이다.

이와 같이 〈서왕가〉는 『보권염불문』이 지니고 있는 유통의 두 가지 방식을 그 본질적인 가능성으로 가지고 있다. 즉 〈서왕가〉는 하나의 읽을거리로 판각되었고, 이와 함께 암기와 낭독과 구송의 대본으로서 자리잡고 있는 것이다. 이는 최초로 전해지는 〈서왕가〉가 구연의 텍스트라는 것을 말해주며, 나아가 구송을 통해 전승된 노래를 판각한 것임을 시사해 준다.

〈서왕가〉는 구전과 필사를 통해 전승되다가 1700년대 초에 이르러 비로소 판각되었다. 임병 양란으로 인하여 조선의 불교계는 많은 손실을 입었지만, 그 중에서도 여러 문화재와 문헌의 소실을 빼놓을 수 없

---

132) 앞의 글

다. 불교계는 이후 1600년대와 1700년대에 걸쳐 광범위한 판각을 통해 대중의 새로운 수요에 부응하고 있다. 특히 이 시기에 이르러 위경과 진언 다라니, 의식서 등이 활발하게 판각되는데, 이는 조선전기의 경향과 확연히 구분되는 특징이다.[133] 종교는 의식 의례를 통해 그 종교성을 구현하며 장엄함을 드러내는데, 불교의례의 정비는 이런 측면에서 불교의 중흥을 위한 필요 요건이었다. 한글로 된 대중적인 의례서의 판각과 유포는 의례불교라는 조선후기의 불교계의 성격을 규정짓는 중요한 요인이 된다.[134] 불교의례의 정비와 함께 간단한 의식을 대중화하여 각자의 신앙을 구체화할 수 있게 하는 민중 지향적인 의도도 염불서의 판각을 통해 구체화되었다. 결국 〈서왕가〉는 일반 대중에게 염불을 권장하는 염불문이면서, 그 내용을 대중적인 형식에 담은 의식가요로서 자리잡고 있는 것이다.

③ 〈서왕가〉 판각에 개재된 문자성과 구술성

ㄱ. 문자성

이상에서 〈서왕가〉에는, 읽을거리로 존재하는 〈서왕가〉와 구연의 대본이나 그 결과물로 존재하는 〈서왕가〉라는 두 가지 속성이 있음을 살펴보았다. 여기에서는 먼저 하나의 읽을 거리로서 판각된 〈서왕가〉의 문헌적 실상을 살피면서, 판각에 개재된 문자성을 고찰하기로 한다.

A1과 A2계열의 〈서왕가〉를 비교 검토해 보면 구절수가 동일하다는

---

133) 〈경기강원일대 불교경판조사보고〉(『불교학보』 12집, 동국대 불교문화연구소, 1975)와 『전국사찰소장목판집』(문화재관리국, 1987)의 〈현존목판의 간행성격〉 참고.

134) 홍윤식, 근대한국불교의 신앙의례와 민중불교, 『한국근대종교사상사』, 원광대 출판국, 1984, 500쪽

것을 알 수 있다. 이는 〈서왕가〉가 판각되면서 그것이 유통의 모본으로 확정되었다는 것을 의미한다. 구전이나 필사를 통해 전승된[135] 〈서왕가〉가 『보권염불문』의 판각으로 인해 필사나 구연의 대본으로서 인정되었다는 것을 의미한다. 이런 맥락에서 용문사 판본의 해설은 주목된다. 예천 용문사본의 제목 아래에 있는, "크게 쓴거슨 대문을 써시니 외오고 쏘 줄게 슨거슨 집픈쓰들 써시니 볼만ᄒ라"라는 미주가 주목된다. 즉 크게 쓴 것은 반드시 외워 암송하는 것으로서, 이 텍스트가 구연의 대본이라는 의미로 해석되며, 판각이 되기 전까지 일정한 모본이 있었을지라도 병행하여 구술의 전통 속에 있었을 것을 시사한다. 나옹이라는 이름의 권위와 『보권염불문』의 내용을 함축하고 있는 선행텍스트를 정확히 베끼고 혹은 암기하여 전승하게 하는 일련의 수련과정이 여기에 적시되어 있다.

미주로 잘게 쓴 것은 불교어의 의미를 해설하는 것으로 독자에게 평이한 해석을 가하여 의미전달의 효과를 극대화하려는 것이다. 즉 '볼만하다'는 것은 미주가 오직 전달을 위한 보조적인 지문에 불과하다는 것이다. 관습적인 구연을 통해 그 불교적인 문맥을 기본적으로 이해할 수 있는 〈서왕가〉의 전승자들이, 불교대중화의 차원에서 독자들을 위해 쉽게 이해할 수 있도록 설명을 한 것이다. 『보권염불문』 이전에도 불교의례서가 유포되었지만, 언문 생활에 친숙한 독자층을 위하여 언문으로 해석하고 뜻을 풀이한 것은 비로소 『보권염불문』에 이르러서라고 생각된다. 이런 점에서 〈서왕가〉의 유통도 판각되기 전까지는 일반 대중들에게 널리 확산되지는 않았던 것으로 보인다.[136]

---

135) 〈서왕가〉가 구전으로 유통되는 양상과 징후는 다음 절에서 논의할 것이다.

136) 소수의 전승자, 특히 청허대사의 법맥을 이은 승려들에 의해 한정적으로

용문사 판본에서 본문과 미주는 일정한 표지에 의해 시각적으로 구분된다.

> **무샹을** ○ 무샹은 사룸이 오래 ○ **싱각ᄒ니**
>   사지 못ᄒᄂ 말이라

○와 ◑의 표기는 읽는 이의 이해와 시각적인 구분을 위한 표지로서, 암기를 권장하는 대문과 눈으로 읽어 깊은 뜻을 천착하기를 당부하는 미주와의 경계에 놓여있다.

〈서왕가〉에는 모두 23개의 미주가 있다. 먼저 〈서왕가〉에 쓰인 어휘 중에서 체언을 중심으로 나열하면서, 미주가 있는 어휘나 문장엔 〈 〉표시를 하면 다음과 같다.

나. 셰샹. 인재. 〈무샹〉. 거줏 것. 부모. 얼굴. 셰스. 부모. 단푀즈. 쳥녀쟝. 명산. 〈션지식〉. 무옴. 〈쳔경만론〉. 〈뉴적〉. 〈허공마〉. 〈마야검〉. 손. 〈오온산〉. 〈졔산〉. 〈ᄉ샹산〉. 〈뉴근〉문두. 〈자최, 도적〉. 번로심. 지혜. 빈. 〈삼계바다〉. 념불 즁싱. 〈삼승딤째, 일승독〉. 츈풍. 비운. 인간. 념불. 듕싱. 싱. 셰스. 익욕. ᄒ로. 열두시. 혼둘. 셜흔날. 〈불셩, 사룸, 흥사공덕, 시〉. 〈셔왕〉. 지옥. 어로신. 〈선근〉. 금싱. 공덕. 후싱. 〈빅년 탐물, ᄒ로 아젹 쓱글〉. 삼일. 념불. 빅쳔만겁. 보뵈. 보뵈. 건곤. 〈무옴〉. 일월. 무옴. 삼셰졔불. 무옴. 〈뉴도〉즁싱. 무옴. 〈삼계눈회〉. 날. 무옴. 태허. 산. 슈. 풍. 화. 속죽. 〈화장

전승되었을 가능성도 있다. 『보권염불문』을 편찬하고 〈서왕가〉를 판각 수록한 인물이 명연인데, 서문에 '청허후예 명연'이라고 명기한 것을 보아 그럴 가능성도 배제할 수는 없다. 이설이 있지만 청허대사는 나옹화상의 법맥을 잇고 있는 것으로 볼 수 있기 때문이다.(김영태, 조선전기 선의 계통과 그 특성, 『선과 동방문화』, 한중불교학술교류회, 1994) 그러나 불교계의 법맥과 불교가사의 유통관계가 확연히 드러날 수 있을 정도로 제반 자료가 풍부한 것은 아니다.

바다〉. 극낙세계. 〈칠보〉금디. 칠보망. 구품년더. 념불. 청학빅학. 잉무공쟉.
금봉천봉. 념불. 쳥풍. 념불. 우리. 인간. 념불.

이상을 검토해 보면, 불가에서 사용하는 어휘 중에서도 '번로심. 념
불. 듕싱. 지옥. 금싱. 공덕. 후싱. 빅천만겁. 삼세졔블. 극낙세계. 구품년
더' 등에는 미주를 붙이지 않은 것을 알 수 있다. 이는 비교적 평이한
어휘이거나 문맥에 구애받지 않는 일반화된 어휘들로 생각된다.

예를 들어 지옥의 상대어는 극락인데, 지옥이니 극락이니 하는 어휘
는 〈서왕가〉라는 문맥을 떠나서도 일반화될 수 있는 개념어들이다. 이
러한 어휘들은 이미 일상에서 널리 쓰여 쉽게 이해할 수 있는 것들로,
이미 구연의 과정을 통해 입말화된 것들이라 할 수 있다. 그런데 지옥
의 상대어이면서 극락과 동의어로 쓰인 '서왕'이라는 어휘는 비유적으
로 쓰인 것이다. 물론 〈서왕가〉의 문맥을 떠나서도 통용되는 어휘이기
는 하나, 관습적인 비유어로 자리잡고 있는 것은 분명하다. 이에 따라
지옥과 극락은 미주를 붙이지 않는 반면에 서왕은 '극낙세계'라는 미주
를 달고 있는 것이다.

이러한 미주는 성격이 다른 몇 가지의 경우로 나누어진다.

첫째는, 특정한 불교어에 대해 객관적인 의미를 제시하는 경우다.

 2.션지식 - 션지식 불법 아는 사룸이라
10.뉵근 - 뉵근은 눈과 코와 혀와 귀와 몸과 뜻과 뉵문이라
12.삼계바다 - 삼계논 욕계뉵천과 식계십팔천과 무식계 스천과 삼계이라
20.뉵도중싱 - 뉵도논 천샹과 인간 귀신과 지옥 즘싱 슈라과 뉵도이라
23.질보금니 - 칠보논 금과 은과 자거 마노 산호 호박 진쥬 칠뵈니라

이상의 미주는 六根, 三界, 六道, 七寶 등의 어휘에 대한 객관적인
의미를 풀어 적어 놓은 것이다.

둘째는, 이와 약간 다른 차원에서 특정한 어휘나 구절에 대해 편자의 해석을 곁들인 경우다.

  1.무샹 - 무샹은 사룸이 오래 사지 못흐는 말이라
  16.죵졔션근 - 죵졔션근 부모효양 불공보시 념불화쥬 등시이라

無常의 의미를 쉽게 이해할 수 있도록 매우 구체적이고 적실한 해석을 내리고 있고, 善根의 구체적인 예를 나열함으로써 이해를 돕고 있다. 이와 함께 문맥에 감추어진 의미를 풀이하는 데도 미주가 쓰였다.

  11.자최업슨 도적은 나며들며 흐는중에 - 탐심을 내며 드리며 흐는 말이라
  14.쳥뎡훈 불셩은 사룸마동 ᄀ자신둘 어니날애 싱각ᄒ며 흥사공덕은 본니
    구독훈둘 어니시예 나야쁠고 - 불셩은 사룸마다 ᄀ자인는 마리라
  17.빅년탐물은 흐른아젹 쓱글이오 - 사룸이 주근휘면 셰간시 다 거즛 것
    시니라
  18.어와 이보뵈 력쳔겁이 블고흐고 궁만셰이 쟝금이라 - 사룸의 불셩은
    살며 늘그며 병들며 죽는 고뫼 다 업다훈 마리라
  19.건곤이 넙다훈둘 이ᄆ옴애 미츌손가 일월이 붉다훈둘 이ᄆ옴애 미츌손
    가 - 사룸의 본심광명은 하늘 ᄯᅡ과 희 둘 광명도 밋지 못훈 말이라
  21.삼계뉸회을 어늬날애 긋칠손고 - 사룸되며 즘싱되며 흐기를 긋칠제 업
    다훈 말이니라

특히 11(도적), 17(티끌), 18(보배)의 미주에서는 비유적인 문맥 속에 감추어진 의미를 평이한 수준으로 드러내고 있다.

셋째는, 불가에서 관습적으로 통용되는 비유어를 풀이한 것이다.

  4.뉵적 - 눈과 코와 셔와 몸과 귀와 탐심ᄒ니 여슷 도적이라.
  5.허공마 - 허공말는 사룸 ᄆ옴이라

6.마야검 - 불법 아는 말리라
7.오온산 - 무음과 몸과 오온산이라
8.제산 - 제산은 세간 번로심미라
9.수샹산 - 수샹산은 아샹 인샹 중싱샹 슈쟈샹이라
13.삼승딤쌔예 일승독을 - 불법 말숨이라

이상은 불교적인 어휘의 원관념에 보조관념이라 할 수 있는 사물을 덧붙여, 불교용어를 문학적으로 구사하고 있는 예이다. 여기에 제시한 '도적, 말, 칼, 산, 돗'은 각각 사람의 마음, 佛法, 번뇌심 등을 형상화한 비유어들이다.

다음은 제유적 표현의 어휘들이다.

3.쳔경만론 - 쳔경만론 불경이라
15.서왕 - 서왕은 극낙세계
22.화장바다 - 니인간 세계니라

이상에서 검토한 바와 같이 미주의 설명 없이 비유적 표현의 의미를 이해한다는 것은 상당한 수준의 불교적 수양과 문학적 능력을 가진 독자, 청자가 아니면 어려운 것이다.[137] 이런 측면에서 〈서왕가〉는 판각되기 전까지는 일정한 수준의 독자나 수용자에 의해 유통되었을 것으로 추정할 수 있다. 佛家에서 제한적으로 구전되거나 필사로 전승되던 〈서왕가〉는 『보권염불문』의 판각과 함께 대중적인 유통의 양상으로 나아간 것이다.

---

137) 강전섭은, 〈서왕가〉는 나옹화상의 작이라는 근거는 없으나 그런대로 정
   묘한 솜씨로 짜여져 있고 음미할 만한 주제가 분명히 담겨 있는 훌륭한
   작품이라고 하였다.(『한국시가문학연구』, 대왕사, 1986, 79쪽)

ㄴ. 구술성

최초로 판각된 〈나옹화상서왕가〉는 구연의 대본이라는 성격을 지니고 있다. 또 한편으로는 구연 과정을 거친 후 나타난 유통의 결과물이라는 성격도 지니고 있다. 구전 유통의 결과로 나타나는 구술성, 혹은 작시과정에 작용한 구술성은, 후대의 〈서왕가〉뿐만 아니라[138] 최초의

---

138) 〈서왕가〉의 유통의 결과 나타나는 변개 중에서, 부분적인 변개의 양상은 다음과 같은 예를 들 수 있다.

① 어휘의 변개
1.나도 이럴만정 2.셰샹애 인재러니(A1)
1.나도 이럴만뎡 2.世上의 仁者러니(B4)
1.나도 이럴만뎡 2.世上에 人子러니(B5)
1.우리도 이럴망정 2.世上에 丈夫로세(C6)

19.마야검을 손애들고(A1)
19.智慧劍을 빗기들고(B4)
20.莫邪劍을 빗기들고(B5)
64.半夜에劍 손에들고(C6)

② 구절의 상호 변화와뒤섞임
55.빅년탐믈은 56.ᄒᆞᄅ아젹 쓱글이오 57.삼일희온 념불은 58.빅쳔만겁에 59.다홈업슨 보뵈로쇠(A1)
56.百年貪物은 57.一朝애 삭아디고 58.三日修心은 59.千萬劫의 다홈업슨 보빈니다(B4)
56.百年貪物은 57.하로아젹 틔글이요 58.三日ᄒᆞ온 念佛은 59.千萬劫에 다희업슨 보비로다(B5)

30.삼승 딤째예 31.일승독글 ᄃᆞ라두고(A1)
74.三승짐더 一승돗을 75.놉히놉히 달아두고(C6)

③ 나눠쓰기
7.져근덧 결단ᄒᆞ야(B4)
7.져근덧 져근덧 8.마음을 개쳐(B5)

텍스트인 용문사판 『보권염불문』 소재의 〈나옹화상셔왕가〉에도 두드러진다.

　먼저 주목되는 것은 여러 개의 문장이 명확한 의미의 매듭 없이 계속 이어지는 현상이다.

　7.져근닷 싱각ᄒ야 8.셰ᄉ을 후리치고 9.부모끠 하직ᄒ고 10.단푀ᄌ 일납애 11.쳥녀쟝을 빗기들고 12.명산을 ᄎ자드러 13.션지식을 친견ᄒ야 14.ᄆ옴을 볼키리라139) 15.쳔경 만론을 16.낫낫치 츄심ᄒ야 17.뉵적을 자부리라 18.허공마롤 빗기ᄐ고 19.마야검을 손애들고 20.오온산 드러가니 21.계산은 첩첩ᄒ고 22.ᄉ샹산이 더옥놉다

　이상을 문장단위로 나누어 제시하면 다음과 같다. 즉, '잠시 생각하여 세상을 후리치고 부모께 하직하였다. 단표자 일납에 청려장을 빗겨 들고 명산을 찾아 들어 선지식을 친견하였다. 마음을 밝히리라 다짐하고 천경 만론을 낱낱이 추심하였다. 육적을 잡으려고 허공마를 빗겨 타고 마야검을 손에 든 채 오온산에 들어갔다. 가서 보니 제산은 첩첩하고 사상산이 더욱 높구나.'라는 문맥이 된다. 이처럼 문장이 적당한 맥락에서 종결되지 않고 나열되는 현상은 구비 채록된 이야기를 읽을 때 분명하게 드러나는 구비적 산물의 특징이다. 이는 문장과 문장의 연쇄

　　17.뉵적을 자부리라(A1)
　　62.形體업는 육도적을 63.낫낫치 잡으리라(C6)

　　④ 줄여쓰기
　　55.븩년 탐믈은 56.ᄒ르아겨 쓱글이오(A1)
　　101.븩연탐믈 쓸쎠업고(C6)

　　57.삼일희온 념불은 58.븩쳔 만겁에 59.다홈업슨 보븨로쇠(A1)
　　102.일렴션근 보비로다(C6)

139) 동화사 판본에는 'ᄆ옴을 볼키려고'로 되어 있다.

가 '그리고'로 이어지는 첨가적인 특징을 가지고 있다는 점과, 말투가 빈틈없이 조리 정연한 것보다 장황하거나 다변적이라는 구비전승물의 속성과 관계 있다.[140) 위의 인용문에는 여러 가지의 내용들이 순차적으로 나열되어 있으며, 끊어 읽을 수 있는 매듭인데도 불구하고 끝맺지 않고 계속 이야기를 전개하고 있다는 점에서, 〈서왕가〉의 최초의 판각 이전에 구연에 의한 전승의 시기가 있었을 것으로 생각된다.

불교가사는 주로 입말에 의해 전달되었고, 구연을 할 때에 종교적인 교의를 설득력 있게 전달하여야 했을 것이므로, 듣는 이의 기억과 이해에 도움을 주는 표현기법이 다채롭게 활용되었다. 특히 〈서왕가〉에는 비슷한 성질의 단어나 구, 절의 반복이 두드러지며, 보통의 경우 그것은 대구의 형식으로 나타나는 경향이 있다.

㉠ 40.ᄒᆞᄅᆞ도 열두시오 41.ᄒᆞ돌도 셜흔날애
　　81.칠보 금디예 82.칠보망을 둘러시니

㉡ 76.산쳡쳡 슈잔잔 77.풍슬슬 화명명ᄒᆞ고 78.쇽쥭은 낙낙한디
　　86.청학 빅학과 87.잉무 공쟉과 88.금봉 쳥봉은 89.ᄒᆞ느니 넘불일쇠

㉢ 43.쳥뎡ᄒᆞᆫ 불셩은 44.사롬마동 ᄀᆞ자신둘 45.어ᄂᆞ날애 싱각ᄒᆞ며
　　46.홍사 공덕은 47.본니 구독ᄒᆞᆫ들 48.어ᄂᆞ시예 나야뽈고

　　49.셔왕은 머러지고 50.지옥은 각갑도쇠

　　53.금싱애 ᄒᆞ온공덕 54.후싱애 슈ᄒᆞ나니
　　55.빅년 탐믈은 56.ᄒᆞᄅᆞ아젹 쓱글이오
　　57.삼일희온 넘블은 58.빅쳔만겁에 59.다홈업슨 보뵈로쇠

　　61.럭쳔겁이 블고ᄒᆞ고 62.긍만셰이 쟝금이라

---

140) 월터 J. 옹, 『구술문화와 문자문화』, 문예출판사, 1995, 61∼67쪽

63.건곤이 넙다훈둘 64.이ㅁ옴애 미출손가
65.일월이 볼다훈둘 66.이ㅁ옴애 미출손가
67.삼셰 졔블은 68.이ㅁ옴을 아무시고
69.뉵도 즁싱은 70.이ㅁ옴을 져ㅂ릴시

㉠의 '흐ㄹ'와 '훈둘', '칠보'와 '칠보'는 음운상으로 같거나 유사한 어휘의 반복한 것이며, ㉡은 비슷한 성격의 어휘를 나열한 것이다. ㉢은 대립적인 어휘와 의미를 대구의 형식을 빌어 전달하고 있다. 이같은 반복과 대구는 암기와 구연을 위한 효과적인 표현전략으로 활용되었다.141) 이는 정형구에 의지해서 기억한다는 구술전승의 집합적인 특징과 연결되는 것이다.142) 이런 관점에서 보면, 〈서왕가〉에 사용된 '오온, 사상, 육조, 삼계, 삼승, 일승, 삼세, 육도, 칠보, 구품' 등의 불교 용어도 그 깊은 의미와는 상관없이 입말화된 것이라 할 수 있다.

(2) 18세기 후기의 양상 - 상층의 수용자를 위한 이본의 등장

1704년에 『보권염불문』이 최초로 판각된 이후 전국적인 범위로 급속하게 복각과 재판각이 이루어졌음을 앞에서 언급하였다. 이와 함께 〈서왕가〉도 약 한 세기 동안 판각을 통해 널리 확산되었다. 여기에는 물론 구비 전승이 병행되었을 것으로 추정된다. 앞에서 살펴본 구술성의 면모를 볼 때, 『보권염불문』에 판각된 〈서왕가〉는 이미 구전 유통의 과정을 거친 텍스트인 것이다.

---

141) 임기중의 분석에 의하면, ㉠은 차례로 이어지는 말, ㉡은 벌이어 논 말, ㉢은 반대로 이어지는 말에 해당하며, 옹의 표현에 따르면, ㉠과 ㉡은 병렬적인 단어나 구나 절, ㉢은 대비적인 단어나 구나 절에 해당한다.
142) 월터 J. 옹, 앞의 책, 63쪽

　　1776년에 해인사에서 판각한 『신편보권문』의 〈강월존자서왕가〉는 구전 과정에서 세속화된 〈서왕가〉의 유통의 흐름을 되돌려 보려는 의식의 소산이다. 〈강월존자서왕가〉는 한자 표기와 내용 구조의 수정을 통해, 〈서왕가〉를 전아하고 고상한 분위기의 작품으로 만들어 놓았다. 이러한 노력에는 물론 〈서왕가〉의 작자가 분명히 나옹화상이라는 인식을 전제로 한다. 〈강월존자서왕가〉라는 제목처럼 『신편보권문』의 가사는 나옹의 권위를 담보할 수 있는 차원에서 판각되었다. 이점은 『보권염불문』의 〈나옹화상서왕가〉와 같으나, 『신편보권문』에서는 그것을 좀 더 강화하고 있으며, 〈강월존자서왕가〉는 따라서 상층의 고급독자를 지향하는 유통의 한 양상을 보여주고 있다.

　　『신편보권문』은 1776년 해인사의 승려인 有璣가 염불문을 모으고 서문을 붙여 펴낸 책이다. 丙申年(1776년)에 凝川 靈隱寺의 覺醒의 요청으로 편찬하였다. 각성은, 이름 있는 법사가 집성한 보권문을 한 권 얻어 착한 이들에게 염불을 발심하도록 하면 죽어도 여한이 없으리라 한 돌아가신 어머니의 유촉에 따라, 해인사의 승려 유기를 찾아 보권문 한권을 얻기를 요청하였다. 이에 유기는 『淨土錄』과 『蓮宗錄』, 『三聖集』, 『釋氏源流』 등에서 염불을 권하기에 적합한 글을 스물 두편 가려내어 책을 만들고, 제목을 『신편보권문』이라 하였다.143) 그리고 스물

---

143) 丙申 燈夕 凝川 靈隱寺 衲子 覺醒 以孝服訪余 江陽伽倻山中 信宿而 叙
　　言 曰 吾萱親玄氏 在世素亡 攸嗜 唯念佛是樂 臨訣囑曰 汝爲母 尋得有名
　　法師集成 普勸一策 使諸善人 發心 念佛 則死無餘憾 其在子道 瞬息難忘
　　敢以是來請 唯法師哀之憐之 余曰 子之親 前[後] 罕有子之誠 緇素莫及
　　若從子請 則不徒於親 報孝至於衆人 其利 傳博 顧余虛學 何敢輕諾 子其
　　去矣 醒也涕泣 浹旬不去 余感其意 覓諸蓮宗 歸元 淨土等 錄取其可勸念
　　佛之語 二十有二段 命名 曰 新編普勸文 醒喜 不自卽市鬻衣盂 市梓召工
　　彫而印而佈之 其版藏置海印寺 「新編普勸文雲客有璣集幷序」

두 편의 염불문 뒤에 〈강월존자서왕가〉와 〈청허존자회심가〉를 묶어 놓았다.

아래의 두 편의 노래는 우리 해동의 강월 청허 두 존자께서 찬한 것인데, 진서와 언문이 섞여 있다. 만약 사람들이 보고 읽으며 혹은 나라 사람들이 그것을 듣는다면 반드시 염불하는 이가 많아질 것이다. 고로 덧붙여 적는다 (此下 兩歌 即 我 海東 江月 清虛 二尊者 所撰 而雜以眞諺 若人看而讀之 或國人聞之 必有念佛者 盛矣 故附錄耳)

이 글을 보면 『신편보권문』의 〈서왕가〉는 '看而 讀之', 즉 보고 읽는 대본으로서 자리잡고 있음을 알 수 있다. 『보권염불문』의 〈서왕가〉가 '크게 쓴거슨 대문을 써시니 외오고'라는 미주를 통해 암기와 구송의 대본으로의 역할을 강조했음에 비하여, 인용문에서는 하나의 독서물로서의 〈서왕가〉를 강조하고 있다고 할 수 있다. 구비전승의 과정에 구술성의 면모가 드러나는 것과 마찬가지로, 하나의 독서물로서 〈서왕가〉가 판각되는 과정에는 판각을 통해 유통시킨 중개자의 문자의식, 즉 문자성이 반영될 수밖에 없다.

〈강월존자서왕가〉를 선행하는 〈나옹화상셔왕가〉와 대비해 보면, 문자성이 구현되는 양상은 세 가지 형태로 나타난다.

첫째는 입말로 전해지거나 한글로 판각된 어휘를 한자로 바꾸는 것이다.

나도 이럴만졍 / 셰샹애 인재러니 / 무샹을 싱각ᄒᆞ니 / 다거즛 거시로쇠(『보권염불문』)
⇒ 나도 이럴만뎡 / 世上의 仁者러니 / 無常을 싱각ᄒᆞ니 / 다거즛 거시로다(『신편보권문』)

‘셰샹, 인재, 무샹’을 각각 ‘世上, 仁者, 無常’으로 바꾸어 놓았다. 『보권염불문』이나 『신편보권문』에 쓰인 가사의 어휘들이 모두 입말의 표현이라는 점에서, 위의 차이는 한글표기를 한자로 바꾼 것일 뿐 큰 의미는 없다. 입말과 글말이 단지 표기에 의해 차이가 나는 것일 뿐이다.

다음은 용어 자체를 다른 한자어로 바꾸어 표현한 것이다.

　　　삼계바다 건네리라(『보권염불문』)
　　⇒ 三界海 건너랴고(『신편보권문』)

　　　부모의 기친 얼골(『보권염불문』)
　　⇒ 父母의 受혼 얼골(『신편보권문』)

‘삼계바다’를 ‘三界海’로 바꾸고, ‘기친’ 얼굴을 ‘受한’ 얼굴로 바꾸는 것은 한자어 바꾸기의 또 다른 예이다. 입말을 좀 더 고상한 글말로 가다듬는 효과를 가져왔다. 이는 다음의 예에서도 드러난다.

　　　세스을 후리치고(『보권염불문』)
　　⇒ 世事롤 다브리고(『신편보권문』)

‘후리치고’가 주는 거친 느낌, 과장된 느낌을 『신편보권문』의 편자는 ‘다브리고’라는 비교적 부드러운 느낌이 드는 표현으로 바꾸어 놓은 것이다.

셋째는 장황한 내용을 삭제하여, 한 편의 가사로서 구성상의 체계성을 가지게 하려는 것이다. 1700년대에 널리 유통되었던 〈나옹화상서왕가〉와 대비해 보면, 기존 가사의 제73~91구가 생략되어 있음을 알 수 있다.

[보권염불문]	[신편보권문]
67. 삼세 제불은	65. 三世諸佛은
68. 이ᄆᆞ옴 아ᄅᆞ시고	66. 이ᄆᆞ옴을 아ᄅᆞ시고
69. 뉵도 즁싱은	67. 六道 衆生은
70. 이ᄆᆞ옴을 져ᄇᆞ릴시	68. 이ᄆᆞ옴을 져ᄇᆞ릴시
71. 삼계 뉸회을	69. 三界 輪廻
72. 어늬날에 긋칠손고	70. 어느째예 긋칠손가
73. 져근닷 싁각ᄒᆞ야	71. 어와 슬프다 어로신니
74. ᄆᆞ옴을 씨쳐먹고	72. 이내말슴 信聽ᄒᆞ야
75. 태허를 싱각ᄒᆞ니	73. 부즈러니 念佛ᄒᆞ사
76. 산쳡쳡 슈잔잔	74. 西方으로 가시쇼셔
77. 풍슬슬 화명명ᄒᆞ고	
78. 숑쥭은 낙낙ᄒᆞ디	
79. 화장바다 건네저어	
80. 극낙셰계 드러가니	
81. 칠보 금디예	
82. 칠보망을 둘너시니	
83. 구경ᄒᆞ기 더옥죠희	
84. 구품 넌디예	
85. 념불소리 자자잇고	
86. 쳥학 빅학과	
87. 잉무 공쟉과	
88. 금봉 쳥봉은	
89. ᄒᆞᄂᆞ니 념불일쇠	
90. 쳥풍이 건듯부니	
91. 념불소리 요요ᄒᆞ외	
92. 어와 슬프다	
93. 우리도 인간애 나왓다가	

94. 념불말고 어이홀고
95. 나무아미타불

『신편보권문』의 〈서왕가〉에서 생략된 부분은 극락세계에 들어가는 대목과 극락세계의 환희상을 과시하는 대목이다. 특히 극락에 대한 묘사는 『아미타경』 등의 정토계 경전에 보이는 극락의 모습을 옮긴 것인데, 극락 세계의 열락을 여실히 전달하고 있으며, 매우 장엄하고 화려한 느낌을 준다. 『신편보권문』의 편자는 이러한 대목을 생략하여 상대적으로 간결한 텍스트를 만들어 놓았다. 여기에는 이 대목을 구비전승의 결과로 판단했던 편자의 의식이 반영되어 있는 것으로 생각된다.

이상에서 살펴본 바와 같이, 『신편보권문』의 〈강월존자서왕가〉에는 한자로 바꾸기, 거친 말투 가다듬기, 문맥 다듬기, 중복되는 부분 생략하기 등을 통해 작품에 일관성을 부여하고, 좀더 수준 높은 읽기의 대본으로 작품의 위상을 높이려는 의식이 반영되어 있다. 이러한 의식은 모두 문자성을 반영하는 것이다.

『보권염불문』의 〈서왕가〉가 같은 해에 해인사에서 판각되고 있는데도 불구하고, 같은 구절 수의 〈서왕가〉가 아닌 축소된 〈서왕가〉, 내용에 변화를 꾀한 〈서왕가〉가 유통된 이유는 무엇일까. 구비 유통의 결과물이라는 관점에서 『보권염불문』의 〈서왕가〉를 고려할 때, 『신편보권문』의 〈서왕가〉는 문자의식을 가진 수용자에 의해 새로운 형태의 이본이 유통되기 시작했음을 의미하며, 상층의 독자를 위한 새로운 이본이 출현했다는 의미가 된다.

그런데 『보권염불문』이 약 100년 동안 전국적인 범위로 유통된 것에 비하면, 『신편보권문』의 〈서왕가〉는 크게 비교되는 예가 아닐 수 없다. 『보권염불문』이 당시 불교계의 시대적 필요에 근거한 공적인 판각이었다면, 『신편보권문』의 판각은 일단 개인적인 의도에서 출발하였고, 따라서 그 유포의 범위 또한 상대적으로 좁은 것이 사실이다. 결국 『신편보권문』의 〈서왕가〉는 1700년대 후기의 〈서왕가〉 유통의 한 특징을 보여주기는 하나, 유통의 범위와 영향은 매우 제한적이었다고 할 수 있다.144)

(3) 19세기의 양상 : 장편의 <서왕가> 유통

19세기에 〈시왕가〉기 유통된 양상을 확인할 만한 구체적인 문헌은 거의 남아 있지 않다. 그렇다고 〈서왕가〉 유통이 전무했으리라고는 생각할 수 없다. 필사 유통이 계속되어 왔을 것이고, 구전에 의한 유통이 계속되었을 것이다. 다만 확실한 것은 〈서왕가〉가 대중에 의해 그다지 활발하게 구연되거나 필사되지 않았다는 점이다.

19세기에 〈서왕가〉가 더 이상 판각되지 않은 것은 불교가사의 전체적인 판각의 경향과 연결된다.145) 18세기에 〈서왕가〉〈회심가〉를 중심

---

144) 한편 『조선가요집성』에 소개된 〈서왕가〉(B5)는 『신편보권문』의 〈서왕가〉(B4)를 그대로 옮겼다는 설명이 있으나 이본간에 대교를 하면 달라진 모습을 확인할 수 있다.

B4	B5
56. 百年 貪物은	56. 百年 貪物은
57. 一朝애 삭아디고	57. 하로아적 틔글이요
58. 三日修心은	58. 三日ᄒ온 念佛은
59. 千萬劫의 다흠업손 보비니다	59. 千萬劫에 다힘업손 보비로다
60. 어와 이보시소	60. 어와 이보샤요
61. 乾坤이 크다흔들	61. 歷千劫而 不古ᄒ고
62. 이ᄆᆞ옴의 미츨손가	62. 極萬世而 長今이라
63. 日月이 불다흔둘	63. 乾坤이 크다흔들
64. 의ᄆᆞ옴의 미츨손가	64. 이ᄆᆞ옴에 미츨손가

이 역시 암기나 필사시에 수반되는 변개의 양상으로 보인다.

으로 활발하게 판각되던 불교가사는 19세기에는 전혀 판각의 기회를 얻지 못하였다. 이는 불교가사의 판각이 지니는 불교사적 의의가 1800년대 초반에서 중반에 이르는 시기에 이미 사라지기 시작했다는 것으로 해석된다. 이 시기는 불교가사가 지나친 민속화, 대중화의 경과를 보이는 시기로서, 이제는 상층에서의 불교가사에 대한 관심이 사라지고, 기존에 유통되던 불교가사의 전파가 신선한 의미를 잃어버린 시기다. 이를 〈서왕가〉의 경우에 비추어 해석해 본다면, 1700년대에 전국적으로 유통되던 〈서왕가〉를 1776년에 『신편보권문』에 다시 수록하면서 보여준 일련의 의식이 그 징표가 된다. 소수의 계층에 의해 전승되던 〈서왕가〉가 이제는 다른 불교가사의 광범위한 유통과 더불어 대중 속으로 급속히 유통되기 시작했고, 이제는 〈서왕가〉 자체도 나옹화상이 지어 부른 내용에서 확장되고 부연된 것으로 인식하게 되었다. 이에 따라 이를 간결하고 전아하게 다듬으려는 노력을 『신편보권문』의 〈강월존자서왕가〉에서 확인할 수 있다. 이는 그만큼 〈서왕가〉를 비롯한 불교가사가 급속도로 민간에 유통되고 있음을 반증하는 것이다.

18세기의 불교계 주도층의 광범위한 판각과 유포의 노력으로 인하여, 19세기에는 불교가사가 급속하게 대중화되었다고 할 수 있다. 그 결과 19세기 후반으로 시대를 추정할 수 있는 필사본에 불교가사가 수록되는 경우가 많다. 이 시기에 필사된 〈서왕가〉도 작품의 내용과 연행의 동기가 되는 외적인 기능이 변화되는 양상을 보여주고 있다.

이 시기의 유통 양상을 보여주는 이본은 『조선가요집성』에 소개된

---

145) 간기가 뚜렷한 전국 사찰의 현존 목판을 간행 시대별로 보면 1600년대가 130종, 1700년대가 107종인데 비해 1800년대가 34종으로 매우 소략하며, 그나마 판각 또한 조잡함을 면치 못하고 있다고 한다.(문화재관리국, 『전국사찰소장목판집』, 1987, 54쪽)

〈나옹화상서왕가〉(C6)다. 이는 권상로가 채집한 것을 편자인 김태준이 수록한 것이다. 편자는 이를 고려가사 항목에 수록하면서, "이때에 벌서 이런 노래를 지엿을지는 의문이나 참고삼아 이에 첨부함."이라 하여, 나옹화상의 가사로 전해지는 것에 의문을 표하고 있다. 그런데 권상로가 어떤 문헌을 소개하였는지, 아니면 어떤 창자로부터 채록하였는지 자세한 소개가 되어 있지 않아, 유통의 구체적인 정황을 직접 확인할 수는 없다. 그러나 작품에 삽입되어 있는 몽환모티프나 시왕모티프 등으로 보아서, 이는 19세기 후반에나 형성된 이본으로 여겨진다. 몽환모티프와 시왕모티프는 주로 이 시기에 유통되는 불교가사의 주요한 모티프이기 때문이다. 시왕, 효, 몽환모티프 등, 잡다한 가사의 어느 한 부분이 상호간에 투사되어 뒤섞이는 양상은 불교가사가 대중화되고 활발하게 구전 유통되는 과정에서 나타나는 19세기적인 현상이다.

이 시기에 〈서왕가〉가 유통되면서 변화하는 양상은 다음 몇 가지로 나누어 볼 수 있다.

첫째는 인생무상 화소가 확장 서술되는 양상이다. 출가와 득도의 출발로서 중요한 계기가 되었던 인생무상 모티프는, A계열의 이본에서는 단 4구에 불과했던 것인데 C6에서는 총 52구(3구~54구)로 확장 서술되고 있다.

1.우리도 이럴망정 2.世上에 丈夫로세 3.天地로 帳幕삼고 4.日月로 벗을삼아 5.天下江山 구경ᄒ고 6.萬古風霜 격근後에 7.故鄕으로 돌아오니 8.山川은 不變이나 9.人心이 大變ᄒ야 10.惡ᄒ사람 數업스며 11.善ᄒ사람 하나업디 12.적은듯 생각ᄒ니 13.夢中갓튼 이世上에 14.念佛안코 무엇ᄒ리 15.유루낙이 조타ᄒ나 16.무루낙에 當ᄒ소야

A계열에서 '1.나도 이럴만정 2.세샹애 인재러니'라는 짧은 구는, 이

세간의 당당한 존재로서의 자부심을 나타낸 대목인데, C6에선 그것이 천하강산을 소요하는 것으로 길게 구체화되었다. 천지로 장막을 삼고 일월로 벗을 삼아 천하강산을 구경하는 모습으로 바꾼 것은 대장부로서의 화자의 모습을 좀 더 강하게 과시하려는 의도를 드러낸 것이다.

또한 A계열에서는 '3.무샹을 싱각ᄒ니 4.다거즛 거시로쇠 5.부모의 기친얼골 6.주근후에 쇽절업다'라는 구를 통해, 인생무상을 단순하게 '생각하는' 것으로 간결하게 제시하고 있는데, C6에서는 천하강산을 구경하고 만고풍상을 다 겪으면서 고향에 돌아와 보니, 인심이 크게 변하고 온 세상이 악으로 가득 차 있다는 내용으로 확장되어 있다. 이 또한 같은 내용을 좀더 강렬하게 전달하려는 의도를 보여주는 것이다.

그리고 C6에서는 기존의 인생무상 화소에 이 세상의 모든 것이 허무한 꿈이요 허깨비에 불과한 것'이라는 몽환모티프를 삽입하고 있어 전체적으로 인생무상 화소의 설득력을 배가시키고 있다.

㉠ 17.王侯將相 英雄豪傑 18.今世上에 丈夫로서 19.三度輪廻 못免ᄒ니 20.그도亦是 夢幻이요 21.金銀七寶 조와ᄒ나 22.生老病死 못免ᄒ니 23.그도亦是 夢幻이요 24.萬乘天子 轉輪王도 25.육취왕환 못免하니 26.그도亦是 夢幻이라

㉡ 27.尊卑貴賤 上下업시 28.世上樂만 貪着ᄒ고 29.念佛ᄒ번 아니ᄒ니 30.이목숨이 죽어갈제 31.日直使者 月直使者 32.牛頭那刹 馬頭那刹 33.전후좌우 列立ᄒ야 34.金강鐵방 손에들고 35.이슬갓튼 이니몸을 36.이리치고 져리치며 37.四大色身 結縛홀제 38.父母妻子 대신갈가 39.鑊湯노탄 져地獄에 40.활살갓치 들어가서 41.萬般苦痛 바들적에 42.모은財物 가저다가 43.져地獄에 人情쓸까 44.萬死萬生 大苦痛을 45.어느째나 버서날고 46.아이고 답답 셜음이야 47.저苦痛을 어이할고 48.地獄한번 들어가면 49.나올期約 죳히업서 50.뎌를엇디 하잔말고 51.世上事를 싱각

ㅎ니 52.모도다 罪惡이요 53.쪘덧흔것 하나업서 54.도모치 夢幻이라

㉠은 불교가사 〈몽환가〉의 차용이라 할 수 있다. 〈몽환가〉는 '(무엇)이 (어떠하)나, (무엇, 어찌됨)을 못 면하니(죽어지니), 그도 역시 몽환이요'라는 공식구에 의해 내용이 확장되는 특징을 보이는데, 여기에 삽입된 것도 같은 공식구의 적용이라 할 수 있다.

㉡은 사람이 늙어 저승길로 갈 때 시왕의 심판이 있으며, 생전에 지은 죄업에 따라 여러 가지 고통을 받게 된다는 시왕모티프를 차용한 것이다. 이는 주로 〈자책가〉 등에 반복해서 나타나는 대중적인 모티프이다. 결국 〈자책가〉나 〈몽환가〉가 널리 유통되면서 두 작품의 주요 모티프를 수용하게 된 것이 『조선가요집성』의 〈나옹화상서왕가〉인 것이다.

〈몽환가〉와 〈자책가〉의 모티프를 삽입한 결과, 『조선가요집성』의 〈서왕가〉는 기존의 〈서왕가〉가 보여주는 것과 사뭇 다른 어조가 뒤섞이게 되었다. 『불교』지에 〈서왕가〉(A10이본)를 소개한 손진태의 설명을 빌어 이본 C6에서 변화되는 양상을 살펴보도록 한다.

비록 無常을 말하엿스나 作者는 조곰도 沈陰한 風을 보이지 안코 용감스러운 武士를 案出하여 그가 모든 惡賊을 討滅한 뒤 衆生을 다리고 淸風 불고 白雲 이러나는 바다를 건너 光明한 理想世界(極樂)로 배 저어가면서 可憐한 人間事를 回顧함으로써 比喻하엿스며 極樂은 實로 此生과 全然 殊異한 遙遠 沒交涉한 世界가 안이오 다맛 바다 하나를 隔하여 잇는 目前의 第二世界가치 巧妙히 說明하야 듯는 者의 마음으로 하여금 彼岸의 이상국에 踊躍게 하엿다. 우리는 이 노래의 文學的 價値며 그 技巧를 評하기보다 이 노래의 가진 作者의 布敎的 勞心이며 民衆思潮의 反影 及 佛敎文學의 社會生活에 미친 感化 등을 主장 생각하여야 할 것이다. 그들은 決코 民衆을 厭世 懦弱의 道에 導入코저는 안이하엿다. 그들의 文

> 學은 차라히 苦界에 呻吟하는 民衆에게 勇氣와 光明을 주고저 勞力하엿
> 다.146)(띄어쓰기 필자)

그의 설명대로 〈서왕가〉의 화자는 조금도 침울한 분위기를 풍기지
않는 대신에, 포부가 가득한 대장부의 목소리를 들려준다. 그리하여 민
중을 염세와 나약의 길로 인도하지 않고 고통에 신음하는 민중에게 용
기와 광명을 주고자 노력하는 것이다. 이에 비해 A이본이 유통된 결과
나타난 C6이본은, 전체적인 주제는 같을지라도, 부분적으로 염세적이고
체념적인 어조가 강하게 드러난다. 이는 물론 〈몽환가〉나 〈자책가〉에
일부 보이는 염세적이고 체념적인 어조의 영향을 받은 것이다.

또한 율격의 불일치도 나타난다. 본래의 〈서왕가〉 대목은 하나의 음
보가 2, 3, 4음절을 넘나드는 데 비해, 새로 확장된 부분은 대체적으로
4·4조의 연속이라는 특질을 보인다. 율격의 측면에서도 이질성을 지닌
노래의 상호텍스트성을 확인할 수 있다.

이와 함께 맥락의 불일치를 보여주고 있다. 다음은 C6이본의 결말부
분이다.

> 105.三世諸佛 歷代죠사 106.이마음을 밝케너여 [107.자성불을 진득ᄒ야
> 108.육도중싱 건지시며 109.사견외도 간탐중싱 110.愛慾網에 깁히잠겨
> 111.가셩진불 비반ᄒ니 112.육도往還 勉홀손가 113.世間貪着 그만ᄒ소
> 114.아이고 답답 셜음이야 115.그것저것 다버리고 116.一心으로 念佛ᄒ세]
> 117.南無阿彌陀佛

107에서 116구는 다른 곳에 없는 내용을 첨가한 대목이다. 탐욕에
빠지지 말고 자기 안에 있는 불성을 회복하여 육도의 윤회를 면하자고

---

146) ≪불교≫ 88호, 1931.10, 30쪽

하며, 이를 위해서는 이것저것 생각하지 말고 오직 한 마음으로 염불할 것을 권면하는 내용이다. 이를 통해 화자는 자신이 전달하고자 하는 주장을 충분히 전달한 것으로 보인다. 이것은 '나무아미타불'이라는 구에 의해서 확인된다. 일반적으로 '나무아미타불'은 불교가사에서 노래를 마친다는 표지로서 기능을 한다.

그런데 이러한 종결의 표지가 있음에도 불구하고, C6이본은 다시 극락의 환희상(135~141구)을 부연하고 있다. 이는 A계열의 〈서왕가〉에 나오는 극락 장면을 바탕으로 하여 좀더 자세하게 확장한 것이다.147)

여기에 다시 선망부모를 비롯한 일체중생을 남김없이 건져보자는 새로운 내용(142~146구)이 첨가되었다. 이는 〈서왕가〉로 대변되는 불교가사가 연행되었음직한 구연의 상황을 반영하며, 가창시에 기대하는 노래의 효용을 반영하는 것이다.

142.션망부모 구현칠죡 143.十方法界 一體衆生 144.남음업시 건저다가
145.비료셩히 보리장에 146.太平歌를 불러보시 147.南無阿彌陀佛

먼저 다른 세상으로 떠난 부모와 모든 친척들, 나아가 시방 법계의 모든 중생을 남음 없이 극락으로 천도하자는 내용은 〈회심곡〉〈자책가〉 등의 불교가사가 천도재에서 널리 구연된 사실과 관련이 된다.

〈서왕가〉C6은 〈회심곡〉〈자책가〉 등이 활발하게 구연되고, 또 재의 현장에서 불려지고 있는 1800년대 이후의 가사로 생각된다. 그리고 〈몽

---

147) 새로 첨가된 부분은 다음과 같다.
135.화긔당번 모든장엄 136.바람머리 춤을추니 137.無上樂이 이아닌가
138.極樂당즁 일회상에 139.無上樂을 서로밧고 140.화장장엄 七寶堂에
141.逍遙自在 노르면서

환가〉에 일부 반영되어 있는 염세적인 어조 등도 불교가사의 공간이 잡가의 공간과 겹치면서 나타난 체념적이고 유흥적인 분위기의 일면을 드러내는 것으로 생각된다. 『조선가요집성』에 실려 있는 〈서왕가〉(C6)는 잡가의 유행 및 〈자책가〉〈몽환가〉의 유통과 밀접한 관련을 가지는 〈서왕가〉의 이본인 것이다.

(4) 20세기 초기의 양상 : <서왕가>의 재인식과 판각

19세기에는 불교가사가 화청승을 비롯하여, 탁발승이나 걸립패에 의해 구연되었으며, 잡가나 무가로 수용되기도 하였다. 이처럼 이 시기는 불교가사가 대중화되고 민속화되는 시기였다고 할 수 있다.

1908년에 동래의 범어사에서 판각한 『권왕문』은 〈권왕가〉, 〈자책가〉, 〈서왕가〉를 묶은 것이다. 범어사는 19세기 말 이후에 한국 불교계의 새로운 경향으로 나타난 禪부흥운동의 핵심에 자리잡고 있는 사찰이다. 19세기 말 이후에 나타난 새로운 경향은 修禪結社의 경향이다. 鏡虛惺牛(1846~1912)가 범어사와 해인사에서 결사운동을 통해 선풍을 크게 진작시킨 것이다. 이 영향으로 범어사의 여러 부속 암자에도 선원이 개설되었으며 그 결과 1910년에 범어사는 한국불교의 禪宗首寺刹로 인정받게 되었다. 1907년 雲門寺에서 간행 작업 중이던 『禪門寶藏錄』을 1908년에 범어사로 옮겨 간행한 것도 당시의 분위기를 반영한 것으로 볼 수 있다. 이러한 선원과 선회의 창설을 통해 선사상을 강조하는 범어사의 사상적 경향은 경허로부터 크게 영향을 받았으며, 1910년대에 조선총독부가 반포한 사찰령에 반대하는 임제종 운동뿐만 아니라 이후의 항일불교의 정신적 기반으로 계승되었다고 할 수 있다.148)

---

148) 채상식, 한말 일제시기 범어사의 사회운동, 『한국문화연구』 4, 부산대 한

　이렇게 보면 범어사의 〈서왕가〉 판각은 비록 간접적이긴 하지만 선의 부흥운동과 연결된다고 볼 수 있다. 당시에 가장 널리 유통되고 있던 〈회심곡〉류가 아닌 〈서왕가〉를 주목하여 판각한 사실은, 〈서왕가〉의 주요부분이 자기 안에 감추어진 보배를 찾아 구도의 행각을 떠나는 한 수도인의 득도의 길이라는 것에 주목하면 자연스럽게 이해된다.

　『권왕문』 소재 〈서왕가〉의 판각은 발문에 있는 것처럼 강재희의 시주와 만하의 주간으로 이루어졌다. 그리고 이는 다시 필사와 구연의 대본으로 유통되었다. 〈서왕가〉 이본 중 A11과 A12는 범어사 장판을 보고 필사했다는 기록이 있다. A11의 작품 끝에 범어사 장판의 〈서왕가〉 뒷장에 있는 간기와 황제폐하에 대한 축원이 그대로 수록되어 있는 것으로 보면, 범어사에서 펴낸 목판본을 보고 베낀 것임을 알 수 있다. A12도 작품 끝에 범어사 장판의 간기가 있고, "갑신싱서극낙월등샤무인오월이십구일종"이라 한 것을 보면 필사자가 1938년에 범어사 장판의 〈서왕가〉를 보고 그대로 베낀 필사본임을 알 수 있다.

　주목되는 것은 손진태가 채록하여 불교 88호에 소개한 A10이본이다. 채록자인 손진태는 해설을 통해서 이 작품은 경남 동래군 구포 맹인 최순도 소장의 필사본을 베낀 것이라 했는데, 그 책에는 〈자책가〉〈권왕가〉와 함께 〈서왕가〉가 수록되었고, 세 작품 모두 『불교』지에 재수록되었다. 잡지에 소개된 세 작품을 범어사 장판의 가사와 비교해 보면 둘 사이의 연관성을 짐작할 수 있다. 먼저 범어사가 있는 동래라는 공간의 일치, 수록된 세 작품의 일치, 그리고 이본간에 넘나듦이 큰 〈자책가〉를 비교해 보아도 구절 수와 내용이 거의 일치하고 있다는 점에서, A10도 범어사 장판을 옮겨 쓴 것이라는 확신을 가지게 한다. 이본

___

국문화연구소, 1991, 4～7쪽

A14는 권수근 소장의 만하 저술을 옮긴 것이라는 설명이 있는데, 이 또한 『권왕문』 소재의 〈서왕가〉를 지칭하는 것이다. 동래 범어사의 판각과 유통이 주는 영향을 이상의 이본을 통해 확인할 수 있다.

4) 나옹화상의 작가적 명성과 〈증도가〉류의 유통

〈서왕가〉는 나옹이 실제의 작자인가 아닌가의 여부에 상관없이, 나옹의 명성에 의해 많은 부분 인식되고 전승되어 왔다. 전승의 힘은 제목에 나옹이라는 이름을 붙인 많은 이본을 통해서 확인된다. 〈나옹화상셔왕가〉〈나옹화상셔왕가라〉〈강월존자서왕가〉 등의 작품 제목은 기본적으로 나옹화상의 명성에 기대어 작품의 전파력을 담보하려는 기대의식을 반영하고 있다. 이밖에 나옹화상의 가사로 전승되는 것으로는 〈나옹화상증도가〉〈나옹화상수도가〉〈나옹화상낙도가〉〈나옹스님토굴가〉 및 〈나옹화상심우가〉〈나옹화상자책가〉〈나옹화상승원가〉 등이 있다.

이처럼 문헌상 나타나는 최초의 작품에서부터 비교적 후대에 나타난 것으로 보이는 작품에 이르기까지, 고려말의 선승인 나옹대사의 이름이 중심축으로 자리잡게 된 계기는 무엇일까. 다시 말하면, 〈서왕가〉라는 작품을 나옹화상과 연결시킬 수 있는 고리는 무엇일까.[149] 사실의 차원과는 별도로 대부분의 수용자들이 나옹화상의 작품으로 인식하게 된 이면에는, 작품과 나옹의 삶이 어떤 방식으로든 연관관계를 지니고 있지 않을까 한다.

---

149) 정재호는 〈수도가〉〈승원가〉〈서왕가〉 등이 그 출전이나 내용 및 표현 기법으로 보아 나옹의 작이 아닐 것으로 보았다. 그럼에도 나옹의 이름으로 전승되는 이유로는 고승으로서의 덕망, 대중적인 인기 등을 들었다. (정재호, 나옹작 가사의 진위, 『한국가사문학의 이해』, 고려대학교 출판부, 1998, 105~107쪽)

먼저 〈서왕가〉의 주제적 특징을 고려하면, 가사의 내용과 나옹화상의 삶이 자연스럽게 이어지는 것을 발견할 수 있다. 〈서왕가〉의 주제는 염불을 통한 西往의 실현이며 이는 중생 구제적인 측면에서 화자가 제시하는 이상이다. 그러나 이러한 주제가 단순하게 교술적인 이념의 무미건조한 제시에 그쳤던 것은 아니다. 〈서왕가〉에는 치열한 실존의 고뇌 속에서 物外人이 되어 도를 추구하는 외로운 구도자의 모습이 제시되어 있는데, 이는 앞서 제시한 나옹의 선적인 성취와 관련을 가진다.

이와 함께 주목되는 것은 나옹의 작으로 명명되는 작품들의 공통적인 면모다. 이중 〈서왕가〉의 유통과 관련이 있는 작품은 〈증도가〉류 가사인데, 이본으로는 다음의 몇 종이 있다.

㉠ 〈나옹화상증도가〉, 60구, 『증도가』
㉡ 〈나옹화상수도가〉, 17구, 『감응편』[150]
㉢ 〈나옹화상낙도가〉, 70구, 『조선가요집성』[151]
㉣ 〈나옹스님토굴가〉, 63구, 강전섭채록[152]

이상의 이본에는 모두 '나옹화상'이 제목에 제시되어 있다. 〈증도가〉의 작자가 나옹화상인 것으로 쉽게 연상되고 전승되었던 이유를 내용과 어조의 측면에서 살펴보면 〈서왕가〉와의 유사성에 기인하고 있음을

---

150) 하성래, 가사문학의 원형인 수도가, 《문학사상》 29, 1975.2, 문학사상사. 필자는 길이의 짧음을 들어 가사문학의 고형일 것으로 추정하였다. 그러나 이는 〈증도가〉의 여러 이본 중에서 가장 짧은 이본으로서 다른 이본에 있는 10구를 인용하고 그 뒤에 6구를 새로 첨가하여 형성한 후대의 이본으로 생각된다.

151) 권상로가 채록한 이본으로 구절 수가 다른 이본에 비해 가장 길다. 내용상의 차이는 크지 않다.

152) 강전섭, 앞의 글

알 수 있다.

1.靑山林 깊은곳에 2.一間茅屋 지어두고 3.松門을 半開하고 4.石庭에 徘徊하니 5.綠楊春 三月下에 6.春風이 문득부니 7.庭林에 紫白花는 8.處處에 피었으니 9.風景도 좋거니와 10.物象이 더욱좋다 11.그중에 무슨일이 12.世上에 最貴한가 13.一片無爲 珍寶香을 14.玉窓에 꽂아두고 15.적적한 明窓下에 16.默默이 혼자앉아 17.十年을 期限하고 18.一大事를 窮究하니 19.曾前에 모르던일 20.今日에야 알리로다 (〈나옹화상증도가〉에서. 이하 같음)

화자는 먼저 청산림 깊은 곳에 한 칸의 초옥을 지어두고서 좋은 풍경과 물물색색의 아름다움을 완상하는 봄날의 체험을 제시하고 있다. 그리고 이러한 세계에서 무엇이 가장 중요한 一大事인가에 대한 물음을 세상을 향하여 던진다. 그리고 10년의 기한을 정하여 궁구한 결과, 예전에 모르던 걸 오늘날에야 깨닫게 된다. 그것은 곧 자기 안의 보배를 발견하는 것이며, 자기를 둘러싼 모든 자연의 현상이 부처의 세계임을 깨닫는 것이다. 이는 다름 아닌 득도의 과정이다.

21.一段高明 深旨月이 22.萬古에 밝았으니 23.無明長夜 業波浪에 24.잘못 찾아 다녔도다 25.靈鷲山 諸佛會相 26.處處에 모았거던 27.小林窟 祖師家風 28.어찌멀리 찾았느냐 29.淸風은 瑟瑟불고 30.明月은 團團하니 31.어떠한 소식인가 32.靑山은 默默하고 33.綠水는 潺潺하니 34.어떠한 境界이더냐 35.一理齊平 나타난 중에 36.活計조차 具足하다

화자는 깨달음을 얻은 이후 의식주에 무심하여 세상의 욕심에 걸림이 없으며, 나와 남의 구분도 없는 경지에 이른다. 궁극에는 온갖 경계에 거리낌이 없는 원융무애한 경지에 이르게 되는 것이다. 화자는 그 즐거움을 다음과 같이 노래하며 마무리하고 있다.

49.皎皎한 夜月下에 50.圓覺山 선듯올라 51.無孔笛을 빗기불고 52.沒鉉琴 높이타니 53.無爲自性 眞空樂이 54.이중에 갖추었더라 55.石虎는 舞翔하고 56.松風은 和答할때 57.無着嶺을 나서서 58.不知村 굽어보니 59.圓覺樹 優淡花는 60.處處에 피었더라

이로써 보면 각편들의 제목이 한결같이 〈證道歌〉〈樂道歌〉〈修道歌〉인 것은, 도를 닦아 깨달음에 이른 후 태평가를 부르는 득도의 과정을 요약하고 있기 때문임을 알 수 있다. 그리고 이러한 證得의 一大事를, 수도인의 직접적인 체험으로 술회하고 있는 점이 〈증도가〉류의 특징이다. 여기에서 우리는 〈서왕가〉의 전반부가 수도와 참선의 과정의 기록이며 구도자의 증득의 길임을 상기하게 되며, 이런 점에서 〈서왕가〉와 〈증도가〉류는 선승으로서의 명성이 수백년 동안 지속되던 나옹화상을 연결 고리로 하여 유통되었다고 할 수 있다.

한편 〈증도가〉류가 유통되는 시기는 정확히 판단할 수는 없지만 수록된 문헌이 주로 19세기 후반부(『증도가』, 『감응편』)인 것으로 보아, 이 시기에 유통된 것으로 추정된다. 이 시기는 구전되는 불교가사가 다른 가사의 내용을 수용하면서 유통되던 시기이며, 표현에 있어서도 구어체의 표현이 두드러지게 나타나는 시기다. 이에 비해 〈증도가〉류는 상당한 문학적 소양을 가진 창작자에 의해 창작되었고, 그것을 이해할 만한 수준 있는 독자들에 의해 필사 유통된 것으로 보인다.

『증도가』의 체제를 보면, 먼저 '君不見'으로 시작되는 〈永嘉大師證道歌〉에 이어 국한문혼용의 〈나옹화상증도가〉가 줄글체로 수록되어 있다. 〈영가대사증도가〉는 이미 불가에서 그 권위가 인정된 것인데, '나옹화상'의 〈증도가〉를 바로 뒤에 배치함으로써, 이 가사가 〈영가대사증도가〉의 권위에 상응하는 노래임을 간접적으로 웅변하고 있다. 그리고 함께 수록되어 있는 다른 작품으로는 〈自責歌-懶翁和尙撰〉, 〈回心曲-懶翁和尙

撰〉,〈夢幻歌-龍巖大和尙撰〉,〈草庵歌-龍巖大和尙撰〉 등이 있는데, 국한 문 혼용으로 필사되었고, 모든 가사의 제목에 유명한 작자가 명시되어 있다. 청허대사의 작으로 전승되는 '회심가'의 이본인 〈회심곡〉까지도 나옹화상으로 기록해 놓은 점이 눈에 띈다. 수록된 모든 작품에 지명도 있는 작자를 명시함으로써 수록된 노래의 전승력을 높이려는 의도를 확인할 수 있다.

『감응편』에 수록된 〈懶翁和尙西往歌〉도, 〈三淵先生念佛歌〉〈西山大師回心曲〉〈草庵歌-龍岩大師〉 및 〈夢中回心曲〉〈眞如自性歌〉〈修善曲〉과 함께 실려 있다. 대부분 유명작가의 이름을 앞에 내세우고 있으며, 국한문 혼용으로 필사되어 있는 것이 『증도가』와 같은 점이다.

〈증도가〉가 수록된 문헌에 두드러지는 공통적인 면모는 나옹이라는 창작자의 권위를 전승의 원동력으로 삼고 있다는 점이다. 이는 한자화할 수 있는 거의 모든 어휘를 한자로 표기함으로써 표기방식의 권위에 의해 전승력을 확보하려는 노력과 상통한다. 이런 측면에서 〈증도가〉류는 일종의 '읽는 가사'로서 유통된 것으로 보인다.

2. 〈회심가〉의 유통

본고는 지금까지 총괄해서 '회심곡' 계통으로 일컫거나, '저본회심곡'과 '변형된 회심곡', 혹은 '회심곡'과 '별회심곡' 등으로 대비시킨 양자의 관계를, 〈회심가〉와 〈회심곡〉으로 나누어 정리하고자 한다. 이를 통해 작품 이본의 실상에 충실한 분류가 가능해지고, 각각의 이본이 시대에 따라 어떤 양상으로 유통되었고 변모되어 왔는지를 비교적 선명하게 드러낼 수 있을 것이다.

1) 이본의 분포

현재 전하는 〈회심가〉의 이본을 제시하면 다음과 같다.

〈회심가고〉 - 『보권염불문』(동화사본, 묘향산 용문사본, 해인사본, 선운사본)
〈청허존자회심가〉 - 『신편보권문』(해인사)
〈회심가고〉 - 『보권념불문』(필사본)
〈회심곡〉 - 『감응편』
〈회심곡〉 - 『자칙가』
〈권불가〉 - 『불교가사』
〈재이변회심곡〉 - 『역대가사문학전집』 2127번
〈회심곡〉 - 『역대가사문학전집』 2437번
〈회심곡〉 - 『아악부가집』 13번
〈회심곡〉 - 『가집』 126번
〈회심곡〉 - 『악부』 12번
〈회심곡〉 - 『석문의범』

2) 내용 구조

〈회심가〉의 주제는 염불에 힘써 극락왕생의 기쁨을 누리자는 것이다. 서두에서는 주제를 전달하기 위한 전제로서, 인간이 지니는 본래의 가치에 대한 긍정적인 의미를 부여하고 있다.

1텬디이의 분훈후에 2삼나만샹 일어나니 3유정무정 삼긴얼골 4텬진면목 절묘호디 5범부고텨 셩인되믄 6오직사롬 최귀흐다 7요순우탕 문무주공 8 삼강오상 팔죠목을 9퇴평셰에 장엄흐니 10금슈상에 팁회로다 11동서남북 간디마다 12형뎨곳티 화합흐니 13텬하퇴평 가감업서 14안양국이 거의러니 (동화사본 〈회심가고〉, 이하 같음)

인용구는 부정적으로 인식된 현실 공간에 이르기 전의 상태를 태평세계에 견주고 있다. 이곳은 현실공간의 모든 이웃이 형제와 다름없이 어우러져 살아가는 세상이며, 어떠한 갈등도 존재하지 않는 공간으로서, 삼강오륜이 실현됨으로써 얻어질 수 있다. 이에 비해 현실 공간은 제 명을 다하지 못하고 참혹하게 숨을 거두는 자가 많고, 가뭄과 날씨의 재앙 때문에 배를 곯게 되어, 노상 천변 여기저기에 부모나 처자식을 던져둘 수밖에 없는 참혹한 상황이다.

32비명악ㅅ 수업ㅅ며 33한지풍상 ㅈ조드러 34천문만호 긔근ㅎ니 35김가박가 사름마다 36부모쳐ㅈ 분리ㅎ야 37농샹천변 눔의짜희 38여긔뎌긔 긔ㅅㅎ니 39참혹ㅎ다 주검이여 40다몬됴긱 가마괴라

화자에 의하면 이런 말세적인 징후들은 인간들이 현실 공간에서 보여주는 온갖 비윤리적 비도덕적인 행태 때문이라고 한다.[153]

19야쇽홀셔 말세풍속 20츙효신힝 다버리고 21애욕망에 깁히드러 22형뎨투징 마단느니 23가련ㅎ다 빅발부모 24의로홀더 바히업서 25문외예 바잔일며 26흘니느니 눈믈일다 27골육상잔 져리ㅎ니 28촌외인을 의논홀가

인용구는 애욕망에 깊이 들어 부모와 형제간에 서로 다투며, 이로

---

153) 말세적인 징후와 중생이 받는 고통은 관습적인 불교적 담화의 한 예에 불과하다. 그러나 임진왜란 이후의 혹독한 삶의 조건에 처해 있던 수용자들에게 현실적 상황과 가사의 내용이 자연스럽게 동화되어 수용되었을 가능성은 배제할 수 없다. 지병규는 말세풍속으로 제시된 '형제투쟁' '골육상잔' '비명횡사' '기사' '우천재앙' 등의 표현은 곧 당쟁이나 사화로 인해 서로 모함하고 증오하며 상쟁하는 현실과, 생활고에 허덕이는 민중의 삶을 나타내었고, 임란으로 흉험해진 당시의 산란한 인심을 표현하고 있다고 하였다.(지병규, 앞의 논문, 181쪽)

인해 인간세계가 온통 다툼과 갈등으로 가득 찬 결과 하늘이 응징을 내리고 있음을 말하고 있다.

그런데 이와 같이 과거에 대한 긍정적인 인식과 현재에 대한 부정적인 인식의 순차적 표출은, 마치 제 안에 부처라는 보배가 있으나 탐욕과 성냄과 어리석음으로 인하여 未明에 갇히게 된 현재의 나의 모습과 정확하게 대응된다. 그리하여 이러한 부조리는 인간이 본연의 모습을 잃어버린 데 따르는 필연적인 결과이므로, 자기 안의 나를 찾고 염불을 통해 다시 본래의 상태를 회복하자는 논리로 귀결된다.

41불슌인도 슬피시소 42우텬지앙 더러ᄒᆞ니 43텬고쳥비 ᄌ조뛧텨 44ᄌ긔촌심 바로딘녀 45일변으로 념불ᄒᆞ고 46일변으로 츙효ᄒᆞ소 47구텬이 감응ᄒᆞ면 48요슌태평 아니볼가 49불법어디 일뎡ᄒᆞ며 50요슌어디 시이실고 51념불ᄒᆞ면 불법이요 52츙효ᄒᆞ면 요슌이니 53츙효가져 입신ᄒᆞ고 54념불가져 안양가새

이로써 〈회심가〉에서 지향하고 있는 것이 분명해졌다. 말세 같은 이 세상을 벗어나는 궁극적인 해결책의 하나는, 세속적인 질서덕목의 회복이며, 다른 하나는 염불에 힘써 내세의 극락왕생을 희구하는 것이다.

이후의 내용은 아미타불의 발원(55~64구)과 당부(65~72구), 석가의 출가에서 극락왕생까지의 八相(73~82구), 극락의 환희상(119~126구, 221~222구), 지옥길의 험난함과 지옥의 고통(137~144구) 등이다. 아미타불의 발원과 당부 이후의 내용은 앞에 제시된 결론, 즉 염불공덕에 힘써 극락왕생하자는 주제를 다시 장황하게 나열하고 부연하고 있는 것에 지나지 않는다. 〈회심가〉에서는 팔상 대목이나 지옥과 극락의 대비 등 선명한 주제소가 있음에도 그것들이 극적으로 대비되어 강한

응집력을 보여주지는 못하고 있다. 1~54구까지의 통일성 인과성 그리고 이야기의 흡입력이 약간은 풀어지면서, 여러 가지 내용이 장황하게 서술되어 있다. 이는 〈회심곡〉과 〈자책가〉에 보이는 지옥과 극락 화소가 보여주는 강한 응집력과 대비되는 현상이다. 이러한 응집력은 노래의 전승력과 상호 관계를 가지며, 〈회심가〉가 〈회심곡〉이나 〈자책가〉에 비해 그 전승에 있어 상대적으로 적은 빈도를 보게 된 이유 중의 하나가 된다.

3) 유통의 시대적 양상

(1) 18세기의 유통 양상

① 구전 유통과 노래의 판각

〈회심가〉가 수록된 최초의 문헌은 1764년 동화사에서 판각한『보권염불문』이다. 제목은 〈회심가고〉이며 순한글의 귀글체로 정연하게 판각되어 있다.

『보권염불문』의 판본으로는 용문사(1704), 수도사(1741), 동화사(1764), 홍률사(1765), 용문사(1765), 해인사(1776), 선운사(1787) 판본이 있다. 1700년대 초반에서 후반에 걸쳐 전국적인 범위로 널리 유통되었음을 알 수 있다.154) 다만 〈서왕가〉가 홍률사본을 제외한 모든 판본에 실려있는 데 비해, 〈회심가〉는 예천 용문사본과 수도사본에는 수록되어 있지 않고, 동화사본(1764)에 비로소 그 모습을 드러내고 있다.

〈서왕가〉는 최초로 판각되는 시점부터 이미 〈나옹화샹셔왕가라〉라고 하여, '나옹화상'이라는 작가적 명성이 분명하게 제시되어 있다. 이

---

154) 김영배, 앞의 글, 115쪽

에 따라서 이후의 수용자들은 〈서왕가〉라는 노래에 의심할 수 없는 권위를 부여하게 되었고, 이것은 바로 작품이 가지는 강한 전승력의 토대가 되고 있다. 그런데 이 책의 편자인 명연은 서문에서 스스로 '淸虛後裔'임을 밝히고 있음에도 불구하고, 〈서왕가〉는 판각을 하고 〈회심가〉는 판각을 하지 않았다. 그리고 〈서왕가〉에는 '나옹화상'이라는 작자명을 내세우고 있는 데 비해서, 〈회심가〉는 단순히 '회심가고'라고만 제시하고 있는 것도 주목된다. 이는 판각주체의 작품에 대한 인식에 차이가 있을 뿐 아니라, 작품 유통의 측면에서도 차이가 있음을 암시한다.

〈회심가고〉는 정연한 귀글체로 판각되어 있다. 귀글체는 4음보의 율격에 의해 구분되는 네 마디의 진술을 두 구절로 나누어 시각화하는 방법인데, 〈회심가고〉의 귀글체 판각은 강한 리듬감과 규칙적인 율격이 대중적인 전승의 과정에서 형성되었을 가능성을 제시하고 있다. 이는 또한 판각의 주체가 가사의 율격을 시각적으로 느낄 수 있도록 시각화했다는 의미도 지니고 있다.

앞 절에서 살펴본 것처럼 〈회심가고〉는 1~54구까지 일관된 맥락으로 자연스럽게 내용이 전개되는 특징을 보인다. 그런데 그 이후의 내용은 앞에 제시한 '염불공덕에 힘써 극락왕생하자'는 주제를 확장하고 부연하는 것에 지나지 않는다. 따라서 〈회심가고〉의 뒷부분은 구전이나 필사를 통해 전승되면서 첨가된 것으로 생각된다. 분명한 것은 최초의 판각이 1764년에 동화사에서 이루어졌지만, 그 이전에 이미 〈회심가〉가 유통되고 있다는 점이다. 동화사본과 용문사본 그리고 해인사본의 이본을 대조하면 음운상의 차이가 많은 곳에서 느러나고 있는데, 이 또한 〈회심가〉가 이후에도 구비전승에 의지하여 유통되고 있음을 잘 보여주고 있다.155)

② 고급 독자 지향의 〈회심가〉의 유통

〈회심가〉를 청허대사 휴정과 직접 연계하여 전승시키고 있는 이본

---

155) 〈회심가고〉의 판각과 복각의 선후관계는 다음과 같다.

동화사본(1764)--〉 묘향산 용문사본(1765)
　　　　　　　--〉 해인사본(1776) --〉 선운사본(1787)

이를 대교하면, 동화사본과 해인사본은 음운과 구절이 거의 같게 판각
되어 있고, 묘향산 용문사본은 이와 다른 곳이 많다. 물론 동화사본과
용문사본이 같고 해인사본이 달라진 구절도 있으며, 각 이본이 모두 다
르게 표현된 구절도 있다. 선운사본은 해인사본과 같다. 이를 예시하면
다음과 같다.

① 텬진면목 절묘호디(동.해) : 결묘호다(용)
　삼강오샹 팔죠목을(동.해) : 팔됴목을(용)
　금슈샹에 쳠화로다(동.해) : 텸화로다(용)
　텬하틴평 가감업서(동.해) : 텬하타평 가감업시(용)
　형뎨투징 마댠ᄂ니(동.해) : 마디안여(용)
　골육샹잔 져리ᄒ니(동.해) : 골육샹친 져러ᄒ니(용)
　만쳡쳥산 혼자드러(동.해) : 만뎝쳥산 혼자드려(용)
　쟝슈코쟈 기드리니(동.해) : 댱슈코쟈(용)
　힘을가져 당젹ᄒ며(동.해) : 당뎍ᄒ며(용)
　우양젼지 디드릴가(동.해) : 우양젼디(용)
　더룰엇디 구뎨홀고(동.해) : 구졔홀고(용)
　지혜인이 아조져긔(동.해) : 디혜인이(용)
　합쟝ᄒ고 ᄉ솝ᄉ오디(동.해) : 슐ᄉ오디(용)
　념불ᄒ고 죽댜나니(동.해) : 면ᄉᄒ니(용)

② 몽즁ᄀᆞᆺᄒ 사롬사리(동.용) : 몽슝[즁]ᄀᆞᆺᄒ 사암사리(해)
　빙바왕과 위부인을(동.용) : 빗바왕과 위부인을(해)

③ 뎡토문을 귀경ᄒ니(동) : 졍토문을 귀경ᄒ니(용) : 뎡토문을 귀경
　ᄒ니(해)
　시이시즁 쥬야업시(동) : 시이시등 (용): 십이시즁 (해)

은 『신편보권문』의 〈淸虛尊者回心歌〉이다. 『신편보권문』은 해인사 판본으로 전하는데, 해인사에서 『염불보권문』이 판각되던 1776년에 판각된 것이지만, 제작 동기라든가 내용체제라든가 문자의식 등에서 『보권염불문』과는 상당한 거리에 놓여 있다. 『신편보권문』은 靈隱寺의 覺醒의 부탁으로 해인사의 有機가 펴낸 염불서다. 〈江月尊者西往歌〉와 〈淸虛尊者回心歌〉는, 원래 처음에 의도했던 염불문 22편에는 포함되지 않는 것으로서, 부록으로서의 성격을 가진다. 가사는 모두 국한문 혼용의 줄글체로 판각되어 있는데, 이는 일차적으로 '看而讀之', 즉 보고 읽는 차원의 텍스트임을 밝히고 있다. 〈청허존자회심가〉는 하나의 읽을거리로서 판각된 것이다. 그리고 '진서'와 '언문'이 섞임으로 인하여, 한정된 독자층을 수용자로 설정하는 결과를 가져왔다. 이는 구비 전승되는 〈회심가〉를 한자를 섞어 표기함으로써 내용을 더욱 간결하고 속되지 않게 표현하려는 의도를 드러내는 것이다.

〈청허존자회심가〉는 구비전승에서 한 걸음 비껴 서 있으며, 판각자의 가사 재생산자로서의 의식이 개재되어 있다. 특히 앞서 전하는 〈회심가고〉의 내용과 비교할 때 장황한 서술을 절제하여 하나의 일관성 있는 읽을거리로 만들려는 의도를 보이고 있다. 판각자의 편집 의식이 보이는 대목을 소개하면 다음과 같다.

㉠ 말세적 현상을 나열하는 대목
26寸外人을 議論홀가 [〈회심가고〉의 29~42구 생략] 27天高聽卑 즈조쎄쳐

㉡ 염불비방의 죄보와 정토문 구경 그리고 지옥의 고통이 나열된 부분
90善財童子 불의들가 [〈회심가고〉의 107~148구 생략] 91즈러죽눈 酒色의눈

㉢ 염불공덕의 과보를 나열한 대목

110.觀音後身 이아닌가 [〈회심가고〉의 183~206구 생략] 111.釋迦如來
아니나고

이상에서 보듯이 〈청허존자회심가〉는 염불공덕을 통한 극락왕생이
라는 大義를 해치지 않는 범위에서 장황하게 나열된 예들을 삭제한 결
과, 231구가 132구로 축소되었다.

불교가사의 독자층을 제한적으로 설정하고 있는 〈청허존자회심가〉
는 이렇듯 구비전승을 통한 〈회심가〉의 수용과 일정한 거리를 두고 있
다. 먼저 제목에 '청허존자'라는 작가적 권위를 앞에 제시하고 있고, 표
기상에 있어서도 한자어를 섞어 판각함으로써 텍스트의 가치를 높이려
는 의도를 보여준다. 이와 함께 내용의 체계적 정리를 통해서도 작품에
대한 인식과 내용을 질적으로 고양시키려는 의도를 확인할 수 있다. 〈청
허존자회심가〉의 이러한 성격은, 구연을 통해 확대 재생산되는 구비유
통의 결과물과 비교해 볼 때, 유통의 범위에 큰 한계를 가져오게 되는
요인이 된다.156)

(2) 19세기 이후의 유통 양상

18세기에 유통되었던 〈회심가〉에는 구비 전승과정을 거쳐 판각된 〈회
심가고〉와, 편자의 작가적 의식을 가미한 〈청허존자회심가〉의 두 계통
이 있다. 이중 〈회심가고〉는 구전 유통의 징후를 보이고 있는 독자를
위한 독서물로 유통시키려는 이본이며, 〈청허존자회심가〉는 한자화와
내용의 정리 등을 통해 고급화하려는 지향을 보여주는 이본이다. 〈회심
가〉는 19세기 이후에는 더 이상 판각의 기회를 얻지 못하였고, 필사도

---

156) 『조선가요집성』에 전하는 〈회심가〉는 유일하게 『신편보권문』의 〈회심가〉
와 관련이 있는 이본이다.

그다지 활발하게 이루어지지 않았다. 다만 이 시기에 유통된 〈회심가〉의 가장 뚜렷하게 나타나는 특징은 본래의 제목이 '회심곡'이라는 이름으로 바뀌어 유통되고 있다는 점이다. 이와 함께 18세기의 유통에서 이본 형성의 본질로 작용하는 문자성과 구비성은, 이 시기의 이본의 형성과 유통에도 서로 다른 축으로 작용하고 있다.

① 〈회심곡〉으로의 유통

〈회심가〉는 유통의 과정에서 제목 자체가 변하는 양상을 보여준다. 〈회심가〉가 아닌 〈회심곡〉이나 〈권불가〉의 이름으로 바뀐 채 유통되고 있다. 1800년대 이후에 유통되었을 것으로 보이는 〈회심가〉계열의 이본으로는 다음의 것들이 있다.

㉠ 〈회심가고〉[157], 『념불보권문』
㉡ 〈회심곡〉-나옹화상찬[158], 『증도가』(1864~1899)
　〈회심곡〉, 『감응편』(미상)
　〈회심곡〉[159], 『자칙가』(미상)
　〈권불가〉[160], 『불교가사』(미상)
　〈재이변회심곡〉, 『역대가사문학전집』 2127번
　〈회심곡〉, 『역대가사문학전집』 2437번
㉢ 〈회심곡〉, 『아악부가집』(13번)(1931~1935)
　〈회심곡〉, 『가집』(126번)(1931~1935)
　〈회심곡〉, 『악부』(12번)(1931~1935)
㉣ 〈회심곡〉[161], 『석문의범』(1931)

---

157) 해인사 장판(1776)의 필사본으로, 필사자와 연대는 미상이다.
158) 국한문 2단의 줄글체 "甲子六月初"라는 기록이 있다.
159) 순한글 2단의 줄글체이다.
160) 길이가 약간 짧아진 각편이다.(176구)

필사본 『념불보권문』에 수록된 ㉠〈회심가고〉는 해인사판(1776)을 모본으로 하여 필사한 것이다. ㉡에 있는 문헌은 대략 1800년대 중반이후에 유통된 것으로 추정된다. 여기에서는 제목이 〈회심곡〉으로 굳어져 전승되는 양상이 뚜렷하며, 〈권불가〉라는 제목으로도 전하고 있음이 확인된다. ㉢은 지금의 국립국악원격에 해당하는 일제치하의 이왕직아악부에서, 시정에서 유통된 노래를 수록한 것이다. ㉣이 수록된『석문의범』은 1931년에 안진호가 펴낸 불교의례서이다.『석문의범』에는 여러 편의 불교가사와 창가가 수록되어 있는데, 여기에 수록된 작품들은 음악적인 측면에서는 불교음악인 화청과 찬불가의 성격을 지닌다. 여기에 실려 있는 화청과 찬불가는,『석문의범』이 지니는 비중과 마찬가지로, 의식의 연행에서 기준이 되는 하나의 규범적인 텍스트로서 그 의미를 부여할 수 있다. 그런데 여기에서도 역시 〈회심가〉가 〈회심곡〉이라는 제목으로 굳어져 통용되고 있음이 확인된다.

이러한 혼효현상은 〈회심가〉의 첫 구절과 〈회심곡〉의 첫 구절이 서로 엇비슷하게 뒤섞이면서 나타난 결과이다.

세상천지 만물중에 사람밧게 또잇는가 (『가집』의 〈회심곡〉)

천지천지 분훈후에 삼남화상 이러나이 셰샹텬지 만물중의 스름의셔 쏘잇는가 (『회심곡권단』의 〈회심곡〉)

이상은 〈회심곡〉 계열의 이본으로서 〈회심가〉의 머리글을 빌어 사용하고 있다. 이는 〈회심곡〉의 이본들이 이후에 전개되는 내용과는 관계없이 즐겨 차용하고 있는 구절로서, 모두 서두에서 〈회심가〉와 〈회심

---

161)『화청』의 〈회심곡〉은 이 작품을 옮긴 것이다.

곡〉이 혼용되어 인식될 수 있는 기반을 마련하는 데 크게 기여한다.

결국 이전의 연구자들이 '원본회심곡'이라거나 '저본회심곡'이라 설정한 바 있는 〈회심곡〉은 사실은 〈회심가〉라 불러야 타당하다. 기존의 〈회심곡〉은, '회심가'의 존재를 '회심곡'으로 설정한 수용자들의 인식 때문에, 〈별회심곡〉 등으로 불리기도 하였다. 이는 물론 〈회심곡〉이 〈회심가〉보다 활발하게 유통되었음을 반증하는 것이다. 이를 도식화하면 다음과 같다.

회심가 ⇒ 회심곡

회심곡 ⇒ 별회심곡

② 유통의 두 경로

〈회심가〉는 19세기 이후에도 유통되었지만 그다지 많은 이본이 남지는 않았다. 그러나 제한된 몇 편의 이본을 통해서도 18세기의 유통에서 보여주었던 이본 형성의 두 흐름을 확인할 수 있다. 즉, 한자화를 통해 작품 자체의 격을 높인 가사의 유통과 함께 구비 전승의 징후를 보이면서 구술성을 반영한 가사가 유통되는 두 가지의 경향이다.

19세기 이후에 한자화를 통해 작품자체의 권위를 부여하고 있는, 그리하여 읽는 대본으로의 기능을 가지게 된 이본에는 『증도가』의 〈회심가〉가 있다. 『증도가』는, 이미 〈서왕가〉를 논의할 때 언급하였지만, 〈영가대사증도가〉와 함께 수록되어 있으며, 각 작품마다 권위 있는 작자명을 附記하고 있는 문헌이다. 여기에 〈회심가〉가 〈回心曲 懶翁和尙撰〉이라는 표제로 전하고 있다. '나옹화상'이 찬술했다는 제목의 표기는 수준 높은 독자들을 의식한 것이며, 작품의 권위와 가치, 그리고 읽는 대본으로서의 인지도를 높이려는 의도를 표출한 것이다. 또한 필사자의 작품 수용의 기대치를 반영하는 것이다.

『불교가사』에 수록된 〈권불가〉는 제목의 교체, 단어와 구의 교체와 변이, 생략과 부연 등의 변이 양상을 다양하게 보여주고 있는 이본이다.162) 이러한 〈권불가〉의 존재를 통해 〈회심가〉가, 〈회심곡〉에 비해 그 전승의 범위와 밀도가 떨어지기는 하나, 19세기에도 여전히 구전 유통되고 있음을 알 수 있다.

3. 〈회심곡〉의 유통

선행연구에서 〈별회심곡〉 〈특별회심곡〉 〈속회심곡〉 등으로 언급된

---

162) 〈권불가〉를 〈회심가고〉와 비교할 때 두드러지는 변이양상을 들면 아래와 같다.

15어화 황공ㅎ다 16우리민심 황공ㅎ다 〈회심가고〉
→ 15사바세계 이천지가 16오직인심 황공하다 〈권불가〉

25문외예 바잔일며 26흘니느니 눈믈일다
→ 25후유장탄 한숨이오 26흐르나니 눈물이라

137무샹살귀 ㄴ라드러 138ㅅ대환신 썻쩌낼지
→ 123통기업는 나일신의 124사지육체 묵그실지

227등등임운 임운등등 228ㅈ지히 노닐면서
→ 173갓다왓다 왓다갓다 174임의자지 논일면서

107념불비방 죄를보소 108우마샤신 더아닌가 109션힝닷근 덕을보소 110국왕대신 더아닌가
→ 95선힝각근 뒤를보소 96국왕대신 이안이며 97염불비방 죄를보소 98우마사신 저안인가

225빅우거를 멍에메워 226녹양쳔변 방초안에
→ 171녹양쳔변 방초안의 172빅우거를 멍의하야

작품군을 본고에서는 〈회심곡〉계열로 설정하고자 한다. 〈회심곡〉은 〈회심가〉의 이본이 아니라 사실은 별개의 작품이라는 점은 이미 앞에서 살펴본 바와 같다.

1) 이본의 분포

지금까지 전해지는 〈회심곡〉의 이본을 내용의 친소관계에 따라 분류하여 제시하면 다음과 같다.

㉠ 〈회심곡〉, 『가집』 93(1931~1935)
　　〈특별회심곡〉, 『악부』 15(1931~1935)
　　〈선심가〉, 『불교가사』(미상)
　　〈회생곡〉, 『조선신가유편』(1930)[163]
　　〈별회심곡〉, 『석문의범』(1931)
　　〈별회심곡〉, 『조선가요집성』(1934)
　　〈별회심곡〉, 『법주사탑돌놀이』(1972)
　　〈회심곡이라〉, 『부인치가사』(1848경)
　　〈별회심곡〉, 『역대가사문학전집』 1170번
　　〈회심곡〉, 『역대가사문학전집』 1400번
　　〈회신곡〉, 『역대가사문학전집』 1403번
　　〈회심곡니라〉, 『역대가사문학전집』 1404번[164]
　　〈무량가〉, 『역대가사문학전집』 1743번
　　〈회심곡〉, 『역대가사문학전집』 1769번[165]
　　〈별회심곡〉, 『역대가사문학전집』 1785번

---

163) 무경으로 수용된 것으로 내용에 약간의 변형이 있다.
164) 축약된 이본이다. 심한 구어체로 필사되어 있다.
165) 〈백발가〉 뒤에 첨부되어 있다.

〈환참곡〉, 『역대가사문학전집』 2423번
〈회심곡〉, 『역대가사문학전집』 2433번
〈회심곡〉, 『역대가사문학전집』 2434번
〈회심곡〉, 『역대가사문학전집』 2438번[166]

ⓛ 〈회심곡이라〉, 『회심곡권단』(미상)
〈회심곡〉, 『회심곡단』(1893경)
〈회심곡〉, 『교정 제마무젼』(1925)
〈회심곡이라〉, 『한글 필사본 고소설 자료총서』(박순호 소장) v51(미상)
〈회심곡니라〉, 『한글 필사본 고소설 자료총서』(박순호 소장) v70(미상)
〈회심곡 일권〉, 『한글 필사본 고소설 자료총서』(박순호 소장) v86(미상)
〈회심곡〉, 『역대가사문학전집』 2435번
〈회심곡〉, 『역대가사문학전집』 2436번

ⓒ 〈속회심곡〉, 『아악부가집』 14(1931~1935)
〈속회심곡〉, 『가집』 127(1931~1935)
〈속회심곡〉, 『악부』 13(1931~1935)

ⓔ 〈반회심곡〉, 『증보가요집성』(1955)
〈반회심곡〉, 『화청』(1969)

이상의 이본 중에서 먼저 ㉠과 ㉡계열은 큰 차이는 없다. 다만 ㉡계
열에는 ㉠계열에 없는 관용구가 삽입되어 있는 것이 특징이다. 즉, "일
시암정남은 극락세계라"라는 시작 부분과, "부귀ᄒᆞ고 빈쳔ᄒᆞ미 도시 스
쥬팔ᄌᆞ이라"라는 결사부분이 새로 삽입되었다. 이와 함께 본사 부분에
서도 ㉡의 네 이본은 세부적인 구의 순서가 거의 같은데, 이 또한 ㉠과
의 차별성을 지니는 것으로 파악할 수 있다. 즉 ㉠과 ㉡은 크게 보아

---

166) 후반부의 내용은 〈회심곡〉과 달라졌다.

같은 작품이지만 세밀하게 보면 약간의 차별성을 가지는 이본관계라고
할 수 있다. 특히 ⓒ은 탁발승과 걸립패의 구연으로 유통되는 염불회심
곡과 관련된 이본으로 보인다.

ⓒ과 ⓔ계열은 ⓐ계열의 광범위한 유통의 결과 나타나는 이본이다.
ⓒ과 ⓔ계열은 ⓐ과 비교해 보면, 전체적인 주제는 일치하지만, 공통되는
구보다는 새로 확장한 구의 비중이 더 두드러지게 나타난다. 그리고 ⓒ
과 ⓔ계열 사이에도 확장시킨 내용과 전개 방식 등에서 차이를 보인다.

〈회심곡〉의 이본은 대부분 19세기 중반 이후의 문헌에 전하고 있다.
그리고 단 한 번도 판각의 기회를 잡지 못한 채 모두 필사본으로만 전
해지고 있다. 대신 〈회심곡〉은 〈회심곡〉 〈무량가〉 〈환참곡〉 〈선심가〉
〈특별회심곡〉 〈별회심곡〉 〈속회심곡〉 〈반회심곡〉 등의 제목으로 다양
하게 유통되는 경향을 보여준다. 이는 이 작품에 대한 수용의 필요성과
범위가 그만큼 크고 넓었다는 점을 반증하는 것이다.

2) 내용 구조

〈회심곡〉은 천지간에 가장 귀한 존재인 인간이 겪는 무상함을 설파
한 대목(1~62구)[167], 시왕사자의 손에 끌려가는 저승길의 억울함과 안
타까움을 묘사한 대목(63~158구), 시왕의 심판에 따라 선업을 닦은 이
에게는 그에 상응하는 보답을 하고(210~239구, 273~288구), 악업을
닦은 이는 지옥에 보내어 고통받게 한다는 대목(173~209구, 244~272
구)으로 나누어진다. 이를 구조화하면 다음과 같다.

인생무상 -〉 저승길의 과정 -〉 선인에 대한 보상, 악인에 대한 응징

---

167) 『석문의범』의 〈별회심곡〉을 토대로 분석을 하였다. 『가집』의 〈회심곡〉
　　(작품번호 93)과 『악부』의 〈특별회심곡〉(작품번호 15)과 동일하다.

이처럼 〈회심곡〉은 인간의 삶에서 죽음에 이르는 과정과, 생전의 업보에 따라 향하게 되는 지옥과 극락의 여정을 인과론적인 사유에 입각하여 순차적으로 전개시킨 작품이다.

〈회심곡〉에서 가장 중요하고 핵심적인 주제는 시왕의 심판이다. 작품의 전반부는 시왕 사자가 끌고 가는 저승길의 간고함이 매우 구체적으로 형상화되었고 후반부는 시왕이 생전에 지은 선악의 업보에 따라 판결을 하고 있는 장면이 묘사되어 있다. 지옥에 대한 두려움과 극락의 환희상이 구체적으로 제시되어 있지 않은 것을 보면, 〈회심곡〉이 강조하는 것은 지옥과 극락의 사실적인 전달이 아니라, 그곳에 보낼 수 있는 시왕의 준엄하고 엄정한 심판인 것이다.

〈회심곡〉은 불교가사 중 가장 많은 이본을 가지고 있으며, 다양한 곡조에 실려 전승되기도 하는 등, 전승의 밀도와 다양성에 있어 독보적인 작품이다. 이는 청중과 독자들에게 친숙한 사설의 내용, 선과 악을 극명하게 대비시키며 강조하는 구성방식, 그리고 설득력을 배가하는 인과론적인 전개 등을 그 원인으로 설명할 수 있다. 이와 함께 서사적이고 극적인 주제의 표출방식 등도 주요한 요인이 될 것이다.

먼저 〈회심곡〉은 서사적인 내용이 빠른 속도감을 가지고 전개되는 특징이 있다. 〈서왕가〉의 서사적인 내용은 시간의 순서에 따라 순차적으로 전개된다.

　㉠ 일직사자 월직사자 열시왕의 명을바다 한손에 철봉들고 또한손에
　　　창검들며 쇠사슬을 빗겨차고 활등갓치 굽은길로 살대갓치 달려와서
　　　다든문을 박차면서 뇌성갓치 소래하고 성명삼자 불러내여 어서가자
　　　밧비가자 뉘분부라 거역하며 뉘영이라 지체할까 실낫갓흔 이내목에
　　　팔둑갓흔 쇠사슬로 결박하야 끄러내니 혼비백산 나죽겠네 여보시요
　　　사자님네 노자도 갓고가게 만단개유 애걸한들 어늬사자 들을손가

ⓛ 친구벗이 만타한들 어늬뉘가 동행할가 구사당에 하직하고 신사당에
   하배하고 대문으로 썩나서니 적삼내여 손에들고 혼백불러 초혼하니
   업든곡성 낭자하다 일직사자 손을끌고 월직사자 등을밀어 풍우갓치
   재촉하여 천방지방 모라갈제 노푼대는 나자지고 나즌대는 노차진다
   악의악식 모은재산 먹고가며 쓰고가랴 사자님아 사자님아 내말잠간
   들어주오 시장한대 점심하고 신발이나 곳처신고 쉬어가자 애걸한들
   들은체도 아니하고 쇠뭉치로 등을치며 어서가자 밧비가자 이렁저렁
   여러날에 저생원문 다달으니 우두나찰 마두나찰 소래치며 달라들어
   인정달라 비는구나

　ⓞ은 일직사자 월직사자가 시왕의 명을 받고 문을 박차고 들어와
결박해 가는 장면이, ⓛ은 대문 밖을 나서서 끌려가는 안타까움과 저승
의 원문에 도달하는 광경이 생동감 있게 묘사되어 있다. 〈회심곡〉은 이
렇듯 삶에서 죽음으로 이어지는 순차성과 인과응보라는 계기적인 전개
방식으로 인해, 상당히 긴 가사의 분량에도 불구하고 단순한 내용으로
인식되며 그만큼 속도감을 가지게 되었다.

　또 하나의 특징은 극적인 성격이다. 저승사자에게 끌려가는 주인공,
착한 공덕을 지은 사람들, 악업을 행한 사람들, 그리고 심판하는 시왕
의 강한 목소리와 시왕의 부름을 전하는 사자의 존재 등, 극적 인물들
의 존재는 〈회심곡〉의 또 다른 흥미소가 된다. 착한 이는 좋은 보답을
받고 악한 이는 지옥에 간다는 이 작품의 교술적인 주제가, 작중의 청
자를 향한 시왕의 목소리를 통해 극화되어 있다.

ⓒ 열시왕이 좌개하고 최판관이 문서잡고 남녀죄인 잡아들여 다짐밧고
   봉초할제 어두귀면 나찰들은 전후좌우 벌어서서 긔치창검 삼열한대
   형벌긔구 차려노코 대상호령 기다리니 엄숙하기 측량업다 남녀죄인
   잡아들여 형벌하며 뭇는말이 이놈들아 드러보라 선심하랴 발원하고
   인세간에 나아가서 무삼선심 하엿는가 바른대로 아뢰여라

ⓔ 착한사람 불러되려 위로하고 대접하며 몹슬놈들 구경하라 이사람은
　선심으로 극락세계 가올지니 이아니 조홀손가 소원대로 무를적에 네
　원대로 하여주마 극락으로 가랴느냐 연화대로 가랴느냐 선경으로 가
　랴느냐 장생불사 하랴느냐

ⓒ에서 열시왕과 최판관과 어두귀면의 나찰들이 장엄하고 엄숙하게
서서 죄인을 호령하는 상황은 극적인 전개에 용이한 분위기를 연출한
다. 그리고 살아있을 때 행한 공덕과 죄악 등이 시왕의 호통치는 목소
리를 통해 생생하게 드러나 있으며, ⓔ에서는 그에 따라 받는 응보의
처분 결과가 대화를 통해 극화되어 있다.

이처럼 〈회심곡〉은 교술적인 주제를 이면에 감추면서 서사적이고 극
적인 사건을 제시함으로써 청중의 흡입력을 확보하게 되었다. 사실 〈회
심곡〉의 화자 혹은 전달자가 실제의 청자에게 직접 메시지를 전달하는
부분은 〈회심곡〉의 마지막 몇 구(289~304구)에 불과하다.

ⓜ 선심하고 마음닥가 불의행사 하지마소 회심곡을 업신여겨 선심공덕
　아니하면 우마형상 못면하고 구렁배암 못면하네 조심하여 수신하라
　수신제가 능히하면 치국안민 하오리니 아못조록 힘을쓰오 적덕을 아
　니하면 신후사가 참혹하니 바라나니 우리형제 자선사업 만히하네 내
　생길을 잘닥가서 극락으로 나아가세 나무아미타불 나무관세음보살

ⓜ은 전달하고자 하는 교술성을 직접 드러내고 있는 부분이다. 그리
하여 지금까지 제시된 적이 없는 직접적인 청유형의 어투가 반복된다.
인용문의 "-하지마소" "-힘을 쓰오" "-만히하네(세)" "나아가세"는 사
실 작품 속의 화자가 전달하고 있다기보다는, 전달자의 목소리가 문면
위로 표출되어 나온 것이라 보아 타당하다. 그 전달자는 지금까지 자신
의 음성으로 실현된 선행담화인 '회심곡'을 청자들이 잘 새겨들어서, 積

善 積德하여 극락왕생하도록 당부하고 있는 것이다.

3) 유통의 양상

〈회심곡〉에 앞서 〈회심가〉가 1700년대 중반 이후 각지의 사찰에서 판각되면서 그 영향력을 확대하고, 작자를 청허존자로 비정하여 그 전승력을 높인 것에 대해서는 앞서 살펴본 바와 같다. 이에 비해 〈회심곡〉은 판각의 기회도 얻지 못하였고, 최초의 기록 연대를 실증할 수 있는 문헌도 없다. 〈회심곡〉이 민중에 널리 수용되고 확산 지속된 것은 기존의 선입견처럼 서산대사의 작가적 명성에 많은 부분 의지하고 있는 것은 아니다. 〈회심곡〉과 휴정을 관련시켜 구비 전승하거나 이본화하고 있는 어떤 증거도 발견할 수 없다. 서산대사의 권위에 의지하여 전승력을 높인 것은 〈회심가〉일 뿐이다. 〈회심곡〉은 오롯하게 1800년대에 완성된 민중예술의 발흥이라는 시대적 분위기에서 연출된 대중적인 노래인 것이다. 〈회심곡〉은 대신 내용과 곡조에 있어 구비전승의 다양한 실상을 보여주고 있다. 이것이 필사화된 텍스트에 여러 모습으로 표출되지만 가장 두드러지게 나타나는 변이는 특정한 화소의 확장 서술이다. 같은 작품도 구연되는 상황에 따라 내용의 변화를 가져왔고, 이에 따라 새로운 이본이 형성되었다. 확장되는 화소의 내용에 따라 새로운 이본이 형성되는 양상을 구체적으로 살펴보면 다음과 같다.

(1) 특정 화소가 확장된 이본의 유통

① 출생 화소

'석가와 부모은공으로 이내 일신이 탄생하게 되었다'는 부분은 일반적인 〈회심곡〉에서 간략하게 제시되어 있는데 비해, 〈반회심곡〉은 출생 대목에서 부모의 은덕을 길게 나열하여 서술하고 있다.

1세상천지 만물중에 2사람밖에 또있는가 3여보시오 염불동무 4이내말씀
들어보소 5이세상에 나온사람 6뉘덕으로 나왔는가 7부처님의 은덕으로 8
제석님전 복을빌어 9칠성님전 명을빌어 10아부님전 뼈를빌고 11어머님전
살을빌어 [12십삭이 지나실새 13괴로움은 어찌했나 14잠인들 편히자며
15행동인들 어찌했오 16십삭이 장도하여 17이내일신 탄생할때 18큰짐승
잡은듯이 19유혈이 낭자하니 20죽엄의 길이로다 21그아기를 순산할세 22
바라보는 저아기여 23존귀함에 그아기는 24천하에 일색이요 25혼자만 나
심이라 26다른이는 어찌되든 27과거부터 금생까지 28귀함도 귀중해라 29
이아기를 키우실때 30젖먹일때 젖을주고 31밥을줄때 밥을주되 32윈손으
로 머리꿰고 33바른팔로 손만지려 34찬바람을 막아주고 35귀함도 더욱하
야 36밤가는줄 모르시네 37음식이라 맛을보와 38다디단것 골라내여 39그
아기를 먹이시고 40쓰디쓴건 뱉으셔서 41어머님이 잡수셔도 42상도아니
찡그시며 43자는자리 만져봐서 44젖은곳은 넘어가서 45어머님이 누웁시
고 46윈몸전신 다젖어도 47괴론생각 전혀없고 48마른자리 골라가며 49그
아기만 뉘우시네 50동지섯달 설한풍에 51그아기가 추워한다 52더픈우에
더덮허셔 53그아기를 재워주고 54오뉴월 더운때에 55그아기가 더워한다
56잠이란잠 다못자고 57태극선 부채로다 58슬슬히 부쳐주며 59머리를 쓰
다듬어 60보시고 또보시네 61귀엽기도 한정없다 62비록한팔 없사와도 63
보통아기 곱절일세 64일시라도 못보시면 65자나깨나 애타시며 66어디가
오래되면 67그젖이 흐르오니 68참으로 힘이드네 69시월하고 상달에는 70
댁에성주 고사하고 71정월하고 상달에는 72명산대찰 찾아가서 73부처님
께 공양하고 74그마지를 물리다가 75신장님께 옮겨놓고 76자기내외 마주
앉아 77그아기만 축원하네 78삼백구십 신장님네 79신통하신 묘력으로 80
우환질병 없애주고 81가는재수 후이들어 82짜른명은 길게잇고 83긴명은
사리닯아 84자손창성 부귀영화 85무병장수 늘여살세]

〈반회심곡〉

12구에서 85구까지가 새로 첨가된 부분이다. 가장 대중적으로 수용된 불경 중의 하나인 『부모은중경』의 주제와 연결시켜, 생로병사와 인생무상 화소를 부모 은혜의 깊고 넓음으로 수용하였다. 〈반회심곡〉은 이를 통해 부모에 대한 은혜를 강조하는 새로운 분위기로 노래를 이끌어간다.

② 저승길 화소

〈회심곡〉에는 시왕 사자에 이끌려 저승의 원문으로 끌려가는 주인공의 두려움이 과장된 어조로 극명하게 표출되어 있다. 이 대목은 〈회심곡〉에서 빠뜨릴 수 없는 홍미소로서 사람이 죽은 뒤에 전개되는 실제의 상황으로 전이될 여지가 많다. 실제로 〈반회심곡〉과 〈속회심곡〉의 경우 상여를 메고 가거나 흙을 다지는 일련의 의식이 작품에 반영되어 있다.

120불상허고 가련허다 121언제다시 맛나보리 122이세상을 하직허고 23북망으로 가는구나 124도라셔니 그림즈요 125짜로느니 뉘잇스리 126져성이 머다터니 127문밧나셔 져승일다 128일가친쳑 다모여서 129쇼렴제구 장만헐제 130엇지엇지 츠리든고 131화방쥬 고의격슴 132토쥬바지 져고리며 133류진포 심의와 134통딘단 면건이며 135면모악슈 다가촌후 136다홍딘단 너른씌를 137동심결노 미즈노코 138손톱발톱 다버혀셔 139금낭의 너허노코 140쇼딕렴 다헌후의 141치관닙관 셩복허고 142상인드리 의론허여 143천하명풍 다드리고 144졔일명산 고나잡아 145금졍노코 드러오니 146그렁져렁 장일되여 147일가친쳑 다모여서 148계문지여 치졔헌들 149돌슐한잔을 흠향허며 150한가지나 업슐쇼냐 151유딕구을 불너다가 152상두복식 찰일격의 153쇼방산 딕틀의 154유문스 나리다지 155명졍삽션 운아삽을 156좌우의 버려노코 157북망으로 드러가니 158회격으로 병풍숩고 159금잔딕로 집을짓고 160숑죽으로 울을숩고 161두견으로 벗슬숨아 162일년

일차 다지너도 163비곱푼쥴 이젓스니 164사라싱젼 먹고닙고 165쓴는거시
첫지로다 166셰간탐심 너모마쇼 167풍빅중의 쌋휜혼빅 168졍슈업논 길이
로다   〈속회심곡〉

이 대목은 일직사자 월직사자의 손에 이끌려 가면서 등을 밀어 재
촉할 때 신발 끈이나 고쳐 매고 가자고 하소연하는 대목에서부터 저승
원문에 당도하기 전까지의 과정을 표출한 부분이다. 기존의 〈회심곡〉에
서는 24구에 지나지 않는 내용166)을 죽음의 의식을 치르는 현실적인
과정을 묘사 나열함으로써 확장 부연하고 있다. 〈반회심곡〉의 320구에
서 414구까지의 대목에도 이와 같은 내용이 부연되어 있다.

원래의 〈회심곡〉에는 들어 있지 않은 민간의 운구 과정은 그 자체
가 대중들에게 친숙한 내용으로 널리 공감 받을 수 있는 여지를 가지
고 있다. 〈회심곡〉의 내용이 만가로 연행될 가능성을 내재적으로 간직
하고 있어 쉽게 전이되는 것이다.

③ 심판 화소

선업과 악업을 나열하는 부분은 구전공식구에 의해 길게 서술되는
경향이 있다. 이러한 반복은 그 자체의 리듬감에 의해 장황하게 나열
되는 경향을 지니는데, 〈속회심곡〉167)과 〈환참곡〉에서 이를 확인할 수
있다.

273남자죄인 체결하고 274여자죄인 잡어듸려 275엄형중죄 하넌말삼 276
네히죄목 드러바라 277시부모와 친부모게 278지셩효도 하연넌야 279동기
우익 하연넌야 280친척화목 하연넌야 281요악하고 간특한연 282부모말삼

---

166) 129일직사자 손을끌고 ~ 152인정한푼 써볼손가
167) 379~402구

더답하고 283동기간 이간부처 284형제불화 하게한연 [285나무지물 욕심
닌연 286도격질하고 환장한연] 287세상간특 다불려서 288열두시로 마음
변코 289못듯난듸 욕한연과 [290조왕압푸 소피한연] 291군말하고 성닌연
과 292나무말하기 조와한연과 [293요망한말 지여닌연 294읍는말노 모암
한연 295세간만 자세하고 296읍는사람 불너다가 297못할닐 다시기고 298
그중의 죄지으면 299니죄을 버서다가 300음난사람게 다둘러쓰긔 301져근
말을 크게지여 302이간하여 사람잡기 303계가반반이 글컨만은 304위역으
로 말을하여 305절낭은 올타하고 306남을낭은 글타하며 307밤낫읍시 남
잡을싱각한연 308거진말하고 참말듯기 309조화한연 어진사람 310치보고
니리보고 311거진말을 쓰어다가 312글런말을 올케하여 313팔둑갓치 더답
한이 314죽은다시 듯난사람 315마음이야 오직할가 316시약위주 네기강을
317뉘라서 당할손야 318무궁첩첩 네죄목을 319엇지다 기록할리] 320풍도
셤으로 보니리라   〈환참곡〉

괄호 부분은 〈환참곡〉에서 새로 확장한 부분으로, 풍도지옥으로 보
낼 여자 죄인의 생전의 죄업을 하나하나 나열하는 대목이다. 〈회심곡〉
에서도 반복과 나열이 중요한 특징으로 제시되었지만, 여기에서는 반복
과 나열이 그 자체의 속도감 때문에 길게 서술되는 경향을 보여주고
있다.

(2) <회심곡>의 불교외적 유통

① 잡가조 <회심곡>의 유통

잡가조 유봉의 실싱을 드러내는 자료는 『한국가창대계』[168]의 〈회심

---

168) 이창배가 자신이 펴낸 『증보가요집성』(1955)을 보완하여 펴낸 가집이
    다.(홍인문화사, 1976) 여기에 회심곡이 두 편이던 것을 보완하여 수록
    하고, 내용과 곡조의 특징을 덧붙여 놓았다.

곡(悔心曲)-소릿조〉, 〈회심곡(悔心曲)-불가조〉, 〈별회심곡-불가조〉이다. 화청은 고저 없는 평이한 소리로 목탁이나 꽹과리를 치면서 구연하는 것[169]인데, 여기에 소개하는 세 편은 "절에서 행하여지는 염불로서의 〈회심곡〉이 아니라" "동령하는 중들이 집집문전마다 꽹과리를 치면서 전곡을 달라고 할 때 쓰던" 노래이다. 특히 '불가조' 〈회심곡〉은 "범성에 가까운 맛이 없고 서도창에 가까운 맛"을 보인다고 하며, '소릿조' 〈회심곡〉은 "수심조가 많고 특히 어떤 구절은 수심가조로 한다"고 한다.[170]

〈회심곡〉의 구성과 내용상의 변이과정에 주목하면, 세 편은 모두 서두에 선행텍스트인 〈회심곡〉에 없는 내용을 첨가하고 있다. 〈별회심곡-불가조〉와 〈회심곡-소릿조〉에는 짧은 덕담이 같은 내용으로 제시되어 있고, 〈회심곡-불가조〉에는 긴 분량의 덕담이 제시되어 있다.

> 일심으로 정념 아하아아미이로다. 아보호웅오- 억조창생은 다만민 시주님네. 이내말씀을 들어보소. 이세상에 다 나온 은덕을랑 남녀노소가 잊지를 마소. 건명전에 법화경이로구나, 곤명전에 은중경이로다. 〈회심곡(悔心曲)-소릿조〉

> 일심으로 정념은 극락세계라 보웅호오호오홍이러아미로다 보호오오호오홍이 에헹에 염불이면 동참시방에 어진 시주님네 평생심중에 잡순마음들 연만하신 백발노인 일평생을 잘사시고 잘노시다 왕생극락을 발원하시고 젊으신네는 생남발원 있는 아기는 수명장수 축원이 갑니다 덕담가오. 건위곤명은 이댁전에 문전축원 고사덕담 정성지성 여쭌될랑 대주전 영감마님 장남한 서방님들 효자충남한 도련님들 하남엔 여자에게 젖끝에는 금

---

169) 화청의 특징과 가사문학과의 관계는 임기중, 화청과 불교가사, 『고전시가의 실증적 연구』, 동국대학교 출판부, 1992, 579~589쪽 참고.
170) 이창배, 『증보가요집성』, 청구고전성악학원, 1955, 737쪽

년생들 건위곤명은 이댁 전에 일평생을 사시자 하니 어디 아니 출입들을
하십니까 삼생인연은 불법만세 관재구설 삼재팔난 우환질병 걱정근심 휘
몰아다 무인도 깊은 섬중에다 허리둥실이 다버리시고 일신 정기며 인간오
복 몸수태평 얻어다가 귀한 아들 따님전에 전법하니 어진성현의 선남자
되리로다 명복이 자래라 아하아 헤나네 열의열 사십소사 나하아 아하하

〈회심곡-불가조〉

청자는 모두 "시주님"으로 제시되어 있고, "축원"과 "덕담"을 늘어
놓고 있음을 분명히 제시하였다. 그리고 첫머리에 "일심으로 정념은 극
락세계라", "일심으로 정념 아하아아미이로다."라는 구절은 『회심곡단』
과 『교정제마무전』의 〈회심곡〉이 각각 "일시암정남은 극낙세계로다"와
"일시암정은 극락세계라"로 서두가 시작되는 것에 영향을 준 것이라
생각된다.

분량의 차이는 있지만 이상의 〈회심곡〉은 모두 『부모은중경』의 분
위기를 앞에 풍기고 있는 공통점이 있다. 필사 유통되는 〈회심곡〉에도
부모의 은공으로 이내 일신이 탄생했다는 구절이 있기는 하지만 몇 구
에 불과한 데 비해, 여기에 제시한 〈회심곡〉의 경우에는 다른 대목보다
도 부모의 은혜를 강조하는 대목이 특히 강조되어 있다. 〈회심곡-소릿
조〉와 〈별회심곡-불가조〉에는 축원의 내용에 "곤명전에 은중경이로다."
라는 구절이 있어 부모은중경의 내용과 〈회심곡〉이 동일한 분위기로
연상되는 것이다.

그리고 일반적인 〈회심곡〉보다도 잡가조 〈회심곡〉은 상대적으로 다
양하게 他 장르의 가사를 수용하고 있다.

㉠ 은자동아 금자동아 금이로구나 만첩청산의 보배동아 순지건곤의 일월
　동아 나라에는 충신동아 부모님전 효자동아 동내방내 우염동아 일가
　친척의 화목동아 둥글둥글이 수박동아 오색비단의 채색동아 채색비단

의 오색동아 은을주면 너를사고 금을주면 너를사랴

〈회심곡-불가조〉

ⓛ 황금같은 꾀꼬리는 황금갑옷을 떨쳐입고 부모은공 갚으려고 염불소리
로 울어가며 양류간으로 넘나드는데 사람으로서 왜 부모은공 모를손
가 이골물이 주루룩 저골물이 콸콸 열의열골 물이 한데 합수쳐 천방저
지방저 세모래는 올라가고 물결은 내리쏟는데 별유천지 비인간이라

〈회심곡-불가조〉

ⓒ 그아돌 목년죤쟈 나복이가 놉흔명산이며 느즌디찰 첩첩산즁 차자가니
열에열꼴 물은 한디 합슈ᄒ여 천방지고 디방저서 스시 장앙천 평풍셕
에 울울쾌광쌍쏏눈 소리 도연명의 노러갓고 여산폭포 쏏눈 물은 쳥룡
황룡의 눈물갓소 유벽한 산즁속에 동구불식에 관벽안심ᄒ고 쇽낙쵸의
로 치식신타고 치근목과로 유긔쟝ᄒ야 육자염불을 졍셩으로 모셔다가
십대왕님젼불 디댱보살님젼에다 - 다 긔록하니 〈별회심곡-관악산묘〉

ⓐ은 민요를, ⓛ과 ⓒ은 잡가를 수용한 것이다. 때로는 단순한 몇 구
의 인용이 아니라 잡가의 전체적인 내용을 수용하기도 한다. 〈별회심곡
-불가조〉에는 부모 은혜를 갚기도 전에 늙음이 찾아와서 허망하다는
내용을 확장하면서 단가 〈不須嗔〉의 사설을 그대로 옮겨 놓았다.

옛날로 일러서도 요순우탕 문무주공 공맹안증 정주자는 도덕이 관천하사
만고성현 일렀건만 미미한 인생들이 저어이 알아보리 강태공과 황석공과
사마양저 손빈 오기 전필승 공필취는 만고영장 일렀건만 한 번 죽음 못면
하고 멱라수 맑은물은 굴삼려의 충혼이요 상강수 성긴 비는 오자서의 정
령이라 채미하던 백이숙제 천추명절 일렀건만 수양산에 아사하고 말잘하
는 소진장의 열국제왕 다달래도 염라왕은 못달래어 춘풍세우 두견성에 슬
픈혼백 되었도다 맹상군의 계명구폐 신릉군의 절부구조 만고호걸 일렀건

만 한산세우 미초중에 일부토만 가련하다 통일천하 진시황도 아방궁을 높
이 짓고 만리장성 쌓은후에 육국제후 조공받고 삼천궁녀 시위할제 동남동
녀 오백인을 삼신산 불사약을 구하려고 보낸후에 소식조차 돈절하고 사구
평대 저문날에 여산황초 뿐이로다 역발산 초패왕도 시불리혜 추불서라 우
미인의 손목잡고 눈물뿌려 이별할제 오강풍랑 칠십삼전 어이아니 가소론
가 동남제풍 목우유마 상통천문 하달지리 전무후무 제갈공명 난세간웅 위
왕조조 모연춘초 처량하고 사마천과 한퇴지와 이태백과 두목지는 시부중
에 문장이요 월서시와 우미인과 왕소군과 양귀비는 만고절색 일렀건만 황
량고총 되어있고 팔백장수 팽조수며 삼천갑자 동방삭도 차일시며 피일시
라 안기생 적송자는 동해상의 신선이라 일렀건만 말만듣고 못보았네[171]

이처럼 〈회심곡〉은 화청에서 나아가 잡가와 민요조로 유통되고 있
으며, 이 과정에서 타 장르를 적극 수용하고 있음을 알 수 있다.

한편 『아악부가집』(15)의 〈별회심곡〉과 『가집』(128), 『악부』(14)의
〈별회심곡-관악산됴〉는 내용적으로 보면 〈회심곡〉의 변형이라는 측면
보다는 〈회심곡〉의 분위기를 수용한 측면이 더 강하다. 일반적인 〈회심
곡〉과 유사한 대목은 마지막 단락의 몇 구절에 불과하며, 이 또한 〈회
심곡〉의 전반적인 내용을 압축하여 수용하고 있을 뿐이다.

열시왕전에 명을빌며 데석님전에 복을빌며 아부님전에 쪄를빌고 어마님전
에 살을빌어 셰상빅년 싱겨날제 빅쥬빈손에 빈몸나와 물욕탐심을 너머마
오 빅년탐물은 일조진이요 삼일슈신은 쳔지보라 악심근력 모은지물 먹고
가며 쓰고가오 못다먹고 못다쓰고 열에열손것어 빈에언고 육진장포 열두
믹기 아조즐끈 묵거니여 북망산쳔 차자가니 셰상만스가 모도다 허망ᄒ오

그리고 노래 가사의 단락마다 후렴구가 있고, 장음을 나타내는 표지

---

171) 이창배, 같은 책, 741쪽

가 있는 것으로 보아 소릿조의 〈회심곡〉과 다른 곡조임을 알 수 있다. 이는 제목은 〈회심곡〉이라고 했지만, 기존의 〈회심곡〉과는 가장 먼 거리에 놓여 있는 잡가라고 할 수 있다.172)

② 무가 〈회심곡〉의 유통

〈회심곡〉은 특히 1800년대 이후에 민중예술의 번성이라는 시대적인 분위기 속에서 대중적으로 광범위하게 수용되었다. 이러한 대중성은 곡조에 있어, 기존의 불교 음악인 화청의 범위를 뛰어넘어 잡가나 민요조로 유통되기도 하였으며, 사상적으로는 불교노래의 성격을 간직한 채 무속 제의의 주요한 대본으로 자리잡기도 하였다. 이러한 경향은 문헌으로 전승되거나 구비문학의 현장에서 채록한 자료를 통해 살펴볼 수 있는데, 특히 무가나 무경의 대본으로서 상당한 인기를 지니고 있음을 알 수 있다.

〈회심곡〉이 무가로 수용되는 경향을 『한국구비문학대계』에 수록된 자료를 통해 살펴보면, 기존의 가사를 그대로 차용한 것과 구연상황에 맞게 변형시킨 것으로 나누어진다.173)

ㄱ. 차용의 양상

불교가사로 유통되는 〈회심곡〉을 그대로 수용한 것으로는 〈회심곡〉

---

172) 현재에도 〈회심곡〉은 구연물로서 대중적인 인기를 지니고 있으며, 지속적으로 음반으로 발표되기도 한다. 일제시대 이후 지금까지 나온 회심곡 음반에 대한 연구는 배연형, 회심곡 음반연구(『불교가사연구』, 동국대학교출판부 2001.)에서 이루어졌다.

173) 〈회심곡〉을 포함한 불교가사와 무가의 상호관계는 이 책의 제3장에서 자세히 논의하였다.

(2-9), 〈별회심곡〉(2-9), 〈진오기〉(3-1)등이 있다. 종교의 성격이 다른 상황에서 같은 노래를 구연하는 것은 논리상으로는 상당한 모순을 내포하고 있다. 무가나 무경으로 구연되는 〈회심곡〉은 조상신의 맺힌 한을 풀기 위한 '조상풀이'나 진오기굿 등의 慰靈巫祭에서 亡者의 넋을 위로하는 기능을 한다. 이때 한을 풀지 못한 대상은 조상신이며, 원을 풀어주는 실제의 화자는 讀經巫이다. 이에 따라 청자는 조상신으로 설정되어야 한다. 그런데 〈회심곡〉의 가사가 무가로 전용될 때, 전달자의 목소리가 조상신에게 향하는 것이 아니라 청중을 향하게 된다. 이는 청중을 대신하여 신에게 메시지를 전달하는 것이 아니라, 신의 목소리를 대신하여 인간에게 메시지를 전달하는 것이다. 따라서 이는 무속의 제차에서 신이 祭主에게 말을 전하는 '공수'의 성격을 지닌다. 공수는 인간을 꾸짖고 복을 주겠다고 약속하는 것을 내용으로 하기 때문이다. 이러한 모순에도 불구하고 불교가사 〈회심곡〉은 그대로 무가로 구연되었다. 이는 무가가 실제로 독송될 때 여러 가지 성격의 제차가 확연히 구분되지 않고, 복합적인 경향을 보인다는 점에서 이해된다.

결국 망자의 넋을 위로하는 제의에서 쓰인 불교가사는 그 자체로도 충분히 무가화 될 수 있었으며, 여기에서 발생하는 祭次의 성격과의 모순은 의식 자체의 복합성으로 설명할 수 있다. 또 한편으로는 무속에서 불교의 의식이나 경전 등을 별다른 모순 관념 없이 적극적으로 수용하는 점에 비추어, 널리 연행되는 민속화된 불교가사를 재의 성격과 상관없이 수용했다고 볼 수 있다.

ㄴ. 변이 수용의 양상

무속의 제의에서 구연자가 상황에 맞게 변형시켜 수용한 경우의 것으로는, 〈회심곡해원〉(1-9), 〈조상경〉(2-2), 〈별회심곡〉(2-5), 〈해원푸리〉(3-2) 등이 있다.

〈별회심곡〉(2-5)은 기존의 〈회심곡〉의 내용을 그대로 수용하면서 마지막에 덕담을 첨가하였다. 〈별회심곡〉(2-5)에서 "세상천지 만물중에 사람박기 돗인넌가 여보시요 세존임네 이내말삼 드러보소"로 시작하여 "바라난니 우리형제 자전사업 만니하야 내생전을 잘닥거서 극낙으로 나아가서 선심공덕 만니하고 극낙세게 가여볼가"까지의 부분은 불교가사 〈회심곡〉과 같다. 무가로서의 성격이 드러나는 것은 마지막에 첨가 된 대목이다.

> 부모형제 상별하고 실하자손 다버리고 백연체권 이별하고 일생일사 당한
> 일을 피할수가 전여읍네 사람마다 적년일을 낸들엇지 할수잇나 세상사가
> 부운갓네 물우에 겁품이요 위수에 부평이라 나무아미타불 남무관세보살
> 극낙세계 발원성에 귀이되여 가옵소서   〈별회심곡〉(2-5)

인용구의 "나무아미타불 남무관세보살"은 당연히 불교적인 용어이 지만, 여기에서 주목되는 것은 청자가 '사람'에서 '조상신'으로 바뀐다는 것이다. 결국 이 작품은 인간의 현세적인 공덕을 강조한 불교가사를 선 행 담화로 하고, 여기에 극락세계에 귀한 몸으로 환생하라는 조상신을 향한 덕담을 첨가시켜 무가화한 각편이라고 할 수 있다.

〈조상경〉〈회심곡해원〉〈해원푸리〉는 〈회심곡〉의 내용을 수용하되, 작품 속의 청자를 무속연행의 상황에 맞게 변형시켰다. 먼저 〈해원푸리〉 를 보면, 이 노래는 "지노기할 때 부르는 무가"로 소개되어 있다. 가사 의 전반부는 불교가사 〈회심곡〉의 내용과 흡사하지만, 후반부는 그와는 다른 내용으로 되어 있다. 이 작품은 앞단락에서는 청자가 '시주님'으 로, 뒷단락에서는 '조상님'으로 설정되었다.

천지지간 만물지중 유인이 최귀로다 여보시오 시주님네 이세상에 나온사
람 뉘덕으로 태어났나   〈해원푸리〉(3-2)

이는 불교가사의 첫 대목을 그대로 인용한 것에 지나지 않는다. 그
러나 마지막 대목에 이르러 첫 대목은 새로운 의미로 변하게 된다. 다
음은 마지막 대목이다.

서씨가족 내외조상님은 자손무궁으로 왕림하사 금일향안 받으시고 맺힌
원도 푸시고 감친원을 풀으소서 그물같이 맺힌원도 이해원에 푸시고 (중
략) 백골마다 맺힌원도 금일금시 풀고가고 고국단장 새긴원도 세세원정
푸시라.   〈해원푸리〉(3-2)

첫머리에 제시한 "시주님"이 구체적으로 祭主인 "서씨가족"인 것과
청유의 대상이 "내외 조상님"이라는 것이 분명히 제시되고 있다. 그리
하여 〈해원푸리〉는 단순한 불교가사의 답습에서 벗어나, 앞부분에선 巫
祝을 청한 시주에게 하는 가르침을, 뒷부분에선 가족의 청에 따라 '조
상님'에 대한 기원을 담게되는 방식으로 무가화한 것이다.
〈조상경〉은 부분적으로 〈회심곡〉의 내용과 비슷하지만 전체적으로
는 불교가사와 거리가 먼 각편이다. 첫 대목은 조상신을 청하는 것으로
되어 있다.

축왈 만조상님네 조상경 일편으로 하림하강을 하압소사 먼저가신 선망
조상 후에가신 후망조상 선망조상이 앞을서고 후망조상이 뒤를따라 차례
차례로 오실적에   〈조상경〉(2-2)

여기에서 설정된 청자는 亡者가 된 여러 조상신들이다. 그리하여 불
교가사 〈별회심곡〉에서 "이내일신 탄생헐제"로 시작되는 대목이 바로

다음 대목에서는 "만조상님 생겨날제"로 바뀌게 되었다. 이는 불교가사의 색채를 벗고 무가로 자리잡는 데 중요한 기능을 하고 있다.

마지막에는 조상신에 대한 축원의 내용이 제시되었다.

기름지옥 피하시고 극락세계로 가시와서 연화대에는 좌정허고 옥황상제 반도서김을 가시옵구 선관선녀가 되시오며 칠성님께 분부허고 신령님이 제도를해서 환토인생도 하시라고 축원축수를 올리오니 이강생에 축원대로 소원성취를 하옵소사아.　　　　　　　　　　　　　　〈조상경(2-2)〉

이는 작품의 서두에서 제시했던 여러 조상신을 극락으로 인도하려는 내용으로, 독경승의 기원에 해당한다. 이와 같이 〈조상경〉은 불교가사를 인용하되 청자의 성격을 조상신으로 일관되게 바꾸어 완전한 무가로 만드는 무가화의 한 방식을 보여준다.

〈회심곡〉이 일반적으로 '解冤'이라는 제차에서 구연되고 독송되는 것을 이상의 자료를 통해 확인할 수 있지만, 〈회심곡해원〉의 경우는 이와 달리 '逐邪'라는 제차에서 구연된 각편이다. 먼저 〈회심곡해원〉은 〈회심곡〉을 부르기 전에 신을 부름으로써 巫의 입장에서 청자를 설정하고 있다. "사신아 …… 저기있는 저사신아"로 시작되는 첫 대목이 바로 구연되는 상황을 암시하고 있는데, 이 사신은 '좌씨 건명대주에 있는 훼살귀'로서 무당이 독경하여 쫓으려는 대상이다. 그리하여 불교가사에서 청자로 설정된 청중들이 여기에서는 단지 작품 외적인 방관자로 물러서고 대신 신이 청자로 자리잡게 되었다. "이세상에 나온사람 천지지간에 만물지중에 사람밖에나 또있는가"로 시작되는 불교가사의 전 대목이 바로 신에게 하는 언사로 변한 것이다. 그리하여 민중을 교화하는 교훈적인 내용도 별다른 의미를 지니지 못하고 단지 신을 얼르고 위협하는 기능으로 바뀌게 되었다. 그 기능은 각편의 말미에 첨가시킨 독경무의 진술에서 더욱 뚜렷하게 나타난다.

> 이승저승 다못있구 거리중천 떠댕기며 인간괄세허는 저사귀야 법사법문
> 자세듣구 속거천리 거행하라 (중략) 나를 피허는자는 살것이구 당아허는
> 자는 직사허리니 법사법문 자세듣구서 속거천리 거행하라.
>
> 〈회심곡해원〉(1-9)

이 가사는 청자를 일관되게 '쫓으려는 신'으로 바꾸어 위협하는 무가화의 한 방식을 보여주고 있다. 이를 통해 우리는 〈회심곡〉류의 가사가 조상의 맺힌 한을 풀어주고 극락왕생 하게 하는 解寃의 제차뿐만 아니라, 逐邪의 제차에서도 수용되고 있음을 알 수 있다.

(5) 유통의 시대적 맥락

〈회심곡〉이 인구에 회자되고 활발하게 연행되면서 필사되기도 한 시기는 1800년대 이후로 설정할 수 있다. 1700년대까지의 문헌에는 〈회심가〉만 있을 뿐이며, 〈회심곡〉의 존재는 나타나 있지 않다. 1800년대는 판소리의 너른 연행과 함께 시조 창곡이 다양하게 분화하며, 잡가가 유행하는 등 대중문화 구연의 양상이 다채롭게 전개된 시기이다. 〈회심곡〉은 이러한 시대적인 분위기 속에서 급속하게 전파되었다. 그리고 화청의 곡조를 벗어나서 다양한 곡조로 파생되어 유통되었고, 현재까지도 가장 널리 호응되는 불교음악, 민속음악의 하나로 자리잡게 되었다.

〈회심곡〉이 1800년대에 생성되고 널리 유통되는 근저에는 세 가지 조건이 깔려 있다. 즉, 불교 신앙이라는 내적인 조건, 불교 의식이라는 외적인 조건, 그리고 가사 장르가 가지고 있는 본질적인 조건이다.

인과응보에 의한 심판이라는 〈회심곡〉의 내용은, 佛家에서 佛法의 세속적인 전파를 위해 지속적으로 필요로 했던 관습적 주제의 하나라

고 할 수 있다. 〈회심곡〉은 이러한 필요에 의해 1800년대에 새로 생성된 것으로 보이며, 이는 내적인 필요성이라 할 수 있다.

한편 佛家의 주요한 의식, 특히 수륙재·예수재·영산재 등의 천도의례에서 부르는 우리말 노래가 지속적으로 필요했을 것이며 이와 함께 재를 의뢰한 施主나 일반 대중을 향한 포교의 의도를 동시에 충족시킬 수 있는 노래를 필요로 하였을 것이다. 이는 〈회심곡〉이 연행되는 외적인 조건이 된다.

본질적인 조건은 가사체의 율격이다. 〈회심곡〉은 불교신앙의 전달이라는 내적인 필요성과 불교의식의 수행이라는 외적인 조건에 잘 부합하는 노래인데, 여기에 가사체가 가지고 있는 문학적 설득력이 본질적인 조건으로 작용하고 있다. 특히 가사체는 4음보의 연속체로서, 교조적인 내용을 쉽게 풀어 간곡하고 핍진하게 전달하기에 매우 유용하다.174) 이러한 장르의 본질적인 조건이 회심곡을 유통시키고 또 그 범위도 매우 넓게 확장시키는 요인이 된 것이다.

〈회심곡〉은 1800년대에 생성된 것으로 보이는데, 이상에서 언급한 여러 요인으로 인해 오래지 않은 기간 동안 급속하게 유통의 범위를 확장할 수 있었다. 〈회심곡〉은 영가를 천도한다는 본래의 기능을 그대로 간직하거나 혹은 변형시킨 채, 재의식이나 탑돌놀이 등 다양한 행사에서 연행되었다. 또한 사찰이나 괘불을 모시는 野外法席이라는 공간적인 한계를 벗어나, 일반 민중의 현실적인 생활 공간 속으로 급속하게 확장되

---

174) 가사의 4음보 4보격은 행단위로 배열하기에 손쉽고 편리한 율격으로서, 내용의 확대를 용이하게 하는 기능을 지녔으며, 내용이 확대된 장형시로서의 가사는 마음 속의 깊은 회포를 충분히 다 드러내 보일 수 있는 乭盡性을 지니고 있다.(이승남, 조선전기 가사의 갈등구조와 표출양상 연구, 동국대 대학원 박사학위논문, 196쪽)

어 갔다. 이러한 확장 유통의 매개자의 역할은 탁발승, 걸립패 등이 맡았고, 불교와 직접 관련을 맺고 있는 일반 신도들은 개인적인 필사와 낭송을 통해 그 유통의 폭을 넓혀갔다. 이렇게 민중 속으로 파고 든 〈회심곡〉은 민요로서 구연되었고[175], 상여노래로 널리 유통되었다.[176]

이외에도 〈회심곡〉은 예로부터 불교와 신앙행위의 관습은 물론 민간 신앙적 요소를 함께 공유해 온 무격이나 讀經巫에 의해, 사상적인 한계를 벗어나 巫歌나 巫經으로도 널리 수용되었다. 또한 〈회심곡〉의 밑바탕에 흐르는 인생무상의 체념적인 분위기는, 이 작품이 유흥적 분위기의 잡가 공간에서도 수용되는 결과를 낳았다. 이에 따라 〈회심곡〉은 잡가의 담당층에 의해 본래의 화청의 곡조가 아닌, '소릿조' '관악산조' 등의 다양한 곡조로 파생되는 결과를 가져왔다.

4. 〈자책가〉의 유통

1) 이본의 분포

〈자책가〉가 실려 전하는 문헌으로는 『권왕문』, 『자칙가』, 『六甲回心

---

175) 박경수는 민요자료를 분류하면서 불교의식요의 하위 갈래를 회심곡, 염불노래, 보념, 찬불노래, 탑돌이노래, 극락비는 노래등으로 나누었다. 이 중 회심곡은 "불교 포교의 가사로 널리 알려진 회심곡이 민요화한 것이다"라 하고, 자료로는 〈회심가〉(2-3권), 〈회심곡풀이〉(2-9권), 〈회심곡〉(5-7권), 〈회심곡〉(6-8권)의 네 편을 들었다. (『한국구비문학대계』수록 민요의 기능별 분류체계, 『한국구비문학계』(3), 한국정신문화연구원, 1992, 68쪽)

176) 김성배의 『향두가 · 성조가』에는 전국에서 채록한 52편의 향두가가 실려 있다. 이 중 〈회심곡〉을 그대로 구술하거나 일부분을 구술한 것이 대략 25편 정도가 된다.(정음사, 1975)

曲』,『證道歌』,『朝鮮神歌遺篇』, ≪佛敎≫ 88호,『和請』등이 있다. 이본
이 실려 있는 문헌을 중심으로 소개하면 다음과 같다.

① 『권왕문』 : 범어사 장판(1908)의 목판본이다. 〈권왕가〉〈자칙가〉〈셔
   왕가〉가 수록되어 있다. 〈셔왕가〉의 끝에 "시쥬 강직희 화쥬 만하승
   님"이라는 기록과 "늉희 이년 칠월일 경샹남도 동닉부 금정산 범어스
   기간"이라는 刊記가 있어, 1908년 범어사에서 강재희의 시주와 만하스
   님의 주관으로 판각이 이루어졌음을 알 수 있다.

② 『자칙가』 : 국립도서관 소장의 필사본이다. 필사자와 연대는 알 수 없
   다. 〈자책가(自策歌)〉와 〈회심곡〉이 순한글의 귀글체로 수록되었다.

③ 『六甲回心曲』 : 필사본이다. 〈육갑회심곡〉〈천혼왕생극락가〉〈자책가〉
   가 2단의 줄글체로 실려 있다. 〈자책가〉는 〈천혼왕생극락가〉에 제목
   없이 이어졌다. 〈육갑회심곡〉은 진오기굿할 때 불려진 무가이며, 따라
   서 이 책은 무가집의 성격도 지니고 있다.

④ 『證道歌』 : 필사본이다. 〈나옹화상증도가〉〈자책가〉〈회심곡〉〈몽환
   가〉〈초암가〉가 수록되어 있다. 불교가사는 모두 국한문 혼용의 2단
   줄글체로 필사되었다. 필사자와 필사연대는 미상이다.177) 작품의 제목
   에 작자를 병기했는데 〈자책가〉와 〈회심곡〉은 "懶翁和尙 撰"이라 하
   고, 〈몽환가〉와 〈초암가〉는 "龍巖大和尙 撰"이라 하였다.

⑤ 『朝鮮神歌遺篇』(鄕土硏究社, 1930) : 손진태 채록본으로 제목은 〈戒責
   歌〉이다. 1922년에 저자가 경남 동래군 구포면 구포리에 사는 巫女 韓
   順伊가 소장하고 있던 사본을 채록한 것이다. 원래는 순한글이었으나
   편자가 소개할 때 뜻을 이해하기 쉽도록 한문을 섞어놓았다.

---

177) 〈회심곡〉의 끝에 "甲子 六月 初五日 始抄于白蓮蘭若中"이라는 기록이
   있고, 책의 뒷표지 안쪽에 "己亥三月十五日咸陽宅"이라는 기록이 있다.
   甲子는 1864년(1924년), 己亥는 1899년(1839년, 혹은 1959년)으로 추정
   되나 확실하지는 않다.

⑥ ≪佛敎≫ 88호(1931) : 손진태 채록본이다. 경남 동래군 구포의 盲人
인 崔順道 소장의 無題 寫本을 全寫한 것이다.178)

⑦ 『和請』(동국대 불교대학, 1969) : 權守根스님이 보유하고 있던 『권왕
문』을 수록한 것이다.179)

⑧ 〈懶翁和尙僧元歌〉 : 필사본. 동래에 거주하던 趙赫濟의 소장본을 김종
우가 소개한 것이다.180)

⑨ 〈自策歌〉 : 『역대가사문학전집』 2102번으로 소개된 필사본이다. 총 542
구이다.

⑩ 〈자칙가라〉 : 『역대가사문학전집』 2107번으로 소개된 필사본이다. 총
340구이다.181)

2) 내용 구조

〈자책가〉는 "주인공 주인공아"라는 청자를 환기하는 관용구가 가사
의 내용이 전환될 때 반복되며, 이를 표지로 하여 여섯 개의 단락으로
나누어진다. 마지막 단락의 끝에는 "나무아미타불"이라는 관용구가 붙

---

178) "다음에 소개코저 하는 三種歌詞(西往歌, 自責歌, 勸往歌)는 慶南 東萊郡
龜浦 盲人 崔順道 所藏 無題 寫本을 全寫한 것이다. 該 寫本은 朝鮮文으
로 되여 잇고 往往 判讀키 困難한 箇所도 업지 안이하엿스나 여긔서는
明白한 誤傳만을 訂正하고 또 漢字를 석어 表記하여 두고저 한다." 손진
태, 조선불교의 국민문학(속), ≪불교≫ 88호, 1931.10, 29쪽.

179) "권왕문은 권수근 스님이 보유하고 계신 것을 수록한 것이다. 권왕문은
융희 2년(1908)에 만하스님이 저술한 것으로 매우 오래된 가사임을 부
기하여 둔다."(『화청』, 206쪽. 여기에서 "권왕문"은 207쪽에서 시작되는
'긘왕문 화청곡 가사' 항목의 〈自責歌〉, 〈셔왕가〉, 〈月印千江曲〉, 〈無常
歌〉를 말한다.)

180) 『역대가사문학전집』(1570번)에서 확인할 수 있다.

181) 『역대가사문학전집』의 1303〈즈칙가〉는 〈몽환가〉의 이본으로 〈자책가〉와
는 관련이 없다.

어 한편의 가사가 끝났음을 환기하는 구실을 한다. 따라서 현재 전하는 〈자책가〉는 이본에 따라 서두의 앞이나 결사의 뒤에 여러 가지 내용이 첨가되어 있는 경우도 있으나, "주인공 주인공아"에서 "나무아미타불"까지를 하나의 완결된 불교가사로 생각할 수 있다. 이본의 전개 양상을 A~F까지 6개의 단락을 기준으로 제시하면 다음과 같다

① 『권왕문』 :　　　Ａ Ｂ Ｃ Ｄ Ｅ Ｆ 다
② 『자칙가』 :　　　Ａ Ｂ Ｃ Ｄ Ｅ Ｆ 나 다
③ 『六甲回心曲』 : Ａ Ｂ Ｃ+마 바
④ 『證道歌』 :　　　Ａ+Ｄ Ｅ+다 Ｂ Ｃ Ｄ
⑤ 『朝鮮神歌遺篇』 : Ａ Ｂ Ｃ Ｄ Ｅ Ｆ
⑥ ≪佛敎≫ : Ａ Ｂ Ｃ Ｄ Ｅ Ｆ 다
⑦ 『和請』 :　　　가 Ａ Ｂ Ｃ Ｄ Ｅ Ｆ 다
⑧ 〈懶翁和尙僧元歌〉 : Ａ Ｂ Ｃ Ｄ+Ｅ Ｆ 다 라
⑨ 〈自策歌〉 :　　　Ａ Ｂ Ｃ Ｄ Ｅ Ｆ 나 다
⑩ 〈자칙가라〉 :　　　Ａ Ｂ Ｃ Ｄ Ｅ Ｆ 다

　각각의 이본에 공통으로 들어있는 여섯 단락의 내용을 제시하면 다음과 같다.

제1단락(A) - 어제는 소년이되 오늘은 백발로 죽는 인생이 많으니 탐욕심을 버리고 物外人이 되자는 것과, 어서 아미타불 염불에 힘써 극락왕생하자는 내용이 담겨 있다.
제2단락(B) - 죽음 앞에서는 한평생 사서 모은 전답과 재물도 아무런 도움이 되지 않는데, 이를 깨닫지 못하고 성냄과 탐욕 속에 살아가니 얼굴을 마주하기 두렵다는 내용이다.
제3단락(C) - 사람이 한평생 탐욕으로 가득찬 삶을 살다가 죽음에 이르면 관음보살도 응험하지 않고, 친척과 재물도 아무 소용이

없다는 것과 죄를 많이 지으면 사람으로 다시 태어나기 어렵다는 내용이다.

제4단락(D) - 아미타불을 주야 없이 외고, 스스로 책망해서 공부에 힘쓰면 일심정념을 얻을 것이다. 그런 뒤에 죽으면 아미타불 대성존이 극락으로 인도하는데, 그곳은 칠보향이 퍼지는 화려하고 장엄한 곳이며, 농사를 안지어도 옷과 밥이 절로 생기는 보배로운 곳이라는 내용이다.

제5단락(E) - 젊어서 못한 염불은 늙어서도 할 길 없고, 덧없이 죽으면 온갖 지옥에서 고통받게 되니, 여러 이유를 대지 말고 염불에 힘쓰자는 요지를 담았다.

제6단락(F) - 우리 부처가 거짓말을 하겠는가. 비방하는 마음먹지 말고 극락 왕생을 어서 빨리 결단하자는 요지가 담겨 있어, 지금까지의 내용은 곧 부처님의 가르침이었다는 것을 강조하고 있다.

각 이본에 공통으로 들어 있는 단락은 A~F까지이다. 각 이본의 앞뒤에 첨가된 [가]~[바]는 원형의 〈자책가〉에는 없는 대목으로, 특정한 대목을 확장하거나, 구연의 상황을 반영하는 것이다. 이본 ⑤는 A~F단락으로만 이루어졌으며, ①, ②, ⑥, ⑦, ⑧, ⑨, ⑩에는 공통적으로 [다]단락이 첨가되어 있다. 이에 대해 손진태는 ≪불교≫에 수록된 〈자책가〉의 설명에서 A~F부분과 [다]부분이 서로 이질적임을 말하고 있다.

　그러한 즉 계책가에는 6절까지만 있고 7절 8절은 없다.[182] 이에서 나는 의심을 일으켜 7절 이하는 후인의 첨작일 것이라고 생각한다. 첫째 7절 이하와 이상은 사상이 서로 용납치 못하는 점, 둘째 문학적으로 보아 7절에서 이 시는

---

182) 7,8절은 본고에서 [다]단락으로 설정한 부분을 말한다.

완결되어 있으며 그 이하는 前文과 조리가 어울리지 않는 점, 셋째 6절의 최후
에 종말을 의미하는 '나무아미타불'의 一句가 있는 점, 넷째 다른 傳本(韓順伊
本)[183]에 7절 이하가 없는 점등으로써 그렇게 추리하는 바이다. 그리고 7절 이
하는 一個 독립한 시가로도 볼 수 있어 혹은 별도로 念佛船歌라고 있던 것을
自責歌의 말에 附添한 것이 아닌가 하는 생각도 난다.[184]

　　주제가 염불을 강조하는 것이므로 손진태는 혹시 '念佛船歌'라는 다
른 작품이 첨가된 것은 아닌가 의심하고 있다. 특히 6절까지는 "무상한
현세에는 少許의 애착도 업고 오직 이상의 극락국에만 황홀한 동경을
가졌다. 그의 사상은 절대적이며 6절까지에서 그는 조금도 타협의 여지
를 두지 아니하였다."고 하면서 "최후의 8절에 이르러서는 홀연 태도를
일변하야 농부 직녀에게 所業을 폐치 말고 生利의 여가에 염불을 하라
고 하였다. 이것은 그가 5절에서 말한, 世事는 저버리고 일구월심지성
으로 염불하라는 말과는 當치 않게 모순된다."[185]라고 하였다.
　　한편 각 단락의 분량을 비교해 보아도 〈자책가〉가 구조적으로 치밀
하게 짜여 있으며, A~F까지가 하나의 완결성을 갖추고 있다는 점이
확인된다. 다음 표를 보면, 각 단락이 이본간에 비슷한 길이로 나타난
가운데, ②의 A단락과 C단락에서 약간의 확장이 있었을 뿐, 대부분이
C단락과 D단락의 길이가 같도록 구성을 해놓았다는 점을 알 수 있다.
①과 ⑦은 114구 : 114구로 완벽하게 같은 분량이며, ⑤와 ⑥도 거의 비
슷한 분량으로 대응되고 있다. 지옥의 비참함을 노래한 C단락과 극락의
환희상을 노래한 D단락의 분량이 비슷한 것은 지옥과 극락이라는 것이
작품에서 그 어느 쪽도 뒤로 돌릴 수 없는 테마이기 때문일 것이다. 〈자

---

183) 『조선신가유편』의 〈계책가〉를 말한다.
184) ≪불교≫ 88호, 1931년 10월, 36쪽. 현대 맞춤법으로 고쳐 인용하였다.
185) 앞의 책, 35~36쪽

책가〉는 지옥과 극락을 정점으로 하여 작품이 전개되는데, 구조적으로
보면 역시 C와 D단락을 정점으로 작품이 형성되고 있음을 알 수 있다.

	A	B	C	D	E	F
① 권왕문 :	(29구)	(25구)	(114구)	(114구)	(48구)	(10구)
② 자책가 :	(37구)	(25구)	(140구)	(115구)	(41구)	(17구)
③ 육갑회심곡 :	(29구)	(25구)	(101구)[186]			
④ 증도가 :	(29구)[187]	E(41구)+다(36구)		B(24구)	C(123구)	D(14구)
⑤ 조선신가유편 :	(29구)	(25구)	(109구)	(112구)	(39구)	(12구)
⑥ 불교 :	(29구)	(25구)	(109구)	(114구)	(48구)	(10구)
⑦ 화청 :	(29구)	(25구)	(114구)	(114구)	(48구)	(10구)
⑧ 승원가 :	(29구)	(25구)	(114구)	(81구 + 43구)		(10구)
⑨ 自策歌 :	(37구)	(25구)	(140구)	(116구)	(41구)	(17구)
⑩ 자책가라 :	(29구)	(23구)	(112구)	(84구)	(43구)	(8구)

　　이에 따라 C와 D단락을 중심으로, 앞부분의 A와 B단락을 합한 분
량과 뒷부분의 E와 F단락을 합한 것이 〈계책가〉에선 54구 : 51구로
나타나며, 다른 이본의 경향도 비슷하다. 〈자책가〉는 각 단락의 균형을
고려하여 짜여졌으며, 이에 따라 A에서 F단락까지 하나의 완결성을 확
보하게 되었다.

　　결국 A～F까지와 그 이하가 사상적인 경향이 다르다는 점, 텍스트
의 종결을 의미하는 '나무아미타불'이 F단락에 첨가되었다는 점, 그리
고 처음과 중간과 끝의 길이가 각각 균형을 이루고 있고 이에 따라 작
품이 짜임새 있는 구조를 지니고 있다는 점에서, A～F까지를 선행하는
텍스트, 즉 〈자책가〉의 原型으로 설정할 수 있다.[188]

---

186) C단락의 앞부분 90구에 새로운 부분([마]단락. 11구)이 결합됨
187) A와 D단락의 결합

A~F단락으로 작품은 완결되며, 여섯 단락의 앞뒤에 첨가된 부분은 그 완결성을 흐트러지게 한다. 그러나 각각의 연행에서 연행 공간의 외적 상황에 따라 가사 또한 원형 그대로만 유통되지 않았다. 연행 상황에 따라 노래의 전달자가 원형의 〈자책가〉에 새로운 내용을 첨가하거나 생략하는 등의 방식으로 유통시켰으며, 이에 따라 이본간에 다양한 변모를 가져오게 되었다. 그리고 그 변이는 여느 불교가사보다 두드러지게 나타난다. 다음 장에서는 각각의 이본을 비교 검토하여 〈자책가〉가 어떻게 유통되어 왔고 변모되었는지에 대해 살펴보도록 하겠다.

3) 유통의 양상

〈자책가〉는 전달자에 의해 구연되는 상황에서 재해석되고 변개되면서 여러 이본을 파생시켰다. 여기에는 크게 두 가지의 방향으로 이본화가 이루어진 것으로 보인다. 하나는 작품내용에 구연 상황을 첨기한 것이고, 다른 하나는 서로 다른 단락의 내용을 결합하거나 청자를 바꾸는 등의 방식으로 작품의 내적 질서를 변형시킨 것이다.

(1) 원형 외적인 확장

원형 〈자책가〉에 새로운 내용 [다]를 덧붙여 확장시킨 이본으로는 ①『권왕문』 ②『자칙가』 ⑥ ≪불교≫ ⑦『화청』 ⑧〈나옹화상승원가〉 ⑨〈自策歌〉 ⑩〈자칙가라〉가 있다.[189] ①, ⑥, ⑩이본은 [다]단락만 첨가

---

188) 이본 중 A~F단락까지의 길이를 비교해 보면 ①은 340구, ②는 375구, ⑤는 326구, ⑥은 335구, ⑦은 340구이다. ⑤〈계책가〉가 가장 짧은 것을 알 수 있다. ⑧은 D와 E단락이 결합되어 분량이 짧아졌는데, 원래는 ①, ⑦과 유사한 것으로 추측된다.

되었고, ②, ⑦, ⑧, ⑨이본은 [다]와 함께 다른 내용([가], [나], [라])
이 새로 첨가되었다.

> 이봐화장 호걸들아 이고득락 하올법을 사십구년 설법중에 갖추갖추 일렀
> 건만 오탁악세 말법중에 행득인신 나온사람 죄상이 중한지라 육도만행
> 쓸데없어 저법문을 막으시고 염불하여 극락감은 말세에나 유익한줄 변지
> 상에 관찰하서 문수보현 대보살과 대지성문 사리불께 중언부언 부촉하서
> 삽삼조사 역대성현 차차로 봉지하서 이날까지 유통하니 우리같은 죄악범
> 부 염불말고 어찌하리 (『권왕문』에서. 이하 같음)

'주인공 주인공아'라는 구절로 서두를 삼은 原型과 달리, [다]단락은
'이봐화장 호걸들아'로 시작되었다. '주인공'이 연행 외적인 영향을 받지
않은 선행텍스트의 청자인 데 비해, '화장 호걸들'은 온갖 죄악이 범람
하는 이 세상의 凡夫를 지칭한다. 그리고 연행의 실제에서 실제의 청자
와 밀접한 관련을 가진다. 이는 지금까지의 방식과 달리 전달자가 새로
운 목소리를 내기 시작했음을 암시한다. 선행담화, 즉 원형 〈자책가〉의
단순한 전달자가 아니라 재를 주관하는 입장에서 재를 의뢰한 가족이
나 주변의 청중들에게 직접 말을 건네고 있는 것이다. 또한 구조적으로
완결된 원형 〈자책가〉의 구연 이후에도 풀리지 않는 어떤 느낌, 즉 극
락을 이야기하면서 받았던 감동과 4음보의 연속체인 가사를 읊으면서
느낀 율격적인 리듬감도 새로운 대목을 첨가한 요인이 된 것으로 보인
다. 그리하여 [다]단락은 이미 앞에서 제시한 바 있는 지옥, 극락, 염불

---

189) ①『권왕문』 ⑥ ≪불교≫ ⑦『화청』은 94구, ②『자책가』는 119구, ⑧〈승
     원가〉는 90구이며, ④『증도가』는 36구가 E단락의 후반부에 결합되어 있
     다. 한편, ⑨〈자책가〉는 [나]단락 47구, [다]단락 118구로 ②와 같은 이
     본이다. ⑩〈자책가라〉는 [다]단락이 40구로 되어 있다.

공덕 등의 내용을 다시 한번 반복하게 되었다.

도리천 제석님도 천상에 임금되어 칠보궁전 좋은집에 천상락을 수하다가
천상복이 다할적에 전생죄로 떨어져서 말과소도 되어가며 지옥에도 든다
하니 인간의 약간호걸 하물며 믿을소냐 염불은 엄쳐올사 일생에 마소잡
든 도우탄이 죄악인도 임종에 염불하면 지옥보를 소멸하고 극락으로 바
로가니 이러므로 이염불을 시방세계 항사불이 한가지로 찬탄하고 역대성
현 봉지로다

도리천의 제석님도 천상의 임금이지만 전생의 죄 때문에 지옥에 든
다는 것과, 도우탄 같이 백정일을 하여 죄업을 많이 쌓던 사람도 임종
시에 염불한 결과 극락으로 바로 가서, 시방세계의 항사불이 모두 찬탄
하고 역대성현이 받들고 있다는 내용이다. 누구나 지옥에 떨어질 수 있
다는 두려움을 조장한 후, 마소를 잡던 도우탄을 예로 들어 누구나 염
불만 하면 극락에 갈 수 있다는 가능성을 제시한 것이다. 두려움의 조
장과 포용 가능성의 제시라는 상반된 분위기는 염불의 효용을 더욱 극
적으로 드러내는 데 적절하게 쓰인 전략이라고 할 수 있다.

아미타불 염불법은 온갖일에 걸림없어 승속남녀 물론하고 유식무식 귀천
간에 소업일랑 피치말고 농부거든 농사하며 노는입에 아미타불 직녀거든
길쌈하며 노는입에 아미타불 농사와 길쌈일랑 금생에 생리하고 아미타불
염불일랑 후세에 극낙가게 앉았으나 누웠으나 행주좌와 어묵간에 많이하
면 육자염불 적게하면 사자염불 고성이나 은념이나 근력대로 염불하되 슬
프거든 아미타불 즐겁거든 아미타불 노는입에 잡담말고 아미타로 말벗삼
아 념념에 아미타불 시시에 아미타불 처처에 아미타불 사사에 아미타불
일생에 이러하면 극낙가기 어려울까 하루살이 작은벌레 천리마에 붙었으
면 천리가기 어렵잖코 금석이 무거워도 너벅선에 실었으면 만경창파 깊은
물을 순식간에 건너가니 우리같은 죄악인도 아미타불 염불덕에 석가여래

대비선을 선가없이 얻어타고 염불삼매 법해수에 넌지시 저어내어 방편돛
대 높이달고 정진녓대 굳게잡고 제대성현 인접노에 아미타불 옥호광을 휜
출히 비추시며 사십팔원 대원풍을 태허공에 비껴부니 십만억 국토외를 경
각간에 왕생하니 이아니 염불선이 만선중에 상선인가 나무아미타불

아미타불 염불을 사람마다 자신이 가진 근기대로 실행하면, 비록 살
아 생전에 죄업을 많이 지었어도 순식간에 아미타 불국토에 왕생한다
는 것이다. 염불을 강조히기 위해 '……아미타불'이라는 구절이 반복되
어 작품의 분량이 크게 확대되었다.

결국 [다]단락은 이미 작품의 후반부(D~F단락)에 지속적으로 강조
된 아미타 염불의 중요성을 다시 강조하면서 연행의 감동을 지속시키
려한 부분으로, 원형의 〈자책가〉가 확장된 부분이다. 그리고 지금까지
의 이본의 분포를 보면 [다]단락을 첨가한 이본이 원형 〈자책가〉만으
로 된 이본보다 더 많이 유통된 것을 알 수 있다.

이본 ②『자칙가』의 〈자책가〉는 [A - B - C - D - E - F - 나 - 다]의 구
조로 이루어졌다. 원형부분을 비교하면 다른 이본에 비해 분량이 가장
길다. 원형 이외에 첨가된 [다]부분도 보통 90~94구인 데 비해 119구
로 확장되어 있다. 그런데 ②에는 A - F단락이 끝나면서 다른 이본처럼
[다]단락이 바로 시작되지 않고, ②에만 보이는 새로운 내용의 [나]단
락이 첨가되어 있어 다른 이본과 다른 면모를 보여주고 있다. 이를 1차
변형된 텍스트에 또 다른 내용의 단락을 삽입하여 확장시킨 이본이라
할 수 있다. 또한 다른 이본이 F단락을 마치면서 "나무아미타불" 구를
적시하는데, ②에서는 그 구절이 빠져 있어 새로운 단락의 삽입을 더욱
용이하게 만들고 있다. 새로 삽입된 단락을 [나]단락이라고 하기로 하

고 그 대목을 인용하면 다음과 같다.

> 이봐이봐 제불자야 이내말씀 들어보소 아미타불 염불할제 부모생각 없을
> 소냐 아버님과 어머님이 이내몸 키워낼제 젖먹여 러릅슬며 진데는 어미
> 눕고 마른데는 나를눕히며 쉰것일랑 삼키고 단것일랑 뱉아서 이내입에
> 넣으시고 어여삐 키워내던 은정도 중커니와 자식을 키워낸즉 훗근심이
> 더욱많다 내재물 남못주고 남의재물 애취하니 간탐심이 승한지라 아귀보
> 를 수하시고 살생하여 날며기며 거짓말로 남속이며 진심반 악심반에 눈
> 물반 울음반에 어느날에 편하던고 일생에 하는것이 날로하여 죄를짓고
> 삼악도에 떨어져서 만반고통 수하거늘 네어찌 주인공아 반실거 나아난거
> 시 절로나 큰듯이 부모은을 모르느냐 세상에 효양법은 나무지고 물져다
> 가 감지로 음식하여 부모전에 나아들어 종신토록 봉양하여 부모뜻을 편
> 케하면 일생효도 되거니와 염불하는 이효자는 천만겁에 무량락을 부모전
> 에 이받드니 이런효도 또있느냐 돈한입도 허비없이 부모천도 하게되니
> 어찌아니 다행하랴

극락왕생의 실천적 덕목으로 염불을 권하던 원형에 이어 [나]단락에
선 아미타불 염불할 때 부모생각이 없을 수 있겠는가라고 하여, 이야기
흐름을 염불에서 부모님의 은혜로 자연스럽게 돌리고 있다. 『부모은중
경』에 보이는, 나으시고 길러 주시는 부모 사랑의 애절한 면면을 나열하
여 그 은혜를 거론하는 것은 작품외적인 필요에 의해서이다. 즉 〈자책가〉
를 부르는 상황이 돌아가신 부모님을 재를 올림으로써 극락 왕생하게 하
려는 遷度齋이기 때문이다. 특히 마지막 구절에 '부모 천도를 하게되니
어찌 다행한 일이 아닌가'라고 하면서 그 상황을 구체적으로 명시해 놓
았다. 선행텍스트가 하나의 가르침으로 고정된 것이며, 구연자는 다만 이
를 전달할 뿐이라면, 새로 첨가되는 이 부분은 단순한 대리인, 전달자의
위치에서 벗어나 자기의 목소리를 내는 화자로 등장하고 있다. 이러한

부분은 불교가사에 작품외적 상황을 반영하고 있고, 또 원형과 쉽게 분리되기 때문에 이를 '원형외적인 확장'이라고 부를 수 있다.

이본 ③『육갑회심곡』의 〈자책가〉는 [A - B - C + 마 - 바]로 이어지는 단형의 이본이다. 셋째 단락의 마지막 구에는 "나무아미타불"이라는 표지가 있어 하나의 텍스트가 완성되었음을 명시하고 있다. 그런데 여기에 현재의 상황을 좀 더 구체화시키면서 재를 의뢰한 청자를 위로하는 덕담 [바]를 덧붙이고 있다.

원아금일 천혼영가 자손공덕 반기받아 아미타불 대성존의 인도하신 미묘법을 합장배에 수득하여 반야용선 편히타고 십만억토 극락세계 공덕장엄 들어가니 천상의 선관선녀 염부왕의 제이권속 좌우로 벌여서서 풍악으로 호송하고 전면에 임로왕보살 고성대독 인도하고 전후좌우 십육나한 구품가로 장엄하고 아미타불 대성존은 정토위를 높이들고 화택중생 구원할제 청룡황룡 보시용선 빠르기 번개같이 우수강 십억만리 순식간에 득달할때 반중간을 들어가니 용수보살 약찬가로 전후좌우로 송경하면 극락오는 중생편에 선가노비 재촉하니 어화자손 원근친척 금세에 미진한정을 금전을 아까워 말고 반야용선 이배안에 선가노비 후히얹어 우수강 먼먼길을 지체없이 행하도록 선가만이 인정시요 만일선가 부족하면 무슨공덕 답을할꼬 금생에 한정미진 금일금시 다베풀라 이후극락 오늘날에 다시상봉 인연맺어 금생정을 논의컨대 높은산과 대해수가 비교할수 없지마는 시간이 급도하야 오백억천 동자들이 반정으로 호명하니 제보살 공덕으로 이만하고 극락가니 불망정을 해결하고 대중이 아미타불로 호송하오 나무아미타불 나무아미타불 관세음보살

첫 구절에서 "願我"라는 말은 '원컨대, 바라건대'의 뜻이다. 오늘 천도재를 올린 靈駕가 극락에 왕생하기를 발원한다는 내용의 德談이 이어진다. 그런데 여기에는 齋를 의뢰한 자손 친척들에게 극락으로 건너

가는 般若龍船이 끝까지 당도할 수 있도록 "船價"나 "人情", 즉 뇌물을 아낌없이 베풀어 달라는 의도를 숨기지 않고 사실적으로 드러내고 있다. 재를 올리는 구연자의 외적 동기에 의해서 가사의 내용이 변이 될 수 있음을 확인할 수 있다.

이본 ⑦『화청』의 〈자책가〉는 원형에 [다]단락이 확장된 이본인데, 여기에 새롭게 확장된 부분 중에서도 그 긴밀도가 가장 많이 떨어지는 [가]단락이 서두에 제시되어, [가 - A - B - C - D - E - F - 다]의 구조를 보인다. 다음은 [가]단락이다.

> 원아는 금유차일 사바세계 남섬부주 동양하고 대한민국 금차 수월도량 지극지성 천혼제자 시금대중 각각복참 선부모를 모셔다가 극락세계주 천도할제 기원정사를 찾아와서 삼보전에 귀의하고 서방정토를 돌아갈제 오방을 가려 보자 동방에는 청유리세계 청사초롱에 불밝히고 서방에는 백유리세계 백사초롱에 불밝히고 지방에는 흑유리세계 흑사초롱에 불밝히고 중방에는 황유리세계 황사초롱에 불밝히고 선부모를 위로하야 법공양을 설하여서 삼보전에 공양하고 이차 공덕으로 선근종자를 연을맺어 지혜심을 일어놓고 법성토 너른뜰에 수월도량을 널리닦아 사생대해를 건너갈제

재를 주관하는 입장에서 연행되는 공간적인 상황을 "사바세계, 남섬부주, 동양, 대한민국"에서 '지금 여기'의 "수월도량"으로 서서히 좁혀 제시하고 있다. 이어 돌아가신 부모를 모셔다가 극락으로 천도한다는 의도를 분명하게 드러내고 있다. 결국 [가]는 불교의식에서 노래할 때 부르는 관습적인 투식어로서 재의식을 떠나서는 설명할 수 없는 대목이며, 원형의 〈자책가〉를 구연하기 위한 필요에서 확장된 부분이라고 할 수 있다.

이본 ⑧〈나옹화상승원가〉는 원형 〈자책가〉에 [다]가 첨가되었고, 또 마지막에 [라]단락이 첨가되어 있다. 구연자가 [다]단락까지를 하나의 작품으로 인식하고 거기에 재의 상황을 반영하는 부분을 새로이 추가한 것이다.

이보세상 어르신네 우리도 이맘저맘 다버리고 신심으로 염불하여 선망부모 천도하고 일체중생 제도하여 세상사 다버리고 연화선을 얻어타고 극락으로 어서가자 극락세계 좋단말을 승속남녀 다알거늘 어서어서 저극락에 속히속히 빨리가자 나무아미타불성불

작품 속의 청자가 "주인공 주인공"에서 '세상의 어르신'으로 교체되었다. 이는 지금까지 원형으로 인식된 〈자책가〉를 구연했던 매개자, 전달자의 입장에서, 좀더 직접적으로 청자에게 다가가 자신의 뜻을 전달하는 화자의 입장에 선다는 것을 의미한다. 아울러 청자의 수용을 용이하게 하면서 재 의식 속에 가사를 무리 없이 연결지으려는 필요에 의해 첨가시킨 부분이라고 할 수 있다.

지금까지 원형의 〈자책가〉에 새로운 내용을 확장시킨 여러 이본의 유통양상을 살펴보았다. 그런데 전달자와 청자의 위상에서도 선행담화와 원형외적으로 확장된 단락 사이에 차이점이 발견된다. 원형의 〈자책가〉에는 선행하는 화자의 목소리가 지배적인데, 확장된 이본의 새로운 단락에는 전달자가 자기 목소리를 드러내려는 경향이 있다. 지금까지 '주인공 주인공아'로 비롯되는 청자에 대한 환기를 이제는 '세상호걸들'(⑧, ⑩) 혹은 '화장세계의 호걸들'(①, ⑥, ⑦) 혹은 '선남자'(②), 제불즈(⑨)로 바꾸어 부름으로써 화자와 청자와의 관계가 달라졌음을 암시하고 있다.

그러나 [다]까지를 선행담화로 인식한 이본은 [다]단락 이후에 새로운 단락을 덧붙여 좀더 적극적인 방식으로 전달자의 목소리를 드러낸다. ②의 [나], ③의 [바], ⑦의 [가]단락에서는 가사의 전달자가 재의 주관자로서의 목소리를 더욱 분명하게 표출하고 있다. 이에 따라 〈자책가〉의 이본은, 이본간에 시기적으로 선후가 분명하게 드러나는 것은 아니지만, 구연자가 단순하게 선행하는 가사를 전달하는 것에서 점점 구체적이고 직접적으로 자신의 목소리를 드러내는 방향으로 나아가면서 작품의 분량이 확장되었다고 할 수 있다. 이를 도식으로 나타내면 다음과 같다.

원형(A~F) : 이본⑤
⇒ 1차 확장(원형 + 다 단락) : 이본①④⑥⑩
⇒ 2차 확장(1차 확장 + 가. 나. 라. 마. 바 단락) : 이본②③⑦⑧⑨

(2) 원형 내적인 변이

각 이본간에 나타나는 변이는 기본적으로 구비전승이나 필사시에 무의식적으로 이루어지는 경우[190]와, 원형의 〈자책가〉 내에서 각 단락

---

190) 구전이나 필사시에 이루어지는 변개의 양상을 살펴보면 첫째는 단순한 어구의 삽입이나 반복을 통해 확장하는 것이다. 이본 ②의 A에서 "못듯나냐 쥬인공아 / 못보느냐 쥬인공아"의 대구가 "듯가라 쥬인공아 / 못듯는야 쥬인공아 / 못불손야 쥬인공(아)"로 확장되면서 대구가 파괴되는 것은 '못 듣는 것'에 대한 질책의 강도를 높이기 위한 것으로 보인다. "진소진 한소광도"라는 구가 "진나라 소진이와 한나라 한소광도"라는 구절로 확대된 것은 더욱 자세한 의미의 전달을 위한 변개다.
  둘째는 하나의 장면을 삽입하여 확대하면서 전달력을 높이는 것이다. 이본 ②의 A는 다른 이본이 모두 29구로 이루어진 것에 비해 37구로 확

의 특정 대목을 생략하고 결합하여 구조를 변형시키는 좀 더 큰 틀의 변이가 있는데, 이를 합하여 원형내적인 변이라고 부를 수 있다. 이본 ③『육갑회심곡』에서 C단락에 새로운 내용의 [마]부분이 결합되어 작

대되었는데, 차이가 나는 부분을 『권왕문』의 해당 구절과 비교하면 다음과 같다.

탐욕심을 후리치고 / 정신을 떨쳐내어 / 기승한 산수간에 / 물외인이 되려무나 (『권왕문』)

탐욕심 배척후에 / 정신을 책발하여 [단표자 일납으로 / 행장을 단속하여 / 영두운유곡송을 / 지친한 벗을삼아 / 값없는 강산풍월의 / 거주를 인연좇아 / 등등임운 임운등등] 물외인이 되려무나 (『자칙가』)

첨가된 부분([])은 탐욕심을 버리고 산을 찾아가서 유락하는 과정을 더 구체적으로 제시한 것이다. 아름다운 자연 속에서 세속을 초월한 물외인이 되라는 권유의 내용에, 자연 속에 노니는 물외인의 모습을 나열하여 장면을 확장시키고 있다. 마치 〈수도가〉의 일절과 흡사한 이 대목은 유려한 문체로 흥겨움을 잘 표출하는 데 일정한 구실을 한다. 그러나 가사의 시작이라는 대목에 비추어 보면 그 과정이 없어도 무리가 없으며, 이 경우 속도감 있게 시상을 전개하는 데 더욱 유리하게 작용한다.

고성대성 통곡하는 / 자손친척 안만인들 / 죽은부모 생각하여 / 천도하자 의논할이 / 천만중에 몇낯이리 (『권왕문』 [C]단락)

고성대성 통곡하는 [효도의 자손인즉 / 지정으로 애통하거니와 / 애통가져 무엇하며 / 그나마 불효자는 / 애통일랑 둘때도 / 통부만나 오는길에 / 제집덕의 생각부터 / 가지가지 내는설움 / 제못살까 근심일세] 이런자손 암만인들 / 죽은부모 생각하여 / 천도하지 의논할이 / 천만중에 몇낯이리 (『자칙가』 [C]단락)

이는 가사를 청자에게 더욱 설득력 있게 전달하기 위해 삽입한 대목이다. 임종을 당해서는 많은 자손이 다 쓸 데 없다는 내용에 불효한 자식의 행동을 삽입하여 더욱 절실한 느낌을 갖도록 하였다.

품을 마무리하는 것과, 이본 ④『증도가』의 첫째 단락에서 A와 D가 결합하는 것, 둘째 단락에서 E부분에 [다]가 결합하여 한 단락을 이루는 것, 이본 ⑧〈나옹화상서왕가〉에서 D와 E가 결합하여 하나의 단락으로 자리잡는 것이 대표적인 예이다.

이본 ③『육갑회심곡』은 [A - B - C + 마 - 바]로 이어지는 단형의 이본이다. 셋째 단락은 C단락의 90구까지 그대로 인용했으나, 그 이후의 내용은 생략하고, 대신 새로운 내용의 10구를 첨가시켜 한 편의 가사를 만들었다. 이는 긴 분량의 선행텍스트를 구연 상황에 맞게 연행하는 방식을 잘 보여주고 있다.

> 자손친척 안만인들 죽는부모 생각하여 천도하자 의논할이([C]부분) 금생
> 에 지은죄를 사후에 당하오니 어화세상 사람들아 부모형제 임종후에 그
> 재물을 허비말고 근기대로 천도재를 지근공덕 하보면 그악형을 다면하고
> 극락세계 왕생하니 자손발명 못할손가 나무아미타불([마]부분)

C단락은 사람이 죽으면 재물도 친척도 다 소용없음을 강조하였다. 다른 이본에 자손친척이 아무리 많은들 죽은 부모를 천도하자고 '의논할 이가 천만 명 중에 몇명이리'라고 하여 죽어서는 효도를 받지 못하는 인간사의 현실을 한탄한 대목이 전개되는데, 여기에서는 "의논할이"에서 단절되어 내용과 율격의 흐름이 어색하게 되었다. 이는 바로 앞의 "천도"라는 대목에서 연상작용을 일으켜, 가사를 구연하는 상황의 표출로 자연스럽게 이어진 것이다. 이에 따라 이후의 단락, 즉 극락의 환희상에 대한 긴 이야기를 생략하고서도 충분히 재의 의도에 맞게 가사를 변용할 수 있음을 이 이본은 잘 보여준다. 현재의 상황을 반영하면서 이본 ③은 더 이상의 가사전달이 필요치 않게 되었고, 이에 "나무아미타불"이라는 투어를 붙여 작품이 마무리되었음을 명시하고 있다. 선행

담화를 축소하거나 구연되는 상황을 첨가하는 방식으로 후행 담화를 완성한 것이다.

이본 ④『증도가』는 [A + D - E + 다 - B - C - D]의 다섯 단락으로 이루어졌다. 원형 〈자책가〉의 순서를 뒤바꾸거나 서로 다른 단락의 내용을 끌어들여 하나의 단락으로 합성하는 등, 변개의 정도가 비교적 큰 이본이다. 첫째 단락은 A의 20구와 D의 뒷부분 9구를 합성한 것이다.

> 주인공 주인공아 세사탐착 그만하고 참괴심을 이루어서 일칭염불 어떠하뇨 어젯날 소년으로 오늘백발 황공하다 아침나절 무병타가 저녁나절 못다가서 손발접고 죽는인생 목전에 파다하니 오늘이야 무사한들 명조를 정할소냐 곤곤히 주워모아 몇백년 살려하고 재물에 부족심은 천자라도 없잖나니 탐욕심 후려치고 정신을 떨쳐내어 단표자 일납으로 행장을 단속하고 (이상 [A]부분) 어서가라 권한말씀 팔만대장 모든경의 경문마다 이르시고 백천논소 새긴말씀 역력히 이르시니 이리귀한 사람인제 저리좋은 극락국을 못듣고는 말려니와 듣고차마 아니갈까 (이상 [D]부분)

세상의 욕심을 끊고 아름다운 산수간에 노니는 物外人이 되자는 내용으로 이어지는 선행담화의 맥이 끊어지고 갑자기 극락에 어서가자는 내용으로 비약되고 있다. 이는 연상작용에 의한 변개로 보인다. 원형 〈자책가〉에 생략한 구는 '사람되기 어려움이 맹구우목 같은데, 불보살의 은덕으로 이몸을 얻어 나왔으니 어찌 다행하지 않은가. 그 은혜 잊지 말고 아미타불 염불을 어서하여 극락으로 돌아가자.'이다. 이렇듯 첫 단락이 극락으로 가자는 내용을 담고 있는 관계로 이본 ④에서는 연상작용을 일으켜 같은 내용의 D단락의 구절이 미리 제시된 것이다.

이본 ④『증도가』의 둘째 단락은 E단락의 41구에 [다]단락의 36구를 결합하였다.

주인공 주인공아 어설푸게 듣지말고 한걸음 물러서서 두번세번 명심하여
묵묵히 생각하소 젊을제 못한염불 늙은후에 할리없다 무상살귀 인정없어
이십세 삼십전에 자책업시 죽는인생 여기저기 무수하니 늙거든 염불하마
거짓칭탈 부디말고 오늘부디 어서하소 평생에 못한염불 병든후에 할수없
다 오늘내일 이력저럭 어음버음 지내다가 덧업시 죽어지면 도산지옥 검
수지옥 확탕지옥 노탄지옥 한빙지옥 거상지옥 동주철산 저지옥에 아무렇
게나 정한곳을 죄목대로 잡아들여 뜯거니 베거니 굽거니 삼거니 한평생
주야업시 일만번씩 죽이시니 누구에게 대하려고 바쁘다 칭탈하고 가지가
지 칭탈로써 대단한 세력삼아 염불에 배도느냐 인간세상 살펴보니 한나
절 배고푸고 한나절 추운것도 견디기 어렵거든 하물며 백천겁에 간단업
는 대고통을 그대도록 업신여겨 (이상 [E]부분) 염불말고 어이할꼬 도리
천 제석님도 천상에 임금되어 칠보궁전 좋은집에 천상락을 수하다가 천
상부귀 다한후에 전생죄로 떨어져서 짐승도 되어가며 지옥에도 든다하니
인간약간 호걸이야 하물며 믿을쏘냐 염불덕이 대단할사 일생에 마소잡든
도우탄 지악인도 임종에 염불하여 지옥고를 소멸한다 유식무식 귀천간에
소업일랑 피치말고 농부거든 농사하고 노는입에 아미타불 농사와 길쌈일
랑 금생에 생리하고 아미타불 염불일랑 후생의 극락가세 안잤으나 누웠
으나 행주좌와 어묵간에 가초하면 육자염불 적게하면 사자염불 고성도
좋커니와 은염도 할것이니 그런대로 염불하되 슬프거든 아미타불 즐겁거
든 아미타불 노는입에 잡말말고 아미타불 벗을삼아 넘넘이 하였어라 (이
상 [다]부분)

인용된 E에서 염불을 하지 않으면 받게 되는 지옥에서의 고통을 이
야기한 내용과 [다]부분에서 염불을 하면 누구나 극락에 갈 수 있다는
내용은 상호 대조적인 내용으로서 명과 암이 선명하게 제시되는 결과
를 가져오고 있다.

이본 ⑧〈나옹화상승원가〉의 넷째 단락은 D단락과 E단락의 결합으

로 이루어졌다. 극락의 환희상을 열거하는 D단락이 중간에 단절되고, 지옥을 이야기하는 E단락이 이어졌다. 생략된 부분을 『화청』의 〈자책가〉에서 옮겨 괄호로 인용하면 다음과 같다.

> 246그뿐인가 저극락은 247농사를 아니하여도 248옷밥을 생각하면 249옷밥이 절로오니 [아미타불 인행적에 사십팔원 원력으로 그러함이 아니신가 극낙세계 쟝엄상이 대강이 져러한들 미세한 절목이야 일우다 일을소나 넘불인을 다리다가 져리조흔 년화대에 두려시 안치두고 아미타불 금색신이 녹나의샹 조흔옷새 호가사를 입우시고 옥호광을 노으시며 무상셜법 일으시며 왼손은 가삼에두고 오른손은 듸리오사 이마를 만지시며 일생수긔 준다하니 어셔가라 권한말삼 팔만 대장경에 경문마다 일너잇고 백천 논문중에 녁녁희 일너시니 이리귀한 사람일졔 져리조흔 극낙국을 못듯고난 마려니와 듯고참아 아니갈까 인간셰상 위터하니 져극락에 어셔가새 ([D]부분) 주인공주인공아 한 거름 물너셔셔([E]부분)] 250잠잠코 생각하소 251젊을때에 못한염불 252늙은후에 어찌할수없다. 253무상한 살귀(殺鬼)는 인정이 없어 254이십삼십도 못되어서 255어쩔수없이 죽는인생 256여기저기 무수하니 257늙거든 염불하리라 258핑계대지 말고 염불하소.

극락의 환희상을 나열하는 D단락을 다 마무리하지 않은 채, 젊은 시절에 하지 못한 염불 때문에 죽어 여러 지옥에 가게 된다는 E단락이 결합된 결과, 앞 문장이 끝나지 않은 상태에서 뒷문장이 전개되는 어색한 모습을 보이고 있다. 이는 강전섭이 지적한 대로, 필사시에 빠뜨린 채 옮겨 적었기 때문일 것이다.[191] 이에 따라서 〈나옹화상승원가라〉는 구전 유통의 결과 나타난 〈자책가〉 이본의 하나일 뿐이며, 시대적으로 앞서 유통되었다는 어떤 증거도 발견할 수 없다.[192]

---

191) 강전섭, 『한국시가문학연구』, 대왕사, 1986, 96쪽

지금까지 살펴본 원형내적인 변이의 요인으로는 〈자책가〉 자체의 내용과 구조적인 성격을 들 수 있다. 〈자책가〉는 각각의 단락이 '주인공 주인공아'로부터 비롯되며, 각 단락의 주제가 비교적 선명하게 제시된다. 그러나 단락마다 주제는 다르다고 할지라도 부분적인 내용은 중복되는 양상을 보이고 있다. 이에 따라 서로 다른 단락의 일정 부분을 합성하는 식의 변개는 쉽게 일어난다. 또한 지옥과 극락을 주제로 한 단락은 병렬적으로 연결되어 있어 그 순서를 바꾸어도 무방하다. 염불 공덕을 먼저 강조하거나 지옥의 고통을 먼저 제시하거나 간에, 전체적인 주제의 전달에는 큰 차이가 없는 것이다.

4) 유통의 시대적 맥락

〈자책가〉는 현재 전하는 어느 불교가사보다도 재의 현장성이 반영된 이본이 많다. 이는 〈자책가〉의 내용과 구성이 재의 연행에 적합하도록 마련되고 짜여져 있음을 반증하는 것이다. 천도재를 올릴 때 가장 잘 부합되는 내용은 지옥이요, 극락이요, 저승에서의 심판일 것이며, 여기에 전제가 되는 인생의 무상함이 또한 포함될 것이다. 이러한 내용은 1700년대 초에 문헌으로 정착된 〈서왕가〉나 〈인과문〉, 1700년대 중반에 판각된 〈회심가〉와, 1800년대 이후로 추정되는 〈회심곡〉 등에서도 계속 반복되어 왔다. 영혼 천도 의례에서 불교가사가 화청이라는 음악적 명칭으로 구연되어 왔음을 상기할 때, 이는 당연한 귀결이라고 할 수 있다. 재의 성격이나 불교신앙의 인식, 또는 인지도에서 극락과 지옥화소

---

192) 이런 측면에서, 〈나옹화상승원가〉에 관한 한, 전승되는 문헌적 기록이 없는 수 백년전의 작자 비정에 관심을 기울이는 것보다는, 구비 전승시키는 수용자의 인식에 주목하는 것이 더 합당할 것이다.

가 가지는 강력한 전달력과, 같은 내용을 구연하는 매개자들의 필요성
에 의해 지속적으로 같은 노래가 유통되었고, 혹은 새로운 비슷한 노래
가 등장하여 그 수요에 부응하게 되었던 것이다.

　이 가운데 특히 〈자책가〉가 가장 많은 구연의 증거들을 가지게 된
것은 이러한 외부적인 조건과 함께 작품의 내적 질서가 재의 현장에
가장 잘 부합되도록 짜여져 있다는 점이다. 〈자책가〉는 여섯 개의 단위
단락이 결합되어 하나의 구조를 이루고 있는데, 이러한 구조는 '있었던
일을 확장적 문체로 서술하여 알려주'는[193] 가사의 장르적 성격을 잘
구현할 수 있는 것이다. 여섯 개의 단위단락은 각각의 주제가 뚜렷하여
암기에 용이하다. 나아가 원형의 〈자책가〉를 다 부른 다음에 구연자가
전달자의 위치에서 벗어나 자신의 메시지를 전달하기에 이러한 구조는
매우 좋은 구조적 속성을 지닌다. 그리하여 대부분의 〈자책가〉가 원형
뒤에 이어 새로운 단락을 첨가하고 있으며, 첨가된 부분에서는 대부분
이 청자를 교체하여 설정하고 있다.

　이와 함께 재의 현장에서 선호하는 전통적인 주제소가 〈자책가〉에
모두 수용되어 있고, 이러한 주제소들이 완벽하게 통일적인 질서-내용
과 분량에 있어-를 가지고 있다는 점 또한 주목된다. 〈자책가〉에는 인
간의 존귀함과 무상함, 지옥길의 고난과 두려움, 시왕의 심판, 지옥에서
받는 고통, 극락의 환희상 등이 모두 나열되어 있으며, 특히 지옥과 극
락 화소가 완벽한 대칭적인 구조를 보이고 있다. 〈자책가〉의 주제는 기
존 불교가사 주제의 총화이며, 이를 완벽하게 구조화함으로써 전달력을
높였고, 이것이 재의 의도와 완벽하게 맞아떨어지면서 광범위한 유통을
가져오게 되는 요인이 되었다.

---

193) 조동일, 가사의 장르규정, 『어문학』 21집, 한국어문학회, 1969, 68쪽

한편 〈자책가〉가 실려 전하는 문헌에는 두 가지의 특징이 발견된다. 첫째는 지리적인 연관성이다. 10편의 이본 중 다섯 편(①⑤⑥⑦⑧)이 동래지방과 관련을 맺고 있다. 이들 이본은 범어사에서 판각한 『권왕문』과 일정한 관련을 맺는 것으로 추정할 수 있는데, 직접적인 관련을 맺는 것은 ⑥《불교》와 ⑦『화청』이다. ⑥에서 소개하는 사본은 ①『권왕문』에 수록된 가사와 일치한다. ①『권왕문』과 ⑥《불교》의 〈자책가〉의 유통공간은 동일하며, 또 보고 베꼈다는 작품이 완전히 일치하는 것으로 보아 직접적인 전승관계를 가지고 있다고 할 수 있다. ⑦은 『권왕문』에 수록된 가사를 만하스님이 저술한 것으로 소개하면서 앞에 덕담부분을 첨가하여 재수록한 것이다.

이와 함께 구체적인 언급은 없지만 지리적인 측면에서 상호 전승관계를 유추해 볼 수 있는 이본으로는 ⑤『조선신가유편』과 ⑧〈나옹화상승원가〉를 포함시킬 수 있다. ⑧은 『권왕문』의 가사와 거의 일치하며, ⑤는 뒤에 첨가된 단락이 없는 비교적 원형에 가까운 이본이지만, 전승되는 지리적 공간이 같다는 사실에 비추어 그 논의의 가능성을 남겨놓고 있다. 불교가사를 포함하여 가사의 보급과 유통에 영남 지역이 차지하는 비중이 높음은 인정하더라도, 이처럼 특정한 지역에 관련된 이본이 집중되어 있다는 사실은 주목할 만하다. 이런 측면에서 〈자책가〉는 동래를 중심으로 유통되어 온 가사라는 결론을 내릴 수 있다.

두 번째의 유사성은 불교가사로 알려진 〈자책가〉의 수용양상이다. 〈자책가〉는 범어사에서 판각이 될 만큼 공인된 불교가사로 자리잡고 있으나, 수용되는 양상을 보면 단순히 불교가사로만 인식되지는 않았던 것으로 보인다. 〈자책가〉가 가사의 변개나 첨가 없이도 무가로 변용될 수 있다는 사실은 ⑤『조선신가유편』과 ⑥《불교》에서 확인할 수 있으며, 문헌의 성격으로 볼 때 ③『육갑회심곡』도 같은 논의가 가능하다.

불교가사의 유통을 통시적으로 파악할 때, 불교가사가 무가로 전용되고 민속화되어 불교가사 자체에 영향을 미치게 되는 시기는 적어도 1800년대 이후에나 가능한 것으로 본다. 이를 통하여 볼 때 〈자책가〉는 1800년대에 등장하여 활발하게 유통된 가사인 것이다. 그리고 구비 전승되는 불교가사를 영가대사의 〈증도가〉에 비견하고 한문으로 표기하여 격조를 높이는 수용자의 인식(④『증도가』, ⑧〈나옹화상승원가〉)이나, 이전의 백 년 동안 판각된 적이 없는 불교가사를 판각하는 사찰의 노력(①『권왕문』)은 민속화와 무가화를 불교가사의 위기로 인식하고, 이를 극복하려한 노력의 일환이라고 볼 수 있다.

5. 〈백발가〉의 유통

1) 이본의 분포와 내용 구조

〈백발가〉의 유통의 양상을 살필 수 있는 자료로는 필사본을 중심으로 상당한 분량에 이른다. 본고에서는 『역대가사문학전집』에 수록된 22편의 이본을 중심으로 그 분포와 유통 양상을 살펴보도록 하겠다. 『역대가사문학전집』에 소개된 이본 가운데 전혀 다른 내용이 담겨 있는 두 편의 〈백발가〉(545번, 1767번)를 제외하면, 〈백발가〉는 크게 세 계통으로 유통되었음을 알 수 있다.

[A] "슬푸고도 슬푸두다 엇지그리 슬푸든고"로 시작되어 극락왕생 발원
　　으로 마무리되는 '불교가사' 〈백발가〉[194]

---

194) 본고에서는 '불교가사 〈백발가〉'로 부르기로 한다. 『석문의범』의 〈백발가〉
　　(289구)를 대본으로 하였다. 『역대가사문학전집』에는 다음과 같은 이본

[B] "춘일이 노곤ㅎ야 초당의 누엇더니"로 시작되는 '초당문답' 〈백발
　　　가〉195)(『초당문답가』의 한 편)
　　[C] "곤륜산 내린믹의 오악이 중흥ㅎ야"로 시작되며, 불교가사 〈백발가〉
　　　와 절반 정도 흡사한 '풍류노래' 〈백발가〉196)

'불교가사' 〈백발가〉(A)는 불교의식집인 『석문의범』에도 수록되어
있다. 상당한 분량이 축소되어 있는 1816본을 제외하고는 이본간의 편
차는 그리 심하지 않다. 작품을 이루는 주된 내용단락은 다음과 같다.

　　1) 백발도래의 불가항력성(7~51구)
　　2) 어느덧 다가온 늙음의 추한 모습(60~119구)
　　3) 늙음은 자연의 이치로 세상사가 모두 몽중이라는 탄식(120~131구)
　　4) 세간탐욕의 모습(132~199구)
　　5) 적선적덕(200~262구)
　　6) 극락왕생(263~289구)

이 소개되어 있다. ① 541.빅발가(267구), ② 1163.백발가(276구), ③ 1164.백
발가(290구), ④ 1768.백발가(290구), ⑤ 1769.백발가(278구)-519쪽 이하는
〈회심곡〉인데 따로 설정되어 있지 않다. ⑥ 1770.백발가(281구), ⑦ 1771.백
발가(309구), ⑧ 1816.빅발가(179구), ⑨ 1817.빅발가(231구)

195) 본고에서는 '초당 〈백발가〉'로 부르기로 한다. 『악부』본 〈백발가〉(『역대
　　가사문학전집』 533번)를 대본으로 하였다. 『역대가사문학전집』에는 다음
　　과 같은 작품이 수록되어 있다. ① 534.백발가(가사집), ② 535.백발편(樂
　　志篇), ③ 537.빅가사, ④ 542.빅발편, ⑤ 543.빅발편, ⑥ 544.빅발편(오류
　　가), ⑦ 1772.백발편. 이외에도 〈초당문답가〉의 이본으로 소개된 많은 이
　　본이 있다.(정재호, 『주해 초당문답가』, 박이정, 1996, 4~5쪽 참고)

196) 본고에서는 '풍류노래 〈백발가〉'로 부르기로 한다. 『교주가곡집』의 〈백발
　　가〉를 대본으로 하였다.(표제는 〈노인가〉) 이밖에 『역대가사문학전집』에
　　는 다음의 이본이 소개되었다. ① 539.빅발가(가사집), ② 540.빅발가, ③
　　1818.빅발가라

　여섯 개의 단락은 다시 늙음을 한탄하는 탄로가적인 내용(1~3)과, 선업을 쌓아 극락에 왕생할 것을 기원하고 당부하는 교술적인 내용(5~6)으로 나누어진다. 종교성을 탈피한 전반부의 삶의 모습은 불교적 이치전달을 위한 전략으로 활용되어 있다. 이와 함께 1)~3)은, B와 C 계열의 작품에서 확인할 수 있듯이, 꼭 불교적인 이치의 전달을 위한 전제로만 제시된 것은 아니다.

　'초당문답' 〈백발가〉(B)는 연작형 가사인『초당문답가』의 첫 편으로, 〈백발편〉 혹은 〈백발가〉의 이름으로 전하고 있다.『초당문답가』는 19세기말에서 20세기초에 일반 대중에게 상당한 호응을 얻어 널리 수용되었으며197), 〈백발가〉는 1844년에 지어진 〈한양가〉의 풍류대목에 소개된 가사류의 제목과 비슷한 것으로 보아, 1844년을 전후로 창작된 것으로 생각된다.198) 초당의 주인과 구걸 행각하는 늙은이의 대화로 구성되어 있어, 불교가사 〈백발가〉에 비해 강한 이야기성을 견지하고 있다. 그러나 그러한 대화체가 내용전개에 필연적인 유기성을 획득하지는 못하였다.199) 이에 따라 이 작품은 오직 노인의 탄식이 주가 되면서 한탄하는 탄로가에 지나지 않게 되었다. 후반부에 드러나는 주제는 '젊은 시절에 힘쓰라'는 것인데, 구체적으로 무엇에 힘쓰라는 것인지는 역시 분명치 않아, 별다른 설득력을 담보하고 있지 못하다.

　'풍류노래' 〈백발가〉(C)는 불교가사 〈백발가〉와 비교하여 1)~3)단락은 물론이고, 4)의 앞부분까지도 거의 동일한 내용과 표현으로 되어 있다. 그러나 후반부에는 교훈적인 것도 불교적인 것도 아닌, '노세노세 젊어서 노세'풍의 유락적인 풍류를 주제로 표출하고 있다.

---

197) 정재호, 앞의 책, 5쪽
198) 정재호, 앞의 책, 69~71쪽
199) 정재호, 앞의 책, 49쪽

이에 따라 〈백발가〉의 유통에 대한 논의의 방식은, 앞서 거론한 다른 불교가사와 달리할 필요가 있다. 〈백발가〉에 대한 논의는 본고의 대상인 불교가사의 범주를 넘어서는 대비와 영향 고찰이 필요하다. 불교적 이치를 전달하는 불교적 담화로서의 〈백발가〉의 이본에 대한 상호 대비보다도, 상호텍스트성을 보이면서도 서로 다른 주제를 향해 가고 있는 비불교적 주제의 〈백발가〉와의 관련성을 중심으로 논의를 전개하는 것이, 〈백발가〉의 유통의 실상에 한 걸음 다가서는 것이라 생각되기 때문이다.

2) 유통의 양상

이상에서 본 것처럼 세 유형의 〈백발가〉는 각기 이질적인 주제를 지향하고 있다. 그럼에도 세 유형은 비슷비슷한 표현을 곳곳에 담고 있다. 이는 당시에 문학적 관용구로 널리 통용되는 표현을 수용하되, 서로 다른 방향으로 가사화하고 있는 양상을 여실히 보여준다. 세 작품 모두 허무적인 분위기와 어조를 띠고 있으되, 서로 다른 전략을 동원하여 각각 이질적인 주제를 향해 나아가고 있는 것이다. 각 계열간의 상호텍스트성을 중심으로 유통의 양상을 기술하면 다음과 같다.

① 불교가사 〈백발가〉(A)와 풍류노래 〈백발가〉(C)

A의 7구~141구와 C의 9구~145구가 거의 같은 표현으로 되어 있다. 이는 A의 1/2정도, C의 2/3정도에 해당하는 분량이다. 동일한 문학적 관습은 그러나 서두에서 다르게 제시한 내용으로 인해 상호 이질적인 작품으로 전달되며 수용된다. 이는 낯설게하기라는 전략적 담화로 생각할 수 있다.

[A] 1슬푸고 슬푸도다 2엇지하야 슬푸든고 3이세월이 견고한줄 4태산
가치 바랏드니 5백년광음 못다가서 6백발되니 슬푸도다 7어화청춘
소년들아 8백발노인 웃지마오

[C] 1곤륜산 느린뫽의 2오악이 듕홍ᄒ니 3텬하명산 분비ᄒ고 4무수강산
구븨텨셔 5천슈만산 곳곳마다 6사롬살게 삼겨시니 7무궁호 됴화듕
의 8우리즈연 늙엇고나 9어와쳥츈 쇼년들아 10빅발보고 웃디마라

A유형의 서두에 '슬프다'라는 단식을 반복하여 인생무상의 허무함을 간절히 표출하고 있다. 이러한 어조는 뒤에 전개될 주제를 전달하는 데 매우 효과적인 표현방식이라 할 수 있다. 이에 비해 C유형의 서두는 화자의 감정이 이입되지 않는 객관적인 입장에서 늙음의 현상에 대해 말하고 있다. 늙는 것이 슬프다거나 허무하다는 식의 가치판단을 유보하고 있다. 이는 마지막 단락에 제시될 유락적인 분위기를 예비하기 위한 전략이라 할 수 있다. 죽음이나 백발에 대한 두려움은 현재적인 삶에 더 큰 의미와 가치를 부여하게 되었으며, 화자는 이것을 낙천적인 시각에서 인생을 즐기자는 쪽으로 유도하고 있는 것이다.

이어 전개되는 부분, 즉 A의 7구~141구와 C의 9구~145구는 같은 내용으로 이루어져 있는데, 백발도래의 불가항력과 늙음의 추한 모습이, 과장과 열거 그리고 장황한 묘사를 통해 표출되고 있다.

② 불교가사 <백발가>(A)와 초당문답 <백발가>(B)

B유형은 문답식으로 전개되어, 1인칭 화자의 일방적인 진술로 이루어진 A유형과 다르지만, 여전히 같은 문학적 표현 속에 두 작품이 존재하며, 상호간의 친근 관계를 무시할 수 없다. A와 B의 상동성은 부분부분 나누어져 중복되는 특징을 보인다. 그 주요 부분은 다음과 같다.

㉠ 초당문답 〈백발가〉(B)의 23구~42구[200]
23졍강이를 볼쪽시면 24비슈검 날이셔고 25팔닥이를 볼쪽시면 26슈양
버들 흔들흔들 27아릐턱은 코를츠고 28무루팍은 귀를넘고 29어린쳬를
허랴는지 30코물좃차 훌격이며 31눌과이별 허랴는지 32악누는 무슴일
고 33등짐장ㅅ 허랴는지 34집펭이는 무슴일고 35쩍가로를 치랴는지
36쳬머리는 무슴일고 37신풍미쥬 취ᄒᆞ얏나 38비쳑거름 가관일다 39비
뉵불포 노릐허며 40그즁에도 먹으랴고 41그즁에도 입으랴고 42비빅불
안 문즈쓴다

㉡ 초당문답 〈백발가〉(B)의 171구~178구[201]
171쏫갓치 곱든업골 172금버셧시 결노나고 173빅옥갓치 희든살이 174
황금갓치 되엿쓰며 175삼단갓치 거문머리 176다박솔이 되엿쓰며 177
명월갓치 박든눈이 178반판슈가 되엿쓰며

㉠과 ㉡은 A유형에서는 늙음에 따르는 추한 모습을 열거한 부분에
등장하는데, B계열에서는 화자를 달리하고 순서를 바꾸어서 반복하고
있다. 즉, ㉠에서는 초당주인의 물음부분으로, ㉡에서는 노인의 답변부
분으로 바뀌어 나타난다. 이를 보면 불교가사 〈백발가〉의 전체적인 내
용이 순서에 상관없이 여기저기 부분으로 나뉘어 나열되고 있는데, 이
는 늙음을 한탄하는 단순한 내용을 두명의 화자를 등장시켜 낯설게 전
달해 보려는 전략에 다름 아니다. 그리하여 두 인물을 설정하여 긴장을
조장하고는 있으나 이로 인해 두 사람 사이에 갈등이 증폭되는 것이
아니다. 백발도래의 불가항력과 늙음의 추한 모습, 자연의 순리 등이
주인과 결객 간의 대화에 여기저기 동원되면서, 전체적으로 노인의 '설

---

200) 불교가사 〈백발가〉(A)의 76~99구와 같은 내용이다.
201) 불교가사 〈백발가〉(A)의 62~71구와 같은 내용이다. 이외에도 B의 129
구~136구는 A의 39~44구, B의 254구~261구는 A의 122~129구와 같다.

득'보다는 인생무상의 한탄이 주가 되는 것이다.

③ 초당문답 <백발가>(B)와 풍류노래 <백발가>(C)

A에는 두드러지지 않은 내용으로, B와 C에 주목할 만한 양상으로
확대되는 대목은 젊은 시절 난봉꾼의 유락적인 모습이다.

[B] 97양금통소 셰힉져로 98오음육률 가무헐제 99오동 야월쳔과 100낙양
츈식 벽도화를 101차례로 느러안져 102각기소장 불너닐졔 103둦기조
흔 권쥬가는 104장진쥬로 화답허고 105홍치조흔 양양가는 106빅구스
로 화답허고 107다정헌 츈면곡은 108상스별곡 화답허고 109한가헌 쳐
스가는 110어부스로 화답허고 111화창헌 여민락은 112남풍시로 화답
허고 113쳐량헌 노승사는 114황계타령 화답이라 115쳥아헌 쥭지스는
116락빈가로 병쳥허고 117허탕헌 길고락은 118민회가로 화답허고 119
요탕헌 정위풍은 120로쳐녀를 놀녀니며 121구식친구 숨식벗슨 122겻
드려셔 외입헐졔 123론인장단 판결스에 124십이경계 씨틔려셔 125호
쥬탐식 조흔투젼 126오날이야 미양으로 127우리쳥츈 한평싱을 128그
뉘아니 미덧쓰리   (초당문답 〈백발가〉)

[C] 137어제날 쳥츈젹의 138업던친구 절노와셔 139쥬란화각 놉흔집의
140빅옥반 교즈상의 141술맛도 됴커니와 142안쥬도 찬란ᄒ다 143츠례
로 느러안자 144잡거니 권커니 145멧슌빈 도라가니 146풍월도 ᄒ야볼
까 147일각인들 ᄶᅵ딜쏘냐 148뉘대더대 싱황양금이며 149오음륙률 ᄀ
즌풍류 150츠례로 노래홀제 151각히소당 불너내야 152한가혼 쳐스가
는 153락빈가로 화답ᄒ고 154다졍혼 샹스가는 155츈면곡 화답ᄒ고
156허랑ᄒ다 어부스는 157민화곡 화답ᄒ고 158둦기됴흔 길고락은 159
권쥬가로 화답ᄒ고 160쳐량ᄒ다 로고가는 161화계타령 화답ᄒ고 162
의망혼 남힝친구 163활발한 무변친구 164용졸혼 션븨친구 165테셜구

> 진 한량친구 166복식됴흔 대젼별감 167눈치만흔 포도부쟝 168쎼만흔
> 정원수령 169슉긔됴흔 나장이며 170돈잘쓰논 션뎐졍시 171민잘티논
> 각스스령 172퍼가즈데 난봉츅과 173허랑밍랑 무록비 174츅일샹봉 교
> 유ᄒ니 175늙은줄 모로논고나   (풍류노래 〈백발가〉)

B의 인용문에서 보여주는 풍류의 모습은 젊은 날의 호탕함과 과거
의 꿈으로 제시되어 있다. 이어서 젊은이를 훈계하는 내용이 이어지고
있다. 여기에 제시된 '권주가, 장진주, 양양가, 백구사, 춘면곡, 상사별
곡, 처사가, 어부사, 여민락, 남풍시, 노승사, 황계타령, 죽지사, 낙빈가,
길군악, 매화가' 등은 당시에 널리 구연되는 구연물들이다. 여러 가지의
제목들이 짝을 이루며 가지런하게 제시되어 있는데, 이러한 유락적인
모습은 C에서는 약간 변형된 모습으로, 노래 제목의 나열과 함께 그
분위기를 즐기는 各級의 인간형이 제시되어 있다.

C유형에서 늙음의 불가항력성과 늙은이의 추한 변모, 그리고 이에
대한 체념적인 순응에 이르기까지의 내용은 A와 같다. 그러나 137구
이후의 내용이 도시적인 유흥 분위기를 물씬 풍기면서 전혀 다른 모습
을 보여준다. 여기에서 보여주는 풍류의 모습은 바로 19세기의 도시적
분위기 속에서 난만하게 피어오른 유흥적인 면모인 것으로 생각된
다.202) 그리하여 C의 〈백발가〉는 '부럽다 쇼년들아 졂어셔 힘컷먹소 즐
거웨라 쇼년들아 졂어실제 슬컷노소'(184~187구)의 분위기로 자연스럽
게 전환되고 있는 것이다.

A에 이러한 유락적 내용이 없는 것은 아니다. A의 132구에서 149구
까지는 젊은 날의 난봉이 헛되다는 내용이 제시되어 있다.

---

202) 고미숙, 『19세기 시조의 예술사적 의미』, 태학사, 1998, 97~110쪽

132어젯날 청춘적에 133업든벗이 차자와서 134주란화각 놉흔집에 135화조월석 모여안저 136술맛도 아름답고 137안주도 찬란하다 138백옥반 교자상에 139차례로 느러안저 140잡거나 권하거니 141멋순배가 도라오나 142패가자제 난봉축과 143화류심방 무례배가 144조혼일을 하는듯이 145날마다 모이면서 146경가파산 하고라도 147휘주잡긔 오입하며 148이럿트시 세월보내 149매일장취 오랠는가

인용 대목에 이어 우리 인생이 일장춘몽임을 깨달아 덕을 닦으라는 주제가 이어진다. 1817본에서는 이 대목이 생략되어 있는데, 불교가사에 어울리지 않는다고 생각했던 필사자의 의식을 엿볼 수 있다. 이렇듯 불교가사인 A유형의 〈백발가〉에서의 난봉의 모습은 경가파산의 예로 간략하게 제시되고 있는 것이다.

3) 유통의 시대적 맥락

세 유형의 〈백발가〉는 상호텍스트성에 의해 체념적이고 회의적인 분위기를 공유하면서도, 각기 다른 어조와 주제를 가진 노래로 존재하고 있다. 즉 하나는 불교가사로, 다른 하나는 문답을 사용한 교훈적 노래로, 마지막 하나는 질탕한 풍류의 노래로 유통되었다. A계열 〈백발가〉는 인생의 무상함을 앞부분에 제시한 후, 적선하여 극락 왕생하자는 주제를 담고 있어 불교가사로 유통되었음을 알 수 있고, B는 두 인물을 설정하고 문답하게 하여 이야기성을 강화하는 동시에, 종교성을 배제한 교훈적인 가사로 유통되었음을 알 수 있다. 그리고 C계열은 불교가사 〈백발가〉의 전반부가 보여주는 허무적 분위기를 토대로 하였지만, 후반부에서는 '노세 노세 젊어서 노세'풍의 유락적인 분위기를 극대화시키는 유흥가로 유통되었음을 알 수 있다.

이들 〈백발가〉는 상호텍스트성에 의해 중복되는 내용이 많고, 선후
관계를 헤아리기 어려운 것으로 보아, 동시대에 유통된 것으로 보인다.
그리고 이들 노래는 인생무상의 허무주의적 분위기를 바탕에 깔고 있
으며, 도시의 유흥적인 분위기가 등장하는 것으로 보아 19세기 중반 이
후에 유통되었을 것으로 생각된다.

6. 〈몽환가〉와 〈몽환별곡〉의 유통

1) 이본의 분포

〈몽환가〉와 〈몽환별곡〉의 유통의 양상을 살펴볼 수 있는 자료로는
『증도가』, 『석문의범』, 『서방금곡』, 『악부』와, 『역대가사문학전집』에 소
개된 이본이 있다. 이를 소개하면 다음과 같다.

① 〈몽환가〉(294구), 『석문의범』
② 〈몽환가〉(289구), 『역대가사문학전집』 1740번
③ 〈몽환가〉(309구), 『서방금곡』(『역대가사문학전집』 1741번)
④ 〈몽환가〉(76구), 『증도가』

⑤ 〈몽환별곡〉(394구), 『악부』(『역대가사문학전집』 522번)
⑥ 〈몽환가〉(231구), 『역대가사문학전집』 520번[203]
⑦ 〈몽환가〉(404구), 『역대가사문학전집』 1739번
⑧ 〈몽환가〉(79구), 『악부』(『역대가사문학전집』 521번)

이들 노래는 모두 이 세상의 모든 일이 헛되니 염불에 힘써 극락왕

---

203) 정신문화연구원 도서관 소장본

생하자는 주제를 담고 있는데, 가사의 내용에 따라 〈몽환가〉와 〈몽환별곡〉으로 나누어진다. ①, ②, ③, ④는 〈몽환가〉 계열이며, ⑤, ⑥, ⑦, ⑧은 〈몽환별곡〉 계열에 속한다. 각 이본을 비교해 보면, 먼저 〈몽환가〉의 경우 이본 ①, ②, ③은 몇 구절에서 차이를 보일 뿐 거의 같은 분량과 내용으로 되어 있다. 이에 비해 ④『증도가』본 〈몽환가〉는 76구로 되어, 다른 이본에 비해 매우 압축된 이본임을 알 수 있다. 〈몽환별곡〉은 이본 ⑤, ⑥, ⑦ 간에 구절 수가 넘나듦은 있지만, 세 편 모두 내용 전개에서 거의 같은 특징을 보여준다. 이에 비해 ⑧은 79구로 다른 이본에 비해 현격하게 축소된 이본이다.

2) 내용 구조

내용의 전개 방식과 작품 분위기의 유사성으로 인하여 〈몽환가〉와 〈몽환별곡〉은 몽환노래라는 하나의 작품군으로 묶여질 수 있다. 두 작품간의 차이가 뚜렷하게 나타나는 대목은, 모든 것이 한 바탕 꿈이라는 내용을 구전공식구로 길게 나열하는 부분이다.

① 〈몽환가〉

〈몽환가〉는 '몽환일세 몽환일세 세상만사 몽환일세'로 서두를 시작하면서, '세상만사'를 구체적으로 나열하고 있다.

3천상락이 조타하되 4삼계가 화택이니 5그도역시 몽환이요 6인간에 <u>전륜왕</u>이 7만선복덕 제일이나 8생로병사 못변하니 9그도역시 몽환이요 10<u>억대왕후 고금호걸</u> 11당시에 자재하나 12우비고노 못면하야 13죽어지면 허사되니 14그도역시 몽환이요 15<u>나의권속</u> 지중하야 16생전에는 보배이나 17임종에 이별하니 18그도역시 몽환이요 19<u>출장입상 부귀인이</u> 20위엄형

세 웅장하나 21임종시에 속수무책 22그도역시 몽환이요 23진보복장 칠보
영낙 24인간에 대보로되 25죽은뒤면 박락하니 26그도역시 몽환이요 27문
장명필 백종긔예 28제일이라 자랑해도 29임종에 쓸때업고 30만반고통 쑨
일지니 31그도안이 몽환인가   (『석문의범』, 이하 같음)

세상사가 모두 몽환이라는 내용의 반복은 그 속성상 쉽게 확장될
가능성을 내포하고 있다. 객관적으로 알 수 있는 낱낱의 사실에다, '이
도 역시 몽환이요'라는 후렴구를 붙이기만 하면 되는 것이다. 〈몽환가〉
는 '천상락, 전륜왕, 역대왕후, 고금호걸, 나의 권속, 출장입상 부귀인,
진보복장, 칠보영락, 문장명필' 등을 차례로 나열하고 있는데, 이를 공
식구에 대입함으로써 세상사가 다 몽환이라는 것을 실감 있게 전달하
고 있다. 그리고 육신이 건강할 때 일체세간이 몽환임을 깨닫고 염불하
여 극락에 가자는 것으로 이치를 귀결시키고 있다.

32여보세상 사람들아 33사대가 강강하고 34육근이 견고할제 35몽환세간
탐착말고 36일체세간 천만사가 37몽환일줄 꼭밋어서 38몽환삼매 노치말
고 39아미타불 대성호를 40일념중에 일치말며 41십이시중 주야업시 42부
즈런히 넘불하야 43저극락에 어서가세

인용구는 〈몽환가〉에서 드러내고자 하는 이치를 제시한 부분이다.
염불하여 극락에 가자는 것이다. 작품 내용의 논리적 전개라는 측면에
서, 43구까지만 해도 〈몽환가〉의 이치는 충분히 표출된 것으로 보인다.
44구에서 294구까지는 위에서 노래의 지향점으로 제시한 '극락세계'라
는 주제를 길게 부연한 것이다. 극락세계는 『아미타경』 등의 정토경전
에서 여실히 묘사되어 있고 다른 불교가사에서도 반복하여 노래하고
있는 것인데, 〈몽환가〉의 44구 이하에서도 이를 선행담화로 수용하여
장편의 가사로 만든 것이다.

㉠ 44우리세존 대법왕이 45백천방편 베프르사 46화택중생 제도할제 47금
구소설 일은말삼 48백천만억 국토중에 49극락이라 하난세계 50서편쪽
에 잇사오대

㉡ 51시방세계 염불중생 52임명종시 당하오면 53아미타불 대성존이 54그
중생을 다려다가 55연화대에 탄생하니 56신색광명 진금이요 57대인상
호 구족하며 58칠보궁전 상묘의식 59생각대로 절로생겨 60임의자재
수용하고 61생로병사 괴론것과 62온갓근심 모다업고 63수량이 무궁하
여 64무상쾌락 수하오대 65다시생사 아니밧고 66아미타불 수긔어녀
67무상보리 증득하고 68지혜신통 자재하며 69선근공덕 만족하야 70보
살도를 성취하니

㉢ 85황금으로 땅이되고 86백은으로 성이되여 87칠중난순 둘러잇고 88칠
중나망 덥허잇서 89부는바람 요풍이요 90밝은광명 순일이라 91금은유
리 칠보로서 92처처에 충만하고 93백천풍악 진동하니 94소리마다 염
불이요 95팔공덕수 연화지에 96오색연화 피엿거던 97낫나치 광명이요
98색색이 찬란일세

㉠, ㉡, ㉢은 『아미타경』의 내용을 가사화한 것인데 특히 ㉢단락의
내용은, 사실은 〈서왕가〉(80~91), 〈회심가〉(119~126구) 및 대부분의
〈자책가〉(이본 관계인 〈승원가〉에서는 205~233구)에 반복되는 대목이
며, 〈권왕가〉에서는 ㉠과 ㉢대목이 34~99구에 걸쳐 거의 같은 표현으
로 나타나고 있다.

이밖에 〈권왕가〉와 〈회심가〉의 내용과 유사한 대목도 보인다.
〈몽환가〉의 다음 대목은 〈권왕가〉의 결사와 전적으로 동일한 것이다.

283환망진구 모든때를 284팔공덕수 목욕하고 285탐진번뇌 더운땀을 286

보수하에 휴헐하고 287몽환불과 증득후에 288몽환비지 운전하야 289몽환
중생 제도하고 290법성토 너른뜰에 291등등임운 논일면서

〈몽환가〉

용암화상이 撰한 것으로 소개된 〈몽환가〉의 끝부분도 〈회심가〉의
결사부분204)을 수용한 것이다. 다음은 용암화상 〈몽환가〉의 결사이다.

72녹양천변 방초안의 73자재히 논닐면셔 74태평곡을 부르리라 75나나리
리나리 76나무아미타불

이런 측면에서 볼 때 〈몽환가〉의 독창적인 내용은 이 세상의 모든
것이 몽환이라는 대목까지이며, 그 이후의 내용은 극락을 노래한 선행
하는 불교가사를 수용하여 확장시킨 것이라 할 수 있다.

② <몽환별곡>

앞에서 본 것처럼 〈몽환가〉의 몽환 대목에서는 몽환의 예로서 '세상
만사'가 여덟 가지의 예를 통해 구체화되었다. 그리고 그 인용한 예를

---

204) 〈회심가〉의 결사부분을 소개하면 다음과 같다.
　　205광대넝통 무량슈불 206즈긔샹에 명빅ㅎ야 207셔가여러 아니나고 208
　　보리달마 못외신지 209부아모아 쇼쇼ㅎ고 210츠다덥다 녁녁ㅎ디 211익
　　욕심이 밤이되야 212의니쥬를 바히몰나 213어분아기 못어드며 214가진
　　졈심 비골ㅎ니 215반야혜검 쌔혀나야 216무명황초 버히시고 217아미타
　　불 외오다가 218즈긔미타 친히보면 219일보도 옴디아녀 220극낙국에 니
　　뢰ㄴ니 221부ㄴㅂ람 요풍이오 222불근광명 슌일이라 223년화디예 올라
　　안자 224됴쥬쳥다 부어먹고 225빅우거를 멍에메워 226녹양천변 방초안
　　에 227등등임운 임운등등 228즈지히 노닐면서 229태평곡을 부르리라
　　230나무아미타불 231나라리 리라라 232나무아미타불 〈회심가고〉

보면 인간이 누릴 수 있는 복락을 나열하고 있음을 알 수 있다. 그런데 같은 맥락의 〈몽환별곡〉에서는 역사적인 사건과 일화를 나열함으로써, 작품의 분위기를 다른 방향으로 이끌고 있다.

> 57하우씨 세운거업 58하걸이 망ㅎ오니 59그도역시 몽환이요 60성탕의 어지무로 62은주가 무도ㅎ니 63이도역시 몽환이요 64빅이숙제 충절노도 65수양산에 깁피들어 66고사리만 키야먹고 67속절업시 죽어시니 68이도쏘ᄒ 몽환이요 69위수변에 강퇴공은 70고든낙시 물에너코 71한가이 안잣다가 72문왕을 만나서야 73천하를 진정ㅎ고 74풍진을 치던후에 75속절업시 죽어시니 76이도역시 몽환이요 77무왕의 성덕으로 78팔백년을 성헌거업 79춘추디전 실국ㅎ니 80이도역시 몽환이요 81공부자 탄성ㅎᄉ 82천하를 교화코자 83주류천하 ᄒ실쎄의 84환퇴손에 욕을당코 85진치간의 절양ㅎ니 86안자가 됴ᄉㅎ고 87죽음을 못면ㅎ니 88이도역시 몽환이요 89밍자의 삼천지교 90훈학이 분명ㅎ나 91오즉말만 전ㅎ오니 92이도역시 몽환이요
>
> (『악부』〈몽환별곡〉)

하우씨, 탕왕, 백이숙제, 강태공, 무왕, 공부자, 안자, 맹자 등 역대의 역사적인 인물을 평하면서, 모든 것을 한바탕의 꿈, 즉 '夢幻'으로 환치시키고 있다. 각각의 인물이 동일한 구문에 의해 반복되면서 확장되는 전개방식은, 구연의 과정에서 자신이 알고 있는 지식을 확인하고 환기하는 쾌감을 얻는데 기여한다. 〈몽환가〉는 극락에 왕생하자는 내용이 비중 있게 다루어지면서 모든 것이 한바탕의 꿈이었다는 열거가 하나의 전제로 간략하게 제시되는 데 비해, 〈몽환별곡〉은 '모든 것이 헛되다'는 주제의 예로 든 고사의 나열이 오히려 더 큰 비중을 가지게 되었다.

3) 유통의 양상

① <몽환가>와 <몽환별곡>의 뒤섞임

<몽환가>와 <몽환별곡>은 비록 다른 작품으로 볼 수 있지만 주제 전개의 방식과 구조적인 측면에서 공통점을 가지고 있다. 특히 이본에 따라서는 서두에서 <몽환가>의 한 대목이 <몽환별곡>에 삽입되기도 하고, <몽환별곡>의 대목이 <몽환가>에 삽입되기도 한다.

먼저 <몽환별곡>이 <몽환가>를 차용하고 있는 예를 들면 다음과 같다.

   ㉠ <몽환별곡>류
14천상낙이 죠타ᄒ나 15삼계가 화택이니 16그도역시 몽환이오 17인간의 젼륜왕이 18천상인간 아모디도 19그런복 업건마는 20싱노병ᄉ 못면ᄒ니 21그도역시 몽환이오 22역디왕후 고금호걸 23이셰상의 부귀ᄒ나 24우비 고를 못면ᄒ니 25그도역시 몽환이오

(『역대가사문학전집』 520)

   ㉡ <몽환가>류
3천상락이 조타하되 4삼계가 화택이니 5그도역시 몽환이요 6인간에 젼륜 왕이 7만선복덕 제일이나 8생로병사 못면하니 9그도역시 몽환이요 10역 대왕후 고금호걸 11당시에 자재하나 12우비고노 못면하야 13죽어지면 허 사되니 14그도역시 몽환이요   (『석문의범』)

다음은 <몽환가>가 <몽환별곡>의 영향을 받은 경우이다.

   ㉠ <몽환가>류
3비로자나 화장세계 4아미타불 극락세계 5일체중생 번뇌세계 6낫낫치 몽

환이다 7어이흐야 그러흐고 8비로자나 몽환삼매 9아미타불 환주장엄 10
일체중생 고락경계 11낫낫치 몽환이다   (『증도가』)

ⓒ 〈몽환별곡〉류
7비로자나 화장세계 8아미타불 극락세계 9일체중싱 번뇌세계 10천상인간
전뉸성왕 11역딕왕후 만고호걸 12부긔영화 존비귀천 13일체긔시 몽환이
다 14어이흐야 그러흐고 15비로자나 몽환삼민 16아미타불 환두장엄 17중
싱번뇌 오욕세계 18낫낫치 도시 몽환이다   (『악부』)

위에서 각각의 ⓐ은 ⓑ을 차용한 것이다. 〈몽환가〉와 〈몽환별곡〉은
이처럼 상호텍스트성을 보이면서 비슷한 작품으로 인식되고 있다. 이와
함께 두 작품 모두 서두에서 '몽환일세 몽환일세 세상만사 몽환일세'로
시작하여 작품 전반에 흐르는 허무함의 분위기를 조장하고 있는 점도
같다. 구조적으로도 허무함을 제시하는 서사에 이어, 고금의 세상사 일
체가 모두 몽환이라는 사실을 일일이 나열하고 있는 부분이 이어진다
는 점205), 그리고 결국에는 염불공덕에 힘써 극락에서 즐거움을 누리자
는 내용으로 마무리하고 있는 점도 같다. 이와 같은 구조는 어느 이본
이나 상통하는 것이어서, 76구와 79구로 된 압축된 이본에 있어서도 동
일한 양상으로 나타난다.

② 단형의 <몽환가>와 <몽환별곡>의 유통

〈몽환가〉도 마찬가지지만 특히 〈몽환별곡〉은 위에서 인용한 것처럼
구전공식구에 수많은 인물과 사건을 대입하면서 장편의 가사로 되었다.
수 많은 역사적 인물과 사건이, '무엇하고 무엇하니 그도 역시 몽환이

---

205) 『석문의범』 〈몽환가〉의 3~31구와 『악부』 〈몽환별곡〉의 7~227구가 이
    에 해당한다.

요'라는 구문에 수용됨으로써 속도감 있게 다른 사건과 사실로 연결되고 있는 것이다. 여기에서 각각의 마디는 필연적인 선후관계로 이어진 것은 아니며, 첨가적이고 개방적인 진술양상을 보여준다.

『증도가』본 〈몽환가〉, 『악부』본 〈몽환가〉는 각각 76구와 79구로서, 다른 이본에 비해 그 길이가 현격하게 짧으며, 국한문으로 필사되었다는 공통점이 있다. '세상만사'의 예로 나열된 여러 고사는 극히 절제되고 압축되어 있어, 맥락의 통일을 이루려는 필사자의 의식적인 노력을 보여준다.

『증도가』본 〈몽환가〉는, 앞장에서 이치 표출에 있어 완결성을 지니게 된 부분으로 소개한 43구까지의 내용을 53구로 진술하고, '나무아미타불'구를 붙여 마무리한 다음, 여기에 다시 약 20구 정도를 부연하고 있다.

> 43입아화장 호걸더라 44사대가 강강ᄒ고 45육근이 완고할졔 46몽환세계 탐착말고 47일의일발 다마지고 48경절문 바로드러 49선지식 친견ᄒ고 50명산을 차자들어 51활구참선 ᄒ옵다가 52확철대오 견성ᄒ여 53몽환삼매 증득하세 54나무아미타불 [55비로화장 미타극락 중생고락 56몽환인줄 졍(침)ᄒ면 57몽환삼매 노치아녀 58일체중생 심행따라 59항사중생 응신무량 60일체중생 이위설법 61몽환비지 쌍운ᄒ야 62몽환중생 제도ᄒ고 63수월도량 널이닥가 64공화불사 건립ᄒ여 65경상만행 갓초닥가 66몽중불과 증득후의 67증득처를 돈망ᄒ고 68우리금(회)주 승덕대법 69천지갓치 너르시고 70우리금(회)주 광대광명 71일월갓치 밝가난디 72녹양천변 방초안의 73자재히 논닐면서 74태평곡을 부르리라 75나나리 리나리 76나무아미타불]

인용구에서 55구~76구까지는 〈회심가〉의 결사를 수용한 것이다. 이는 불교가사의 일반화된 결사를 인용함으로써 수용자들에게 한 편의 완결된 불교가사로 인식시키는 역할을 한다. 통일된 맥락을 추구하면서 생기는 생소함을 관습적인 결사를 붙여 마무리함으로써 극복하려는 의도를 드러내는 것이다.

『악부』본 〈몽환가〉는 〈몽환별곡〉의 이본 중에서도 가장 짧은 분량으로 되어 있다. 구체적으로 보면, 〈몽환별곡〉에서 26~227구까지 길게 나열하고 있는 역사적 인물의 해석과 평가를 14~47구로 줄여 극히 단순하게 처리하고 있다.

14고금미국 몽환중에 15영웅열사 누구누구 16초패왕의 발산력은 17강동을 부도하고 18오강에서 자문하고 19자미의 장한충의도 20촉루검에 자문하고 21한신갓흔 영웅절사도 22필경오사 하엿스니 23이갓흔 영웅으로 24몽환중에 상진하고 25제갈량의 신기묘책과 26주유의 영기재식과 27방통의 백일공사와 28이갓흔 영재로도 29상진허명 쑌이로다 30주나라 백이숙제은 31충절이 놉다하고 32초나라 굴대부와 33진나라 개자추을 34충의로 놉다하나 35행명실진 하엿스니 36역인지역 이아닌가 37왕발의 등왕각서와 38조자건의 칠보시를 39만고시명 가젓스나 40몽환의 허명이요 41곽분양의 백자천손과 42석숭의 장한부명도 43천고 유전하나 44차역시 몽명이요 45인간영욕 일왕일래요 46일성일쇠 하난것도 47모도다 환경이라

역사적인 인물은 '초패왕, 자미, 한신, 제갈량, 주유, 방통, 백이숙제, 굴대부, 개자추, 왕발, 조자건, 곽분양, 석숭'의 13인에 불과하다. 이중 '방통, 왕발, 조자건'은 〈몽환별곡〉에 없는 인물인데 새로 삽입된 것이다. 이로써 보면 어떤 역사적 인물이든 같은 공식구에 담기만 하면 비슷한 몽환 노래가 되는 것이다. 이 작품 역시 마무리는 〈회심가〉의 결사를 차용하였다.

56광대영통 무량수불은 57자기상 명백하다 58호부호모 소소하고 59자지

갈랭 역력하다 60자기주인 차저내여 61금시아요 불시거라 62막사혜검 쌔
혀내여 63무명황초 다버히고 64호호태허 공적중의 65무상무형 자기주인
이라 66지이불견 시진상을 67자기가 친견하니 68일보도 옴지안코 69극락
국의 일으러서 70부는바람 요풍이요 71말근광명 순일이라 72연화대의 올
나안저 73조주청다 부어먹고 74백우거 멍에메여 75녹양변 방초안의 76임
운등등 등등임운을 77자재히 논일면서 78만년태평 눌리오니 79대장부의
대사를 필하리로다

이를 통해 인생의 무상함을 강조하는 새로운 내용을 공식구에 실어
전달한 후, 널리 알려진 선행하는 가사의 결사를 대입함으로써 한 편의
가사를 만드는, 불교가사의 형성원리를 확인할 수 있다.

4) 유통의 시대적 맥락

〈몽환가〉와 〈몽환별곡〉이 유통된 시기를 확인할 수 있는 자료로는
필사연대 미상의 『증도가』와 1930년대의 『석문의범』과 『악부』, 그리고
『역대가사문학전집』 속의 몇 편의 이본들이 전부이다. 현재에도 불교음
악의 한 레퍼토리로 연행되고 있기도 한 몽환노래는 시기적으로 보아
오랜 역사적인 내력을 가지고 있지는 않은 것으로 보인다. 특히 〈몽환
별곡〉의 경우에는 모든 것이 꿈이다라고 강조하는 긴 대목에 나열된
역사적인 준거들은 불교가사의 포교적인 의도에서 살펴보면 불교교리
의 전달이라는 전통에서 상당히 벗어나 있다. 이는 시기적으로 〈몽환별
곡〉이, 제목에서도 드러나는 것처럼, 〈몽환가〉의 유통에 의해 촉발된
것이며, 호고적인 詠史類 시가, 특히 역사적 지식을 나열하는 詠史 歌
辭의 전통이 배경지식으로 작용하고 있다고 말할 수 있다.
그리고 몽환노래에 보면 〈회심가〉나 〈자책가〉, 〈권왕가〉에서 보이는

극락 화소가 비슷한 내용으로 나타나 있고, 결사부분에서도 단형의 이
본들에서 〈권왕가〉나 〈회심가〉의 결사를 답습하고 있는 경향이 있다.

　모든 것이 한바탕의 꿈이라는 이야기는 불교 문학의 오랜 전통 속
에서 지속적으로 반복되는 화소다. 그러나 작품 속에 반영된 일반 가사
와의 교섭이라든가, 선행 불교가사의 차용이라든가 하는 점에서 볼 때,
〈몽환가〉와 〈몽환별곡〉의 유통시기는 1800년대 중반 이후로 생각된다.

Ⅵ. 불교가사 유통의 사회사

　본고의 대상이 되는 시기는, 현재 전하는 가장 오래된 문헌인『침굉집』이 판각된 1695년에서부터 학명의 가사가 유통된 1920·30년대에 이르기까지의 약 2백 여 년 동안이다. 이 시기는 유통의 주체와 매체와 경로를 기준으로 하여 세 시기로 나눌 수 있다. 이를 제1기(17세기 말~18세기 후기), 제2기(18세기 말~19세기 후기), 제3기(19세기 말~1920·30년대)로 나누어 각 시기의 유통의 양상과 의미를 살펴보도록 하겠다.

1) 제1기 판각에 의한 유통의 확산기

　제1기는『침굉집』이 판각된 17세기말에서『보권염불문』이 활발하게 판각 유통된 18세기 후기까지를 포함한다. 이 시기는 구전을 통해 유통되던 불교가사를 불교계의 현실적인 모순을 타개하기 위한 對社會的 매체로서 발견한 시기이며, 염불의례를 대중화하는 매체로서 불교가사를 본격적으로 활용하기 시작한 시기이다. 이 시기에 불교가사를 유통시킨 주체로는 불교계의 반성과 혁신을 주창한 枕肱과 불교가사가 포함된『침굉집』을 판각하고 유포시킨 仙巖寺의 승려집단이 있다. 이와 함께 修道寺 龍門寺 桐華寺 海印寺 禪雲寺 등의 사찰과 승려집단도 이 시기의 주요한 유통의 주체가 된다. 특히 후자는 임란 이후 침체된 불교의 부흥을 위해 의례불교의 정립을 꾀하면서, 불교가사의 가치에 주목하였다. 즉, 대중적인 염불서인 『보권염불문』을 판각하면서 불교가사를 포함시켜 광범위한 유통에 기여하였다. 이 시기의 유통은 주로 사찰이라는 공간을 중심으로 이루어졌으며, 유통되는 매체로는 판각을 통한 문헌 유통이 시작되었다는 점에서 이후 시기와 다른 특징을 보인다.

(1) 현실대응 매체로서 불교가사의 발견

성리학을 이념으로 건국된 조선 왕조에서, 사상으로서의 불교와 사회세력으로서의 승단은 현실정치세력의 극복의 대상이 되었음은 자명한 이치였다. 조선 전기인 태조 세종 세조조에 궁중 내에서 일시적인 護佛의 분위기가 있었고, 명종 때 문정 왕후의 후광과 보우의 활약으로 불교계의 위상을 재정립하는 시기도 있었지만, 조선 전후기를 통틀어 불교계의 역사는 위축의 길을 걸어왔다고 할 수 있다. 불교계는 조선 사회에서 교세의 위축은 물론이고 경제적 기반의 상실을 감수해야 했고, 심지어는 조정이나 지방 관리에 의해 노동력과 재화를 착취당하는 등 온갖 수모를 감수해야 했다.

조선시대에 들어서 배불 정책이 시행된 가운데 불교계에 가장 결정적인 타격을 준 것은 태종대에 실시된 것으로, 사원의 토지를 국유로 몰수하고 사원의 노비를 거두어 軍丁에 충당한다는 내용의 것이었다.206) 세종은 불교계의 여러 종파를 禪宗과 敎宗의 兩宗으로 통폐합하였고, 또 각 종단에 18개씩의 사찰만을 남겨두고 나머지 사원은 모두 없애버리는 척불책을 시행하였다. 동시에 도성내의 사원을 철폐하였으며 僧徒들이 함부로 도성 내에 출입하는 것을 금지하였다. 성종대에는

---

206) 이재창, 『한국불교사원경제연구』, 불교시대사, 1993, 151쪽

새로이 승려가 되는 길을 법적으로 막아 버리고 기존 승려들도 환속시
키는 정책을 폈다. 성종의 뒤를 이은 연산군은 선교 양종과 승과 제도
를 폐지하고, 모든 사찰이 소유하는 田地를 모두 몰수해 버리는 정책을
폈다.207) 연산군이 왕위에서 물러난 후 중종에 이르러 반동적인 정책이
시행된 가운데, 사원전의 몰수도 완화되고 약간의 전지가 환속되기도
하였으나, 그 이전의 토지의 규모에 비해서는 도저히 비교가 되지 않는
것이었다.208) 이후 이러한 상황이 지속되다가 임란 이후 현종 4년
(1663)에는 국가에서 제공한 사원 소유의 전지가 모두 몰수되어 더 이
상의 국가적인 정책은 필요치 않게 되었다.

이에 따라 사찰에서는 신도들에 의한 施納과 승려들에 의한 헌납을
통해서만 전지를 소유할 수 있게 되었다. 승려들은 각종 계를 조직하여
사찰에 헌납함으로써 명맥을 이어나갔고209), 규모가 작은 사찰의 경우
에는 재의식을 행하거나 탁발과 기도 등으로 받은 보수로 생계를 이어
갔다.210) 또한 탁발과 기도 외에도 사찰주변에서 잣 버섯 고사리 도라
지 山果 등의 자연물을 채취하기도 하였다. 이것들은 자신들의 부식물
이기도 하지만 內需司를 비롯한 각 관아에 공물로 상납되는 것이기도
하였다. 미투리나 제지 등은 전통적으로 승려의 업으로 인정되어 공납
을 강요받았다. 심지어는 사발 등의 식기는 물론이고, 누룩을 빚거나,
농사일의 품팔이까지 해야만 했던 것이다.211)

---

207) 이재창, 앞의 책, 150~156쪽 참고

208) 이재창, 앞의 책, 192~193쪽

209) 이재창, 앞의 책, 197~202쪽 참고

210) 가마타시케오(신현숙역), 『한국불교사』, 민족사, 1988, 220쪽

211) 김갑주, 조선시대 사원경제의 추이, 『한국불교사의 재조명』, 불교시대사,
   1994

사원의 경제력 고갈은 오랜 기간 누적된 척불의 결과로서, 재를 주관하거나 탁발을 하거나 여러 가지 상품으로 수익을 올리는 것은 조선 후기에 이르러 사원 경제를 꾸려 나가는 중요한 매개가 되었다. 이에 따라 각 사찰에는 관가와 儒者들의 요구에 응답하여 기름, 종이, 미투리 등을 공납하고 때로는 잡역까지도 부담하면서 사원의 살림살이를 맡아 다스리는 승려들의 수가 상당한 비중을 차지하게 되었다. 이같은 상황에서 理判僧과 事判僧의 구분이 생겨나게 되었다.212) 오로지 參禪과 講經 및 修行과 弘法을 펴는 승려를 理判僧이라 하며, 사원 경제를 책임진 이들을 事判僧이라고 하였다. 조선 후기에는 '事判者 多如春林 理判者 希若曉星'213)이라고 한 것처럼 사판승의 비중이 컸으며, 그들은 비록 무식하고 공부에 힘쓰지 못하였으나 당시 관가의 심한 주구와 잡역, 그리고 사회의 천대 속에서 모든 잡역과 모멸을 감당해내고 견디어서 제반 절일을 처리하여 사원의 황폐를 방지하고 교단의 명맥을 지속시켰다.214)

이러한 상황 속에서 조선 후기의 불교계는 교단차원에서 위기를 극복할 방안을 제시하지 못하였고, 白谷 處能의 상소문 외에는 이렇다 할 주장을 공개적으로 표명한 바는 없었다. 白谷 處能(1617~1680)은 현종 4년(1663)에 文定王后의 內願堂으로서 5천의 尼僧을 수용했던 慈壽 仁壽의 두 尼院을 폐하는 억불책을 시행할 때, 「諫廢釋教疏」를 올려 불교의 탄압에 항의하였다. 이는 조선 왕조를 통하여 불교인이 불교의 위상을 되찾기 위해서 상소를 올린 것으로는 유일한 것이었다.215)

---

212) 김영태, 『한국불교사』(수정판), 경서원, 1997, 316~317쪽
213) 이능화, 『조선불교통사』하권, 보련각, 1982, 930쪽
214) 김영태, 앞의 책, 318쪽
215) 김영태, 앞의 책, 307쪽

백곡 처능이 상소문을 올린 시기에 枕肱禪師(1616~1684)는 그와는 다른 방식으로 불교계가 처한 현실을 폭로하고 그 해결책을 제시하는 가사를 지어 유통시켰다. 침굉 가사는 그의 사후에 제자인 若休가 주관하여 판각한 『침굉집』에 수록되어 전하는데, 필사나 구전으로 전승되던 가사를 판각한 것이다. 그의 가사에는 불교계의 현실적인 모순에 대한 不信의 목소리와 교계의 혁신을 기도하는 강한 희망이 담겨 있다.

〈귀산곡〉에서는 참선 수행에 아무런 도움이 되지 않는, '營利'와 '財貨'를 엿보는 '錯錯者'와, 방자하게 지내며 염불과 참선을 등한시하고 '外事'만 따르는 승려들에 대한 질책을 서두에 제시하고 있다. 이는 영리와 재화를 위해 승려로서 해서는 안 될 '바깥일'에 전념하고 있는 승려들에 대한 비판이라고 할 수 있다. 더욱 구체적인 실상은 〈태평곡〉에서 두드러진다. 배고품을 참지 못하고 고깔을 쓴 채 누더기 걸치고, 망태를 둘러메고 도끼를 부릅쥐며, 배 밤 석이 송이 머루 다래를 다 훑어 묻어두고 죽반을 돕는 승려들, 패랭이를 덮어쓰고 죽장을 비껴 쥐고 전주 담양을 오르내리며 황아전으로 다니면서 술을 받아 맘껏 마시고 취하여 배를 거르는 승려들, 큰 저울 작은 저울에 모두 담아 짊어지고 전라도 경상도로 두루 다니며 '利慾'을 구하는 犯法僧들에 대한 비판의 목소리가 신랄하다.

이렇듯 부정적으로 제시된 이들의 실상은, 사실은 승려 개개인의 노력에 의하여 사원경제를 이끌어 나가야 했던 事判僧의 모습을 보여주는 것으로서 주목된다.216) 침굉의 가사는 事判僧의 도에 지나친 행태에

---

216) 이능화는 『침굉집』의 판각을 주관했던 제자 若休를 '事判僧으로서 仙巖寺를 잘 지켰던 인물'로 소개하고 있다.(『조선불교통사』하권, 930쪽) 이를 통해 당시의 선암사를 중심으로 한 사찰운영의 실상을 어림해 볼 수 있지 않을까 한다.

대해서 선승-즉 理判僧의 입장에서 비판적으로 문제를 제기한 것으로 보여진다. 그리고 이러한 승려群像은 오직 자신들의 경제활동을 통해 사원경제를 이끌어 나가야 하는 불교계의 현실적인 과제에서 비롯된 것이라 할 수 있다.

침굉은 이러한 현실을 폭로하고 그 모순을 극복할 해결책을 제시하고자 하였다. 그것은 출가의 본지를 깨달아 참선에 전념하고, 염불에 힘써 수도인의 자세를 회복하자는 것이다. 침굉은 불교계의 모순의 원인을 對사회적인 차원에서 폭넓게 찾았던 것은 아니다. 오직 그 현상을 나열하면서 불교계의 내부에서 그 원인을 찾고 있을 뿐이다. 물론 수도인으로서 수도의 본분에 전념하는 것이 가장 현실적인 대응책이라 할 수 있으나, 그가 택한 대응 방안은 지극히 개인적이고 관념적이며, 미온적인 차원을 벗어나지 못한 한계를 지닌다. 이러한 한계에도 불구하고, 침굉은 일반인들 사이에서 널리 향유된 가사라는 장르를 통해 불교계의 현실적인 모순을 폭로하여, 현실 대응의 매체로서 불교가사를 활용한 의의가 있다.

(2) 염불의례의 대중화와 불교가사의 활용

조선후기의 불교계가 임병 양란에 능동적으로 대처하여 나름대로의 역할을 다했음에도 불구하고, 오히려 여러 형태의 착취를 당하면서 어렵게 사원경제를 이끌어나가는 궁핍상을 앞에서 살펴보았다. 외적 강압에 의한 불교교세의 위축 속에서 조선전기까지도 그 전통이 남아있던 귀족불교, 상층 중심의 불교의 전통은 조선후기에 이르러 완전히 명맥이 끊어졌다. 또한 선종과 교종의 종파가 사라지고 통불교적인 성격을 가지게 되었으며, 교리의 세심한 전파보다는 의식의 장엄을 통한 禮敬

의 절차가 더욱 중요하게 평가받았다. 이에 따라 조선 후기의 불교는 의례중심의 불교로 전이되었다. 불교의례의 정비가 이루어지고, 체계와 원류을 밝히려는 노력이 지속적으로 이루어졌다.217)

이와 함께 18세기적 현상으로 특히 주목되는 것은 한글로 번역한 염불의례서가 전국적인 범위에서 거듭 판각되었다는 사실이다. 『보권염불문』은 1704년 용문사, 1741년 수도사, 1764년 동화사, 1765년 홍률사, 1765년 묘향산 용문사, 1776년 해인사, 1787년 선운사에서 판각되어 폭넓게 유통되었다. 이 책은 염불의례에 대한 정비와 확산을 의도하는 의식서로서, 의례 중심의 불교 및 의례의 대중화를 통해 민중 속으로 파고드는 18세기 불교계의 경향을 잘 보여주고 있다.

불교가사는 염불의식서인 『보권염불문』의 유통에 따라 대중화된 것으로 보인다. 여기에 수록된 불교가사는 〈서왕가〉〈회심가〉〈인과문〉이 있다. 〈서왕가〉와 〈인과문〉은 1704년의 용문사본에서부터 거듭 판각되었고, 〈회심가〉는 1764년의 동화사판에 비로소 판각되었다.

18세기는 필사나 구전된 불교가사를 대중성과 전승력 등의 측면에서 새롭게 인식하고, 이를 염불의례 및 의식의 정비의 차원에서 적극적으로 판각 유포한 시기다. 이는 당시의 불교계가 가사의 효용을 높이 평가했다는 의미이며, 당시에 이미 가사가 불교계에서 널리 대중화되었을 가능성을 시사한다. 그러나 판각에 의한 유포는 이 시기의 혁신적인 면모로서, 불교가사의 쓰임새의 확산과 함께 유통의 범위를 넓히는 결정적인 계기가 되었다.

---

217) 이는 범패의 원류를 확립하여 의식을 정비하려는 『梵音集』『作法龜鑑』『同音集』『一判集』의 간행으로 확인된다.(홍윤식, 『한국불교사의 연구』, 교문사, 1988, pp.311~320) 『작법귀감』은 19세기의 것이기는 하나, 의식집 간행의 전반적인 경향을 드러내기 위해서 함께 제시하였다.

이 시기 가사의 내용은 기본적으로 염불을 권하는 것이다. 인생무상, 염불 공덕에 의한 극락의 환희, 그리고 전생의 죄과에 대한 저승에서의 심판 등은 〈서왕가〉〈회심가〉〈인과문〉에 모두 등장한다. 그러나 핵심적인 내용은 작품에 따라 차별화된 양상으로 나타난다. 각 작품의 주요 주제소를 순서대로 나열하면 다음과 같다.

> 서왕가 : 인생무상 - 득도의 과정 - 염불의 가치제시 - 극락의 환희상 - 염불권유
>
> 인과문 : 인생의 존귀함 - 인생의 무상함 - 저승사자의 재촉 - 시왕의 심판 - 지옥의 고통 - 염불동참 권유
>
> 회심가 : 인생의 존귀함 - 말세의 징후 - 염불과 충효권유 - 아미타불의 발원과 당부 - 석가의 출가에서 극락왕생까지의 八相 - 극락의 환희상 - 지옥길의 험난함과 고통

이를 보면 모두 염불을 권장하는 가운데서도 〈서왕가〉에서는 극락을, 〈인과문〉에서는 시왕의 심판과 지옥의 고통을 주요 주제소로 제시하고 있는 양상이 뚜렷하다. 이처럼 1704년부터 함께 판각 유포되기 시작한 두 노래, 즉 〈서왕가〉와 〈인과문〉은 염불이라는 같은 주제를 강조하기 위해 전자는 극락의 환희를 제시하고, 후자는 지옥의 고통을 강조하고 있음을 볼 수 있다. 두 작품은 주제적인 측면에서 상호 보완적인 특징을 가지고 있었기에 거의 모든 판본에 같이 수록되어 있는 것이다. 이에 따라 두 작품에 나뉘어진 주제소를 하나로 묶어 전달할 필요성이 제기되었다고 볼 수 있는데, 1764년에 최초로 판각된 〈회심가〉에는 두 작품에 나뉘어 전승되는 지옥과 극락 화소를 하나로 묶고, 여기에 석가의 일대기인 八相까지 포함시켜 상대적으로 방대한 작품을 형성하고 있다. 〈회심가〉의 주제적 특징은 이와 같이 염불의례에서의 필요성과

함께, 하나의 가사를 통해 모든 주제를 전달하려는 연행 주체의 의식이 반영되어 있다.

이상에서 검토한 바와 같이, 18세기의 불교계의 추이는 불교의례의 대중화를 통해 민중 속으로 파고드는 경향을 보여준다. 기본적으로 탁발과 기도 佛事를 통해서 사원경제를 이끌어 가야했던 조선 후기의 시대상 속에서 언해된 염불서의 간행이 거듭되었고, 이에 따라 염불공덕을 강조하는 불교가사가 널리 전승될 토대가 마련되었다. 염불의례의 과정에 필요한 노래로서, 또는 재 의식에서 불려지는 대중적인 노래의 필요성에 의해서, 사찰 내에서 가송으로 전승되던 〈서왕가〉와 구송되던 〈인과문〉이 판각되었다. 그리고 이 두 가사에 담긴 극락과 지옥이라는 주제를 포괄하는 노래의 필요성에서 〈회심가〉가 등장했고, 판각을 통해 그 유통의 범위가 확대되었다.

2) 제2기 교학적 불교가사의 창작과 다양한 경로를 통한 유통의 확산기

이 시기는 智瑩(생몰연대 미상)이 불암사에서 〈전설인과곡〉〈수선곡〉〈권선곡〉〈참선곡〉을 판각하여 대중적으로 유통시킨 1795년경부터, 경허선사가 선의 부흥운동을 일으키기 전까지의 약 백 년간을 대상으로 한다. 이 시기에는 천주교가 천주가사를 통해 치열하게 그들의 교리를 전파하였고, 천주교에 대한 비난에 대해 시시비비를 가렸으며, 동학에서도 동학가사를 통해 외세 도래의 위기감을 사상적으로 극복하려는 활발한 움직임을 보여주었다. 동학교에서는 대중을 위해 우리말 경전을 따로 만드는 대신에, 교리를 풀어 쓴 가사를 경전으로 활용하였다.

이러한 시대적인 도전 속에서 불교가사도 단순히 염불신앙이나 선적인 흥취를 전달하는 차원을 넘어서 좀더 체계적으로 경전을 풀이하고 전달하고자 하는 노력을 보여준다. 동시에 교학적인 가사와 달리 대중의 삶과 친연성을 가지는 소재를 다룬 〈회심곡〉〈자책가〉〈백발가〉〈몽환가〉 같은 작품이 등장하여 구전을 통해 활발하게 전승되었다. 제1기에는 판각을 통해 불교가사의 가치를 새롭게 발견하고 있음은 앞서 살펴보았는데, 〈회심곡〉 등 이 시기에 등장한 가사는 구전과 필사를 통해 활발하게 유통되는 특징을 보여준다.

이에 따라 이 시기의 유통은 이원적인 흐름을 보여준다고 할 수 있다. 교학적인 가사가 교학승에 의해 주로 사찰을 중심으로 문헌매체를 통해 유통되었다고 한다면, 〈회심곡〉 등의 가사는 탁발승 걸립패 화청승 등에 의해 대중적인 공간에서 입말이라는 매체를 통해 광범위하게 유통되는 특징을 보여준다.

(1) 교학승에 의한 불교가사의 창작과 전파

이 시기에는 제1기에서 살펴본 바와 같은 불교계의 대사회적인 목소리는 더 이상 나타나지는 않는다. 대신 1700년대 중반 이후부터 화엄학의 대가들이 출현하여 활발한 주석과 해석을 펴내었고, 1800년대에는 한 세기 동안 선에 대한 활발한 논쟁이 전개되었다. 조선 후기의 승가에서는 禪修와 講學을 함께 하고 또 염불도 함께 닦았기 때문에 三門修業의 家風이 있다고 말할 수 있지만, 특히 이 시기에 있어서는 看經講學에 전업하는 宗匠들이 수없이 이어 나와서 교학 중심적인 경향을 보여주고 있다.[218] 특히 白坡亘璇(1767~1852)과 草衣意恂(1786~1866) 사이에 벌어진 선에 대한 논쟁은, 초의의 제자인 優曇洪基(1832~1881)와

---

218) 김영태, 앞의 책, 경서원, 1997, 312쪽

백파의 제자인 雪竇有炯(1824~1889)으로 이어져, 각각 스승의 견해를 옹호하고 상대방의 주장을 논박하는 양상으로 발전하였다. 이와 같이 계속되는 禪論爭과 아울러 백파를 통해 전수되는 禪風의 특색은, 이 시기 불교의 계율중심적인 특징을 보여주는 것이다. 이론적 논쟁의 선풍은 看話의 大悟下에 無戒 無律을 주장하는 鏡虛惺牛(1849~1912)가 출현하기까지의 경향219)으로 지속되었다.

선에 대한 교학적인 논쟁과 더불어, 이 시기에 등장한 불교가사도 역시 교학적인 경향을 보여준다. 이는 佛法을 친근한 구어에 담아 대중의 이해를 꾀한다는 변문의 성격보다, 구체적으로 경전의 내용을 풀이하고 요약하여 전달하는 講經文으로서의 역할에 주목하게 된 결과이다.

새로운 시도를 한 이는 불암사의 智瑩이다. 지형은 1790년대를 중심으로 불암사에서 많은 경전을 한글로 풀이하고 판각과 보급에 힘을 쏟은 인물이다. 주목되는 것은 경전을 적극 수용하여 가사체로 언해하였다는 점이다. 특히 〈전설인과곡〉은 『六道伽陀經』을 가사로 옮긴 것이며, 〈수선곡〉은 『如來藏經』을 바탕으로 하여 가사화한 것이다. 지형의 가사는 경전의 내용을 충실하게 풀이하는 講經文으로서의 기능을 불교가사에 부여하고 있다는 점에서, 이 시기의 불교계의 교학적인 경향과 그 맥을 같이하고 있다.

19세기 중엽에는 경전의 간행과 보급에 일생을 바쳤고 특히 『화엄경』의 판각으로 이름이 높았던 교학승 南湖永奇(1820~1872)에 의해 〈장안걸식가라〉와 〈광대모연가〉가 창작되었고, 奉恩寺를 중심으로 유통되었다. 〈광대모연가〉는 『화엄경』의 가치와 판각 보시의 공덕을 강조한

---

219) 채인환, 선사상, 『한국불교사상사개관』, 불교문화연구원편, 동국대학교 출판부, 1993, 58쪽

내용으로, 『화엄경』 판각을 위한 발원문과 모연문의 성격을 가지고 있다.

작자 미상의 〈법화일승가〉와 〈육도가라〉도 이 시기에 창작된 것으로 보인다. 〈법화일승가〉는 『법화경』을 경전의 구성에 따라 운문으로 바꾼 가사이다. 〈육도가라〉는 布施 持戒 忍辱 精進 禪定 智慧의 육바라밀(六波羅蜜)을 실천하도록 권면하고 있는 가사이다. 이 작품은 신도들에게 利他自利의 대승불교의 성취를 권면한 작품220)으로서, 이 시기 불교의 교학적 경향을 잘 보여주고 있다.

19세기 말에는 경전의 寫經과 편찬에 명성이 높았던 교학승 東化竺典에 의해 1200구나 되는 장편의 〈권왕가〉가 지어졌다. 이 가사는 1908년에 범어사에서 판각하여 널리 알려졌고, 1913년에 불교잡지 ≪해동불보≫(1~3호)에 '동화축전 유져'라 하여 일부가 소개되었지만, 사실은 1800년대 중엽에서 말기까지 사이에 지어져 유통된 것으로 볼 수 있다. 동화축전은 이미 1850년대에 각종 경전의 판각과 인출에 증명법사로 활약할 만큼 그 명성이 높았던 교학승이다. 〈권왕가〉의 주제는 염불과 선업을 닦아 극락왕생하자는 것이다. 그런데 이 가사는 단순하게 아미타불이 주재하는 극락의 환희상을 나열하고 염불의 공덕을 이야기하는 평이한 가사만은 아니다. 작자는 서방정토를 시인함과 동시에 유심정토를 또한 주장하였으며, 이러한 심원한 학설을 『아미타경』·『관무량수경』·『화엄경』·『열반경』 등 여러 경전을 인용하여 가면서 낱낱이 밝혀내고 있다.221)

지금까지 살펴본 바와 같이, 18세기말에서 19세기 후반에 이르는 시

---

220) 최강현, 불교가사 〈육도가〉를 살핌, 상산정재호박사 화갑기념논총 『한국가사문학연구』, 태학사, 1995, 571쪽
221) 손진태, 조선불교의 국민문학, ≪불교≫ 90호, 1931.12, 42~43쪽

기에는 교학승에 의한 불교가사의 창작이 지속적으로 이루어졌다. 이는
禪을 닦음에 있어서도 논쟁을 통해 이론화를 꾀하고 있는 이 시기 불
교계의 교학적인 경향을 반영하는 것이다.

(2) 다양한 경로를 통한 불교가사의 대중화

위에서 불교가사의 교학적인 경향을 살펴보았지만, 이 시기의 불교
가사의 특징으로 더욱 두드러지는 것은 민속화되고 대중화된 불교가사
의 연행이다. 그러나 민속화되고 대중화된 불교가사의 연행은 전시대와
달리 불교계의 주도층이 긍정적으로 인정하여 추수할 성질의 것이 아
니었다. 불교계 주도층의 입장에서 볼 때 대중화된 불교가사의 연행은
오히려 그 종교적인 경건성을 훼손하는 결과를 초래하였던 것이다. 19
세기를 통해 그 어디에서도 새로운 판각이 이루어지지 않았다는 사실
이 이를 반증한다.

이 시기에 새로 유통된 불교가사는 〈회심곡〉〈자책가〉〈몽환가〉〈백
발가〉 등이다. 이들 작품을 중심으로 수많은 이본이 필사의 형태로 전
승되고 있다. 이 가운데서도 특히 〈회심곡〉과 〈자책가〉는 이 시기의 가
장 대표적인 불교가사로서, 주로 先亡父母의 遷度라는 목적을 가지고
빈번히 연행되었다. 여기에서 선망부모의 천도라는 맥락은 시왕신앙과
효사상에 그 기반을 두고 있다.

한국에서의 시왕신앙은 『시왕경(十王經)』의 유포는 물론이고 사찰
공간에서의 명부전(冥府殿)과 시왕을 그린 시왕도(十王圖)를 통해 폭
넓게 구체화되었다. 사찰에 있는 명부전은 망자가 사후에 中陰에서 헤
매지 않고 육도 윤회의 고통에서 벗어나 극락왕생하기를 기원하는 곳
이며, 생전에 재를 올려 사후 지옥에 떨어지는 고통을 면하고자 기원하
는 곳이다. 이러한 명부신앙을 가장 단적으로 보여주는 것은 현존하는

명부계 불상과 불화들이다. 현재 전국의 각 사찰에는 적게는 몇 점에서 많게는 십 여 점에 달하는 명부계 불화들이 남아 있는데 이는 그만큼 圖像제작에 대한 요구가 활발하였음을 말해주는 것이다.222) 지장보살도와 시왕도 등의 명부계 도상은 인간에 있어 가장 근원적인 죽음의 문제를, 형상화된 이미지를 통해 극복하고자 하는 의도에서 제작된 것이다.223) 특히 18세기말과 19세기에 제작된 지장보살도의 지장보살 아래에 선악동자가 크게 묘사되는 것으로 보아, 이 시기에 이르러 권선징악적인 윤리가 더욱 강조되고 있음을 알 수 있다.224)

한편 조선시대의 불교가 더욱 대중 속으로 파고 들어가 민간 불교로 발전하는 데 박차를 가한 것은 암송하기 쉬운 찬문과, 누구나 쉽게 이해할 수 있는 變相圖가 붙은 『시왕경』 등의 서민경전이다.225) 특히 조선조에 만들어진 지장보살화는 거의 모두가 시왕을 대동한 지장시왕도이고, 또 시왕이 독립되어 각각의 시왕청에서 재판하는 광경을 묘사한 탱화가 등장한다.226) 이렇게 볼 때 이 시기의 지장보살도와 시왕도에 보이는 선악의 대비, 지옥과 극락의 대비, 선명한 색채적 이미지, 과장된 묘사는 불교가사 〈회심곡〉이나 〈자책가〉의 내용 구성과 표현상의 특질과 밀접하게 관련되어 있다. 이 시기의 불교가사에 보이는 지옥과 극락의 대비는, 전 시대에 유통된 〈서왕가〉〈인과문〉〈회심가〉에서보다 한층 선명하게 부각되어 있다. 『시왕경』의 變相圖가 十王圖이듯, 『시왕

---

222) 김정희,『조선시대 지장시왕도 연구』, 일지사, 1996, 448쪽
223) 김정희, 앞의 책, 450쪽
224) 김정희, 19세기 지장보살화의 연구,『불교미술』12집, 동국대학교 박물관, 1994, 152쪽
225) 조순향, 한국판 시왕경 연구,『경기대학 논문집』15집, 경기대학교, 1984, 255쪽
226) 상동

경』의 變文은 바로 〈회심곡〉이요 〈자책가〉인 것이다.

시왕신앙의 확산과 함께 이 시기 불교가사 유통의 주요한 신앙적 배경이 되었던 것은 『부모은중경』의 확산 유통이다. 『부모은중경』은 효종 9년(1658)에 처음으로 언해본이 판각되었고, 1790년에는 정조의 명으로 판각한 용주사본이 폭넓게 유통되었다. 『부모은중경』은 왕실이나 민간인의 구별없이 인출되었으며, 특히 부녀자들이 부모와 조상의 명복을 빌기 위해서 인출하는 일이 다른 어떠한 경전보다도 많았다.227) 그리고 이 경전은 현존 사찰 판본 중 가장 많은 수를 차지하고 있는 경전 중의 하나이기도 하다.228) 〈회심곡〉의 서두에는 나아주시고 길러주시는 부모의 은혜가 인생무상 대목의 첫 구절로 간략하게 제시되어 있고, 이본에 따라서는 『부모은중경』에 제시된 부모의 은혜가 삽입되어 있기도 하다. 이는 경전과 불교가사 상호간의 밀접한 교류양상을 보여주는 것이다.

한편 이 시기에는 불교가사의 전달자요, 매개자인 탁발승, 걸립패의 연행에 의해 불교가사가 널리 확산 유포되었다. 탁발승이나 걸립패가 募緣을 할 때 구연한 가사는 〈회심곡〉이다. 〈회심곡〉의 중심 화소는 使者의 인도로 시왕 앞에 서게 되는 고난의 길이다. 이러한 화소로 인해 〈회심곡〉은 민간의 장송의식에서도 쉽게 구연될 수 있었다. 이에 따라 〈회심곡〉은 가장 대표적인 향두가로 수용되어 지금까지 이른다. 아울러 망자의 영혼을 천도하는 진오기굿 등의 무속의 제차는 불교의식과 상당한 유사성을 지니고 있는데, 이에 따라 〈회심곡〉과 〈자책가〉 등의 가사가 무가나 무경으로도 수용되었다. 〈회심곡〉은 단행본으로도 필사되

---

227) 이재창, 『한국불교사의 제문제』, 우리출판사, 1993, 283쪽
228) 조순향, 용주사판 부모은중경 연구, 『경기대학 논문집』 22집, 1988, 83쪽.

어 널리 유통되었고, 내방가사·한글 간찰·소설과 함께 실려 전하기도
하였다. 이는 불교가사가 부녀자층을 중심으로 널리 수용되는 양상을
보여주는 것이다.

이 시기는 또한 도시화의 과정에서 다양한 연희가 등장하고, 상업성
과 대중성이 연행예술의 창작과 전승에 하나의 시금석이 되는 시기다.
도시의 유흥적인 분위기는 인생무상 화소를 중심으로 허무주의적인 노
래가 유통되기에 적합한 배경이 되었다. 이는 곧 잡가의 유통공간이 되
며, 이러한 분위기 속에서 〈회심곡〉은 물론이고 〈백발가〉와 〈몽환가〉가
널리 유통되었다.

제2기의 유통의 양상을 정리하면, 이 시기에는 불교가사의 창작의
주체로서 교학승이 두드러진 역할을 하였다. 智瑩, 南湖永奇, 東化竺典
등의 교학승에 의해 창작 유통된 가사는 다분히 교학적인 특징을 보여
준다. 이는 이 시기의 불교계의 흐름과 맥을 같이 하는 것이다. 아울러
이 시기는 효와 시왕신앙이 여러 예술장르를 통해 확산 수용되는 경향
이 있었다. 이러한 경향은 〈회심곡〉과 〈자책가〉에 보이는 내용적인 특
징과 밀접한 관계가 있으며, 천도재에서의 연행과 표리관계를 이룬다.
불교가사는 불교의식을 벗어나서도 다양한 맥락에서 구연되었다. 여기
에는 탁발승, 걸립패 등의 매개자의 연행이 큰 영향을 발휘하였다. 그
리고 향두꾼 독경무에 의해 종교성을 벗어나 수용되는 양상을 보여주
기도 한다. 이에 따라 불교가사는 한층 더 대중화되는 경향으로 나아갔
고 특히 〈회심곡〉은 다양한 곡조로 분화되는 결과를 가져왔다. 또한 이
시기 잡가 공간의 유흥적인 분위기는, 불교가사에 담긴 체념적이고 허
무주의적인 화소와 연결되어, 〈백발가〉와 〈몽환가〉가 널리 유통되는 요
인이 되었다.

3) 제3기 불교혁신운동의 매체로서 불교가사의 활용기

제3기의 기점은 1900년대를 전후로 한 시기이다. 이 시기는 제2기의 특징으로 제시한 두 가지 특징에 대한 반성적 인식으로부터 시작된다. 즉 선의 수행에 있어서도 교학적인 접근으로 흘러 참선의 본질을 벗어났다는 점과, 불교가사를 포함한 불교문화가 대중화되고 민속화되면서 불교의 참모습을 훼손했다는 점에 대한 반성적 인식이 싹튼 시기이다. 이러한 인식은 불교가사의 내용과 형식, 그리고 유통의 방식에도 새로운 변화를 가져다주었다. 이 시기 유통의 주체로는 선의 혁신을 통해 불교계를 혁신하려는 선승이 다시 등장하는데, 이들은 〈참선곡〉류의 가사를 지어 유포시켰다. 또한 기존의 유통 방식과 함께 잡지라는 새로운 유통의 매체가 등장하여 불교가사의 대중화와 시대 인식을 전달하는 데 효과적으로 활용되었으며, 이같은 분위기 속에서 창가에 가까운 짧은 분량의 가사가 등장하게 되었다.

(1) 선풍의 혁신과 불교가사의 재인식

조선 후기 불교문화사의 마지막 분기점은 1900년을 전후로 활약한 경허선사(1846~1912)다. 그는 看話禪의 전통을 되살려, 19세기말 20세기초의 불교계에 禪風을 일으키고 부흥시킨 인물이다. 그의 문하에 龍城 漢巖 滿空 등 근세의 쟁쟁한 인물들이 배출되어 곳곳에서 선풍을 펼치게 되었으며, 禪室이나 禪院도 여러 곳에서 개창을 보게 되었다.229) 이에 따라 경허는 近代禪의 中興祖이자, 山中佛敎를 대중불교로 전환하는 데 선구자 역할을 한 것으로 평가받고 있다.230) 경허는 해인

---

229) 채인환, 앞의 책, 58쪽 인용

사(1899)와 범어사(1902~1903) 등지에서 활발하게 결사운동을 펼치게 되는데, 후에 『경허집』에 수록된 〈참선곡〉은 이즈음 결사에 참여한 일반 대중을 위해 유통시킨 것이다.

경허 이전의 100년간은 선승에 의한 가사의 창작이 전혀 이루어지지 않았다. 1795년에는 거사와 교학승의 성격을 지니고 있는 지형이 〈참선곡〉을 지은 바 있는데, 이를 제외하면 선승으로서 가사를 창작한 것은 침굉(1618~1684)이후 약 200년만이라 할 수 있다. 앞에서 침굉이 가사를 통해 불교계가 당면하고 있는 현실적인 모순을 폭로하고 있음을 살펴본 바 있다. 이에 비해 경허는 직접적으로 가사에 불교혁신의 이상을 드러내지는 않았다.231) 그러나 위에서 언급한 바대로 그의 禪風振作運動이 불교의 개혁과 혁신으로 이어지고 있음에 비추어, 〈참선곡〉의 창작과 유포는 바로 불교혁신의 매체로서 불교가사를 활용하고 있는 의의를 지니는 것이다.

그러나 근대불교에 있어서 선의 혁신은 경허라는 한 개인에 의해서만 완성되는 것은 아니었다. 선에 대한 근본적인 혁신의 이상과 좌표는 1910년대에 비로소 뚜렷이 나타났다. 한용운은 1913년에 출간한 『조선불교유신론』에서, 이미 이 시기는 참선의 부흥을 넘어서 참선 풍토의 쇄신이 요구되는 상황임을 지적하였다.232) 그리고 '승려의 인권회복은

---

230) 이성타, 경허선사-傳燈法脈 이은 근대선의 중흥조, 『한국불교인물사상사』, 민족사, 1990, 410쪽

231) 남아있는 기록이나 구전을 통해서도 경허의 대사회적인 발언은 전혀 찾을 수 없다고 한다. 서경수, 한국불교백년사, 『불교철학의 한국적 전개』, 불광출판부, 1990, 453쪽

232) 한용운은 "최근 조선의 사찰은 외로운 암자나 쇠잔한 절을 제외하고는 절 치고 禪室이 거의 없는 곳이 없는 형편이니 어찌나 그리도 선의 풍조가 떨치는 것이겠는가. 그러나 자세히 그 내용을 살펴보면 반드시 모

반드시 생산에서'라는 글에서, 불교계의 시대적 모순을 해결하는 실천
행의 첫걸음으로 생산과 포교를 겸할 것을 주장하고 있다.[233]

한용운이 주창한 선 수행과 노동 생산과의 겸행은 龍城禪師(1864~
1940)와 鶴鳴禪師(1867~1929)에 의해 실천적으로 이루어졌다. 특히 학
명은 1920년대에 내장사에 선원을 세우고 半農半禪運動을 전개하면서
적극적으로 불교가사를 활용하고 있다. 주목되는 것은 〈선원곡〉인데,
그는 "불조소굴 쳐부수고 사찰폐풍 개량하세 노동하고 운동하니 신체
따라 건강하다"라고 하면서 반농반선운동이라는 불교혁신운동의 지향
을 사실적으로 드러내고 있다. 그는 선원의 규칙 중의 하나로 '讚佛
[歌] 回心[曲] 등을 새로 짓거나 부르기로 한다'는 항목을 넣을 정도로
불교가사를 적극 활용하고 있으며, 실제로도 〈禪園曲〉, 〈解脫曲〉, 〈明月
曲〉을 불렀다는 기사가 당시 불교잡지에 실리기도 하였다.[234]

(2) 의례불교에 대한 반성과 단형 가사의 등장

19세기까지 가장 널리 유통된 불교가사의 연행 조건은 영혼천도의

두가 선을 일으키는 본의에서 나온 것이라고는 할 수 없다. 혹은 선실로
절의 명예의 도구를 삼기도 하고, 혹은 선실로 이익을 낚는 도구로 삼는
곳도 있어서 이런 종류의 것이 함부로 나오는데 따라 선실이 차차 많아
지는 것과는 반대로 진정한 禪客이 봉황의 털이나 기린의 뿔처럼 아주
희귀한 현상을 빚어냈다."라고 한 후 선학관을 건립하여 선객을 수용할
것을 제기하고 있다. (한용운저, 이원섭역, 『조선불교유신론』'참선', 운주
사, 1992, 55쪽)

233) 한용운, 앞의 책, 108~115쪽
234) 강유문, 內藏禪院一瞥, ≪불교≫ 46·47호, 불교사, 1928.5, 83쪽
　　　김소하, 南遊求道禮讚, ≪불교≫ 64호, 불교사, 1929.10, 49쪽
　　　〈선원곡〉에 대한 소개는 필자, 학명의 가사 〈선원곡〉에 대하여, 『동악어
　　　문논집』 33집, 동악어문학회, 1998에서 이루어졌다.

례를 중심으로 한 재의식이었다. 생전의 업보에 따라 심판을 받게 되며, 시왕의 심판에 따라서 지옥과 극락으로 나뉘게 된다는 내용의 불교가사가 널리 유통되었으며, 극락에 가기 위한 방편으로 염불공덕을 강조하는 경향이 두드러지게 나타났다. 나아가 불교가사는 향두꾼이나 독경무에 의해 불교적인 맥락에서 벗어나 수용되었다. 제3기는 바로 이러한 불교 대중화에 대한 비판적 인식이 확산된 시기이다. 前시기 불교가사의 유통의 토대가 되었던 의례 중심적인 불교와 염불신앙의 성행 및 시왕신앙에 대한 비판적 인식이 1910년대에 구체화되었다. 이 시기의 신앙에 대한 한용운의 비판을 통해, 불교가사에 대한 당대인의 인식을 살펴볼 수 있다.

조선 불가의 백가지 법도가 신통치 않아서 하나도 볼 것이 없거니와 그 중에서도 齋供養의 의식(梵唄 四物/作法禮懺 및 기타)이라든지 제사 때의 예절 따위의 일(대령 시식 및 기타)에 이르러서는 매우 번잡 혼란하여 질서가 없고 비열 잡박해서 끝이 없는 상태다. 이것을 모두어 도깨비의 연극이라고나 이름 붙이면 거의 사실에 가까울 듯하니, 지금은 말하는 것도 부끄러운 까닭에 가리어 논하지는 않으련다. 그리고 기타의 평시의 예식(巳時佛供/朝夕拜佛/念誦/誦呪 및 기타)도 혼란해 진실성을 잃고 있는 터인즉 대소의 어떤 예식임을 막론하고 일체를 소탕한 다음에 하나의 간결한 예식을 정해 시행하면 될 것이다.235)

이는 불교가사가 연행되고 있는 여러 재의식의 양상에 대한 비판이다. 매우 번잡하고 혼란하며 비열하고 잡박하다는 것은 본래의 불교정신을 빗이나 지나치게 예능화되어 버린 현실에 대한 비판이라고 할 수 있다. 그렇다면 이러한 의식에서 구연되는 불교가사 또한 비판의 대상

---

235) 한용운, 앞의 책, '불가의 각종 의식', 102쪽

이 되는 것이다.

　또 질문하기를 재공양과 제사를 폐지하면 절의 재원이 장차 고갈해서 승려의 생계가 날로 위축될 것이다. 그러면 불교가 과연 보존될 수 있겠는가 하고 한다면 나는 말하겠다. 아, 그대는 사리를 헤아릴 줄 모른다고. 천하의 종교가 매우 많으나 어느 하나도 불교보다 富盛하지 않음이 없는 터인데 과연 재공양과 제사를 행했기 때문에 이런 상태가 되었다는 것인가. 굳이 재공양과 제사의 덕택을 가지고 절을 유지하고 승려의 생계를 도모하는 大計를 삼는데 만족한다면 이는 조선불교가 천하의 다른 종교에 못 미치는 까닭이 될 것이니 그대는 사실 동쪽으로 갈 것을 이를 찾아 서쪽을 향해 달려가는 격이라 할 것이다.236)

이는 지난 시기에 재공양을 통해 사원경제를 꾸려나갔던 현실에 대한 비판이다. 나아가 같은 의도에서 탁발하고 걸립하는 행태에 대해서는 언급하지 않았지만 역시 비판의 대상이 되었음은 물론이다. 재의식과 탁발, 그리고 걸립 시에 구연되는 불교가사는 이에 따라 비판의 대상이 되고 폄시의 대상이 되었다. 화청을 구연하는 여러 화청승들이 화청을 부른다는 사실에 대해 그다지 달가워하지 않는다는 증언도 사실은 이러한 인식의 연장선상에 놓여있다.

　대낮이나 맑은 밤에 모여 앉아 찢어진 북을 치고 굳은 쇳조각을 두들겨 가며 의미 없는 소리로 대답도 없는 이름을 졸음 오는 속에서 부르고 있으니 이는 과연 무슨 짓일까 이를 가리켜 염불이라 하다니 어찌도 그리 어두운 것이랴.237)

---

236) 한용운, 앞의 책, 106~107쪽
237) 한용운, 앞의 책, '염불당의 폐지', 64쪽

이는 지난 시기에 고성염불이 유행했던 현실을 비판하면서 염불당을 폐지하자는 주장이다.238) 재의식에서 구연된 불교가사의 내용에 극락왕생을 위해 염불하자는 것이 빠지지 않는다는 것에 비추어, 한용운의 주장은 불교가사에 대한 비판으로 해석될 여지가 많다.

十王은 듣자니 염라국에 있는 열 명의 대왕인데 사람의 생사를 뜻대로 하고 또 사람의 죄업을 심판해서 그 경중에 따라 상벌을 가한다고 한다. 요약해 말하면 죽은 사람의 재판관이다. 얼른 보기에는 이것처럼 두려운 것은 없다 하겠으나 깊이 관찰하면 이것처럼 두렵지 않은 것도 없다 하겠다. 왜 그런가. 재판관은 죄인을 징계해 다스리기 위해 있는 듯 하지만 사실은 착한 사람을 보호하기 위해 있는 것이니, 내가 본래 죄가 없다고 하면 반드시 보호를 받을 수 있을 것이다. (중략) 그럼에도 불구하고 金玉으로 像을 만들고 단청으로 그림을 그려놓고 오체투지하여 공경하고 받들고 있으니 과연 무엇하는 짓인가.239)

이는 전 시기부터 지금까지도 널리 수용되고 있는 시왕신앙에 대한, 시왕의 심판과 그 응보에 대한 논리를 부정하는 주장이다. 전 시기에 유통된 불교가사에 담긴 대표적인 신앙이 시왕신앙과 효사상이었음은 이미 살펴본 바 있다. 때문에 시왕신앙을 부정하는 한용운의 인식은 당연히 불교가사, 주로 재의식에서 구연되었던 불교가사에 대한 부정으로 이어진다.240)

---

238) 이러한 경향은 건봉사의 경우에서도 확연히 드러난다. 건봉사는 만일염불회로 유명했던 염불도량이 있는데, 1921년에는 만일회가 만일염불회를 주관하고 있던 이운파 화상에 의해 선원으로 바뀌게 된다. 이때 경허의 제자인 한암은 건봉사 선원의 방장으로 있으면서 〈참선곡〉을 지어 유포시켰다.

239) 한용운, 앞의 책, '불가에서 숭배하는 소회', 94~95쪽

이상을 통해 보면 1910년대에 이르러 민속화된 불교에 대한 부정적인 인식이 어느 정도는 공감대를 형성한 것 같다. 그리고 구연되는 불교가사에 대한 부정적 인식이 있었음은 물론이다. 그리고 창가가 널리 보급되고 의식이 좀더 공공적인 형태를 갖춰가는 현실 속에서, 새로운 형식의 노래가 필요하게 되었다. 이에 따라 단순한 재의식이나 탁발이 아니라 근대적 형태의 의례와 의식에서 불려질 수 있는 창가가 이 시기에 등장하게 된다. 이 시기에 불교잡지의 '회보'란에 빈번히 소개되는 의식의 절차와 내용에 대한 소개는 이제 새로운 불교의식이 형성되고 있다는 것을 말해준다. 불교잡지는 의식을 정비하고 널리 보급하여 새로운 노래를 보급하는 역할을 하였다. 석탄일 성도일 열반일을 비롯하여 강당의 건립이나 집회의 기념식 등의 여러 행사에, 이를 기념하는 노래로 창가형식의 찬불가가 요구되었다.

이러한 때 학명의 가사는 불교가사가 창가로 전환되는 구체적인 양상을 보여준다. 〈원적가〉는 94구, 〈참선곡〉은 64구, 〈왕생가〉는 32구, 〈신년가〉는 30구, 〈해탈곡〉은 16구, 〈망월가〉는 16구로 단형화되어 있다. 가사의 내용도 인생무상이나 권염불의 것이 아니라, 불교혁신의 의지와 새시대의 불교의 분위기를 밝고 경쾌한 어조로 표출하고 있다.

불교가사 유통의 제3기는 경허에 의해 수선결사운동이 전개되면서 시작되었다. 참선의 풍토가 일어나는 분위기에서 경허, 한암, 만공, 학명의 〈참선곡〉이 새로 지어지고 선원을 중심으로 유통되었다. 그리고 불교가사와 밀접한 관련이 있는 염불신앙 중심, 의례 중심, 탁발과 재의식을 통해 사원경제를 해결하는 풍토에 대한 비판적인 인식이 확대

---

240) 그러나 이러한 가사는 재의식을 중심으로 구연되는 관계로, 시대에 따라 변화될 여지는 매우 적으며, 현재까지도 전승되고 있다.

되었다. 이 시기는 또한 산중불교가 도시불교로 전환되는 과정에 놓여 있는 시기라고 이름지을 수 있는데, 학명의 가사는 내용과 형식과 분위기에서 이 시기의 변화를 집약적으로 보여주고 있다.

불교가사는 단순히 정토와 내세와 극락을 이야기하는 관념의 문학으로서만 유통된 것이 아니었다. 그 시대의 불교계의 현실과 지향을 반영하면서 시대를 앞서 간 선각자에 의해 적극적으로 창작되고 전파된 현실대응문학이었다. 불교가사의 유통의 역사를 한 마디로 요약하면 '유통주체들의 가사에 대한 새로운 인식의 역사였다' 라고 말할 수 있다.

Ⅶ. 맺음말

본고는 불교가사가 수록되어 있는 문헌자료를 분석하여 불교가사의 유통 기반을 살피고, 불교가사가 유통되는 실제적인 양상을 살펴보았다. 그리고 이상의 결과를 토대로 유통의 사회사를 작성하였다.

제2장에서는 불교가사의 창작과 전승 및 수용의 전과정에 참여한 이들을 유통의 주체로 보고, 이를 창작의 주체, 전승의 주체, 수용의 주체로 나누어 불교가사가 유통되는 맥락을 살펴보았다. 창작의 주체는 선승과 교학승으로 나누어진다. 선승으로는 침굉, 경허, 학명, 만공, 한암이 있는데, 이들은 주로 선원이라는 공간을 중심으로 불교가사를 유통시켰다. 교학승으로는 지형, 남호영기, 동화축전 등이 있다. 이들은 주로 불교경전을 대본으로 하여 가사화하거나, 불경의 판각과 관련하여 불교가사를 유통시켰다.

불교가사의 전승과 유포에 결정적인 역할을 하고 있는 전승의 주체로는, 사찰과 화청승, 탁발승, 걸립패가 있다. 사찰은 특정한 가사를 선택하여 판각을 통해 널리 유통시켰다. 판각의 주체로 자리잡고 있는 사찰은 선암사, 용문사, 수도사, 동화사, 해인사, 선운사, 불암사, 범어사 등이다. 화청승은 불가의 재의식에서 범패를 부른 뒤 가사를 불렀다. 탁발승은 개인적인 시주행각을 벌이면서 주로 〈회심곡〉을 구연하였다. 걸립패는 단체를 이루어 권시주 행각을 벌이면서 주로 〈회심곡〉을 불렸다. 이들에 의해 기존의 〈회심곡〉 외에 평염불 회심곡, 즉 "일심으로 정남은~"으로 시작되는 〈회심곡〉이 분화되어 유통되었다.

수용의 주체로는 일반독자와 청자를 비롯하여, 독경무와 향두꾼이 있다. 독경무는 진오기굿 등 무속의 천도재에서 독경을 할 때, 불교가사를 구연하였다. 무경은 구송되는 경문으로서 한문구에 토를 단 형태로 되어있고, 巫冊을 통해 보급되기도 하는데, 여기에 〈회심곡〉〈자책가〉 등의 불교가사가 다수 포함되어 있다. 향두꾼은 운구하면서 상여노래로 〈회심곡〉을 구연하였다. 이들에 의해 불교가사가 불교외적인 맥락에서 수용되었다. 그리고 일반 독자들은 불교가사를 수용하되, 불교적인 맥락에서만 수용하지는 않았으며, 내방가사 한글간찰 소설과 같은 일종의 흥미있는 독서물의 하나로 수용하고 있다.

제3장에서는 불교가사가 유포되고 전승되는 매체와 경로에 대해 살펴보았다. 불교가사가 유통되는 경로는 구비전승의 방식과 문헌을 통한 방식으로 나누어진다. 불교가사는 화청승 탁발승 걸립패 향두꾼 등에 의해 구전 유통되었다. 이들은 구연의 상황에 따라 가사의 전달력을 높이기 위해 다양한 표현기법을 활용하며, 가사의 앞뒤에 연행 상황을 반영하는 내용을 삽입하기도 한다. 불교가사에 담겨있는 여러 가지 입말의 특징들, 즉 구전공식구의 사용, 설의적 표현, 비속어의 사용, 거친 입말의 사용 등은 구전 유통의 경로에 수반된 특징들이다.

불교가사가 문헌매체를 통해 유통되는 경로는 다양하다. 불교가사가 수록된 문헌은 문집, 의례집, 불교경전집, 불교가사집, 단권가사책, 일반가사와의 합본, 한글간찰과의 합본, 소설과의 합본, 가집, 무가집, 무경, 잡지 등 다양하게 분포되어 있다. 이 가운데 가사 생산자의 의도를 담고 있는 문헌으로는 문집과 불교경전집이 있다. 문집에는 『침굉집』, 『경허집』, 『백농유고』가 있다. 이들 문집에 실린 가사는 불교계의 모순된 현실에 대한 문제의식을 드러내면서 불교계의 자각을 요구하거나, 그 변화의 고리를 가사의 창작과 전파를 통해 마련하고 있다는 점에서 의의가 있다.

경전과 함께 불교가사가 수록되어 있는 문헌으로는 『지경영험전』, 『불설멸의경』이 있다. 경전과 함께 수록되어 있는 불교가사는 불법을 담고 있는 경전에 상응하는 가치를 지니는 것으로 인식되어 유통되었다.

불교가사의 전승자의 필요를 반영하는 문헌으로는 의례집과 가집이 있다.

의례집은 불교가사와 함께 불교의 의식절차나 진언이 함께 수록되어 있는 문헌을 말한다. 여기에는 『보권염불문』, 『석문의범』이 있다. 이 중 『보권염불문』은 1704년 용문사에서 펴낸 염불의례서로서 1700년대 내내 전국적인 범위로 판각과 복각이 거듭되었다. 〈서왕가〉와 〈회심가〉는 그 동안의 구전과 필사의 과정을 거치다가 1700년대 전반에서 중반에 이르는 시기에 최초로 판각의 기회를 얻었고, 이로 인해 유통의 범위가 크게 확산되는 결과를 가져오게 되었다. 『석문의범』은 1935년에 펴낸 불교의례서로서, 산중불교가 도시불교로 전환하는 변화 속에서, 의식의 전통을 재확립하면서 가사와 창가의 효용을 새롭게 인식하는 모습을 보여준다.

가집에는 『악부』, 『가집』, 『아악부가집』이 있다. 이들 문헌에 수록된 불교가사는, 시정에서 유통되었거나 혹은 유통될 가능성이 있는 가창의 대본으로 여겨진다.

불교가사의 수용자의 의식을 반영하는 문헌은 무경·일반가사·한글 간찰·소설과 불교가사가 합철되어 있는 문헌이다. 무가집이나 무경으로 수용된 문헌으로는 『가사』가 있다. 그리고 『조선신가유편』과 ≪불교≫지에도 무가집이나 무경으로 전하던 불교가사가 채록되어 있다.

일반가사와 불교가사가 함께 수록되어 있는 문헌에는 『사친가』, 『부인치가사』, 『빅가사』가 있다. 이들 문헌에는 동시에 언간도 함께 수록되어 있다. 이는 불교가사의 수용자층이 언간과 내방가사의 수용자층과 일치하고 있음을 알려준다. 소설과 함께 수록되어 있는 문헌은 『교정졔마무젼』이 있다. 여기에 소설 「제마무전」과 함께 〈회심곡〉이 수록되어 있다. 그리고 박순호 소장의 필사본 소설 이본 자료에도 〈회심곡〉이 세 편 수록되어 있는데, 이는 〈회심곡〉이 소설에 버금가는 흥미를 지닌 독서물로 인식되어 읽혔을 가능성을 보여주는 것이다.

제4장에서는 현재 전하는 불교가사 이본을 모두 제시하고, 그 내용에 따라 계통을 정리한 결과, 총 58편의 작품군으로 나누어지는 것을 확인하였다. 그리고 각 작품별로 목판본 필사본 활자본으로 유통되는 양상을 검토한 결과 불교가사에는 단일한 유통 경로를 보이는 작품과 복합적인 유통 경로를 보이는 작품이 있음을 확인하였다. 그리고 전자는 대체로 읽는 가사이고 후자는 주로 구전 유통되는 경향이 있다고 보았다.

제 5장에서는 가장 많은 이본이 남아 있고, 복합적인 유통의 양상을 보이는 〈서왕가〉, 〈회심가〉, 〈회심곡〉, 〈자책가〉, 〈백발가〉, 〈몽환가〉, 〈몽환별곡〉을 중심으로 유통의 실제적인 양상과 그 시대적 의미에 대해 살펴보았다.

〈서왕가〉가 수록된 『보권염불문』은 염불을 권하는 책이며, 한글로 독음을 달고 뜻을 풀이한 본격적인 대중 불교 의례서이다. 이 책은 1700년대 내내 전국의 사찰에서 거듭 판각되어 〈서왕가〉의 광범위한 유통에 크게 기여하였다. 한글로 판각된 〈서왕가〉는 필사와 구연을 통해 널리 유통되었을 것이다. 그런데 1776년의 『신편보권문』의 〈강월존자서왕가〉는 대부분의 어휘를 한자화하고 표현을 매끄럽게 다듬고, 전체적인 문맥에서 군더더기라고 생각되는 극락의 묘사를 과감히 삭제함으로써 상층의 독자를 위한 〈서왕가〉를 유통시키고 있다. 이는 구비화된 〈서왕가〉, 대중화된 〈서왕가〉를 의식한 판각행위인 것이다.

1800년대 후기에 유통된 이본은 『조선가요집성』에 채록된 〈나옹화상서왕가〉이다. 여기에서는 특히 몽환모티프와 시왕모티프가 길게 확대되었는데, 이는 〈몽환가〉나 〈자책가〉의 영향을 받은 것이다. 〈몽환가〉와 〈자책가〉는 1800년대 이후에 널리 유통된 노래로 이에 따라 〈서왕가〉도 이 시기의 것으로 판단된다.

〈서왕가〉는 1908년 범어사에서 판각을 함으로써 다시 주목을 받게 되는데, 이는 지형 이후 약 백 년 동안 별 관심 두지 않았던 불교가사의 판각과 유통을 통해, 대중불교를 복원하려는 의지를 표출한 것이다.

한편 〈서왕가〉는 나옹화상의 작품으로 유통되는 〈증도가〉류의 내용 및 분위기와 밀접한 관련을 가진다. 〈서왕가〉의 전반부에 흐르는 수도의 과정과 후반부에 제시된 득도의 희열이 〈증도가〉에도 형상화되어 있어, '나옹화상'이라는 이름으로 자연스럽게 흡수편입된 채 유통되었다.

본고에서는 지금까지 '회심곡'류로 지칭하던 가사들을 〈회심가〉와 〈회심곡〉으로 나눈 후, 각각의 유통의 양상을 살펴 보았다.

〈회심가〉는 1764년에 동화사에서 판각한 『보권염불문』에 처음으로 등장하였다. 그런데 후반부로 갈수록 앞에서 제시한 주제를 장황하게 부연하고 있어, 최초로 판각된 〈회심가고〉 역시 구전유통의 과정을 거친 것으로 보인다. 1776년에 판각된 『신편보권문』의 〈청허존자회심가〉는 부연부분의 삭제, 구어체를 문어체로 바꾸기, 한자표기 등을 통해 상대적으로 고아(古雅)한 텍스트를 형성하고 있다. 이는 상층의 읽는 독자를 위한 이본이 유통된 것으로 볼 수 있다. 이후 1800년대에는 〈회심가〉가 그다지 널리 유통되지는 않았다. 그런데 유통의 결과물이라 할

수 있는 몇 편의 이본을 살펴보면, 거의 모든 〈회심가〉가 '회심곡'이라
는 제목으로 바뀐 채 유통되고 있다. 이는 〈회심곡〉이 1800년대 이후에
새로이 등장했으며, 그 영향력이 매우 컸다는 것을 반증한다. 그리고
이본 중의 하나인 〈권불가〉는 구의 도치라든가 첨삭 등이 매우 두드러
지는 이본으로서, 〈회심가〉가 비록 제한적이나마 여전히 구비 유통되어
왔음을 보여주고 있다. 또한 『증도가』의 〈회심곡〉은 한자로 표기된 〈회
심가〉의 이본으로서, 〈회심가〉가 구비전승뿐만아니라 읽는 가사로도 지
속적으로 유통되고 있음을 보여주고 있다.

 〈회심곡〉이 수록된 문헌은 오롯하게 1800년대 이후에 필사된 것들
이다. 이에 따라 〈회심곡〉은 1800년대 이후에 새로 등장한 가사라 할
수 있다. 〈회심곡〉은 구성의 간결함, 극적인 전개방식 등으로 인해 광
범위하게 유통되었으며, 그 결과 가장 대표적인 불교가사 작품으로 인
식되었다. 나아가 하나의 적층적인 문학으로서, 불교적 차원을 벗어나
민중예술로 수용되었다. 선후관계를 명확히 할 수는 없지만 〈회심곡〉은
불교의 재의식, 특히 49재에서의 연행과 밀접한 관련을 가진다. 그리고
탑돌놀이나 기타의 의식에서도 연행되었고, 탁발승이 탁발을 할 때 축
원 덕담과 함께 구연되기도 하였다. 이 외에도 〈회심곡〉은 잡가나 무가
로서도 널리 수용되었다.

 〈자책가〉가 수록된 문헌의 대부분은 19세기 후반과 20세기초에 걸
쳐 범어사가 있는 동래지역을 중심으로 분포되어 있다. 그리고 각 이본
에는 천도의식의 현장성을 반영하는 경우가 여느 불교가사보다 많다.
이는 〈자책가〉가 이미 1800년대부터 활발하게 구연되어 왔음을 의미한
다. 또한 〈자책가〉는 불교의 범위를 벗어나 무속의 의식에서도 널리 수
용되었다. 아울러 현재 전하는 이본이 동래 지역을 분포되어 있고,
1908년에는 범어사에서 판각을 하여 유포한 것을 보면, 〈자책가〉의 유

통 공간은 동래 지역이 중심이었음이 확인된다.

〈백발가〉의 이본을 검토한 결과, 〈백발가〉는 크게 세 유형으로 나누어지는 것을 알 수 있었다. 즉, '불교가사 백발가'와,『초당문답가』의 한 편으로 존재하는 '초당문답 백발가', 그리고 '불교가사 백발가'와 앞부분이 유사한 '풍류노래 백발가'의 세 유형이다. 이들 〈백발가〉는 상호텍스트성에 의해 중복되는 내용이 많고, 선후관계를 헤아리기 어려울 만큼 동시대에 유통된 것으로 보인다. 이들 노래는 인생무상이라는 허무적인 분위기를 바탕에 깔고 있으며, 도시의 유흥적인 분위기가 이본에 따라 등장하는 것으로 보아 '불교가사' 〈백발가〉 역시 19세기 중반 이후에 유통된 가사로 생각된다.

〈몽환가〉와 〈몽환별곡〉은 내용의 전개방식과 작품의 분위기가 유사하여, 몽환노래라는 큰 작품군으로 묶여질 수 있다. 다만 모든 것이 한 바탕 꿈이라는 주제를 길게 나열하는 대목에서 두 작품간의 차이는 두드러지게 나타난다. 〈몽환별곡〉은 〈몽환가〉의 영향으로 유통된 가사이며, 두 작품 모두 시기적으로는 19세기 중반이후에 유통되기 시작한 가사로 생각된다.

제6장에서는 이상의 논의를 토대로 불교가사의 유통의 사회사를 작성하였다.

제1기는 17세기말에서 18세기 후기까지의 시기이다. 즉, 침굉의 가사가 유통되는 시기부터 염불의례서가 전국적인 범위로 판각되면서 〈서왕가〉, 〈인과문〉, 〈회심가〉가 유통되는 시기까지를 말한다. 침굉의 가사는 일반인들 사이에 널리 유통되는 가사라는 장르를 통해 불교계가 처한 현실을 폭로하고 있어, 현실 대응 매체로서 불교가사를 활용하는 의의를 지닌다. 18세기는 구비 전승되어 온 불교가사를 대중성과 전승력 등의 측면에서 새롭게 인식하고 염불의례 및 의식의 정비 차원에서 적극적으로 판각하게 되는 시기였다.

제2기는 18세기말에서 19세기 후기까지의 시기이다. 이 시기는 지형이 〈전설인과곡〉〈수선곡〉 등의 가사를 판각하여 유통시킨 시기로부터 남호영기와 동화축전에 이르기까지, 교학적인 경향의 승려에 의해 가사가 창작되고 유통되는 특징을 보여주고 있다. 그리고 이 시기는 탁발승 걸립패 독경무 향두꾼 등에 의해 불교가사가 대중 속으로 깊이 파고든 시기이다. 사상적으로는 효와 권선징악 및 시왕신앙 등이 널리 퍼지면서 〈회심곡〉과 〈자책가〉 등의 불교가사가 널리 확산되었다.

제3기는 불교혁신의 매체로서 불교가사를 활용하는 시기로, 19세기말에서 1920년대까지를 말한다. 경허선사는 간화선의 전통을 되살린 근대불교의 중흥조인데, 그의 문집에 실린 〈참선곡〉은 그가 선원에서 결사운동을 펼칠 때, 참선 수행하는 대중을 위해 지은 가사이다. 이후 만공 한암 등 경허의 법맥을 이은 제자들에 의해 참선수행의 기풍이 일어 일대 경향을 이루었으며, 이들에 의해 〈참선곡〉류의 가사가 창작 유포되었다. 그리고 참선과 노동을 병행하면서 선의 혁신운동을 전개한 학명선사에 의해 〈선원곡〉과 창가형식의 가사가 창작되었고, ≪불교≫지를 통해 알려져 큰 반향을 얻기도 하였다.

본고는 불교가사가 유통되는 기반과 그 구체적인 실상을 살피고, 이를 토대로 유통의 사회사를 작성하고자 하였다. 그러나 불교가사가 구전으로 유통되고, 그 결과 다양한 곡조로 파생되고 있는 양상에 대해서는 논의가 충분치 않으며, 구전유통과 문헌과의 상관관계도 충분히 밝혀졌다고 말하기 어렵다. 그리고 불교가사 담론이 지니는 다층적인 면모에 대해서도 좀더 깊은 논의가 필요하리라고 생각한다. 이러한 점은 앞으로의 연구 과제로 삼고자 한다.

제2장

불교가사 문헌전승의 시대적 추이

I. 머리말

불교가사의 텍스트 가운데 객관적으로 실증할 수 있는 최초의 원전이나 작가를 규명할 수 있는 최초의 작품을 확인하기란 쉽지 않은 일이다. 대중적으로 널리 알려진 작품의 경우에도 수록된 문헌에 따라 작품의 내용과 표현에 있어 상당한 편차가 발견된다. 각각의 문헌은 제작되고 유통되는 시대적 층위가 다르고, 판각이나 필사의 주체에 변화가 있으며, 수용하는 독자층의 층위가 달라지는 등의 차이를 보인다. 이에 따라 같은 작품으로 인식되는 이본일지라도 수록된 문헌에 따라 작품이 담고 있는 담론의 양상은 다르게 나타난다. 불교가사 각각의 문헌에 대한 정보는 불교가사의 담론의 성격을 이해하는데 가장 기초적이고 유용한 토대가 될 수 있는 것이다.

불교가사 연구사를 검토해 보면, 종합적인 안목에서 불교가사 자료를 소개한 업적으로는 김성배 이상보 임기중의 논의가 있다. 김성배는 그의 『한국불교가요의 연구』[1])에서 불교가사 목록과 작품 일부의 원문을 소개하였다. 이상보는 『한국불교가사전집』[2])에 개별 작품에 대한 소개와 작품 전문을 수록하면서 불교가사의 체계적인 연구를 가능하게

---

1) 김성배, 아세아문화사, 1973
2) 이상보, 집문당, 1980

하였다. 그리고 임기중의 『불교가사』3)(전5권)에서 새로운 작품의 보강이 이루어졌으며, 『불교가사 원전연구』4)에서는 새 자료의 수록과 함께 전 작품에 대한 상세한 주석이 이루어졌다. 이로써 불교가사의 개별 작품에 대한 기초적인 소개와 해석 작업이 마무리된 것으로 생각된다.

그러나 아쉬운 것은 불교가사가 수록되어 있는 문헌에 대한 소개가 체계적으로 이루어지지 않아, 한 편의 불교가사, 혹은 각각의 문헌이 불교가사의 전승 맥락에서 어떤 위상을 가지고 있으며, 어떤 외연적 의미를 지닐 수 있는지에 대한 궁금증을 해결할 수 없다는 점이다. 종합적이고 체계적인 문헌 정보는 개별 작품에 대한 심도 있는 분석을 위해서도 필요한 작업으로 생각된다. 이러한 인식에서 본고는 먼저 각 문헌의 서지를 검토하고, 이를 바탕으로 불교가사 문헌 전승의 시대적 추이와 의미를 밝히고자 한다.

---

3) 임기중, 동국대학교 역경원, 1993
4) 임기중, 동국대학교 출판부, 2000

Ⅱ. 문헌의 분포양상

먼저 불교가사가 수록된 문헌을 도표로 제시하고, 이를 다시 판본에 따라 분류하여 서지적 특징을 제시하도록 한다.

표제	판본	판각이나 필사된 연도	비고
침굉집	목판본	1695	
보권염불문	목판본	1704,1741,1756,1765, 1776,1787	
신편보권문	목판본	1776	
지경영험전	목판본	1795	
수선곡	목판본	1795	
보권념불문	필사본	미상	
지경녕험던	필사본	미상	
영암화상토굴가	필사본	1829/1889	『한국불교가사전집』에 수록
장한가	필사본	18c경	박순호의 추정
가사	필사본	1835 혹은 1895	
사친가	필사본	1839 혹은 1899	
부인치가사	필사본	1848경	
화엄경소초중간조연서	필사본	1855	
증도가	필사본	1864 혹은 1899	
백발가附서간문	필사본	1865 혹은 1925	
회참곡	필사본	고종代	이상보의 추정
불교가사	필사본	1887	

표제	판본	판각이나 필사된 연도	비고
회심곡단	필사본	1893경	
감응편	필사본	미상	
불셜멸의경	필사본	미상	
범서	필사본	미상	
자책가	필사본	미상	
육도가라	필사본	미상	
빅가사	필사본	미상	
몽환가	필사본	미상	
회심곡권단	필사본	미상	
권왕문 병 즈칙 셔왕	목판본	1908	
조선불교월보	잡지	1912.8~1913.7	
해동불보	잡지	1913.11~1914.1	
교정졔마무젼	딱지본	1916	
조선불교계	잡지	1916.4~6	
일광	잡지	1929	
선중방함록	프린트본	1922	≪대중불교≫ 2538년 1월호
불교	잡지	1927~1932	
영암화상토굴가	필사본	1829/1889	『한국불교가사전집』에 수록
장한가	필사본	18c경	박순호의 추정
가사	필사본	1835 혹은 1895	
사친가	필사본	1839 혹은 1899	
부인치가사	필사본	1848경	
화엄경소초중간조연서	필사본	1855	
증도가	필사본	1864 혹은 1899	
백발가附서간문	필사본	1865 혹은 1925	

표제	판본	판각이나 필사된 연도	비고
회참곡	필사본	고종代	이상보의 추정
불교가사	필사본	1887	
회심곡단	필사본	1893경	
감응편	필사본	미상	
불설멸의경	필사본	미상	
범서	필사본	미상	
지책기	필사본	미상	
육도가라	필사본	미상	
빅가사	필사본	미상	
몽환가	필사본	미상	
회심곡권단	필사본	미상	
권왕문 병 즈칙 셔왕	목판본	1908	
조선불교월보	잡지	1912.8~1913.7	
해동불보	잡지	1913.11~1914.1	
교정졔마무젼	딱지본	1916	
선중방함록	프린트본	1922	≪대중불교≫ 2538년 1월호
조선불교계	잡지	1916.4~6	
불교	잡지	1927~1932	
일광	잡지	1929	
백농유고		1929	≪불교≫지(1929)에 소개됨
조선신가유편	활자본	1930	
서방금곡	필사본	1931	
악부	필사본	1930~1934	
가집	필사본	1934	
아악부가집	필사본	1934~1935	
조선가요집성	활자본	1934	
석문의범	활자본	1935	

표제	판본	판각이나 필사된 연도	비고
경허집	석판본	1942	
증보가요집성	프린트본	1955초판, 1956증보판, 1976신판	
법고십이차	프린트본	1967	무형문화재조사 보고서 37호
만공어록	활자본	1968	
화청	프린트본	1969	무형문화재조사 보고서 65호
법주사탑돌놀이	프린트본	1972	무형문화재조사 보고서 103호
향두가・성조가	활자본	1975	
한국가창대계	활자본	1976	『증보가요집성』(1976)과 같음
인생탈춤	활자본	1978	
불교의 회심가사	활자본	1978	
단가사설집	활자본	1990	
고승 법문곡	활자본	1990	
한글필사본고소설자료총서	영인본		제51・70・86권
한국구비문학대계			
역대가사문학전집	영인본		

1. 목판본

1) 『침굉집(枕肱集)』

침굉대사(枕肱大師, 1616~1684)의 문집이다. 대사의 법휘(法諱)는 현변(懸辯), 자(字)는 이눌(而訥)이고 속성(俗姓)은 윤씨(尹氏)이다. 숙종 21년(1695)에 제자인 약휴(若休)가 주관하여 조계산(曹溪山) 선암사(仙巖寺)에서 개간(開刊)하였다. 2권 1책으로, 상권에는 시(詩)가

123편, 하권에는 문(文)이 25편 있으며, 서(序)와 행장(行狀)은 청광자(淸狂子) 박사형(朴士亨)5)이 썼다. 불교가사인 「귀산곡(歸山曲)」「태평곡(太平曲)」「청학동가(靑鶴洞歌)」가 국한문 혼용의 줄글체로 수록되어 있다.

2)『보권염불문(普勸念佛文)』

아미타불이 상수하는 극락성토의 환희상을 제시하고, 극락왕생의 방편으로 염불하기를 권하는 대중을 위한 포교서이며, 염불의 공덕과 여러 가지 의식의 절차를 소개한 의례서이다. 원래의 제목은 '대미타참약초요람보권염불문(大彌陀懺略抄要覽普勸念佛文)'이다.『아미타경』『무량수경』『화엄경』등의 여러 경전에서 가려뽑아 염불문을 만들고 이를 다시 한글로 번역하여 일반대중들에게 쉽게 읽히도록 하였다. 편자는 명연(明衍)이며 숙종 17년(1704) 경북 예천의 용문사(龍門寺)에서 처음으로 판각하였다. 이후 여러 차례 개간되어 현재 수도사본(1741), 동화사본(1764), 홍률사본(1765), 묘향산 용문사본(1765), 해인사본(1776), 선운사본(1787) 등 다수가 전한다.6) 이중 홍률사본은 불교가사가 수록되지 않았다. 용문사본과 수도사본은 같은 판목으로, 「나옹화상셔왕가」와 「인과문」이 순한글의 줄글체로 수록되어 있다. 동화사본은 「나옹화상셔왕가라」와 「인과문」이 순한글의 줄글체로 실려있고, 「회심

---

5) 박사형(1635~1706)은 가사 「남초가(南草歌)」(1666년 창작)를 지은 인물로 고향인 전남 보성에서 후진을 가르치며 일생을 보낸 은사였다.(정익섭, 청광자 박사형의 「남초가」고,『장암지헌영선생화갑기념논총』, 1971)

6) 각 판본간의 변이와 첨삭되는 양상, 그리고 판본의 계통에 대한 연구가 김영배, 염불보권문의 해제,『염불보권문의 국어학적 연구』(동악어문학회 학술총서5, 1996), 93~117쪽에 자세히 소개되어 있다.

가고」가 순한글의 귀글체로 실려있다. 묘향산 용문사본에는 「나옹화상
서왕가라」가 순한글의 줄글체로, 「회심가고」가 순한글의 귀글체로 실려
있다. 해인사본은 「나옹화상서왕가라」와 「인과문」은 순한글의 줄글체
로, 「회심가고」는 순한글의 귀글체로 수록되었다. 선운사본은 해인사본
을 복각한 것으로 불교가사의 양상도 동일하다.

3) 『신편보권문(新編普勸文)』

영조 52년(1776) 승려 유기(有璣, 1707~1785)가 편집하여 해인사에
서 개간하였다. 『염불보권문』의 속편격으로, 여기에 새로운 내용의 권
불문(勸佛文)을 첨가하거나 삭제하여 내용상의 변화를 가져왔다. 또한
『보권염불문』이 한문경전을 '언서로 해석하여 선남선녀가 쉽게 이해할
수 있도록' 한다는 의도에서 한문과 한글을 나란히 배열했던 것에 비
해, 이 책은 한문으로만 제시하여 『보권염불문』과 다른 독자층을 설정
하고 있다. 불교가사로는 「강월존자서왕가(江月尊者西往歌)」와 「청허존
자회심가(淸虛尊者回心歌)」가 국한문혼용의 줄글체로 수록되어 있다.

4) 『지경영험전(持經靈驗傳)』

국립도서관에 『金剛靈驗傳』이라는 표제로 전한다. 1795년(정조 19
년)에 불암사(佛岩寺)에서 개간하였다. 체제는 지경령험전(持經靈驗
傳), 관세음보살지송령험전(觀世音菩薩持誦靈驗傳), 「슈선곡(修善曲)」
이다. 지경령험전(持經靈驗傳)에는 금강경을 외운 공덕으로 환생하거나
천상락(天上樂)을 받았다는 내용의 일화가 19편, 관세음보살지송영험전
(觀世音菩薩持誦靈驗傳)에는 관음경을 외운 공덕으로 복덕을 입었다는
일화가 26편 실려 있다. 「수선곡(修善曲)」은 줄글체의 순한글 가사이

며, "출여래장경出如來藏經"이라는 부제가 붙어있어 여래장경(如來藏經)을 모본(模本)으로 했음을 밝혀놓았다.

5) 『수선곡(修善曲)』

규장각에 같은 표제로 전하는 1책 36장의 불교가사집이다. 1795년(정조 19년) 불암사(佛岩寺)에서 개간한 판본 중에서 가사 네 편만 따로 묶었다. 「슈션곡(修善曲)」, 「던셜인과곡(奠說因果曲)」과 「권션곡(勸善曲)」은 순한글의 줄글체로, 「참선곡(參禪曲)」은 국한문 혼용의 귀글체로 실려있다. 「참선곡」의 끝에는 "갑인맹동법성산무심객인혜신사지형술(甲寅孟冬法性山無心客印慧信士智瑩述)"이라는 간기가 있다.

6) 『팔양경(八陽經)』

규장각 소장이다. 1908년(융희 2년)에 강재희가 중각(重刻)하여 500권을 배포했다고 적힌 팔양경(八陽經)에 불암사장판의 「참선곡」 「권선곡」을 묶어 만든 것이다.

7) 『전설인과곡(奠說因果曲)』

동국대 소장이다. 불암사 장판의 불교가사 네 편(「수선곡」 「전설인과곡」 「권선곡」 「참선곡」)을 묶은 책이다.

8) 『인과곡언해(凶果曲諺解)』

동국대 소장이다. 불암사 장판인 「전설인과곡」 한 편을 한 책으로 묶은 것이다.

9) 『잡경집(雜經集)』

1969년 9월에 황패강교수가 불암사 소장의 장판을 조사한 후 인출한 후쇄본이다. 불교가사 네 편(「수선곡」「전설인과곡」「권선곡」「참선곡」)이 포함되어 있다.[7]

10) 『권왕문』

가람문고에 '권왕문-병 즈칙·셔왕'의 표제로 전하는 44장의 불교가사집이다. 1908년(융희 2년)에 범어사(梵魚寺)에서 개간하였다. 「권왕가」「자칙가」「셔왕가」가 순 한글의 줄글체로 이어졌고, 각 줄의 중간 부분에 여백을 두어 상하 2단으로 정연하게 배열하였다. 마지막 장에는 황제, 황후, 상황제, 황귀비, 황태자에 대한 만수축원의 구절이 있고, "시쥬 강지희[8] 화쥬 만하승님"이라고 적혀 있다. 간기는 "늅희이년 칠월일 경샹남도 동니부 금정샨 범어ᄉ기간"으로 되어 있다.

2. 필사본

1) 『보권념불문』

국립도서관에 전한다. 필사자와 필사연대는 미상[9]이며 56장이다. 한

---

7) 책의 끝에는 불암사에서 판각한 32종의 일람표가 일목 정연하게 제시되어 있다.

8) 강지희는 불암사장판의 『팔양경』을 복각한 이와 같은 인물일 듯하다. 그리고 태학사에서 영인한 『부모은중경』(1912)에도 강지희라는 이름이 보인다.

문과 국문이 대역된 목판본 『보권염불문』(해인사장판. 1776)에서 한글로 된 부분만 그대로 베껴놓았다. 목판본과 같이 불교가사도 세 편이 수록되었는데, 「나옹화상서왕가라」와 「인과문」은 순한글의 줄글체로, 「회심가고」는 순한글의 귀글체로 전사되었다.

2) 『지경녕험뎐』

국립도서관에 '지경녕험'이라는 제목으로 전한다. 필사자·연대 미상이며 1책 66장이다. 불암사장판의 목판본을 대본으로 필사한 것이다. 체제는 지경녕험뎐, 관세음보살지송령험뎐, 「뎐셜인과곡」「권션곡」「슈션곡」, 지쟝보살본원경으로 되어있다. 지경녕험뎐은 목판본에 있는 19편의 일화 중 세 편을 가려 뽑았고, 관세음보살지송령험뎐은 목판본에 소개된 일화 26편 중 9편을 뽑아 수록하였다. 불교가사 세 편은 모두 순한글 줄글체이다.

3) 『가사(歌詞)』

나손문고 소장이다. 14장. 표제는 '歌詞'이나 다시 '六甲回心曲·천혼왕생극낙가'라는 표제를 새로운 종이에 써서 붙였다. 표지 다음 장에는 '을미지월중순(乙未至月中旬)'이라는 기록과 '육갑회심곡(六甲回心經)'이라는 제목이 있다. '을미지월중순(乙未至月中旬)'은 책의 끝장에도 적혀있다. 이에 비추어 1835년이나 1895년에 필사했을 것으로 추정된다. 이 책에는 「육갑회심곡」「천혼왕생극락가」「자책가」가 2단의 줄글체로 실려있다. 다만 「자책가」는 「천혼왕생극락가」에 제목 없이 이어져 있으

---

9) 책의 말미에는 "당려숙조이십칠년삼월회일필셔흐다"라는 기록이 있다.

며, 누군가가 점선표시로 구분해 놓았다. 「자책가」는 무가로도 불려졌고, 「육갑회심곡」은 진오기굿할 때 불려진 무가라는 점에 비추어 이 책은 무속가사집과 불교가사집의 성격을 동시에 가지는 것으로 볼 수 있다.

4)『사친가』

장서각 소장이다. 표제는 '사친가'이다. 35장. 체제는 「사친가」 「빅발가」 「상장신횡서」 「철눈낙수가」 「담천눈낙사가」 순이다. 이 중 「빅발가」는 불교가사로 순한글의 줄글체로 필사되었다. 「사친가」의 끝에 "기히 숨월……낙필"이라는 기록으로 미루어 1839년이나 1899년에 필사되었을 것으로 추정된다.

5)『부인치가사』

국립도서관에 전한다. 필사자와 필사 연대는 미상이며 상하권 1책으로 장수는 45장이다. 책의 앞표지에 "무신시월시무날죵필"이라는 기록이 있는데 무신년(戊申年)은 1848년일 것으로 추정된다. 뒷표지 안쪽에 "죵필우긔양졍슈"와 "쳔졔만계불실쥬인"이라는 기록, "임천긔양정사(林川杞陽精舍)"라는 기록이 있다. 충청남도 임천군(林川郡) 소재의 기양정사의 비구니나 여성신도가 필사했을 것으로 추정된다. 체제는 「치가사」가 약 16장에 걸쳐 순한글의 귀글체로 실려 있고, 이어 불교가사인 「회심곡이라」가 순한글의 줄글체로 약 두 장에 걸쳐 실려있으나 미완인 채로 마무리되었다. 뒷부분은 '언간독·상편'과 '언간독·하편'인데, 이는 여러 諺簡을 베껴 놓은 것이다.

6) 『화엄경소초중간조연서(華嚴經疏鈔重刊助緣序)』

나손문고 소장이다. 22장. 표제는 '화엄경소초중간조연서(華嚴經疏鈔重刊助緣序)'이다. '대방광불화엄경소초중간조연서(大方廣佛華嚴經疏鈔重刊助緣序)'가 초서체의 한문으로 실려있고, 불교가사인 「디방광블화엄경판긱광디모연가」(일명 「광대모연가」)와 「장안걸식가라」가 순한글의 2단 줄글체로 실려있다. 서에는 강희(康熙) 기사(己巳)(1689), 건륭(乾隆) 갑오(甲午)(1774)년의 상판이 불에 타고 마모되어, 다시 을묘(乙卯)(1855)년에 판각하기로 작정했다는 내용이 있다. 이에 비추어 이 책은 1855년 무렵 봉은사에서 필사했음을 알 수 있다. 서문에는 "남호사미비로장영기설향근서(南湖沙彌毘盧藏永奇爇香謹書) 을묘원월일화주비구용운승원(乙卯元月日化主比丘龍雲勝圓)"이라는 간기가 있다. 「디방광블화엄경판긱광디모연가」의 끝에는 한글로 "을묘츈남호스미비로쟝영긔설향근셔"라고 적혔고 그 옆에 아주 희미하게 "화쥬산인용운당승원"이라고 적혔다. 이에 비추어 수록된 가사의 작자는 봉은사의 주지로서 화엄경 판각을 주관했던 남호(南湖) 영기(永奇)(1820~1872)가 확실하다.

7) 『증도가(證道歌)』

황패강 소장이다. 32장. 영가대사(永嘉大師)의 「증도가(證道歌)」가 순한문으로 필사되어 있고, 불교가사인 「나옹화상증도가(懶翁和尙證道歌)」 '자책가(自責歌) 나옹화상찬(懶翁和尙撰)」 「회심곡(回心曲) 나옹화상찬(懶翁和尙撰)」 「몽환가(夢幻歌) 용암대화상찬(龍巖大和尙撰)」 「초암가(草菴歌) 용암대화상찬(龍巖大和尙撰)」이 수록되어 있다. 이어 세자(世子)와 주상(主上), 왕비(王妃)의 만수축원의 구절이 있고, '극락세계칠

보지중유구품연화대(極樂世界七寶池中有九品蓮花臺)'가 소개되었다. 불교가사는 모두 국한문 혼용의 2단 줄글체다. 필사자와 필사연대는 미상이나, 「회심곡」의 끝에 "갑자유월초오일 시초우백련난야중(甲子六月初五日 始抄于白蓮蘭若中)"이라는 기록이 있고, 책의 뒷표지 안쪽에 "기해삼월십오일함양댁(己亥三月十五日咸陽宅)"이라는 기록이 있다. 갑자(甲子)는 1864년, 기해(己亥)는 1899년으로 추정된다.

8) 『백발가 부서간문(白髮歌 附書簡文)』

장서각 소장이다. 10장. 표지는 후대에 새로 덧씌웠고 표제는 위와 같다. 「빅발가」가 4음보 1행의 순한글 줄글체로 실려있다. 이어 국한문 혼용의 서간문이 두 편 수록되어 있는데, 첫 번째 서간문의 끝에 "을축이월구일(乙丑二月九日)……사형(舍兄)은 서(書)"라는 기록이 있는 것에 비추어 볼 때, 필사연대는 1865년이나 1925년경으로 추정된다.

9) 『회참곡』

이상보 소장의 불교가사로 단권 책자의 장편가사다. 줄글체로 되어 있으며 종이의 질로 미루어 고종대(高宗代)의 전사본(轉寫本)으로 여겨진다.[10]

10) 『불교가사』

이상보 소장이다. 1887년(고종 24)에 경상도 지방에서 필사된 것으로 보인다. 「선심가」 「권불가」 「빅발가」 「광졔가」 등의 불교가사가 귀

---

10) 이상보, 『한국불교가사전집』, 집문당, 1980, 123쪽 재인용

글체로 실려 있고, '용화회취지셔'와 「노리」가 이어진 다음, 불교가사 「이 달한노리」가 줄글체로 실려 있다.11)

11) 『회심곡 단』

고려대 소장이다. 11장. 「회심곡」이 실린 단권 책자이다. 용지 이면이 임진년(壬辰年)(1892)의 시헌역서(時憲曆書)이므로, 1893년(고종 30) 경에 필사되었을 것으로 추정된다.

12) 『장한가(長恨歌)』

박순호 소장이다. 앞표지에 '장한가(長恨歌)'라 쓰여 있고 뒷표지에 '금강산사장한법문(金剛山寺長恨法文)'이라 쓰여 있다. 54장의 분량이며 면마다 3단으로 적은 필사본이다. 지질과 어법으로 보아 200여년 전의 작품으로 추정된다. 가사는 총 1902구의 장편불교가사이다. 가사가 끝나는 부분부터는 산문체가 이어지고 있다. 창작된 시기는 18세기 중엽 내지는 말엽으로 추정되며, 창작 유포된 지역은 전라도로 보인다.12)

13) 『감응편(感應篇)』

하성래 소장이다. 필사자는 근세 전남지방의 고승으로 여겨지는 유병혁(劉丙赫)이다. 「수도가」 「서왕가」 「삼연선생염불가」 「회심곡」 「초암기」 「몽중회심곡」 「진여자성가」 「수선곡」 등 8편의 불교가사가 실려

---

11) 이상보, 위의 책, p.119 재인용

12) 박순호, 「장한가」 소고(長恨歌小攷), 『평사민제선생화갑기념논문집』, 1990, 동간행위원회. 시대 추정도 이 논문에 의거하였다.

있다. 이어 '사십팔대원(四十八大願)'등의 한문게송과 다라니 진언 및 '수선장(修善章)' '산암가(山菴歌)' '감응편(感應篇)' 등이 정교한 한자로 기록되어 있다.13)

14) 『불셜멸의경』

국립도서관에 전한다. 필사자 필사연대 미상이며 1책 25장이다. 불셜멸의경, 불셜열반경, 「왕싱곡」의 순서대로 묶었다. '불셜멸의경'은 말세에 악업만 짓는 중생을 제도하기 위한 방편을 이야기한 것이며, '불셜열반경'은 열반에 든 후에 찾아와 슬픔을 이기지 못하는 마야 부인을 위해 설법한 내용이 담겨 있다. 「왕싱곡」은 순한글의 귀글체 불교가사이다.

15) 『범서(梵書)』

국립도서관에 같은 표제로 전한다. 필사자 필사연대 미상이며 1책 19장이다. 체제는 네 장에 걸쳐 범어(梵語)를 가나다라의 한글순서에 따라 적어 놓았고, 범어로 된 주문(呪文)이 소개되었다. 이어 불교가사 「법화일승가(法華一乘歌)」가 국한문 혼용의 줄글체로 수록되었다. 그 뒤에는 범어로 된 '무량수불설(無量壽佛說)'과 범어 음운에 대한 설명이 첨부되었다.

16) 『자책가』

국립도서관에 '자칙가'라는 제목으로 전한다. 필사자와 필사연대 미

---

13) 하성래, 가사문학의 원형인 「수도가」, ≪문학사상≫ 29호, 문학사상사, 1975.2 재인용

상이며 1책 29장이다. 「자책가」와 「회심곡」이 순한글의 귀글체로 수록되어 있다. 두 작품 사이에는 한 면에 걸쳐 칠언절구와 오언절구 각 두 편씩과 '공양삼보진언(供養三寶眞言)', '불사시예식(佛事時禮式)'이 실려 있다.

17)『회심곡 권단(懷心曲卷單)』

장서각 소장이다. 6장. 「회심곡」이 순한글의 줄글체 2단으로 실려있는 단 권 책자이다. 마지막 장에는 '광주군 낙생면 구미리(廣州郡樂生面九美里)'가 초서체로 기록되어 있고, 이어서 '이영평딕칙이라 · 李永平宅入納此冊上記載如'가 해서체로 기록되어 이 책이 광주군에 사는 이영평에 의해 필사되었음을 알 수 있다.

18)『몽환가』

장서각 소장이다. 가로 279cm 세로 24cm의 두루마리본이다. 필사자와 필사연대는 미상이다. 제목과 작품의 시작부분은 누락되었다.

19)『빅가사』

규장각 소장의 가사집이다. 필사자 필사연대는 미상이다. 74장. 가사 17편이 실려있다. 수록 작품으로는 「빅가사」「긔ㄷ편」「오륜편」「사순편」「부여편」「십이월가」「정부가」「낙빈가」「연명사」「악양누별」「화죠가」「짝타령-니도령」「쟝유편」「붕우편」「계몽편」「우ᄆ편」과 함께 불교가사인 「토굴슈지염불」이 있다.[14]

____

14) 규장각에서 이왕직아악부 소장의 대본을 보고 필사한『白髮歌 全』과 필

20) 『육도가라』

성균관대 소장으로 전한다. 20장. 「육도가라」가 순한글의 3단 줄글체로 실려있는 단권 책자이다. 작품의 말미에는 "시당산인은 자술 자필하여 유전만세ㅎ옵나니다"라는 기록이 있어 작자와 필사자는 시당산인이라는 호를 가진 인물임을 알 수 있으나 구체적인 인적 사항은 알 수 없다.15)

21) 『서방금곡(西方琴曲)』

이병주(李丙疇) 소장이다. 1931년 서울 각황사(覺皇寺)에서 최취허(崔就虛)에 의해 필사되었다. 불교가사인 「몽환가」, 「백발가」, 「감사별곡」, 「사체가」, 「열반가」, 「참선곡」과, '서방도금십이수(西方道琴十二首)'와 이아계·남구만의 설화가 수록되었다.16)

22) 『악부(樂府)』

고려대학교 소장의 가요집으로 2권 2책이다. 편자 및 필사자는 이용기며 1930~1934년 사이에 이왕직 아악부 소장의 대본을 보고 필사한 것으로 추정된다. 수록 작품은 가사, 잡가, 민요가 합해서 322편, 시조가 1024편, 창가, 동요가 74편, 한시문이 20편, 소설이 3편 수필 기타가 15편으로 도합 1458편의 작품이 실려 있다. 불교가사로는 「회심곡」, 「속

체가 유사한 것으로 미루어, 『빅가사』 역시 같은 필사자에 의해 기록되었을 가능성도 있다.

15) 최강현, 불교가사 「육도가(六度歌)」를 살핌(『한국가사문학연구』, 태학사, 1995)에서 작품에 대한 구체적인 논의가 이루어졌다.

16) 이상보, 앞의 책, p.133 재인용

회심곡」「별회심곡」「특별회심곡」「나옹화상서왕가」「마설가」「몽환가」
「일소가」「몽환별곡」이 있다.

23) 『가집(歌集)』

『악부(樂府)』와 마찬가지로 이왕직 아악부 소장의 책을 보고 1934
년에 규장각의 서사(書士)가 필사한 것이다.[17] 고려가요 악장 가사 잡
가 민요 한시문 등의 시가가 200여편, 시조 190여 수, 소설 및 기타 4
편이 수록되어 있다. 불교가사로는 「회심곡」(2편) 「속회심곡」「별회심
곡」이 있다.

24) 『아악부가집(雅樂部歌集)』

『악부(樂府)』·『가집(歌集)』과 더불어 이왕직 아악부 소장의 책을
보고 필사한 것이다. 1934년에서 1935년 사이에 이병기의 책임 아래 서
사(書士)를 동원해서 필사한 것으로 보인다. 책의 목차에는 400여편의
작품명이 있지만, 실제로는 가사 잡가 민요 한시문 등이 230여편, 시조
가 40여수, 기타 3편이 수록되어 있다. 불교가사로는 「회심곡」「속회심
곡」「별회심곡」「몽환가」가 있다.

3. 활자본

활자본은 단행본과 불교계 잡지와 자료집으로 분류할 수 있다.

---

17) 임기중, 아악부가집과 악부와 가집,『고전시가의 실증적 연구』, 동국대학
　　교출판부, 1992

1) 단행본

(1)『교정제마무전』(1916)

'고대소설 제마무전'이 수록되어 있는, 딱지본으로 유통된 소설이다. 「제마무전」의 말미에 "이칙이 비록 허황흔쯧흐나 그 션악보응흐는 리치로 보면 분명이 그럿케될쥴노 싱각흐노니 이칙보시는 쳠군ᄌᆞ는 경계흐야 거울흘딘뎌"로 마무리 한 후에, 불교가사「회심곡」을 수록해 놓았다. 생전의 선악에 따라 報應이 달라진다는 소설의 주제와「회심곡」의 내용이 서로 통하는 바가 있어 수록한 의도가 확인된다.

(2)『선중방함록(禪衆芳啣錄)』

1921년 9월에 건봉사 만일원(萬日院)의 염불회(念佛會)를 없애고 선회(禪會)를 새로 설치하여 그 해 겨울 冬安居를 하게 되는데, 동안거 후에 한암(漢巖. 1876~1951)이 작성한 책이다. ≪대중불교≫ 불기 2538년 1월호에 국성우 스님 유장(遺藏)의 프린트본으로 소개된 바 있다.18) 이 문헌에는 '선중방함록서(禪衆芳啣錄序)', '선원규례(禪院規例)', '화두를 하는 방법' 등과 함께 불교가사「참선곡」이 실려 있다.

(3)『석문의범(釋門儀範)』

1935년 경성 만상회(卍商會)에서 펴낸 불교의식집이다. 기존의 불교의식집을 정리하여 한문과 한글의 상하 2단으로 편집하였다. 편자는 안

---

18) ≪대중불교≫ 통권 134호, 불기 2538년 1월호

진호(安震湖)이며 권상로(權相老)와 김태흡(金泰洽)이 공교(共校)하였다. 수록된 불교가사는 「참선곡」「회심곡」「별회심곡」「백발가」「몽환가」「권왕가」「원적가」「왕생가」「신년가」「가가가음」이며, 창가인 「신불가」「찬불가」「사월사일경축가」「성탄경축가」「성도가」「오도가」도 수록되었다. 1949년에 간행된 同書에는 창가인 「열반가」「월인찬불가」「목련지효가」「학도권면가」가 첨가되었고, 1983년에 法輪社에서 발행한 증보판에는 창가인 「관음신앙가」「문맹퇴치가」「애국발심가」「안양왕생가」「불전화혼가」「산회가」와 기행가사인 「금상산유산록」「관악산유산록」이 첨가되었다.

(4) 『경허집(鏡虛集)』

1943년에 경성 중앙선원에서 발행한 경허선사(1846~1912)의 유고 문집이다. 서(序)와 약보(略譜)는 한용운이 썼다. 대사는 해인사와 범어사 등에 선원을 개설하여 결사(結社)를 주도하였고, 전국의 사찰에 선풍(禪風)을 일으킨 근대 한국불교의 거목이었다. 문집에는 법어(法語) 11편, 서문((序文) 9편, 기문(記文) 5편, 서간(書簡) 4편, 행장(行狀) 2편, 영찬(影讚) 7편, 오언절구 31수, 오언율시 16수, 칠언절구 41수, 칠언율시 130수, 사대언(四大言) 8수, 가송(歌頌) 3편이 있으며, 불교가사로는 「참선곡(參禪曲)」「가가가음(可歌可吟)」「법문곡(法門曲)」이 있다.

(5) 『만공어록(滿空語錄)』

만공(1872~1946)스님의 법문집을 묶은 것이다. 1968년 선학원 간행. 불교가사 「산에 들어가 중이 되는 법」「참선곡」「참선을 배워 정진하는 법」이 수록되어 있다.

(6) 『인생탈춤』

이홍선이 1956년에 저술한 가사를 다시 펴낸 책이다. 1978년 한진출판사 간행. 불교가사 「인생탈춤」이 수록되어 있다.

2) 불교계 잡지

(1) ≪조선불교월보(朝鮮佛敎月報)≫

1912년 2월에 창간된 경성 불교월보사 발행의 불교잡지이다. 편집 겸 발행인은 권상로이다. 불교가사로는 「기념가」(7호. 1912.8)「귀일가」(8호. 1912.9)「권왕가」(17~18호. 1913.6~7)가 소개되었다.

(2) ≪해동불보(海東佛報)≫

1913년 11월에 조선불교월보의 제목을 바꿔 간행한 불교잡지이다. 편집 겸 발행인은 박한영이다. 불교가사로는 「권왕문」(1~3호. 1913.11~1914.1)이 소개되었다.

(3) ≪조선불교계(朝鮮佛敎界)≫

1916년 4월에 불교진흥회월보의 제목을 바꿔 간행한 불교잡지이다. 편집 겸 발행인은 이능화이며 불교진흥회본부에서 발행하였다. 「가찬석존전(歌讚 釋尊傳)」(1~3호. 1916.4~6)이 소개되었다.

(4) ≪일광(一光)≫

동국대학교의 전신인 중앙불교전문학교 교우회 회지이다. 제2호

(1929)에 「선원곡(禪園曲)」이 소개되었다.[19)]

(5) ≪불교(佛敎)≫

1924년에 창간된 월간 불교잡지로 조선불교종무원(후에는 조계종 총본사)의 기관지이다. 편집 겸 발행인은 권상로이며, 후에 한용운으로 바뀌었다. 불교가사로는 「석존일대가」(35호. 1927.5), 「열반가」(63호. 1929. 9), 「해탈곡」(64호. 1929. 10), 「참선곡」(65호. 1929. 11), 「왕생가」(66호. 1929. 12), 「망월가」(69호. 1930. 3), 「서왕가」·「자책가」(88호. 1931. 10), 「권왕가」(89~90호. 1931. 11~12), 「회심곡」(91호. 1932. 2)이 실려 있다. 89호에는 김태흡의 기행가사 「유산록」이 실려있다.

3) 자료집

(1) 『조선신가유편(朝鮮神歌遺篇)』

1930년 손진태가 향토연구사에서 발행한 자료집이다. 무격(巫覡)이 구술한 가사를 채록하였다. 여기에 제시된 「회생곡(回生曲)」은 회심곡의 이본이며 「계책가(戒責歌)」는 「자책가」의 이본이다.

(2) 『조선가요집성(朝鮮歌謠集成)』

1934년 김태준이 조선어문학회에서 발행한 자료집이다. 신라가요편 25수, 백제고가편 2수, 고려가사편 22수, 이조가사편 50수가 수록되어 있다. 불교가사로는 고려가사편에 「서왕가·一」[20)] 「서왕가·二」[21)] 「심

---

19) 졸고, 학명의 가사 「선원곡」에 대하여, 『동악어문논집』 33집, 동악어문학회, 1998

우가」, 「낙도가」가, 이조가사편에 「회심곡」[22]과 「별회심곡」[23]이 있다.

(3) 『증보가요집성(增補歌謠集成)』
이창배 편저(1955초판, 청구고전성악학원, 1956증보판, 1976 홍인문화사)

편자가 우리나라의 전통음악의 전분야를 채록한 책이다. 가곡부(歌曲部)·가사부(歌詞部)·시조부·경기가요부·휘모리부·서도창부·입창부(立唱部)·단가부·민요부·불가부(佛歌部)·남도창부(판소리) 순으로 자료를 분류하고 가사를 소개하고 있다. 불가부에 불교가사 「회심곡」 두 편과 「탑도리노래」가 포함되어 있다. 편자가 1976년도에 다시 펴낸 『가요집성』과 『한국가창대계』에는 佛歌部안에 '和請'이란 항목을 두어 「반회심곡」, 「육갑시왕원불지옥십악업」, 「회심곡(불가조)」, 「회심곡(소릿조)」, 「별회심곡(불가조)」, 「탑돌이」, 「왕생가」를 소개하였다.

---

20) 이 책에는 편자의 작품 해설이 첨부되어 있다. 이를 소개하면 다음과 같다.(이하 같음) "이는 근세에 해인사승 유기의 간행한 신편보권문의 부록에 실린 강월서왕가니 강월은 여말의 명승 나옹화상의 一號이며 서왕은 셔왕 즉 극락세계라는 말이다. 나옹화상의 작에는 서왕가도 여러 가지로 전하며 그 他 樂貧歌도 전하지만 문체가 信하기 어렵고 이도 물론 나옹의 작 그대로 전하는 것이라고 믿을 수 없지만 다소라도 원형을 보존하엿다면 다행이라 하야 고려말의 말미에 첨부하여 둔다."

21) "이때에 벌서 이런 노래를 지었을는지 의문이나 참고삼아 이에 첨부함. 퇴경 권상노 선생의 채집에 의한 것이며 이하 尋牛歌 樂道歌도 또한 그러하다."

22) "海印寺僧 有機의 刊行한 新編普勸文의 附錄에 依한 것인데 淸虛尊者, 即 西山大師 休靜의 作이라고 하엿다. 回心曲은 坊間에 傳하는 者, 四種以上이 있어 모다 出入이 있으나 이는 하도 틀리기로 여긔 실었다."

23) "西山大師 休靜의 作이라고 한다."

(4) 『법고십이차(法鼓十二次)』(1967)

무형문화재 조사보고서 제37호. 조사자는 박헌봉과 홍윤식이다. 법고의 역사적 유래와 특징·의식무용 등이 소개되어 있고, '화청가사'란 제목으로 4편의 불교가사가 채록되어 있다. 구술자는 법고와 작법의 소유자인 권수근(權守根)이다. 4편의 가사는 제목도 없고 작품별 구분도 분명치 않았는데, 임기중 교수가 이를 「별별회심곡」「초발심수행가」「원효대사수도가」「십계행가」로 나누어 소개하였다.24)

(5) 『화청(和請)』(1969)

무형문화재 조사보고서 제65호. 홍윤식을 비롯한 동국대 불교학과팀이 현장을 돌며 채록한 가사가 실려 있고, 화청의 역사와 음악적 특징도 함께 소개되어 있다. 조사팀이 채록한 가사는 이경협이 구술한 「반회심곡」「육갑시왕지옥원불십악업(육갑시왕원불가)」「팔상에 대한 말씀(팔상가)」「염불가」이다. 이밖에 봉원사 김혜경 스님의 고사선념불 달풀이 호구역살풀이 농사풀이 과거풀이 성주풀이 삼재풀이도 채록하였다. 또한 레코드판의 「회심곡」, 『권왕문』에 수록된 「자책가」「셔왕가」와 「월인천강곡」「무상가」 등 권수근(權守根)이 보유하고 있던 가사, 『석문의범』에 전하는 가사, 「전설인과곡」「권선곡」「수선곡」「참선곡」 등 불암사 장판으로 전하는 가사가 재수록 되어 있다.

(6) 『법주사탑돌놀이』(1972)

무형문화재 조사보고서 제103호. 조사자는 홍윤식이다. 탑돌놀이의

---

24) 임기중, 『불교가사』, 현대불교신서 76, 동국대학교 역경원, 1993

유래와 절차를 소개하고 '탑돌이 사설'을 수록하였다. 속리산 탑돌놀이를 '자취를 감춘지 60여년'만에 복원한 조사보고서이다. 여기에 불교가사 「회심곡」「별회심곡」「백발가」「몽환가」「권왕가」가 실려 있다.

(7) 『향두가·성조가』(정음사 1975)

김성배 교수가 전국을 실지 답사하여 직접 채록한 자료집이다. 불교가사 「회심곡」이 '향두가'나 '회심곡' 등의 제목으로 약 21편이 실려 있고 「원적가」도 한 편 포함되어 있다.

(8) 『불교의 회심가사』(삼영출판사 1978)

'부녀불자'를 위해 펴낸 독송집이다. 불교가사로는 「석가세존찬탄가」「원효대사발심가」「야운화상자경십송가」「토굴정진가」「학맹선사원적가」「권농수심가」「주인공경책가」「백발가」「회심곡」「왕생정토가(일명 권왕가)」「회심원왕가」「무상권왕가」「몽환가」「왕생가」「왕생발원가」「참선곡」「경허선사참선경책가(일명 가가가음)」「성우선사정진가」「해탈가」「불전참회가」「선근인연가」「부모은중가」「불전발원가」「이산혜연선사발원문」「회향산회가」「나옹대화상발원문」 등이 실려 있다.

(9) 『고승법문곡』(김법우 편 선문출판사 1990)

기존에 전해 내려오는 법문을 모은 책이다. 불교가사로는 「불교찬탄가」「나옹스님토굴가」「사명스님각몽가」「경허스님참선곡」「법문곡」「경허선사가음가」「권왕가」「회심곡」「백발가」「몽환가」「왕생가」가 실려있다.

(10) 『단가사설집』(강동원 편 백제출판사 1990)

판소리를 시작하기 전에 부르는 단가 사설을 모아놓은 책으로 여기에 불교가사인 「백발가」가 수록되어 있다.

(11) 『한글필사본고소설자료총서』(월촌문헌연구소)

박순호 소장의 필사본 자료를 모아 놓은 책으로, 권51·70·86에 불교가사 「회심곡이라」 세 편이 수록되어 있다.

(12) 『한국구비문학대계』

한국정신문화연구원에서 간행한 현장조사 자료집이다. 수록되어 있는 불교가사는 '회심곡'(2-9권의 「회심곡」·「별회심곡」, 3-1권의 「진오기」, 1-9권의 「회심곡해원」, 2-2권의 「조상경」, 2-5권의 「별회심곡」, 3-2권의 「해원푸리」), 「왕생가」(2-5권), 「회심가」(2-5권), 「무상가」(2-5권. 권왕가와 몽환가의 합성), 「백발가」(2-5) 등이다. 이들 가사는 불교가사 그대로인 것과 무속 祭次의 상황에 맞게 변형시킨 것으로 나누어 볼 수 있다. 『한국구비문학대계』 별책부록(3)에는 이상의 불교가사가 해원계(解寃系) 무경(巫經)으로 분류되어 있다.

III. 문헌 전승의 시대적 추이

지금까지 불교가사가 수록된 문헌을 판본별로 나누어 그 서지를 작성하였다. 이를 바탕으로 하여 시대에 따라 달라지는 각 문헌의 판본별 양상과 위상을 정리하면 다음과 같다.

1. 17~18세기

목판본으로 간행된 불교가사 문헌으로는 『침굉집』(1695), 『보권염불문』(1704, 1741, 1756, 1765, 1776, 1787), 『신편보권문』(1776), 『지경영험전』(1795), 『권왕문』(1908)이 있다. 『권왕문』을 제외하면 모두 17세기말에서 18세기말까지 집중적으로 분포되어 있다. 목판본으로 판각된 불교가사는 「귀산곡」·「태평곡」·「청학동가」(이상 『침굉집』), 「서왕가」·「인과문」·「회심가」(이상 『보권염불문』), 「전설인과곡」·「권선곡」·「참선곡」·「수선곡」(이상 불암사 장판), 「자책가」·「권왕가」(이상 『권왕문』)이다.

목판본은 多重의 간행이 가능한 매체적인 특징을 지니고 있다. 그러나 침굉의 가사와 불암사 장판의 네 편의 가사는, 전국적인 범위로 거듭 판각되고 유포되는 염불의례서인 『보권염불문』의 가사에 비해, 전파력이 상대적으로 크지 않은 것으로 볼 수 있다. 창작자가 뚜렷한 침굉

가사와 경전을 한글로 언해한 불암사 장판의 가사는 주로 읽는 가사로 유통되었을 것이 확실하다.

「서왕가」「인과문」은 1700년대 초부터 말까지 『보권염불문』이라는 의례집에 실려 반복적으로 판각되었다. 이에 비해「회심가」는 1764년 동화사 판본에 처음 등장한다. 대중적인 염불 의례서에 수록된「서왕가」「인과문」「회심가」는 구연의 대본으로 존재하고 있으며, 최초의 문헌에 실려 있는 작품 자체도 또한 구전 유통의 결과물일 가능성이 크다.

1908년에 판각된 『권왕문』에는「서왕가」「자책가」「권왕가」가 실려 있다.「서왕가」는 18세기에 판각 유통되던 가사를 다시 판각한 것이다. 「자책가」는 19세기 중반이나 후반기에 새로 유통되기 시작한 가사로서, 대중들의 너른 수용을 받게 된 이후에 판각한 것이다.「권왕가」는 19세 기 후반기에 동화축전이 건봉사에서 지어 유통시킨 가사로서, 이 시기 에 이르러 처음으로 판각된 것이다.「자책가」는 필사된 이본에 구전의 흔적이 많고, 이본에 따라 단락의 축소와 누락의 양상이 나타나는 것으 로 보아, 가사 전달자에 의한 구전의 과정을 거친 것으로 보인다.

목판본으로 출간된 불교가사는 17세기에는 개인 문집, 18세기에는 염불의례서 및 경전집에 함께 수록되어 있다. 이를 통해 보면 불교가사 는 17세기의 개인적인 차원의 창작과 전파를 넘어서, 18세기에 이르러 비로소 의례 절차의 하나로서 자리잡게 되었음을 알 수 있다. 불교가사 는 이 시기에 이르러 염불권장의 노래로서 전국의 사찰에서 적극적으 로 전파시켜 그 효용을 인정받았던 것이다. 이런 차원에서「서왕가」가 나옹화상의 작으로 인정된다고 하너라도,「서왕가」는 고려시대 말이 아 니라 18세기의 불교계의 동향과 밀접한 관련을 맺는 것으로 파악할 수 있다.

2. 19세기

필사본으로 유통되는 문헌은 대부분 19세기 중기 이후에 집중적으로 분포되어 있다. 이들 중 연대가 확실하거나 간기를 통해 연대를 추정할 수 있는 문헌은 『가사』(1835년 혹은 1895년으로 추정), 『사친가』(1839년 혹은 1899년으로 추정), 『부인치가사』(1848년경), 『화엄경소초중간조연서』(1855년), 『증도가』(1864년 혹은 1899년으로 추정), 『백발가-附서간문』(1865년 혹은 1925년으로 추정), 『회참곡』(고종대로 추정), 『불교가사』(1887년), 『회심곡단』(1893년경)이다.

이외에 간기가 기록되어 있지 않은 『감응편』, 『불설멸의경』, 『범서』, 『자책가』, 『육도가라』, 『빅가사』, 『몽환가』, 『회심곡권단』 등의 문헌도 19세기 중반에서 후기까지의 문헌일 가능성이 매우 큰 것으로 보인다.

19세기에는 사찰에서 목판으로 출간된 문헌이 전혀 보이지 않는다. 18세기에 전국적인 범위로 활발하게 판각되던 불교가사가, 이 시기에 이르러 한 편도 판각되지 않은 것은 상당히 주목되는 현상이다. 이는 17·8세기와 19세기의 불교가사가 유통되는 불교사적인 맥락이 다르기 때문이다. 17세기와 18세기는 임·병 양란을 겪은 불교계가 불교의식의 정비를 통해 대중불교의 전통을 세우려는 부흥운동의 기간이었다. 이러한 불교계의 지향과 추진력이 각 사찰에서의 의례집의 집중적인 판각과 복각으로 구체화된 것이다. 이에 비해 19세기는 대중불교라는 지향점이 범불교적으로 제시되지 못한 채, 그 방향성을 상실해 버린 시기이다. 조선시대 전반에 걸쳐 탄압과 수탈을 당했던 불교계는 이 시기에 이르러 추진력을 잃고 개인적인 수행의 차원으로 그들의 역할을 축소시키게 되었다. 이들을 대신하여 대중적인 차원으로 불교가사를 전파시킨 담당층은 화청승 탁발승 걸립패를 비롯한 일군의 전승자였다. 그러나 이들은 불교의 주도세력에 의해 불교의 순수성을 벗어난 것으로 인식되었고, 또 그런 양상으로 발전해 갔던 것이다. 1960년대 화청의 현장조사에서, 불교가사를 구연하는 화청승 자신들까지도, 가사(화청)를 부르는 승려를 폄하하는 인식을 가지고 있었던 것도 이와 같은 경로의 결과라고 볼 수 있다.

이 시기에 필사본으로 등장하는 문헌 가운데 불교가사의 수용자층을 가늠해 볼 수 있는 문헌을 제시하면 다음과 같다.

ㄱ) 단 권의 가사책으로 전하는 문헌 - 『회심곡단』(「회심곡」), 『회심곡권단』(「회심곡」), 『몽환가』(「몽환가」)

ㄴ) 무가집과 그 성격을 공유하는 문헌 - 『가사』(「육갑회심곡」 「천혼왕생극락가」 「자책가」)

ㄷ) 여성가사와 함께 수록된 문헌 - 『사친가』(「빅발가」), 『부인치가사』(「회심곡이라」)

ㄹ) 한글 간찰과 함께 수록된 문헌 - 『백발가-附서간문』(「빅발가」), 『빅가사』(「토굴슈지염불」)

이상의 문헌을 통해 불교가사의 수용이 불교신앙이라는 구심력 안에서만 이루어진 것이 아님을 알 수 있다. 불교가사는 讀經巫에 의해 巫歌나 巫經으로 구연되었고, 여성독자에 의해 여성가사와 한글 간찰의 문화권 내에 자리잡게 되었다. 이 시기에 널리 유통된 불교가사는 「회심곡」 「자책가」 「백발가」 「몽환가」 등이다. 이 작품들은 내용과 표현의 두 측면에서 구연의 특징이 상당 부분 포착되는 특징이 있다. 그리고 작자가 제시되어 있지 않은 이들 가사의 내용은 지옥과 극락·염불공덕·시왕의 심판 등 가장 선명하고 쉽게 인식되는 주제의 결합으로 이루어져 있다.

　한편 불교문화의 전승 매체로서 불교의 구심력 안에 존재하는 문헌도 다수 존재하고 있다. 이를 소개하면 다음과 같다.

　　ㄱ) 불경의 판각을 위한 '모연문'으로 유통된 문헌 -『화엄경소초중간조연서』(「광대모연가」「장안걸식가라」)
　　ㄴ) 불경의 체제를 갖춘 불교경전의 대용물로서의 문헌 -『불설멸의경』(「왕싱곡」),『범서』(「법화일승가」),『육도가라』(「육도가라」)
　　ㄷ) 불교경전의 대목 일부와 함께 수록된 문헌 -『증도가』(「나옹화상증도가」「자책가」「회심곡」「몽환가」「초암가」)
　　ㄹ) 眞言類가 함께 수록되어 있는 문헌 -『감응편』(「수도가」「서왕가」「삼연선생염불가」「회심곡」「초암가」「몽중회심곡」「진여자성가」「수선곡」)과『자책가』(「자칙가」)
　　ㅁ) 불교의 신행을 위한 글과 함께 수록된 문헌 -『불교가사』(「선심가」「권불가」「빅발가」「광졔가」「이달한노리」)

　이상의 문헌에는 「회심곡」「자책가」「몽환가」「백발가」 등 이 시기에 대중화된 가사도 포함되어 있지만, 이와 함께 상당한 수준의 불교적 교양과 필사능력을 갖춘 계층에 의해 창작되거나 필사되었을 것으로 추정되는 가사도 다수 보인다. 여기에 해당하는 작품으로는 「광대모연가」「장안걸식가」「왕싱곡」「법화일승가」「육도가라」「초암가」「나옹화상증도가」「수도가」「삼연선생염불가」「진여자성가」「광졔가」 등을 들 수 있다. 이는 비록 불교계의 전체적인 관심이 판각으로 구체화되지 못한 이 시기에도 개개인의 관심과 신앙의 노력에 따라 새로운 작품이 창작되고 있음을 반영하는 것이다. 그러나 이러한 가사는 유통의 범위가 극히 제한적이어서 현재까지 확인된 바로는 단 한 번의 필사본으로 남는 경우가 대부분이다.

3. 20세기

활자본은 시기적으로 1900년대 초기의 불교계의 상황을 밀접하게 반영하고 있다. 이 시기는 鏡虛가 看話禪의 전통을 부흥시켜 근대 한국 불교의 전통을 확립한 시기이다. 경허는 불교가사에 다시 주목하여, 선수행을 권장하는 방편으로 삼거나(「참선곡」) 교리의 전달의 수단으로 활용(「법문곡」「가가가음」)하였다. 선수행 및 참선 권장의 방편으로 불교가사를 활용하는 이러한 전통은 그의 제자 滿空과 漢巖, 그리고 내장사에서 선원을 개설하고 불교를 혁신하고자 했던 鶴鳴으로 이어지고 있다.

특히 1910년에서 20년대에 걸쳐 불교잡지를 통해 많은 불교가사가 소개되었다. 이 시기의 불교잡지에는 기존의 불교가사를 새롭게 주목하여 자료를 소개하는 한편, 그 당시에 새로 불려지기 시작한 불교창가를 소개하고 있다는 점이 주목된다.

결국 활자본과 잡지본에서 주목되는 것은 이 시기에 이르러 다시 선승들이 대중포교의 방편으로 불교가사를 활용했다는 점이고, 대중화된 불교가사보다는 새로운 시대의 호흡을 담을 수 있는 짧고 경쾌한 불교창가가 시의성을 띠고 활용되었다는 점이다. 특히 1935년에 기존의 의례집을 수정 보완한 『석문의범』에 기존에 구연되던 불교가사와 함께 단형화된 불교가사와 창가를 수록하고 있어, 시대의 변화에 따른 불교가사에 대한 인식과 위상의 변화를 확인할 수 있다.

Ⅳ. 맺음말

본고는 한 편의 불교가사가 어떤 존재론적 의미를 지니고 있는지에 대해 시야를 확보하기 위한 기초 작업으로, 현재 전하는 불교가사 문헌을 판본별로 정리하고, 그 시대적 추이를 살펴보았다.

불교가사가 수록된 문헌은 목판본 필사본 활자본으로 나누어진다. 목판본으로 출간된 불교가사는 17세기에는 개인문집, 18세기에는 염불의례서 및 경전집에 함께 수록되어 있다. 불교가사는 17세기의 개인적인 차원의 창작과 전파를 넘어서 18세기에 이르러 비로소 하나의 의식가요로서 자리잡게 되었다.

필사본으로 유통되는 문헌의 대부분은 19세기 중·후반기에 걸쳐 분포하고 있다. 19세기에는 각 사찰에서 판각을 한 예가 전혀 보이지 않는 것도 또 다른 특징이다. 이는 17·8세기에 보여준 불교의식의 정비와 판각을 통한 부흥운동이 이 시기에 이르러 탄력을 잃게 된 것을 의미한다. 이 시기에 필사본으로 유통되는 문헌은 단권의 가사책, 무가집, 여성가사나 한글 간찰과 함께 전하는 문헌 등이 있다. 이를 통해 불교가사의 향유자의 폭을 가늠해 볼 수 있으며, 불교가사의 수용이 불교문화권의 범주를 벗어나 이루어지고 있음을 알 수 있다.

이와 함께 이 시기에는 불교문화의 전승매체로서 불교의 구심력 안에 있는 문헌도 다수 존재한다. 여기에는 불경의 판각을 위한 募緣文으로 유통된 문헌, 불경의 체제를 갖춘 불교경전의 대용물로 유통된 문헌, 불경의 대목을 발췌하거나 眞言類와 함께 수록되어 있는 문헌 등이 있다. 이러한 문헌에는 대중적으로 널리 구연된 불교가사 외에도 상당한 수준의 불교적 교양과 필사능력을 갖춘 계층에 의해 창작되거나 기술된 가사도 등장하고 있다. 다만 전시기와 다른 것은 선승에 의한 가사창작은 이루어지지 않았고, 교학승들의 개인적인 관심에 따라 불교가사가 창작되었다는 것이다.

20세기에 이르러서는 불교계 잡지와 선승의 문집을 통해 불교가사가 전파되는 새로운 양상을 보여준다. 1910~20년대에 걸쳐 불교잡지에 많은 불교가사가 소개되었고, 1935년에 편집된『석문의범』에 기존의 불교가사와 함께 단형 가사 및 창가를 수록된 것이 주목된다. 선승들은 대중포교의 방편으로 불교가사를 다시 활용하였고, 불교잡지와 새로운 의식집을 통해서는 새 시대의 호흡을 담을 수 있는 짧고 경쾌한 단형 가사가 시의성을 띄고 활용되었다.

(『불교어문논집』 제6집, 한국불교어문학회, 2001)

제3장

불교가사와 무가의 상호텍스트성

I. 머리말

한 시대에 공존하는 문학 장르는 개별적으로 존재하거나, 자족적인 발전을 하는 것은 아니다. 각각의 장르는 상호 관계 속에서 존재하며, 장르간의 상호관계의 총화가 한 시대 문학의 총체라고 말할 수 있다. 따라서 한 시대에 공존하는 장르간에 나타난 교섭양상을 파악하는 것은, 각 장르의 내적인 특질을 구명하는 데 필요한 일일뿐만 아니라, 문학사의 지향점을 찾는 데에도 매우 중요한 의의를 갖는다. 특히 조선 후기의 문학은 시대가 내려올수록 장르의 해체와 타 장르로의 전이가 두드러지는데, 이는 중세문학과 근대문학이 교체되는 시기에 더욱 두드러지는 문학사의 한 흐름으로 이해된다. 가사 평시조 사설시조 무가 민요 설화 전(傳) 소설 타령 등의 상호 관련 양상에 대한 여러 차원의 논의들은 이런 흐름을 실체화하는 과정의 하나인 셈이다.

한편 한국의 문화에 대한 인식에서 무속과 불교간의 영향 수수관계를 하나의 특질로 인정하면서도, 그것의 문학적인 실체를 파악하려는 논의는 뚜렷하게 보이지 않는다. 불교와 무속은 우리의 전통적인 정서를 형성하는 데 큰 비중을 차지한 종교적인 심성의 모태였으며, 각기 대립적으로 존재하면서 전이되어 서로의 전통이 어우러지는 양상을 보여주고 있기 때문에 문학사의 실체를 드러내기 위해서도 그 상호관계의 전모를 밝혀야 할 필요가 있다.

이런 두 가지 맥락에서 본고는 상호텍스트성이라는 제목 아래 불교가사와 무가가 어우러져 새로운 각편으로 창출되는 양상을 탐색하고자 한다. 논의 대상으로는 재에서 연행되는 불교가사와, 구연되는 제의의 성격이 비슷한 解寃系 敎述巫經[1]에 주목하였다. 해원계 교술무경은 불교가사와의 관련이 상대적으로 많은 비중을 차지하고 있어서, 불교가사와 넓은 의미의 무가의 관련양상을 확인하기에 좋은 조건을 갖추고 있다. 논의의 과정에서 불교가사와 '해원계 무속가사'라 할 수 있는 무가의 변별적 특질이 부각되는 효과도 얻을 수 있을 것이다.

---

1) 서대석의 분류에 따른 용어이다.(『한국구비문학대계』 별책부록3, 한국정신문화연구원, 1992) 이 책에서 불교가사와 관련을 맺는 각편은 해원계 교술무가에도 약간 편이 전하나, 대부분은 해원계 교술무경으로 분류되어 있다. 따라서 불교가사와 해원계 교술무경을 비교한다고 할 때, 이를 불교가사와 무가 전반의 비교로 확대할 수 있다. 본고에서는 무가와 무경의 분류가 큰 의미가 없으므로 무경에 나타나는 불교가사의 영향을 무가에 나타나는 것으로 확대시켜 논의를 전개시키도록 한다. 필요에 따라 무경과 무가의 용어를 혼용하는 것은 이런 이유에서다.

Ⅱ. 자료의 분류

주로 진오귀굿 등의 薦度儀禮에서 구연되는 무가를 解寃系 敎述巫
歌라 하며, 같은 목적의 의례에서 讀經巫에 의하여 口誦되는 것을 解寃
系 敎述巫經이라 한다. 이들은 원한을 품은 채 亡者가 된 祖上神을 청
하여 그들의 원통함을 풀어주고 극락으로 인도한다는 내용을 담고 있
어서, 특히 비명횡사한 원혼을 위로하는 경우에 널리 구연되었다.

이를 영혼천도의례에서 불려진 불교가사와 비교해 보면, 연행의 상
황과 기능이 전적으로 일치하는 것을 알 수 있다. 따라서 불교의식에서
구연된 불교가사가, 같은 의도의 굿에서 구연되는 무가에 영향을 끼쳤
으리라는 것을 유추할 수 있고, 반대로 무속의 현장에서 구연된 무경이
나 무가가 불교가사에 다층적으로 영향을 끼쳤으리라는 가설도 성립시
킬 수 있다. 영혼천도를 위해 부른 〈회심곡〉이 부분적으로나 전체적으
로 무가나 무경에서 산견되는 것은 그 대표적인 예다.

해원계 교술무경이 수록된 자료는 『조선무속의 연구(상)』2)의 「부록」
에 6편, 『조선신가유편』3)에 한 편, 그리고 『한국구비문학대계』에 27편
이 실려 있다.4)

---

2) 赤松智城 秋葉隆 공편(심우성 옮김), 동문선, 1991
3) 손진태 편, 향토연구사, 1930
4) 이들은 모두 4음보의 연속체 즉 가사체로 되어 있어 '무속가사'라는 갈

『조선무속의 연구』 : 〈조상해원경〉 〈시광해송해원사〉제1, 2, 4 〈입문망
　　자경〉 〈해원사〉
『조선신가유편』 : 〈계책가〉
『한국구비문학대계』5) : 〈회심곡해원〉 (1-9권), 〈조상경〉 (2-2권), 〈망자
　　입문경〉 〈무상가〉 〈원혼경〉 〈회심곡〉 〈별회심곡〉 〈왕생가〉 〈백
　　발가〉 〈육갑해원경〉 (이상 2-5권), 〈회심곡〉 〈육갑해원경〉 〈지옥
　　풀이〉 〈해원경〉 (이상 2-9권), 〈진오기〉 〈육갑해원〉 〈육갑해원〉
　　〈조상축원〉 (이상 3-1권), 〈해원푸리〉 〈청춘해원〉 〈시왕해원〉
　　〈육갑해원〉 〈달거리해원〉 〈청고성해원〉 (이상 3-2권), 〈육갑해원〉
　　(4-5권), 〈해원경〉(4-4권), 〈동우굿노래〉(7-4권)

위의 각편들을 불교가사의 영향을 받은 무가와 무가의 영향을 받은
불교가사로 나누어 제시하면 다음과 같다.

■ 불교가사의 무가화
1)불교가사의 차용
〈회심곡〉6) ⇒ 〈회심곡〉(2-9) 〈별회심곡〉(2-9) 〈진오기〉(3-1)
〈왕생가〉 ⇒ 〈왕생가〉(2-5)
〈자책가〉 ⇒ 〈계책가〉(《조선신가유편》)
〈회심가〉 ⇒ 〈회심곡〉(2-5)

2)불교가사를 인용하되 상황에 따라 변형시킨 각편
〈회심곡〉 ⇒ 〈회심곡해원〉(1-9) 〈조상경〉(2-2) 〈별회심곡〉(2-5) 〈해
원푸리〉(3-2)

래에 귀속시킬 수 있다. 이 경우 본고에서 다루는 무가는 무속가사의 하
위 갈래인 해원계 무속가사로 설정할 수 있다.
5) 이하 『대계』로 약칭하고 권수만 표시하도록 한다.
6) 이 책의 제1장 '불교가사의 유통연구'의 연구 결과에 따라, 기존 원고의
　〈별회심곡〉과 〈회심곡〉은 각각 〈회심곡〉과 〈회심가〉로 수정하였다.

〈권왕가〉와 〈몽환가〉 ⇒ 〈무상가〉(2-5)
〈백발가〉 ⇒ 〈백발가〉(2-5)

■ 무가의 불교가사화
〈육갑해원(경)〉 ⇒ 〈육갑회심곡〉[7]

___

7) 나손문고 소장으로 전하는 『歌詞』에 〈천혼왕생극락가〉 〈자책가〉와 함께
   실려 있다.

Ⅲ. 특질 비교론

『대계』에 채록된 무가는 대부분 제의의 현장에서 각각의 祭次에 따라 부른 것을 채록한 것은 아니고, 개인적으로 소장하고 있는 巫經集을 전사하거나 인위적인 상황에서 채록한 것이다. 불교가사를 그대로 전용하여 무가로 활용한 〈회심가〉〈회심곡〉〈왕생가〉〈자책가〉도 같은 상황에서 얻어진 것이다. 따라서 불교가사가 무가로 전용될 때 가사의 의미나 기능이 어떻게 변하는가를 밝혀내기는 어렵다. 다만 가사의 분석을 통해 불교가사의 특질을 드러내고, 무가화될 때 어떤 의미를 지니는가를 살펴보는 것은 가능할 것이다. 〈자책가〉와 〈회심곡〉의 분석을 통해 불교가사의 특질을 살펴보고, 가장 많은 각편 수를 보이면서 불교가사로도 차용된 〈육갑해원〉을 통해 무가의 특질을 분석한 후 상호 비교하도록 하겠다.

1. 불교가사

엄격한 기준은 아니지만, 불교가사는 재의 현장에서 널리 연행된 작품군이 있고, 문헌상으로만 전하는 작품군이 있다. 대체적으로 전자는 많은 이본이 있고, 전승되면서 작품의 구조가 연행의 성격에 맞게 일정한 틀로 형성되는 특징이 있다. 작품 내적으로나 외적으로 연행의 흔적을 쉽게 발견할 수 있는 가사로는 〈회심곡〉을 들 수 있다.

〈회심곡〉은 짧은 서사와 긴 본사 그리고 짧은 결사로 나눌 수 있다.

"世上天地 만물중에 사람밧게 또잇는가 여보시요 施主님네 이내말삼 들어보소"라는 짧은 서사는 청자를 직접 불러 노래 시작의 구실로 삼고 주의력을 환기하는 의도가 담겨 있다. 서두에 제시된 "사람"은 본사에서는 태어나서 병들고 하직한 뒤 심판 받는 사람의 일생으로 구체화되었다. 서사는 따라서 본사의 내용을 포괄적으로 제시하는 기능을 한다고 볼 수 있다.

이후의 내용인 본사는 전달자가 청자인 청중에게 이야기하는 구조이면서 동시에 법문을 전달하는 의식을 보이고 있어, 청자는 같되 화자의 성격이 확대되는 특징을 보인다.

> (가) 이세상에 나온사람 뉘덕으로 나왔는가 석가여래 공덕으로 아부님전
>   뼈를빌고 어만님전 살을빌며 칠성님전 명을빌고 제석님전 복을빌어
>   이내일신 탄생하니 한두살에 철을몰라 부모은덕 알을손가

> (나) 춘초는 년년록이나 왕손은 귀불귀라   우리인생 늙어지면 다시점지
>   못하리라 인간백년 다사라도 병든날과 잠든날과 걱정근심 다제하면
>   단사십도 못살인생 어제오날 성튼몸이 저녁나절 병이들어 섬섬약질
>   가는몸에 태산가튼 병이드니 부르나니 어머니요 찾는것이 냉수로다

> (다) 의복버서 인정쓰며 열두대문 들어가니 무섭기도 끗이업고 두렵기도
>   측량업다 대명하고 기다리니 옥사장이 분부듯고 남녀죄인 등대할제
>   정신차려 살펴보니 열십왕이 좌개하고 최판관이 문서잡고 남녀죄인
>   잡아들여 다짐밧고 봉초할제 어두귀면 나찰들은 전후좌우 벌어서서
>   긔치창검 삼열한대 형벌긔구 차려노코 대상호령 기다리니 엄숙하기
>   측량업다

(라) 온갖형벌 하는구나 죄지경중 가리여서 차례대로 처결할제 도산지옥
화산지옥 한빙지옥 발설지옥 아침지옥 거해지옥 각처지옥 분부하
야 모든죄인 처결한후 대연을 배설하고 착한여자 불러들여 공경하
며 하는말이 소원대로 다일너라 선녀되여 가랴느냐 요지연에 가랴
느냐 男子되여 가랴느냐 재상부인 되랴느냐 제실황후 되랴느냐 제
후왕비 되랴느냐 부귀공명 하랴느냐 네원대로 하여주마

(가)~(라)는 본사의 핵심적인 내용을 가려 뽑은 것이다. 인용문은
인간의 탄생[가]과 병고[나], 그리고 죽음에 따르는 심판[다]과 그 결
과[라]로 요약되며, 탄생과 병고보다는 죽음 뒤의 심판과 그 결과에 더
많은 비중을 두고 있음을 작품의 분량을 통해서도 알 수 있다. 이는 죽
음과 영혼천도라는 연행의 상황이 작품 형성의 토대가 되었기 때문이
라고 할 수 있다.

아울러 본사의 이야기는 일정한 서사성을 견지하고 있다. 주인공은
먼 길을 떠나는 것으로 되어 있으며, 시간에 따른 사건의 전개와 매우
사실적이고 구체적인 묘사 등이 서사적인 성격을 부각시키는 데 큰 비
중을 차지한다. 이와 함께 심판 대목에서 두드러지는 극적인 성격도 작
품을 널리 전파하게 하고 변용시켜 나가는 큰 힘이 되었을 것이다.

다음은 작품의 결사에 해당하는 대목이다.

선심하고 마음닦가 불의행사 하지마소 회심곡을 업신여겨 선심공덕
아니하면 우마형상 못면하고 구렁배암 못면하네 조심하여 수신하라
수신제가 능히하면 치국안민 하오리니 아못조록 힘을쓰오 적덕을 아
니하면 신후사가 참혹하네 바라나니 우리형제 자선사업 만히하세 내
생길을 잘닥가서 극락으로 나아가세 나무아미타불 나무관세음보살

본사에서 구체적으로 나열했던 인간의 삶의 애환과 죽은 뒤의 심판이라는 두려움은 다시 반복되거나 요약되지 않고, "회심곡을 업신여겨"라는 구절에 포괄적으로 정리되어 있다. "회심곡"은 불법을 담은 권위를 내포하며, 이 노래가 단순한 전달자의 목소리가 담긴 것이 아닌 佛法의 가르침이 담긴 것으로 강조되어 있다. 내용적으로는 청자로 제시된 시주인에게, 살아 있는 동안 적선공덕과 자선사업을 많이 하여 내생길을 잘 닦으라는 것을 주제로 표출하였다.

〈회심곡〉은 '시주님들'에게 사람의 삶의 덧없음과 죽음 뒤의 심판을 긴 여정과 극적인 상황 묘사로 제기하고, 살아 생전에 적선과 자선사업을 통해 내생 길을 닦으라는 내용을 담고 있다. 이처럼 〈회심곡〉은 극락 왕생을 위해 실천적인 공덕을 강조하는 노래이다.

〈회심곡〉은 '서사 - 본사 - 결사'의 구조로 되어 있다. 이는 '序分 - 正宗分 - 流通分'의 3단으로 나뉘는 佛經의 일반적인 구조와 일치한다. 불교가사에서 서사는 청자에게 본사에서 전개될 내용을 요약적으로 제시하는 성격을 지닌다. 본사는 부처의 이야기처럼, 혹은 불경의 이야기인 것처럼 경건하게 받들어지는 메시지가 담겨있다. 결사는 본사에 제시되었던 내용을 다시 한 번 요약하여 청자에게 권면하기를 다짐하는 내용으로 되어 있다.

작품에 설정된 가상의 청자인 '시주님'의 탐욕과 염불공덕은 화자에 의해 그 가치가 평가되고 있다. 이때 양자의 관계는 대등한 관계가 아니고 상하 관세에 놓인다. 불교가사가 불려지는 재의 현장에서 노래의 전달자가 화청승인 이상, 노래를 듣는 실제의 청자는 가상의 청자와 매우 가까운 거리를 갖게 된다. 그리고 실제의 청자는 전달자를 화자와 일치시켜 생각할 수밖에 없다.

연행된 불교가사에서 작품 속의 화자는 佛法僧 三寶, 즉 전달자인 스님이나, 가르침을 담은 경전, 혹은 부처의 성격을 가질 수 있다. 이 셋은 이야기가 전개됨에 따라 달라지는데, 일반적으로 서사와 결사에는 전달자의 목소리가, 본사에는 부처의 가르침을 담은 목소리가 설정된 듯한 느낌을 준다. 그러나 청자에게는 전달자의 목소리가 곧 실제 작자의 목소리요, 전달자의 가르침이 곧 부처의 설법이나 경전에 나타난 가르침으로 인식되었을 것으로 생각된다.

2. 무가

여기에서 분석하고자 하는 것은 무가 전반의 특징이 아니고, 앞장에서 분석한 불교가사와 같은 의도에서 불려진 해원계 무경의 특징이다. 해원계 무경 중에 가장 많은 각편이 채록되었고, 또한 불교가사와 일정한 연계성이 발견되는 것은 〈육갑해원(경)〉이다.8)

〈육갑해원〉은 六十甲子의 순서에 따라 주인 없이 떠도는 혼령을 차례대로 부른 뒤에, 영혼들의 비참한 처지를 부각시키는 내용의 무가이다. 갑자을축을 첫 단락으로 하여 임술계해에 이르기까지 총 30단락으로 구성되어 있다. 첫 단락과 마지막 단락을 인용하면 다음과 같다.

> 갑자을축 해중금은 금생남여 원혼이라 망망창해 황공대에 금생여수 금옥같이 중한일신 인간일역 정통하고 가련하다 세상인심 한심하다 복걸복걸
>
> 임술계해 대해수는 수생남여 원혼일새 사해바다 넓은바다 일엽편주 배를타고 건너가서 세세원정 하여보세 복걸복걸

---

8) 충북 중원군에서 채록된 〈육갑해원〉(『대계』 3-1)을 대본으로 한다.

각각의 단락은 독립적인 내용으로 되어 있다고 할 수도 있고, 같은 내용을 반복하고 있다고도 할 수 있다. 전후단락 사이에 긴밀한 관계가 이루어질 수 없고, 다만 육십갑자의 순서가 작품의 틀을 유지시키는 기능을 하고 있을 뿐이다.

각 단락의 끝에는 "복걸복걸"이라는 구를 반복하고 있는데, 이는 '엎드려 비나이다'라는 의미로 해석된다. "거리노중"의 "무주고혼", "대로변에 무친무덤", "만리전장 죽은영혼", "부모처자"를 잃은 "무주고혼" 등의 처지를 애닯아 하고 넋을 위무하는 이 무가의 청자는 거명된 신들이고, 화자는 祭主를 대신한 巫가 된다. "복걸복걸"은 바로 화자와 청자간의 이러한 관계를 나타내 주고 있다.

무속의 세계는 이승 저승 그리고 중간세계인 中陰界로 나누어진다. 사람은 죽어서 저승으로 가나, 살아 생전에 쌓인 한이 있거나 원한을 풀지 못하고 죽으면 저승으로 가지 못하고, 이승과 저승 사이에서 떠돌아다니다가 살아있는 가족들에게 해를 끼치기도 한다. 무당은 이처럼 거리 중천을 헤매는 무주 고혼이나, 조상신을 불러 음식을 베풀며 저승 노자를 주기도 하고, 혹은 가무 등의 향연으로 위로하여 원한을 풀도록 하는 역할을 하기도 한다. 해원계 무경 혹은 해원계 무속가사는 바로 이렇게 '원을 푸는' 解怨의 자리에서 연행되는 것이다.

해원계 무경에서 청자는 기본적으로 망령 혹은 조상신으로 제시된다. 그리고 조상신의 살아 생전의 六甲과 五行에 따라 심판 받는 시왕(十王)이 달라지게 된다. 〈육갑해원〉은 육갑과 시왕을 하나하나 나열하여 조상신을 위로하고 저승으로 편안하게 인도하기 위한 노래이다. 그리고 대표적인 무경인 〈육갑해원〉은 서사 본사 결사가 유기적으로 결합되지 않고, 육갑을 순차적으로 나열하는 구조를 가진다. 아울러 화자는 무격 자신이며 청자는 신, 조상신으로 제기된 것도 또 다른 특징이라고 할 수 있다. 이러한 나열식의 구조는 작품의 형성원리이면서 전승을 쉽게해 주는 원리로도 작용하였으며, 〈달거리해원〉(3-2)과 〈청고성해원〉(3-2) 같은 나열식 구조의 각편을 파생시키기도 하였다.

3. 특질 비교

불교가사가 지니는 서사 본사 결사의 3단 구조는 불교경전의 구조이며 가람배치에서도 찾아볼 수 있는 불교의 기본구조이다. 불교가사는 그 바탕에 불교적인 구성원리를 기반으로 하고 있다고 할 수 있다. 그리고 시주자 뿐만 아니라 일반 대중들의 포교의 방편으로도 쓰이도록 불교가사를 적극 활용했다고 볼 수 있다. 따라서 영혼 천도는 노래 구연의 기본적인 의도이지만 동시에 시주자 및 일반대중들에게 신앙심을 피어오르게 하는 감동을 주어야 하는 것이다. 〈회심곡〉에서 시왕과 지옥의 무서움을 강조하면서, 염불을 강조하고 현세에서의 공덕을 강조했던 것은, 일반 민중의 제례상의 필요성과 함께, 의례를 통해 민중 속으로 파고 들어가야 했던 조선 후기 불교계의 현실인식이 일치한 결과라고도 할 수 있다. 아울러 여기에는 조선 후기 민중 예술이 꽃피고 여러 장르간에 교섭이 이루어지는 현상도 일정 부분 작용했을 것으로 추측된다.

무속가사가 연행되는 상황은 불교가사의 연행상황과 다소 다르다. 해원계 무속가사는 먼저 신을 청한 다음 신의 원한을 풀게 하는 제차에서 불려지는 노래이며 경전이다. 무속의 가치는 도덕적 사회적 공리에 있지 않다. 다만 양적인 풍요, 즉 현실에서의 복과 多男, 수명연장, 부귀권세 등을 추구하고 있을 뿐이다.9) 모든 것은 양에 따라 결정되고 신 또한 그런 풍요로움을 좋아한다. 그리하여 인간과 인간의 관계나 인간과 사회와의 관계에 대한 관심도 없다. 따라서 무속을 하나의 체계적인 종교로 성립시키려는 적극적인 노력도 필요치 않다. 무격은 다만 시주자의 원에 따라 재물을 받고 신을 불러 위로해 주는, 신과 인간의 중간 대리인일 뿐이다.

무속가사에 조상신이 주된 청자로 제시되는 것도 이와 같은 이유에서이다. 무격은 다만 죽은 이의 사주, 육갑에 따라 맺힌 원한을 풀어 저승으로 돌려보내는 것이다. 따라서 극락왕생의 내용이나, 극락의 찬란함 및 현세에서의 공덕을 강조하는 내용은 무가의 본연의 내용은 아닌 것이다.

결국 죽은 이의 영혼을 천도한다는 점에서 무속가사와 불교가사 사이에 공통점이 있지만, 노래의 내용이나 구성질서는 상당한 차이가 발견된다. 무속가사에는 조상신이 대표적인 청자로 등장하며, 사회를 향한, 혹은 민중을 향한 어떤 구원의 가르침도 담겨있지 않다. 이에 비해 불교가사는 궁극적으로 민중 포교의 의도에서 출발했으므로 신이 청자로 등장하지 않고 '사람'이 등장하게 되었다. 죽은 후의 극락과 저승세계에 대한 내용 이외에 현세에서의 적선과 염불을 강조하는 내용이 강조되어 있다. 또한 불교가사는 서사·본사·결사의 긴밀한 구성질서를 보여준다. 이에 비해 〈육갑회심〉 계열의 무가는 부분과 부분 사이에 긴장관계가 형성되지 않는 단순한 나열이라는 특징을 보여준다.

---

9) 김태곤, 『한국무속의 연구』, 집문당, 1991, 287쪽

Ⅳ. 상호 전이의 양상

1. 불교가사의 무가화

1) 불교가사의 차용

무속의 제의에서 가사를 그대로 차용하여 무가로 연행한 불교가사
로는 〈자책가〉 〈회심가〉 〈회심곡〉 〈왕생가〉 등이 있다. 이를 소개하면
다음과 같다.

① 불교가사로서 많은 이본을 가진 〈자책가〉가 〈계책가〉라는 제목으로
  무가화되었다. 손진태의 『조선신가유편』에 실려 있다.
② 〈회심가〉는 유일하게 『대계』 2-5권에 같은 제목으로 한 편이 채록되
  어 있다.
③ 〈회심곡〉은 향두가로도 많이 불려졌고, 무가로도 널리 구연되었다.
  『대계』의 〈회심곡〉(2-5), 〈회심곡〉(2-9), 〈진오기〉(3-1)은 〈회심곡〉을
  그대로 옮긴 것이다.
④ 『대계』 2-5권의 〈왕생가〉는 학명선사의 〈왕생가〉를 그대로 옮긴 것
  이다.

이 각편들은 불교가사와 전적으로 같은 내용으로 되어 있는데 문헌
으로 전승되는 것을 베낀 것이 많으며, 더러는 인위적인 상황에서 구연

한 것을 채록한 것이다.

이미 언급했지만, 불교가사는 천도의식에서 주로 연행되었는데, 이와 동일한 의도를 지니는 무속의 祭次는 '해원'이다. 조상신의 맺힌 한을 풀기 위한 '조상풀이'나 진오기굿 등의 慰靈巫祭에서 망자의 넋을 위로하는 무가가 해원무가이며 또한 해원무경이다. 이때 한을 풀지 못한 사람은 조상신이다. 따라서 무가의 구연에서 실제의 화자는 무격(주로 독경무)이며, 노래 내용이나 실제의 구연에서 청자는 조상신이 되어야 한다.

그런데 〈자책가〉나 〈회심곡〉이 무가로 쓰일 때 전달자의 목소리가 조상신에게 향하는 것이 아니라 청중을 향하고 있다. 그렇다면 이는 청중을 대신하여 신에게 메시지를 전달하는 것이 아니라 신의 목소리를 대신하여 인간에게 메시지를 전달하는 것이 된다. 따라서 이는 오히려 신이 祭主에게 말을 전하는 '공수'의 성격을 지닌다. 공수는 인간을 꾸짖고 복을 주겠다고 약속하는 것을 내용으로 하기 때문이다. 여기에서 드러나는 분류의 모순은, 실제로 독송될 때 그러한 제차가 확연히 구분되지 않는 복합적인 경향을 보인다는 점에서 이해할 수 있다. 결국 망자의 넋을 위로하는 제의에서 쓰인 불교가사는 그 자체로도 충분히 무가로 전용될 수 있었으며, 여기에서 발생하는 祭次와의 모순은 의식 자체의 복합성으로 설명할 수 있다.

한편으로는 무속에서 불교의 의식이나 경전 등을 별다른 모순관념 없이 적극적으로 수용한다는 점에 비추어, 널리 연행되는 불교가사를 재의 성격과 상관없이 수용했다고 볼 수 있다. 신을 즐겁게 하는 제차에선 온갖 민요나 유행가까지도 수용하는 무속의 전통으로서는 자연스러운 일이 아니겠는가.

2) 불교가사의 변용

무속의 구연에서 구연자의 의도에 따라 내용을 변형시켜 수용한 불교가사로는 〈회심가〉〈회심곡〉〈백발가〉〈권왕가〉와 〈몽환가〉 등이 있다. 무가의 각편을 소개한 후 그 양상을 종합적으로 검토하면 다음과 같다.

(1) <별회심곡>(『대계』 2-5)

"세상천지 만물중에 사람박기 돗인넌가[10] 여보시요 세존임네 이내 말삼 드러보소"로 시작하여 "바라난니 우리형제 자전사업 만니하야 내 생전을 잘닥거서 극낙으로 나아가서 선심공덕 만니하고 극낙세게 가여볼가"까지의 부분은 불교가사 〈회심곡〉과 같다. 무가로 기능하도록 한 것은 마지막 부분에 새로 첨가된 부분이다.

> 부모형제 상별하고 실하자손 다버리고 백연체권 이별하고 일생일사 당한 일을 피할수가 전여읍네 사람마다 적넌일을 낸들엇지 할수잇나 세상사가 부운갓네 물우에 겁품이요 위수에 부평이라 나무아미타불 남무관세보살 극낙세계 발원성에 귀이되여 가옵소서

인용구의 "나무아미타불 남무관세보살"은 당연히 불교적인 용어이지만, 여기에서 주목되는 것은 청자가 사람들로부터 조상신으로 바뀐다는 것이다. 극락에 환생하는 것은 이미 떠도는 혼이기 때문이다. 결국 이 작품은 현세의 공덕을 강조한 불교가사를 선행 담화로 하고, 여기에 극락세계에 귀하게 환생하라는 조상신을 향한 덕담을 첨가시켜 무가로

---

10) 사람밖에 또있는가

변용한 각편이라고 할 수 있다.

(2) <백발가>(『대계』 2-5)

어와청춘 소연드라 백발보고 웃지마라 유수갓치 빼른세월 청춘홍안 간데
읍시 낸들엇지 안를그리 노염업시 오넌백발 유수갓치 빼르도다 매정하고
가련하다

인용구는 서두의 한 대목이다. 이 작품은 전체적으로 불교가사 〈백
발가〉와 대동소이하나, 선심공덕과 극락왕생을 강조한 불교가사와 달
리, 뒷부분의 교훈적인 내용이 사라지고 늙어 죽은 인생의 한스러움을
극대화시키는 변화를 보여준다.

이 각편의 가장 큰 특징은 중간 중간에 조상신을 불러 극락왕생하
라고 권하는 덕담이다. "신아신아 망자신아 모승모생 망자신아 청좌읍
시 오넌백발 백발가을 드려보고 왕생극낙 가웁소서"라든가, 혹은 "신아
신아 망자신아 어서밥비 극낙가소"등의 덕담을 전체적인 내용과 상관
없이 중간 중간에 삽입하여 무가적인 분위기를 형성하고 있다. 또한
'백발가'라는 선행담화의 제목을 분명히 제시하여, 널리 알려진 불교가
사 〈백발가〉의 권위를 빌어 영혼을 천도한다는 의도를 표출하고 있는
것도 또 다른 특징이다.

(3) <해원푸리>(『대계』 3-2)

〈해원푸리〉는 "지노기할 때 부르는 무가"로 소개되어 있다. 선반부
는 불교가사 〈회심곡〉의 내용과 흡사하며, 후반부는 그와는 다른 내용
으로 되어 있다. 이 작품은 앞단락에서는 청자가 '시주님'으로, 뒷단락

에서는 '조상님'으로 설정되었다.

> 천지지간 만물지중 유인이 최귀로다 여보시오 시주님네 이세상에 나온사
> 람 뉘덕으로 태어났나

이는 불교가사의 같은 대목을 그대로 인용한 것에 지나지 않는다. 그러나 마지막 대목에 이르러 첫대목은 새로운 의미를 지니게 된다. 다음은 마지막 대목이다.

> 서씨가족 내외조상님은 자손무궁으로 왕림하사 금일향안 받으시고 맺힌
> 원도 푸시고 감친원을 풀으소서 그물같이 맺힌원도 이해원에 푸시고 (중
> 략) 백골마다 맺힌원도 금일금시 풀고가고 고국단장 새긴원도 세세원정 푸
> 시라.

여기에선 첫머리에 제시한 "시주님"이 구체적으로 祭主인 "서씨가족"이며, 청유의 대상이 "내외 조상님"이라는 것이 분명히 제시되어 있다. 그리하여 이 각편은 단순한 불교가사의 답습에서 벗어나, 앞부분에선 무축을 청한 시주에게 하는 가르침을, 뒷부분에선 가족의 청에 따라 조상에 대한 기원을 담는 또 다른 무가화의 방식을 보여주고 있다.

(4) <무상가>(『대계』 2-5)

<무상가>를 분석하면, '권왕가 + 몽환가 + 새로 넣은 부분 + 몽환가 + 권왕가 + 몽환가 + 권왕가'의 순으로 구성되었다. 사이사이에 새로운 구절을 약간씩 삽입하였고, 중간부분에 "여보세요 말세중생 무상세게 탐책말고 안수정든 잔짠니이 무상인줄 자각하소"라든가, "여보세상 사람들아 잠을깨소 잠을깨소"라고 하여 청자가 인간청중임을 분명히 하였

다. 이처럼 〈무상가〉는 두 편의 불교가사를 선행 담화로 하여 무가로 만들었으나 청자의 성격이나 내용이 巫祭의 상황이나 의도에 그렇게 부합되는 것 같지는 않다.

(5) <회심곡 해원>(『대계』 1-9)

불교가사 〈회심곡〉을 상황에 맞게 구연한 〈회심곡해원〉은 〈회심곡〉을 부르기 진에 신을 부름으로써 무격의 입장에서 청자를 설정하고 있다. "사신아……저기있는 저사신아"로 시작되는 첫 대목이 바로 구연되는 상황을 암시하고 있는데, 이 사신은 '좌씨 건명대주에 있는 훼살귀'로서 무당이 독경하여 쫓으려는 대상이다. 그리하여 불교가사에서 청자로 설정된 청중들이 여기에서는 단지 작품 외적인 방관자로 물러서고 대신 신이 청자로 자리잡게 되었다. "이세상에 나온사람 천지지간에 만물지중에 사람밖에나 또있는가"로 시작되는 불교가사의 첫 대목이 바로 신에게 하는 언사로 변한 것이다. 그리하여 민중을 교화하는 교훈적인 내용도 별다른 의미를 지니지 못하고 단지 신을 어르고 위협하는 기능으로 바뀌게 되었다. 그 기능은 각편의 말미에 첨가시킨 독경무의 진술에서 더욱 두드러진다.

> 이승저승 다못있구 거리중천 떠댕기며 인간괄세허는 저사귀야 법사법문 자세듣구 속거천리 거행하라 (중략) 나를 피허는자는 살것이구 당아허는 자는 직사허리니 법사법문 자세듣구서 속거천리 거행하라.

사뭇 위협적인 언사로 귀신을 쫓는 무경을 통해시 우리는 교훈적인 내용보다도 작품외적 기능을 더욱 중요시하는 무가, 무경의 한 특징을 확인할 수 있다. 동시에 이 각편은 청자를 일관되게 '쫓으려는 신'으로 바꾸어 위협적인 목소리로 쫓으려 하는 무가화의 한 양상을 보여주고 있다.

(6) <조상경>(『대계』 2-2)

<회심곡해원>에서 신을 불러서 쫓아내는 위협적인 진술을 살펴보았지만, 해원계 무경에서 더욱 두드러지는 어조는 신을 공손하게 청해서 돌려보내는 것이다. <조상경>은 부분적으로 <회심곡>의 내용과 비슷하지만 전체적으로는 불교가사와 거리가 먼 각편이다. 첫 대목은 조상신을 청하는 것으로 되어 있다.

축왈 만조상님네 조상경 일편으로 하림하강을 하압소사 먼저가신 선망조상 후에가신 후망조상 선망조상이 앞을서고 후망조상이 뒤를따라 차례차례로 오실적에

여기에서 설정된 청자는 망자가 된 여러 조상신이다. 그리하여 불교가사 <회심곡>에서 "이내일신 탄생헐제"로 시작되는 대목이 바로 다음 대목에서는 "만조상님 생겨날제"로 바뀌게 되었다. 이는 불교가사의 색채를 떨쳐버리고 무가로 자리잡게 하는 데 중요한 기능을 하고 있다.

마지막에는 조상신에 대한 축원의 내용이 제시되었다.

기름지옥 피하시고 극락세계로 가시와서 연화대에는 좌정허고 옥황상제 반도서김을 가시옵구 선관선녀가 되시오며 칠성님께 분부허고 신령님이 제도를해서 환토인생도 하시라고 축원축수를 올리오니 이강생에 축원대로 소원성취를 하옵소사아.

이는 작품의 서두에서 제시했던 여러 조상신을 극락으로 인도하려는 독경무의 기원이다. 결국 <조상경>은 불교가사를 인용하되 청자의

성격을 일관되게 조상신으로 바꾸어 완전한 무가로 만든, 무가화의 한 방식을 보여주는 작품이다.

지금까지의 논의를 정리하면, 불교가사를 무가화하는 방식으로는 작품 전체를 인용하는 경우와 상황에 따라 변형시키는 경우의 둘로 나누어 볼 수 있다. 이 중 상황에 따라 변형시킨 무가의 각편은 청자의 성격에 따라 다음의 두 방식으로 나누어진다.

■ **청자를 조상신으로 바꾸는 방식**
〈회심곡해원〉(1-9) : 화자의 청자에 대한 태도와 어조 바꾸기가 두드러진다. 청자는 '훼살귀'로 제시되어 있어 위협적인 어조로 원을 풀어 쫓는 특징을 보인다.
〈조상경〉(2-2) : 청자는 조상신이며, 공손한 어조로 원을 풀어주는 특징을 보인다.

■ **앞부분과 뒷부분의 청자를 달리하는 방식**
〈별회심곡〉(2-5) 〈해원푸리〉(3-2) : 앞엔 '시주님' 뒤엔 '조상님'으로 청자가 달리 나타난다.
〈백발가〉(2-5) : '소년들'과 '망자신'으로 청자가 교체된다.

이 외에 〈무상가〉(2-5)는 두 편의 선행텍스트를 결합한 후 변형시켰으나, 청자인 '말세중생사람들'을 선행텍스트에서 그대로 인용하여, 작품 그대로를 인용한 것과 비슷해진 양상을 보이고 있다.

이처럼 불교가사의 무가화는 '청자 바꾸기'나 '어조 바꾸기'라는 두 가지의 양상으로 나누어진다. 그런데 청자를 변형시킨 작품에서 앞부분에 '조상신'이 오고 뒷부분에 '사람들'이 제시되는 유형은 찾아 볼 수 없고, 반대로 앞에 '사람들'혹은 '시주자'가 제시되고 뒷부분에 '조상신'이 등장하는 유형만 확인된다. 이것은 작가의 명성, 설득력, 체계적인 구조 등이 함축된 불교가사의 권위를 빌어 불교가사를 먼저 노래한 다음, 뒷 부분에 구연의 의도를 표출하게 된 것으로 해석할 수 있다.

2. 무가의 불교가사화

무가가 불교가사로 쓰인 작품으로는 무가 〈육갑해원〉과 같은 맥락에 있는 불교가사 〈육갑회심곡〉이다. 이 작품은 나손문고 소장으로 전하는 필사본 『歌詞』에 〈천혼왕생극락가〉 〈자책가〉와 함께 실려있다.11)

갑자을축 해중금은 금생남여 원혼이요 망망창해 황금되라 금생여슈 화혜난이 금옥같이 중한일신 인간세월 적막하다 가련하다 세상인심 엇지안이 한심하리

임술계혜 대해수은 수생남여 원혼이야 가련하고 불상하다 이새상에 원수로다 일렵편쥬 돗틀달고 망경창파 깁흔물에 사해팔방 단이다가 연경종천 도라간이 소식조차 돈절한이 허망하기 가이업다나 무아미타불 관새음보살

가사의 첫 대목과 마지막 대목을 인용하였다. 이 작품은 갑자을축에서 임술계해까지 六十甲子에 따라 30개의 단락으로 나누어진다. 내용은 무가인 〈육갑해원〉과 같이 각각의 甲子에 매인 생에 따라 거리중천을 헤매는 원혼을 나열한 것이다. 이 가사는 불교가사집에 실려 있어 불교

---

11) 이를 무가집라 할 수도 있으나 같이 수록된 작품의 내용이 불교적인 가르침을 담고있는 것에 비추어 기본적으로는 불교가사집으로 생각된다. 이에 따라 〈육갑회심곡〉은 무가의 영향을 받은 불교가사로 분류하기로 한다.

가사로도 쓰였으리라고 보지만, 실상은 불교적인 내용을 거의 찾아볼 수 없는 무가의 한 각편이라고 할 수 있다. 〈육갑해원〉은 내용과 구조가 불교가사와는 차이가 있는 무가이지만, 죽은 이의 넋을 위로한다는 의식의 성격이 같음으로 인해 쉽게 불교가사 〈육갑회심곡〉으로 전이될 수 있었을 것으로 생각된다.

V. 상호텍스트성의 의의

무가와 불교가사의 비교를 통해 양 장르간의 영향 관계를 탐색해 본 결과 불교가사의 무가화는 다양한 양상을 보이고 있음에 비해, 무가 자체를 불교가사로 전용한 예는 매우 적은 것을 발견할 수 있었다. 지금까지 조사된 자료로 불교가사로 구연된 무가는 〈육갑회심곡〉 한 편에 불과하였다.

그러나 불교가사에 끼친 무속의 영향이 적었다고는 말할 수 없다. 차원은 다르지만 불교가사에 나타나는 무속적 요소는 엄연히 실재하고 있다. 죽음과 삶, 저승으로의 여정은 이미 고대로부터 전승되는 관념이어서 그에 상응하는 종교적 의례에 필요한 노래도 오랜 역사성을 지니고 있었을 것이다. 불교계에서나 무속에서, 혹은 민간에서도 그러한 노래가 불려졌을 가능성이 있다. 따라서 회심곡류의 근원은 무가이기도 하고 불교가사이기도 한 공통분모를 지니고 있다고 할 수 있다. 그러던 것이 조선 후기에 불교가 민속화되고 의례불교화되는 과정에서 '회심곡류'로 완성되었을 것이다. 〈회심곡〉은 사대부들의 전유물이던 가사 형식을 빌어 민중의 삶의 고뇌를 불교적으로 해석하여 승화시킨 대표적인 작품인 셈이다.

불교가사 가운데 무가로 변용된 작품으로는 극락 세계의 환희를 제시하고 염불공덕을 권한 〈자책가〉, 심판의 냉엄함과 지옥과 극락세계의 선명한 대조 등을 보여주는 〈회심가〉와 〈회심곡〉, 극락세계에 왕생하자는 내용의 〈왕생가〉 등이다. 이들 작품이 무가화의 주요 텍스트로 선택된 것은 이들 작품이 천도의식에서 연행되거나 전승된 가사이기 때문이다.

또한 이들 작품은 무가 외에도 '탑돌놀이'에서도 구연되었고, 만가로 유통되기도 하였다. 또한 탁발을 할 때나 걸립패가 모연을 할 때, 권시주 행각의 하나로 다양한 각편의 〈회심곡〉을 불렀다. 만가로는 〈회심가〉〈회심곡〉〈백발가〉〈원적가〉 등이 널리 구연되는 가운데, 특히 〈회심곡〉이 많은 빈도수를 차지하고 있다.

이들 작품은 그만큼 민중들의 인지도가 높았고, 가사 내용이 설득력이 있었기에 널리 수용될 수 있었다. 불교가사는 극락왕생을 위해 현세 공덕과 적선을 강조하는 노래로서 널리 활용되었던 것이다. 〈회심곡〉을 부르면 그것을 듣고 있던 할머니들이 '그렇지' 하면서 연행에 적극 참여했다는 이보형의 기억담도 가사의 주 수용자층이 부녀자들이었으리라는 것과, 노래의 선택적 수용과 전파에 있어 수용자의 역할이 비중 있게 자리잡고 있다는 사실을 반영한다.[12] 무가에 불교가사가 많이 수용되어 있는 것도 무속에서의 필요성뿐만이 아니고 노래에 친연성을 가지는 수용자층의 이해의 정도나 친근함에도 일정 부분 비중이 놓여지게 되는 것이다. 불교가사의 수용자가 곧 무가의 수용자이기도 한 것은, 경우에 따라 절에 가서 기원을 올리고 때로는 무당을 불러 복을 비는 행동을 아무런 모순 없이 행하는 부녀자를 비롯한 대중들이 바로 그 청중이기 때문이다.

---

12) 〈전설인과곡〉 등의 불교가사를 판각 유포했던 智瑩이 『敬信錄』을 언해하면서, '한문이 아닌 언문으로 번역 판각한 것은 부녀자와 무식한 천류를 위한 공덕이었다'라고 밝혀놓은 것을 통해서도 불교가사 수용자층의 범위를 어림해 볼 수 있다.

Ⅵ. 맺음말

본고는 구연되는 불교가사와 무가, 그 중에서도 영혼 천도의 목적과 기능을 지닌 해원계 교술무경을 중심으로 불교가사와 무가의 영향의 수수관계의 실상을 파악하고 그 의의를 살펴보았다.

양 장르간의 상호 전이의 양상을 검토한 결과 먼저 불교가사를 선행 담화로 하여 무가화한 경우는 불교가사 자체를 그대로 무가화한 것과 제의 상황에 맞게 구연자가 변형시킨 것의 두 가지 양상이 있음을 확인하였다. 불교가사 〈회심가〉 〈회심곡〉 〈왕생가〉 〈자책가〉 등이 무가로 전용되는 양상을 살펴보았고, 그 중에서도 특히 〈회심곡〉이 가장 많은 빈도로 수용되고 있음을 살펴보았다.

그런데 이 작품들은 조상신을 불러 원한을 풀고 저승세계로 편하게 인도하려는 巫祭의 상황이나 구연자의 의도와는 거리가 있다. 제의 의도라면 당연히 조상신이 청자로 설정되어야 함에도 인용된 불교가사는 그렇지 못하기 때문이다. 이러한 수용상의 모순을 어떻게 보아야 할 것인가. 본고에서는 이를 실제의 제의 현장에서는 해원이니 공수니 하는 제차와 그 제차에 구연되는 것들이 확연히 나누어지지 않는다는 무속 연행의 복합성을 한 축으로 하고, 불교의 의식이나 경전 및 여러 요소들을 별다른 저항 없이 적극 수용하는 무속의 전통을 다른 한 축으로 하여 해석하는 것이 가능하다는 결론을 내렸다.

다음으로 무속의 제의 상황에 맞게 구연자가 변형시킨 각편으로는 불교가사 〈회심곡〉을 변형시킨 여러 각편과 〈백발가〉를 변형시킨 각편, 그리고 〈권왕가〉와 〈몽환가〉를 결합한 각편이 있음을 살펴보았다. 이 작품군은 상황에 따라 청자바꾸기, 어조바꾸기 등의 전략을 다채롭게 활용하여 무가화하는 방식을 보여주고 있으며, 특히 널리 구연되는 불교가사의 권위를 빌기 위해 선행텍스트를 앞에 제시하고 작품자체를 청자의 성격을 바꾸거나 어조를 바꿈으로 하여 무가화하는 특징을 보여주기도 하는 것을 확인하였다.

무가를 선행 담화로 하여 불교가사로 기능하도록 작품은 〈육갑회심(경)〉을 전용한 것으로 볼 수 있는 〈육갑회심곡〉 한 편에 불과하다. 그 내용은 불교가사의 성격을 거의 찾아 볼 수 없는 무속적인 것에 불과하지만 죽은 이의 넋을 위로하여 돌려보낸다는 재의 성격으로 인하여 불교의식에서도 쉽게 전용되어 쓰였을 가능성을 지니고 있다.

해원계 교술무경의 경우에 국한된 결론이기는 하나, 불교가사에 나타난 무가의 영향은 매우 소략하다고 할 수 있다. 그러나 무가의 영향이 소략하다는 것이 불교가사의 전개와 유통에 무속의 영향이 소략하다는 것으로 해석되는 것은 타당하지 않다. 차원은 다르지만 불교가사에 끼친 무속의 영향은 다층적으로 존재했을 것이며 다층적 영향의 양상에 대해서는 또 다른 논의가 필요한 것이다.

한편 불교가사와 해원계 무속가사에 공통되는 작품들은 이외에도 만가로도 널리 연행되었고, 걸립패의 모연이나 탁발행각시, 그리고 탑돌놀이에도 공통적으로 구연되있다. 이들의 연행에서 청중의 관심을 불러들이고 소기의 목적을 이루기 위해, 청중들에게 인지도가 높은 노래를 선택적으로 구연했던 것이다. 또한 부녀자들의 의식도 노래의 선택과 전파에 큰 역할을 하였음을 살펴보았다. 불교가사와 무가의 주요 수용자층이 부녀자들이었으며, 그들은 무속과 불교의 행사에 아무런 모순을 느끼지 못하는 수용자층으로, 노래의 선택적 수용과 전파에 있어 그들의 역할이 비중 있게 자리잡고 있음을 제기하였다.

(『국어국문학논문집』 제17집, 동국대학교 국어국문학과, 1996)

제4장

불교가사의 구연과
주제구현방식의 관련양상

I. 머리말

　본고의 관심은 의식에서 구연된 불교가사의 주제구현방식을 口演性의 측면에서 고찰하는 데 있다. 이는 불교가사가 하나의 구비 연행물로 존재했으며, 구연의 현장성1)이 불교가사의 주제 구현에 직·간접적으로 영향을 주었으리라는 인식에서 출발한 것이다.

　불교가사에는, 구연의 과정을 거친 다른 시가와 마찬가지로, 동일한 속성의 어휘가 규칙적으로 반복되어 리듬감을 형성하는 경우가 많으며, 구전공식구가 반복되어 장면을 확장하거나 암기의 편의에 기여하는 경우도 많다. 그리고 한 작품의 이본간에는 구문의 변형과 누락, 도치와 부언 등의 변이와 함께 다양한 입말의 흔적을 확인할 수 있다. 구전공

---

1) 본고에서 口演이라는 용어는 口碑演行의 준말로 사용한다. 연행이란 노래나 이야기가 전달자의 행위를 통해, 혹은 행위를 수반하면서 전달되는 하나의 예술적 표현의 방식이라 할 수 있다. 경우에 따라서는 예술작품에 대한 독자의 총체적인 반응-지적·감정적·음성적(音聲的)-을 연행(performance)이라는 용어로 포괄하는 연구도 있으나(Oliver.1989: iii면), 본고에서는 음악의 반주와 몸짓, 그리고 물리적인 발화행위를 포함하는 것으로 그 의미를 한정한다. 現場性이라는 용어는 한 편의 노래가 구비 연행될 때, 연행의 본질을 좌우하거나 영향을 주는 현장적인 요소라고 할 수 있다. 가창자의 심리적인 상태·기억력·현장 흡입력과 청자의 반응, 그리고 연행의 시공간적인 성격과 제약 등을 포함한 여러 요소들을 말한다. 이러한 현장성은 작품의 내용, 구조, 표현이나 미적 특질 등 작품의 내적 특질을 결정하는 자질이 된다.

식구의 사용은 작시원리의 하나로 작용하고 있고, 각 구문의 변화와 입말의 흔적들은 전승에 따르는 문체론적 변이를 보여준다. 이러한 존재 양상은 불교가사를 구비연행물로 접근할 필요성을 제기한다.

가사장르 전반이나 불교가사를 대상으로 하여 그 구비문학적 성격을 고찰한 선행 연구자는 고순희 임기중 윤덕진 등이다. 고순희는 가사의 구비적 성격을 작시 연행 전승의 측면에서 고찰하고, 4음보 연속의 율문체라는 가사의 율격이 본질적으로 구비적 속성을 가진다고 하였다.2) 임기중은 불교가사에 쓰인 입말과 글말의 결합형태와 머리말 몸말 꼬리말의 다양한 쓰임새를 밝혔는데3), 이 중 상당 부분은 불교가사의 구비적 속성을 적시한 것이다. 윤덕진은 가사와 같이 길이가 긴 구비시가에서 연행을 수월하게 하는 요인으로 주제전개의 방식을 들었다. 가사 본사의 내용 단락을 이루는 시연들은 각기 그 연 형성에 어울리는 소주제를 지니고 있으며, 소주제의 기억은 연행을 용이하게 한다고 하였다. 또 연행의 현장에서 소주제를 견지하는 한에서의 즉흥적인 변이가 이루어지기도 한다고 하였다.4)

의식에서 불려진 불교가사의 주제적 특징이 구연의 상황과 어떤 관련을 맺고 있는가를 검토하는 본고의 논의는 가사의 구비문학적 특징에 대한 논의를 구체화시키는 의의를 가지게 될 것으로 기대한다. 본고에서 논의의 대상으로 삼은 작품은 〈인과문〉 〈회심가〉 〈회심곡〉5) 〈자

---

2) 고순희, 「가사문학의 구비적 성격」, 『국문학의 구비성과 기록성』, 한국고전문학회 엮음, 태학사, 1999, 370~373쪽.

3) 임기중, 「불교가사에 나타난 우리 글말의 쓰임새」, 『한글』 제214호, 1991, 113~153쪽.

4) 윤덕진, 「가사의 구비문학적 특성」, 『매지논총』 제9집, 연세대학교 매지학술연구소, 1992, 100~101쪽.

5) 본고에서는 〈회심곡〉의 대본으로 『석문의범』에 수록된 〈별회심곡〉을 제

책가〉의 네 편이다. 이들 작품은 각각 18세기(〈인과문〉〈회심가〉)와 19세기(〈회심곡〉〈자책가〉)에 불교의식의 정비와 대중화의 과정에서 주목받은 작품으로서, 구연되는 불교가사를 대표하는 작품이다. 아울러 주제 구현의 방식을 살피기 위한 전제로서 전반적인 전승의 구도와 구연된 가사의 위상을 검토하는 장(제2장)을 마련하기로 한다.

시한다. 기존에 '회심곡'으로 유통되던 작품의 대부분은 사실은 18세기에 판각된 〈회심가〉이며, '별회심곡'으로 전승되는 대부분의 작품은 19세기부터 유통되는 〈회심곡〉이다.

Ⅱ. 전승과 구연의 양상

1. 전승의 구도

불교가사는 특정한 종교적인 의도에 따라 지어졌으며, 종교적인 맥락을 포함한 다양한 상황에서 연행되었다. 현재에도 불교가사는 여전히 佛家에서 구연되고 있으며, 〈회심곡〉의 경우에는 대중적인 민속음악의 하나로서 음반을 통해 널리 향유되기도 한다. 그러나 모든 불교가사가 동일한 맥락에서 전승되는 것이 아님은 분명하다. 구비 연행물로서의 불교가사의 위상을 살펴보기 위해 불교가사의 창작과 전승 그리고 수용이 이루어지는 기본 구도를 제시하면 다음과 같다.6)

ㄱ) 창작   → 필사·판각 → 독자
ㄴ) 기존의 대본 → 낭독 → 청중
ㄷ) 기존의 대본 → 낭독·음영
ㄹ) 창작/기존의 대본/구연 전승 → 가창 →청중

─────────────────

6) 한 편의 불교가사가 소개하는 전승 경로 중 어떤 경로를 택하고 있는가
   가 모두 명확하게 드러나지는 않는다. 그리고 경우에 따라서는 둘 이상
   의 경로를 보일 가능성도 다분하며, 실제로도 작품에 따라 상당히 복잡
   한 양상을 보이기도 한다. 본고에서는 이를 단순화시켜 큰 구도를 그려
   보는 것으로 논의를 한정한다.

ㄱ)은 문헌으로 전승되는 불교가사의 경로이다. 禪僧들의 창작가사나 경전을 가사화한 敎學僧의 작품이 여기에 해당된다. 선승의 가사는 참선수도의 의미와 방향을 제시하거나(경허·한암·만공의 〈참선곡〉, 학명의 〈선원곡〉), 불교계의 시대적 지향을 담고 있는(침굉의 〈태평곡〉 〈귀산곡〉, 학명의 〈선원곡〉) 등, 분명한 작가의식을 보여주고 있다.

경전을 가사화한 교학승의 가사는 그 연원이 講經文의 전통에 맞닿아 있는데, 대부분 경전에 담겨 있는 교리 전달을 주된 의도로 삼고 있다.(지형의 〈전설인과곡〉 〈수선곡〉, 작자 미상의 〈법화일승가〉 〈육도가라〉 등) 물론 이들 가사도 佛家의 의식에서 가창의 대본으로 활용될 가능성이 있다. 잠재적인 가창의 대본으로 존재하는 것이다. 그러나 이들 가사는 널리 구연되는 가사와는 그 발상이나 작시 면에서 이질적인 지향을 가지는 것이어서, 주제 구현의 방식에 있어서도 그 층위를 달리하여 논의해야 할 것이다.

ㄴ)은 기록된 대본을 보고 낭송하는 방식이다. 『京都雜志』 권2 '歲時' '元日'조에 보면, '탁발승들이 정월 초하룻날 남의 집 대문 앞에다 모연문을 펴놓고 읽었다'[7]는 기록이 나오는데, 이 기록은 곧 화청의 대본을 보고 읽으면서 모연을 했다는 의미로 해석된다. 최근의 불교학계의 연구에서도 이 기록의 "모연문"을 화청으로 해석하고 있다.[8] 작품의 실상을 구체적으로 확인할 수는 없으나, 이 또한 불교가사 구연의 한 양상을 보여주는 것으로 생각된다.

ㄷ)은 독자들의 개별적인 낭송이나 음영을 통한 수용이 해당된다. 이때는 불교가사가 개인적인 연행으로 실현된 깃으로 볼 수 있다.

---

7) 유득공(이석호 역), 『京都雜志』(『朝鮮歲時記』), 동문선, 1991, 207쪽.

8) 정각, 불교제의례의 설행절차와 방법, 『불교전통의례와 연극연희화의 방안연구』, 엠애드, 1999

ㄹ)은 재 의식을 포함한 여러 의식의 현장에서 구연된 경우다. 여기에 속하는 대부분의 가사는 창작의 과정이 분명치 않으며, 비록 작가가 명시되어 있더라도 창작에서 기록에 이르는 시간적 거리가 상당하여 그 실상을 명확하게 확인하기 어려운 경우가 많다.9) 18세기에 각 사찰에서 판각 유통시킨 〈서왕가〉〈인과문〉〈회심가〉와 19세기에 유통된 〈회심곡〉〈자책가〉〈백발가〉〈몽환가〉 등이 대표적인 작품들이다.

이들 가사도 창작의 단계에서는 작가의식에 의해 창작된 불교가사로서 기록문학의 성격을 지닐 수 있다. 그런데 구연의 과정을 거치면서, 기억의 한계 및 상황의 제약에 따라 내용과 표현의 변이가 생겨난다. 이렇게 하여 오랜 기간 후에 다시 판각되거나 필사된다면, 이때는 유통의 시대적 맥락이 창작자의 독창성보다 더 중요한 의미를 가지게 된다. 비록 〈서왕가〉가 나옹화상의 작품이고, 〈회심가〉가 청허존자의 작품이라 하더라도, 이들의 작품이 구전되고 또 판각을 통해 연행이 확산되었다면, 그 결과로 등장한 작품들은 구비문학의 대상으로서 파악할 수 있게 될 것이다.10)

그리고 모든 경우에 구연의 현장에서 즉흥적으로 작시가 이루어지

---

9) 『화청』과 『법고십이차』(무형문화재조사보고서 제37호, 문화재관리국, 1967)에는 가창자가 새로운 내용의 가사를 창작하고 이를 구연하는 과정이 소개되어 있다. 이경협은 〈육갑시왕원불가〉〈팔상가〉〈염불가〉를, 박수근은 '화청가사'를 새로 창작하여 구연하였다.

10) 물론 구비문학과 기록문학의 구분이 확연한 것은 아니어서, 작품을 분류하는 데는 현실적으로 여러 가지 어려움이 따를 수 있다. 피네건은 연행과 전승과 작시 가운데 하나 이상에 구비적인 것과 관련이 있으면 구비문학으로 정의하고 있다.(피네건, 『Oral Poetry』, Indiana Univ. Press, 1992, 17쪽) 구비시가가 모든 경우에 즉흥적으로 창작되고 불려지거나, 오로지 입에서 입으로만 전승되는 것은 아니라는 점에서, 이는 실상의 복합성을 반영하는 타당한 정의라고 생각한다.

는 것은 아니라 하더라도, 구연 상황에 따라 재창작의 과정을 거친다고
볼 수 있다. 비록 동일한 가사를 암기하여 가창한다고 하더라도, 새로
운 현장의 구연을 통해서 매번 새롭게 각편이 산출되는 것이다. 불교가
사의 주제의 구현양상을 포함한 형성원리나 작시원리를 파악할 때 구
연의 현장성을 언급하지 않으면 안 될 이유가 여기에 있다.11)

2. 구연의 맥락

불교가사는 불교의식에서 불려지는 의식가요이다. 불교의식에 소용
되는 종교음악에는 梵唄12)와 和請이 있는데, 불교가사는 이중 和請과
밀접한 관계가 있다. 和請은 망자의 영혼을 천도하는 재의식의 말미에
청중을 대상으로 하여 부르는 우리말 노래이다.

화청의 연원은 신라의 혜공(惠空. ?~632)·대안(大安. 571?~644?)·
원효(元曉. 617~686)의 佛法弘布의 노래에서 비롯하는 것으로 볼 수
있다.13) 이처럼 오랜 연원을 가지고 전승되어 온 화청이 본질적으로

---

11) 피네건 역시 상황이 연행에 미치는 영향에 대하여 고려해야 한다고 주장
    한 바 있다. 구비문학 연행의 가장 주목할만한 특징은 구연자가 청중이
    나 연행 상황에 의해 영향을 받는다는 것이다.(전게서, 54쪽)
12) 범패는 대중이 이해하기 어려운 전문적인 음악으로서, 한문 게송과 산문
    및 다라니로 구성되어 있다. 범패는 魚丈이라는 전문적인 가창자에 의해
    불교의 제반 의식에서 구연되며, 범패의 절차와 내용, 가락의 장단고저는
    『범음집』(1723) 『작법귀감』(1826) 『동음집』(미상) 『일판집』(18세기 이
    후) 등의 의식집에 규징되이 있다.
13) 임기중, 「화청과 가사문학」, 『고전시가의 실증적 연구』, 동국대학교출판
    부, 1992, 579면. 한편 김동욱은 〈회심곡〉의 연원이 신라시대의 念佛僧 門
    僧 緣化輩 居士 歌舞僧의 전통을 이은 것으로 보았다.(『한국가요의 연구
    (속)』, 이우출판사, 1980, 89쪽)

가사체의 율격을 지녔는가의 여부와 시대에 따라 다른 형식으로 전화되는 양상에 대해서는 별도의 논의를 필요로 한다. 다만 문헌을 통해 확인할 수 있는 것은 조선후기에 가사장르를 빌어 화청이 유포되었고, 각 사찰에서 이를 판각하여 널리 확산시켰다는 점이다.

佛家에서 오랜 연원을 가지고 구연되던 의식가요가 역사적인 장르인 가사로 주목받고 활용되는 시기는 17c 후반에서 18c 전반인 것으로 추정된다. 오랜 기간 구비 유통되던 노래가 1704년(『보권염불문』, 예천 용문사)에 비로소 〈나옹화상서왕가〉와 〈인과문〉이라는 제목으로 등장하게 된다. 『보권염불문』은 1704년 이후 수도사(1741), 동화사(1764), 홍률사(1765), 묘향산 용문사(1765), 해인사(1776), 선운사(1787) 등에서 계속 판각하거나 복각하여 유통시킨 염불의례서다. 이는 18세기 불교계의 의식불교의 지향과 대중지향적인 양상을 여실히 보여주는 문헌이다. 여기에 불교가사인 〈서왕가〉와 〈인과문〉 및 〈회심가〉가 수록되었다.14) 1700년대에 사찰에서 지속적으로 간행한 『보권염불문』에 담긴 가사는 가사체로 전승되는 기존의 의식가요를 경전에 상응하는 의식가요로서 자리잡게 하려는 의도를 담고 있다. 이는 가사의 제목에 '나옹화상서왕가'라 하여, 나옹화상의 이름을 내세우는 경향에서도 확인된다. 해인사본 『신편보권문』(1776)에 수록된 〈江月尊者西往歌〉와 〈淸虛

------

14) 물론 이보다 앞선 시기에 불교가사를 판각한 전례가 있다. 침굉(1616~
   1684)의 가사(〈귀산곡〉〈태평곡〉〈청학동가〉)는 개인적인 선적 취향과
   불교계에 대한 비판의식을 담은 가사로서, 의식에서 널리 구연하는 가사
   라기보다는 가사 문화권에 속해 있는 작자 자신의 개인적인 취향의 가사
   라 할 수 있다. 정격가사로서 낙구를 구사하고 있다는 점도 타령조의 의
   식가요와 다른 점이다. 윤선도와의 개인적인 친분, 『침굉집』의 서문을 썼
   던 박사형이 가사 〈남초가〉의 작자라는 사실도 침굉의 가사창작과 관련
   이 있을 것으로 생각한다.

尊者回心歌〉는 주요 어휘를 한자어로 표기하여 전체적으로 古雅한 느낌을 주는 이본인데, 여기에서도 '文字'의 사용을 통해 의식가요로서의 권위를 부여하려는 의도를 확인할 수 있다. 그리고 1800년대에 등장하는 〈회심곡〉의 결사에는 "회심곡을 업수여겨"서는 안 된다는 내용을 담고 있다. 이는 지금 부르는 노래를 단순한 가사체의 염불로서가 아니라 하나의 작품, 하나의 경전, 하나의 법문으로서 수용하기를 당부하는 것으로 판단된다. 이처럼 화청은 17세기말~18세기초 불교계의 대중 지향적인 구동력에 의해 역사적인 장르인 불교가사로서 인식되었고, 대중적인 확산의 기회를 얻게된 것이다.

모든 불보살을 청한다는 의미의 화청은 본래는 불가의 모든 의식에서 행해질 수 있고,[15] 또 여러 의식에서 행해지고 있다는 실증적인 조사보고[16]도 있다. 하지만 연행의 대부분은 천도재에서 이루어진다.[17] 불가의 천도의례에는 49재, 수륙재, 예수재 등이 있다. 49재는 선공덕을 닦아, 그로 하여금 더 좋은 세계로 轉生하거나 또는 아미타불의 극락세

---

15) 화청의 가창자로서 이경협은 "화청이란 모든 재에서 칠 수 있는 것으로서 그때그때 정상에 따라 임의로 부르는 것"이라 증언하고 있다. (『화청』, 무형문화재조사보고서 제65호, 문화재관리국, 1969, 66쪽)

16) 정각은 〈참선곡〉(경허)과 〈이산혜연선사발원문〉이 일상적인 예불시에 의식가요로 구연되고 있는 사실과, 이경협이 十齋日과 관련해서 〈육갑시왕원불가〉를 새로 지은 사실을 자료조사를 통해 밝혀놓았다.(앞의 책, 201쪽, 216쪽, 326쪽)

17) 『화청』 62쪽, 65쪽 참고. 불교가사는 경우에 따라 다양한 의식이나 불교의식을 벗어난 민간의식(걸립패의 길립시, 탁발승의 타발시, 독경무의 독경시, 향두꾼의 영가 운력시)에서 구연될 수 있지만, 불교가사가 發想되는 연행의 상황은 불교의 천도의식이라고 할 수 있다. 결과적으로도 불교가사 중에서 널리 구연되고 전파된 가사는 천도의식에서 연행된 가사들이다.

계에 왕생하여 윤회에서 벗어나게 한다는 신앙에서 행해진다.[18] 수륙
재는 물과 뭍에서 헤매는 외로운 영혼과 아귀를 달래며 위로하기 위하
여 불법을 강설하고 음식을 베푸는 의식이다. 예수재는 살아 있는 동안
공덕을 미리 닦아 사후에 지옥에 떨어지지 않고 극락왕생하고자 하는
신앙의례이다.

불교가사가 불가에서 화청으로 구연되는 상황은 이상에 나열한 재
의식으로서, 이들은 모두 유사한 신앙적 배경과 특질을 지니고 있다.
불교가사는 명부신앙, 즉 지장신앙, 극락왕생신앙, 시왕신앙 등이 배경
으로 깔려 있는 재의식에서 구연된 것으로서, 재의 성격과 불교가사의
내적 특질은 서로 표리관계에 있다고 볼 수 있다.

재의식과 불교가사의 상호 연관성은 때로는 가사에 직접 표출되기
도 한다. 〈회심곡〉과 〈자책가〉의 이본에 삽입된 덕담은 기존의 불교가
사를 상황에 맞게 재현하고 있는 좋은 예가 된다.

> 원아는 금유차일 사바세계 남섬부주 동양하고 대한민국 금차 수월도량
> 지극지성 천혼제자 시금대중 각각복참 선부모를 모셔다가 극락세계주 천
> 도할제 기원정사를 찾아와서 삼보전에 귀의하고 서방정토를 돌아갈제 오
> 방을 가려보자 동방에는 청유리세계 청사초롱에 불밝히고 서방에는 백유
> 리세계 백사초롱에 불밝히고 지방에는 흑유리세계 흑사초롱에 불밝히고
> 중방에는 황유리세계 황사초롱에 불밝히고 선부모를 위로하야 법공양을
> 설하여서 삼보전에 공양하고 이차공덕으로 선근종자를 연을맺어 지혜심
> 을 일어놓고 법성토 너른뜰에 수월도량을 널리닦아 사생대해를 건너갈제
> -이하 〈자책가〉구술. (『화청』)

---

18) 황성기, 『불교사상의 본질과 한국불교의 제문제』, 보림사, 1989, 196쪽

〈자책가〉의 창자는 '선부모의 영혼을 극락으로 천도'하려는 의뢰자의 청에 따라, '청사초롱 백사초롱 흑사초롱 황사초롱에 각각 불을 밝히고' '법공양을 설하여' 놓는 재의식을 펼치고 있다. 아울러 '이러한 공덕으로 선근종자의 연을 맺어 사생대해를 건너 극락으로 인도'하는 효과를 얻기 위해 가사를 구연하고 있는 상황이 작품 내로 전이되어 있다. 창자와 청자간의 정서적인 긴밀성을 고양시키며, 가사의 효용을 높이고, 설득력을 배가시키는 이러한 구절은 연행의 현장에서 구연과 동시에 지어지고 첨가된 대목이라고 할 수 있다.

> 금일 모씨영가 이차사십구일을 무진법 들으시고 좋은염불 많이받고 화청
> 법문 자세들어 이차인연 공덕으로 일념미타 속죄업 지옥변성 달라지라
> 이차인연 공덕으로 극락세계 가실적에 선심하고 마음닦아 불의행사 하지
> 마소 <u>회심곡을 업수여겨 선심공덕 아니하면</u> 우마귀신 못면하고 지옥고를
> 어찌할가 노는입에 염불하고 수신제가 능히하면 치국안민 하오리다 아무
> 쪼록 염불하고 마음으로 덕을닦소 이몸죽어 어찌될지 어느누가 아오리까
> 바라나니 우리형제 자선사업 많이하여 내생길을 잘닦아서 극락세계 왕생
> 하며 아미타불 참견하세 〈반회심곡〉(『화청』)

〈회심곡〉과 〈반회심곡〉은 작품을 구연하는 중간 과정에 연행의 상황을 직접 반영함으로써 청중과의 친밀성을 높이고 있다. 인용 대목은 작품의 결사에 해당하는 부분인데, 밑줄 친 부분은 〈반회심곡〉에 새로 첨가된 것이다. 구연의 상황은 사십구재를 올리는 것으로, 천도재의 대상이 되는 '모씨(某氏)의 靈駕가 和請法門, 즉 '회심곡'을 자세히 들어 이러한 공덕으로 죄업을 속죄하고 극락세계로 가게 될 것'임을 말하고 있다. 아울러 〈회심곡〉을 구연하면서 '회심곡'을 업신여기지 말라는 부분은, 현재 자신이 구연하는 노래를 하나의 객관화된 작품으로 청중에

게 제시하고 있는 대목으로서 이 또한 연행의 현장성을 직접 드러내고
있다.

佛家의 재 의식에서 구연된 대표적인 가사는 〈회심가〉 〈회심곡〉[19]
〈자책가〉 등이다. 다음 장에서는 여기에 구연의 자취가 강하게 나타나
있는 〈인과문〉을 포함하여 구연과 주제구현의 방식과의 관련 양상을
구체적으로 검토하기로 한다.

---

19) "봉원사의 박송암스님은 화청의 원본적인 것으로 『석문의범』에 수록된 〈
    회심곡〉 〈별회심곡〉 〈백발가〉 〈몽환가〉 등을 들고, 이 가운데서도 〈별회
    심곡〉을 가장 대표적인 것으로 칠 수 있다고 하였다."(『화청』, 62쪽) 증
    언 내용의 '회심곡'과 '별회심곡'은 각각 본고의 〈회심가〉와 〈회심곡〉에
    해당한다.

Ⅲ. 구연에 따른 주제구현의 방식

1. 표준화된 주제소의 변주

이상의 불교가사에는 몇 개의 친숙한 주제소가 결합되어 있는 양상을 보여준다. 여러 작품에 걸쳐 반복되는 주제소는 인생의 最貴함과 무상함, 저승길과 시왕의 심판, 탐욕과 지옥의 고초, 염불공덕의 가치와 극락의 환희상 등이다. 어떤 작품이든 이러한 주제소가 상당부분 중첩되어 있어, 각각의 불교가사가 '다르지만 같은' 작품으로 인식되는 요인이 된다.

1) 인생의 최귀(最貴)함과 무상함

사람의 소중함과 인생의 무상함은 주로 가사의 서두에서 반복적으로 차용되거나 변용되고 있다.

사룸이라 ᄒ눈거슨 셤개투침 밍귀우목 갓ᄒ야 인싱난득 쟝부난득 츌가난득 불법난봉 아니온가 턴디간의 최귀ᄒ니 다문사룸 ᄲᆞ니로다 〈인과문〉

턴디이의 분ᄒ후에 삼나만상 일어나니 유졍무졍 삼긴얼골 턴진면목 졀묘호디 범부고텨 셩인되문 오직사룸 최귀ᄒ다   〈회심가〉

세상천지 만물중에 사람밧게 또잇는가 여보시요 시주님네 이내말삼 들어
보소 이세상에 나온사람 뉘덕으로 나왔는가 서가여래 공덕으로 아부님전
뼈를빌고 어만님전 살을빌며 칠성님전 명을빌고 제석님전 복을빌어 이내
일신 탄생하니   〈별회심곡〉

사람되게 어려움이 맹귀우목 갓타거늘 불보살의 은덕으로 이몸어더 나와
시니 이아니 다행한가   〈자책가〉

〈인과문〉은 사람으로 태어난다는 것은, 눈먼 거북이가 백만 년에 한
번씩 바다 위에 떠올라 나무를 만나는 것과 같은 매우 드물고 귀한 인
연이며, 천지간에 가장 귀한 것은 다만 사람뿐이라고 하였다. 〈회심가〉
는 범부가 다시 성인이 되므로, 천지간에 오직 사람만이 가장 귀한 존
재라 하였고, 〈별회심곡〉은 세상천지 만물 중에 사람이 최고라고 하면
서, 그 근거로 석가여래의 공덕과 칠성님·제석님의 명과 복을 빌어 태
어났다는 것을 들고 있다. 〈자책가〉는 〈인과문〉에서 제시한 盲龜遇木의
인연과 〈별회심곡〉에서 제시한 불보살의 은덕으로 사람으로 태어났다
는 인식을 수용하면서, 사람의 소중한 가치에 대해 말하고 있다. 이와
같이 각각의 작품마다 그 서두에는 인생의 소중함이라는 주제소가 즐
겨 차용되고 변용되고 있음을 알 수 있다.

작품의 서두에서 사람의 최귀함을 제시하는 것은, 이처럼 존귀한 존
재인데도 불구하고 사람들이 자신의 존재 가치를 깨닫지 못하고 있으
며, 탐욕으로 가득 찬 삶을 살고 있다는 것을 제시하기 위한 것이다.
인생의 소중한 가치를 확인하고 이어 인생의 무상함을 토로하는 것은
매우 자연스러운 전개방식이라 할 수 있는데, 이는 또한 각 작품마다
유사한 양상으로 나타난다. 이를 구체적으로 살펴보면, 먼저 〈인과문〉

에서는 인간의 목숨이 수십 년에 불과하여 늙고 병들어 죽는 것을 피할 수가 없으니, '슬프'고 '답답하고' '더욱 서러'울 뿐이라고 하였다.20) 〈별회심곡〉에서는 백발이 드는 것이 '원수'같으며, 사람들이 늙고 병들어 망령이 난 내 모습을 보고 비웃으니, '애닯'고 '서럽'고 '절통하고' '통분하다'고 하였다. 그리고 인간이면 누구나 따라가는 이 길을 '누가 능히 막을손가'라고 반문하면서 체념 어린 어조로 인생의 무상함을 토로하고 있다.21) 〈자책가〉에서는 기별 없이 찾아오는 병에 걸려 고통받는 모습과, 가족이나 친지, 우황이나 인삼, 편작의 의술이나, 千金萬財로도 거역할 수 없는 죽음의 위력을 제시하면서 역시 체념적 어조로 일관하고 있다.22) 인생무상이라는 주제소는 〈백발가〉와 〈몽환가〉에 이르러서는 전체 내용의 대부분을 차지하는 것으로 변주되어 있는데, 이는 그만큼 인생의 무상함이 불교가사의 핵심적인 주제소로서 인식되고 수용된 것을 의미하는 것이다.

---

20) 인간애 나온사롬 목숨을 혀여보소 천년살며 만년살가 이십전의 어려잇고 오십후면 망녕되고 인스아라 사는거시 다믄수십년 뿐이로쇠 슬프다 이몸이 주것다가 다시올가 사롬어더 되신홀가 갑술주고 여휠손가 이내몸애 중병드러 곤고히 아야라 우릴젹의 피치못홀 겨길일시 답답ᄒ고 더욱셜다 〈인과문〉

21) 무정세월 여류하야 원수백발 도라오니 업든망령 절로난다 망령이라 흉을 보고 구석구석 웃는모양 애달고도 설은지고 절통하고 통분하다 할수업다 할수업다 홍안백발 늘거간다 인간에 이공도를 뉘가능히 막을손가 〈별회심곡〉

22) 기별업난 모진병이 일죠에 몸에들어 삼백육십 골질바다 마디마디 고통힐재 팔진미 맛난음식 죳타하고 먹어볼까 최친지친 모다들어 지셩으로 권하여도 찬물밖에 못먹나니 슬픈지라 주인공아 전생에 원수로서 빗갑푸려 든병이야 우황으로 어이하며 인삼으로 보기할까 편작의 의술인들 천명을 어이하리 천금을 허비하고 만재를 다드려도 노이무공 뿐이로다 〈자책가〉

2) 저승길과 심판

인생의 무상함은 필연적으로 죽음으로 귀결된다. 불교가사에는 죽음
이후의 과정이 매우 극적으로 형상화되는 경향이 있다.

명마출 그날에 념나대왕 보내오신 인로ᄉᄌ 네다스시 ᄒ손애 쇠채들고
ᄶᄒ손애 환도들고 두문젼 가로집고 어서나라 슈이나라 ᄌ촉ᄒ거든 뉘말
이라 거술손고 부모동싱 쳐ᄌ노비 겻틱ᄀ득 ᄒ야신들 디신가리 뉘이시며
〈인과문〉

무샹살귀 ᄂ라드러 ᄉ대환신 쩟쪄닐디 힘을가져 당젹ᄒ며 지믈가져 인졍
홀가 만당쳐ᄌ 어디쓰며 우양젼지 디드릴가   〈회심가〉

〈인과문〉에는 목숨을 마치는 날에 염라대왕이 보낸 引路使者 네다
섯 명이 한 손에 쇠채를, 또 한 손에 환도를 들고 와서 데려가는 것으
로 제시되어 있다. 〈회심가〉에는 無常殺鬼가 날아들어 四大環身을 꺾어
낼 때 당해낼 수 없다는 것으로 제시되었다.
  18세기의 〈인과문〉과 〈회심가〉에 이렇듯 개략적으로 제시된 저승길
은, 19세기 이후에 등장한 〈별회심곡〉과 〈자책가〉에는 더욱 흥미진진한
내용과 분위기로 형상화되었다.

열시왕의 명을바다 한손에 철봉들고 또한손에 창검들며 쇠사슬을 빗겨차
고 활등갓치 굽은길로 살대갓치 달려와서 다든문을 박차면서 뇌성갓치
소래하고 성명삼자 불러내여 어서가자 밧비가자 뉘분부라 거역하며 뉘영
이라 지체할까 (중략) 일직사자 손을끌고 월직사자 등을밀어 풍우갓치
재촉하여 천방지방 모라갈제 노푼대는 나자지고 나즌대는 노파진다 (중
략) 이렁저렁 여러날에 저생원문 다달으니 우두나찰 마두나찰 소래치며

달라들어 인정달라 비는구나 (중략) 의복버서 인정쓰며 열두대문 들어가
니 무섭기도 끗이업고 두렵기도 칙량업다 대명하고 기다리니 옥사장이
분부듯고 남녀죄인 등대할제 정신차려 살펴보니 열시왕이 좌개하고 최판
관이 문서잡고 남녀죄인 잡아들여 다짐밧고 봉초할제 어두귀면 나찰들은
전후좌우 벌어서서 긔치창검 삼열한대 형벌긔구 차려노코 대상호령 기다
리니 엄숙하기 측량업다   〈별회심곡〉

염나대왕 부린채사 녕악하고 험한사자 네문전에 박도하야 인정업시 달녀
들어 벽녁캇치 잡아낼제 간대마다 사귄쥬인 죽자사자 친턴벗시 저때에
대신가리 생각건대 그뉘시며 (중략) 시왕전에 추입할제 우두나찰 마두나
찰 좌우편에 널닙하야 번개갓튼 눈을뜨고 벽녁갓튼 모즌소래 일시에 호
통치며 서리갓튼 창검으로 엽엽히 들셔이며 바로하라 호령할제 골절이
문허지고 오은몸이 핏빗츤들 어의친고 뒷발보리   〈자책가〉

두 작품의 공통 내용을 제시해 보면, '저승에 있는 열시왕의 명을 받
은 일직사자 월직사자가 벼락같은 소리로 이름을 불러 쇠사슬로 결박
하여 끌고 간다. 저승의 입구에는 우두나찰 마두나찰이 위협을 하며,
열 두 대문에 들어가서는 옥사장이가 부르는 대로 죄인처럼 분부를 기
다린다. 열시왕이 자리를 잡고 최판관은 문서를 들고 남녀죄인을 잡아
들여 다짐받고 심문을 한다. 물고기 머리와 귀신 얼굴을 한 나찰들은
전후좌우에 벌여 서서 旗幟槍劍을 들고 형벌기구를 갖추어 놓고 대상
의 호령을 기다리게 된다.'는 것이다.

이와 같이 19세기의 두 작품은 시왕길에 끌려가는 인간의 두려움을
매우 현실감 있게 형상화시키고 있다. 18세기의 작품보다 19세기의 작
품에서 시왕길의 내용이 강조되고 확장되는 것은 청중의 정서에 반응
하면서 주제를 구현하는 방향으로 작시가 이루어진 결과라 할 수 있다.

3) 인과응보－지옥과 극락

죽음 이후의 길이 염라왕의 사자에 의해 인도되는 정해진 과정이라면, 생전의 업에 따라 심판을 받는 것 또한 피할 수 없는 순서이다. 이에 따라 인생무상에 이어 저승사자의 등장과 심판이라는 주제소는 순차적으로 이어진다. 심판의 내용을 한마디로 표현하면 인과응보가 된다. 어긋난 삶을 살면 고통을 받고 공덕을 쌓으면 복락을 받는다는 내용이다.

권ᄒᆞ노니 졔션근 심으시며 <u>셰스탐챡</u> 너무말고 <u>념불동참</u> ᄒᆞᆸ시소 이싱의
ᄒᆞᆫ공덕은 후싱에 슈ᄒᆞᄂ니   〈인과문〉

<u>세간탐심</u> 못ᄇᆞ리면 삼악도에 떠러디고 <u>물외스를 좃스오면</u> 안양세계 간다
ᄒᆞ니 ᄌᆞ조ᄌᆞ조 념불ᄒᆞ야 불국으로 어서가새   〈회심가〉

인용문에는 因果應報事가 두 개의 대립적인 항목으로 간명하게 제시되어 있다. 〈인과문〉에는 '世事貪着'과 '念佛同參'으로, 〈회심가〉에는 '세간탐심'과 '物外事 좇기'로 되어 있으며, '물외사'는 구체적으로는 '염불'공덕으로 제시되어 있다. 한편 〈서왕가〉에는 '百年貪物은 하루아침 티끌이요 삼일하온 염불은 백천만겁에 다함없는 보배로세'라 하여, '백년 탐물'과 '삼일 염불'로 제시하고 있다. 이들은 공통적으로 세상일에 욕심내어 탐심을 가지는 사람은 지옥으로 떨어져 무수한 고통을 받게 되고, 염불을 하여 공덕을 쌓는 사람은 극락세계에 들어가 온갖 환대를 다 받는다는 주제를 표출하고 있다.

세사탐착과 염불공덕의 귀결은 지옥과 극락이다. 이에 따라 인과응보사는 다시 극락과 지옥의 독립적인 장면으로 길게 제시되어 나타난다.

신심으로 넘불ᄒ면 극낙도ᄉ 아미타불 금년으로 드려가면 칠보년더 옥호
광에 무상쾌락 슈홀째예 만세만세 디나가되 반일ᄌ다 니르시니 인간고초
하셜우니 뎌진락에 어셔가새　　　　　　　　　　　　　〈회심가〉

착한사람 불러듸려 위로하고 대접하며 몹슬놈들 구경하라 이사람은 선심
으로 극락세계 가올지니 이아니 조흘손가 소원대로 무를적에 네원대로
하여주마 극락으로 가랴느냐 연화대로 가랴느냐 선경으로 가랴느냐

　　　　　　　　　　　　　　　　　　　　　　　　　〈별회심곡〉

아미타불 대성존이 넘불인 다려갈제 무슈한 대보살과 슈다한 성문연각
각각이 향화잡고 쌍쌍이 춤을추며 백천풍악 울니시고 경각에 도피하니
극낙세계 장엄보쇼 황금으로 따이되고 칠보지 너른못시 쳐쳐에 생겨시되
팔공덕슈 맑은물이 가득히 실어잇고 물밋태 쌀닌모래 순색으로 황금이요
못가온대 년화꽃튼 청년화 황년화요 적년화 백년화라 (중략) 넘불인을
다리다가 져리조혼 년화대에 두려시 안치두고 아미타불 금색신이 녹나의
샹 조흔옷새 호가사를 입우시고 옥호광을 노으시며 무상셜법 일으시며
(중략) 이리귀한 사람일졔 져리조혼 극낙국을 못듯고난 마려니와 듯고참
아 아니갈짜　　　　　　　　　　　　　　　　　　　　　〈자책가〉

　극락이라는 주제소는 크게 아미타 3부경의 내용을 직간접적으로 인
용하여 극락의 환희상을 제시하며, 공덕을 쌓은 이에게 극락으로 보낼
것을 약속하는 내용이 담겨 있다. 인용된 대목을 보면 극락의 환희상이
〈회심가〉에는 '칠보연대 옥호광 무상쾌락'으로, 〈별회심곡〉에는 '연화대'
로 제시되었다. 〈별회심곡〉의 경우에는 극락의 환희상을 직접 서술하는
대신에 심판을 받는 이에게 그 동안 쌓은 공덕으로 극락에 보낼 것이
라는 다짐이 담겨 있다. 〈자책가〉에는 '백천풍악 황금땅 七寶池 팔공덕
수 청연화 황연화 적연화 백연화 연화대 아미타불 금색신 녹나의상 호

가사 옥호광' 등으로 표현되어 있다. 이 가운데 〈자책가〉의 내용이 가장 길고 화려하며 아미타경의 내용을 가장 충실하게 전달하고 있다.

극락의 환희는 지옥의 고초와 대비적으로 제시될 때 더욱 돋보이며 강조의 효과가 있다. 지옥과 극락은, 선후관계나 비중의 크고 작음을 도외시한다면, 대부분의 작품에서 제시되어 있는 핵심적인 주제소이다. 〈인과문〉의 지옥은 눈이 하나인 一目鬼王과 눈이 셋인 三目鬼王이 청석칼을 메고 項鎖와 足鎖를 갖추고 쇠채로 치며 이리저리 몰아 가는 곳이며, 쇠문 안으로 달려들어가 목을 베고 혀를 빼며 굽고 삶고 톱으로 켜며 가지가지의 고통을 주는 곳이다.23) 〈회심가〉에는 '刀山劍樹' 즉 칼산과 창나무로 가득 찬 여러 지옥에서 온갖 고통을 받는다는 내용이 전개되어 있고,24) 〈별회심곡〉과 〈자책가〉에는 생전에 행한 죄의 경중에 따라 시왕이 주재하고 있는 '도산지옥 화산지옥 한빙지옥 발설지옥 아침지옥 거해지옥'에서 큰 고통을 받을 것임을 강조하고 있다.25)

---

23) 우두나찰 마두나찰 모도쮜여 드리드라 쇠사슬 목의걸고 쇠방마치 둘러메고 스방의 둘러셔셔 디옥으로 보니실제 일목귀왕 삼목귀왕 나와겨셔 청셕칼 메오시고 항쇄족쇄 갓초시고 이리가쟈 져리가쟈 쇠치로 치시며 모라가니 흔각이나 머물손가 너분길 좁아지고 좁은길 어두온디 소소이 송풍소리예 팔만스천 무간디옥 철위성도 노프실샤 쇠문안 드리드라 목버히며 혀쌘히며 굽거니 숨거니 켜거니 쎄거니 가지가지로 다스리니 아야아야 우는소리는 오뉴월 가온대 억머구리 소리로다 〈인과문〉

24) 도산검슈 졔디옥에 만반고통 슈홀째예 디장보살 대원인둘 뎌룰엇디 구데홀고 블속에 죽는나비 제들거든 엇디홀고 즐어죽는 쥬식에는 귀쳔업시 다즐기고 진락슈홀 념불에는 승쇽남녀 다피흐니 말셰되니 그러흔가 〈회심가〉

25) 몹슬놈들 잡아내여 착한사람 구경하라 너희놈은 죄중하니 풍도옥에 가두리라 남자죄인 처결한후 여자죄인 잡아들여 엄형국문 하난말이 너에죄목 들어바라 시부모와 친부모께 지성효도 하엿느냐 (중략) 남의말을 일삼는 년 시긔하긔 조와한년 풍도옥에 가두리라 죄목을 무른후에 온갖형벌 하

　　논의 대상인 네 작품은 공통적으로 '인생무상-저승길과 심판-염불공덕-지옥의 고통-극락왕생의 환희'라는 주제소가 기본적인 구조를 이루고 있다.[26] 불교가사는 이들을 선행담화로 하여 하나의 주제를 향하여 나아가게 서로를 인과적으로 결합하여 만들어낸 것이다. 이러한 주제소의 결합방식에 따라서, 서로 다른 불교가사라 할지라도 전반적인 어조와 내용, 분위기에 있어서는 비슷한 작품이 되는 경향이 있다. 불교가사에 인간의 삶과 죽음 그리고 생전의 공덕에 따른 인과응보와 극락 및 지옥에 관한 내용이 주요한 주제로 반복되는 것은, 기본적으로 선공덕을 닦아 더 좋은 세계로 전생하거나 아미타불의 극락세계에 왕생하여 윤회에서 벗어나게 한다는 재의 의도에서 비롯된 것이다. 불교가사의 내용과 주제소는 재의 성격에 의해 규정되었던 것이다.

　　그러나 비록 그렇다하더라도 하나의 텍스트로 조직되고 표현되는 과정이나 전승의 과정에서, 연행 방식이 가사의 주제 표출에 일정한 기제로 작용하게 된다면 우리는 주제소의 정형성을 연행론적 시각으로

　　는구나 죄지경중 가리여서 차례대로 처결할제 도산지옥 화산지옥 한빙지옥 발설지옥 아침지옥 거해지옥 각처지옥 분부하야 모든죄인 처결한후 〈별회심곡〉
　　엄베덤베 지내다가 덧업시 죽어지면 도산지옥 검슈지옥 확탕지옥 노탄지옥 한빙지옥 회하지옥 동쥬철상 험한지옥 쏘겨고 베혀내고 일변굽고 일변쌈고 하로밤 하로나제 만번죽여 만번환생 뉘대신이 된다하고 밥분탈결업난탈 가지가지 츙탈노셔 엄쳐온 세력삼아 념불에 배도난다 (중략) 하물며 백천겁에 간단업슨 대고통을 그대지 업순너겨 오활부려 지낼쇼냐 〈자책가〉

26) 작품별로 주제소를 나열하면 다음과 같다.
　　〈인과문〉 - 인생무상, 염불공덕, 저승길과 심판, 지옥
　　〈회심가〉 - 인생무상, 염불공덕, 극락, 지옥
　　〈별회심곡〉 - 인생무상, 저승길과 심판, 지옥, 극락, 적선과 적덕
　　〈자책가〉 - 인생무상, 저승길과 심판, 지옥, 염불공덕과 극락

해석할 충분한 근거를 가지게 될 것이다.

이상에 제시된 주제소는 가장 보편적인 불교문화의 담론으로서, 수준 높은 창자만이 작품을 구성할 수 있는 것은 아니다. 불가에서 재를 주관하는 창자라면 기존의 주제소를 적절하게 엮어내어 구연하는 것은 비교적 용이한 일이었을 것이다. 청중의 입장에서도 한 번 들었던 가사 내용이 부분적으로든 전체적으로든 반복되면서 작품이 전개되는 경우에, 작품에서 받는 감화가 오히려 배가되었을 것으로 추측된다. 이런 점에서 가사를 구연하는 창자들은 새로운 가사를 부르기보다는 관습적으로 통용되어온 주제소를 담은 가사를 반복적으로 구연하게 되었던 것이다.

불교가사가 연행되는 상황을 재구해 보면, 먼저 가창자는 기존의 불교가사를 암기하여 재현하거나, 상황에 따라 내용을 개변하고 새로운 내용을 삽입하여 대중에게 전달한다. 이때 재에 참여한 청중과 재를 주관하는 창자 사이에는 동일한 정서적인 맥락을 필요로 한다. 이에 따라 기존의 가사가 상황에 맞게 변형될 수 있다. 따라서 불교가사가 구연의 대본으로 유통될 때, 가사의 내용과 구조에서 구연의 수월성을 위한 장치가 내재되어 있을 가능성이 크다. 청자의 입장에서도 이러한 구연의 장치는 추후에는 불교가사를 연상할 때 떠올릴 수 있는 일종의 선험적인 구조나 내용이 된다. 이에 따라 가창자는 이러한 장치를 활용하여 한 편의 노래로 구연하게 되었을 것으로 생각된다. 결국 창자와 청중의 교감과 상호 작용에 의해, 다채로운 내용이 개성적으로 구현되는 것이 아니라, 몇 가지의 기억에 용이한 주제가 선별적으로 반복된 것이다.

2. 중언부촉(重言咐囑)의 원리

불교가사를 읽어보면 몇 개의 주제소가 계속해서 반복되며, 작품의 여기저기에 산만하게 뒤섞여 있는 것을 알 수 있다. 적당히 어느 한 대목을 택해서 읽어보더라도 작품 전체의 주제를 파악할 수 있을 정도이다. 체계적인 구성과 거리가 있는 이러한 특징은 청중의 집중력과 기억을 지속시키려는 의도의 반영이거나, 혹은 구연의 결과로 나타난 특징으로 볼 수 있다.

〈인과문〉은 인생무상과 염불공덕·저승길과 심판·지옥의 주제소로 구성되었는데, 각각의 주제소가 반복되는 양상을 제시하면 다음과 같다.

〈서사〉
(사람의 최귀함) 텬디간의 최귀ᄒ니 다문사름 뿐니로다
(인생무상) 무샹은 신속ᄒ고 셰월은 수이간다
(세사탐착) 셰간의욕만 탐챡ᄒ고 훗길닷기 모륵ᄂ다
(염불공덕) 념불동참 불공보시 ᄒ온밧긔 쏘무스일이 잇돗던고

〈본사〉
(인생무상) 이십젼의 어려잇고 오십후면 망녕되고 인ᄉ아라 사ᄂ거시 다 믄수십년 뿐이로쇠 슬프다 이몸이 주것다가 다시올가
(세사탐착) ᄒ륵사리 ᄀᆺ툰인싱을 만년ᄀᆺ치 길게미더 셰사만 탐착ᄒ야 번뇌즁에 잠거셔
(염불공덕) 인연션죵 부모효양 념불동참 불공보시 우이너겨 불연못민 사룸드라
(시왕길과 심판) 시왕쎄 잡혀드러 츄열다짐 시비쟝단 가지가지 무륵실졔

인간애 디은죄는 염나대왕 업경터예 낫낫치 비최엿고
(지옥고초) 팔만ᄉ쳔 무간디옥 쳘위셩도 노프실샤 쇠문안 드리드라 목버
히며 혀ᄲᅢ히며 굽거니 슙거니 켜거니 ᄹᅦ거니

　〈결사〉
(사람의 최귀함) 인간에 힝득인신 나오신 존비귀쳔 승속남녀 …… 인싱
난득 불법난봉
(인생무상) 풀긋틔 이슬ᄀᆺ튼 인싱을 쳔만년이나 살가ᄒ야
(세사탐착) 셰ᄉ만 탐챡ᄒ고
(지옥고초) 슬프다 디옥고싱 슈홀젹의
(염불공덕) 권ᄒ노니 졔션근 심으시며 셰ᄉ탐챡 너무말고 념불동참 ᄒ옵
시소 이싱의 ᄒ온공덕은 후싱에 슈ᄒᄂ니

　〈인과문〉에서 전달하고자 하는 주제는 사실은 작품의 첫 대목에 대
부분 제시되어 있다. 서사에는 '사람은 천지간에 가장 귀한 존재'인데
'인생은 무상'하니, '세상일에 탐욕과 집착'을 버리고 '염불공덕'에 힘을
쓰라는 내용을 담고 있다. 이는 다시 본사에서 '인생은 무상'하다는 것,
그리고 '세상일에 탐착'하게 되면 죽어 '시왕길을 걸어 심판' 받을 때에
'지옥의 고초'를 받게 되니, '염불공덕'을 쌓으라는 내용으로 길게, 그러
나 동어 반복적으로 제시되어 있다. 결사에는 서사와 본사에 제시된 내
용이 다시 한 번 반복되어 있다. 이 같은 특징은, 어느 한 대목을 임의
로 택하여 듣는다고 하더라도 전체적인 주제가 전달될 수 있도록 하는
구연의 장치라고 할 수 있다.
　〈자책가〉의 경우, 인생무상·저승길과 심판·지옥·염불공덕과 극락
의 주제소가 결합되어 있는데, 각각의 주제소는 작품의 처음(1단락)에
서 마지막(6단락)에 이르기까지 지속적으로 등장한다. 이 가운데 인생

무상과 염불공덕의 주제소가 반복되는 양상을 보면 다음과 같다.

　　〈인생무상〉
　(1단락) 아직나잘 무병타가 저녁나잘 못다가서 손발짓고 죽난인생 목전에
　　　　파다하니
　(2단락) 백년도 못다사는 이한몸을 구지밋어
　(3단락) 기별업난 모진병이 일조에 몸에들어 삼백육십 골절마다 마디마디
　　　　고통할재
　(5단락) 이십젼 삼십젼에 조경업시 죽난인생 여게저게 무슈하니

　　〈염불공덕〉
　(1단락) 불보살의 은덕을낭 촌보에도 잊지말고 아미타불 어서하야 극락으
　　　　로 도라가새
　(4단락) 지성으로 염불하면 넘불인의 성명짜난 염나대왕 명부안에 반드시
　　　　에워내고 극낙세계 장엄보쇼 황금으로 땅이되고
　(5단락) 늘꺼던 하시거려 충탈말고 넘불하세 바람같은 인간사를 앞근체
　　　　바이말고 여통약맹하야 인사불성 부대되여 아미타불 착실코자
　(6단락) 극낙국 년화회를 상중에 결단하세

　인생무상의 주제소는 1·2·3·5단락에 걸쳐 반복되어 있고, 염불공덕과 극락의 주제소는 1·4·5·6단락에 걸쳐 반복되어 있다. 〈자책가〉역시 서사에서 강한 응집력으로 청중의 관심을 환기하고, 본사에서는 앞에 제시한 하나 하나의 핵심적 내용을 길게 부연하며, 결사에서 다시 한 번 반복하는 양상을 보여주고 있다.

　이를 통해 불교가사는 몇 개의 주제소가 서사 본사 결사에 걸쳐 계속 반복되면서 전달의 효과를 극대화시키는 방식으로 형성되었음을 알 수 있다. 이는 구연의 일회적 성격을 보완하기 위한 장치로서, 연행의

현장에서 화자와 청자를 응집시키려는 전략의 하나이다. 이를 메시지를
거듭해서 전달한다는 의미에서 '중언부촉(重言咐囑)'의 원리라고 할 수
있다.

중언부촉의 원리는 옹이 말하는 구술문화의 장황하거나 다변적인
성격과 관련이 깊다. 옹의 표현을 빌면 구술적 발화는 발화되는 순간
사라져 버리기 때문에 지금까지 논해 온 사안에 더 많은 주의와 관심
을 가지면서 서서히 앞으로 나아가지 않으면 안 된다. 장황스런 말투,
즉 직전에 말해진 것의 되풀이는 화자와 청자 양쪽을 이야기의 본 줄
거리에서 벗어나지 않도록 단단히 비끄러매 두는 효과가 있는 것이
다.27)

사실 불교가사가 화청이라는 명칭으로 불가에서 구연될 때, 내용 전
개에 따라 톤을 약간 달리하는 대목28)이 있기는 하나, 전체적으로 보
면 매우 평이하고 단조로운 가락으로 이루어져 있다. 일회적인 구연의
현장에서 노래의 톤과 가락이 단조롭고 평이하다면, 청중의 흡입력과
가사내용의 설득력이 떨어지게 될 것임이 분명하다. 키르키즈의 영웅시
가수의 경우 청중이 지루해하면 톤을 최대한 높이다가 갑자기 끝마쳐
박수갈채를 받는다는 것과, 그 이야기에 고무된 술탄인 청중이 어깨에
걸치고 있던 비단을 가창자에게 던져 주는 예29)는, 청중의 반응에 따

---

27) 월터 J. 옹, 이기우·임명진 옮김, 『구술문화와 문자문화』, 문예출판사,
    1995, 65쪽
28) 봉원사의 박송암스님에 따르면 화청을 치는 가락도 일정한 것이 없는데
    다만 가사의 내용에 따라, 즉 地藏菩薩 道明尊者 十大王 地獄使者 精勤
    등의 대목에서 가락을 약간씩 바꾸어 부른다고 한다.(『화청』, 62쪽)
29) 피네건, 전게서, 54쪽 재인용. 조선후기에 전기수가 영웅소설을 구연할 때
    흥미있는 대목에서 갑자기 멈추고 청중들이 돈을 던져주면 이야기를 다
    시 진행한다는 것과 통하는 예라고 하겠다.

라 작품의 분량과 톤을 조절하고 다양한 전략을 활용하여 구연하는 양상을 잘 보여준다.

그러나 종교의식에서 행해진 불교가사의 구연에서는 강조하고 싶은 대목에서 약간의 톤을 달리하는 것 이외에 청중을 고려하는 외적인 변화는 줄 수 없다. 이러한 한계를 벗어나 연행 상황을 고려하여 가창자가 할 수 있는 것은, 반복과 병렬을 통해 전달의 효과를 극대화하는 장치외, 어느 한 대목만 택해 들어도 대강의 주제가 전달이 되도록 몇 개의 주제를 重言하는 장치를 마련하는 일이다. 또 앞 절의 '저승길과 심판' 항목에서 살펴본 바와 같이 작품의 내용을 좀더 자극적이고 강렬한 인상을 심어줄 수 있는 내용으로 작품을 구성하는 것이다. 이는 구연의 현장성을 반영하는 방향으로 작시가 이루어진 결과로 볼 수 있다.

Ⅳ. 맺음말

불교가사는 기본적으로 불교의 천도재에서 불려진 노래로서, 불교계에서는 이를 화청(和請)이라 부른다. 화청의 가사는 『석문의범』에 실려 있는 〈회심곡〉〈별회심곡〉 등의 가사가 대부분을 차지하지만, 일정한 가사를 구연하도록 정해진 것은 아니고 그때그때 정상을 참작하여 부르는 것이다. 이에 따라 연행의 현장성이 불교가사의 주제구현에 직·간접적으로 영향을 주었을 것은 당연한 귀결인데, 본고는 〈인과문〉〈회심가〉〈회심곡〉〈자책가〉를 대상으로 하여 이 점을 규명하려 하였다.

구연된 불교가사에는 몇 개의 정형화된 주제소가 결합되어 있다. 각 작품을 비교해 보면, 인생의 최귀함과 무상함·저승길과 심판·지옥과 극락 등은 어느 작품에서나 비슷한 순서와 표현으로 반복되고 있다. 이에 따라 서로 다른 불교가사가 '다르지만 같은' 작품으로 인식되는 경향이 있다. 정형화된 주제소가 각 작품에 따라 변주되는 것은 천도재라는 표준화된 연행상황으로 인해 나타난 결과이다. 이는 또한 창자의 편의와 청중의 기억을 용이하게 하기 위한 구연의 전략이라고 할 수 있다. 구연의 현장에서 창자와 청중 사이에 이루어지는 상호 작용에 따라 이러한 주제소가 반복적으로 구연된 것이다.

불교가사는 작품의 주제소를 첫머리에서 짧게 제시하고, 본사에서 이를 길게 설명하며, 결사에서 이를 다시 짧게 요약 제시하는 구성방식을 가지고 있다. 이러한 주제소의 반복적 표출은 작품의 짜임새를 고려한 결과는 아니며, 일회성으로 끝나게 되는 불교가사의 구연에서 청중의 이해를 높이고 집중력을 높이기 위한 구연전략의 하나로 구현된 것이다. 본고에서는 이를 '중언부촉의 원리'로 제시하였다.

또한 가사에는 구연하는 상황과 공간이 묘사되어 있는 경우도 확인된다. 불교가사의 가창자는 기존의 가사를 암기하거나 반복되는 주제소를 개괄적으로 암기하고 있는 상태에서 구연상황에 맞게 이를 변개하고 응용하여 새로운 이본을 만들어 내었던 것이다. 물론 구연의 과정에서 하나의 텍스트를 암기하여 '그대로' 재현할 수도 있다. 그렇다 하더라도 본질적인 의미에서 구연의 결과물인 각편은 연행과 동시에 새로 형성된 것으로 볼 수 있다.

불교가사의 구연전략 가운데 하나는, 자극적이고 강렬한 인상을 심어주는 방향으로 작품을 구성하는 것이다. 18세기에 유통된 불교가사의 지옥과 극락 및 시왕길에 대한 묘사보다도, 19세기의 〈회심곡〉이나 〈자책가〉가 보여주는 그것이 훨씬 강렬하고 대조적으로 표출되는 것은 구연의 현장성을 반영하는 방향으로 작품이 형성되었음을 시사한다. 청중의 선호와 반응에 따라 특정 주제소를 집중적으로 구연하게 된 것이다.

(『국어국문학』 130호, 국어국문학회, 2002. 5)

◼ 참고문헌

1. 자 료
〈목판본〉
『침굉집』(선운사본)
『보권염불문』(수도사본, 용문사본, 해인사본, 선운사본)
『신편보권문』(해인사본)
『지경영험전』(불암사본)
『수선곡』(불암사본)
『권왕문』(범어사본)
『경신록언셕』(불암사본)

〈필사본〉
『보권념불문』
『지경녕험뎐』
『歌詞』
『사친가』
『부인치가사』
『화엄경소초중간조연서』
『증도가』
『백발가-附서간문』
『불교가사』
『회심곡난』
『감응편』
『불셜멸의경』
『범서』
『자최가』

『육도가라』

『빅가사』

『몽환가』

『회심곡권단』

『서방금곡』

『악부』

『가집』

『아악부가집』

『선중방함록』

『백남현거사속집』

〈활자본 자료집 기타〉

≪대중불교≫ 134호, 대중불교사, 불기 2538.1

≪불교≫ 46·7호, 64호, 90호, 63호, 64호, 65호, 88호, 불교사

≪일광≫ 2호, 중앙불교전문학교, 1912

≪조선불교월보≫ 7호, 8호, 17호, 18호, 불교월보사, 1912.8~1913.7

≪해동불보≫ 1호, 2호, 3호, 1913.11~1914.1

『경허집』, 중앙선원, 1942

『고승법문곡』, 김법우 편, 선문출판사, 1993

『교정계마무전』

『교합 가집』, 김동욱 임기중 편, 태학사, 1982

『교합 아악부가집』, 김동욱 임기중 편, 태학사, 1982

『교합 악부』, 김동욱 임기중 편, 태학사, 1982

『단가사설집』, 강동원 편, 백제출판사, 1990

『만공어록』, 선학원, 1968

『법고십이차』, 무형문화재 조사보고서 제37호, 1967

『법주사 탑돌놀이』, 무형문화재 조사보고서 제103호, 1972

『봉은사사지』, 사찰문화연구원, 1997

『불교가사』(1〜5), 임기중 편, 동국대학교부설 역경원, 1993

『불교의 회심가사』, 삼영출판사, 1978

『석문의범』, 안진호 편, 만상회, 1931(법륜사, 1983)

『세종실록』 125권, 세종 31년 8월 8일조

『숙종실록』 15권, 숙종 10년 2월 25일 신유

『역대가사문학전집』(1〜50권), 임기중 편, 아세아문화사, 1998

『인생탈춤』, 이홍선저, 한진출판사, 1978

『일용외식수문기』, 김원운 편, 중앙승가대학출판국, 1991

『전국사찰소장목판집』, 문화재관리국, 1987

『조선가요집성』, 김태준, 한성도서주식회사, 1934

『조선세시기』(경도잡지), 이석호 역, 동문선, 1991

『조선신가유편』, 손진태, 향토연구사, 1930

『주해 악부』, 이용기 편, 정재호 외 역, 고려대학교 민족문화연구소, 1992

『증보가요집성』, 이창배 편, 청구고전성악학원, 1955

『한국가창대계』, 이창배 편, 홍인문화사, 1976

『한국구비문학대계』(1-9권, 2-2권, 2-5권, 2-9권, 3-1권, 3-2권), 한국정신문
          화연구원

『한글필사본고소설자료총서』(51권, 70권, 86권), 박순호 편, 월촌문헌연구소

『향두가・성조가』, 김성배 편, 정음사, 1975

『화청』, 무형문화재 조사보고서 제65호, 문화재관리국, 1969

2. 단행본

불교신문사 편,『한국불교사의 재조명』, 불교시대사, 1994

불교신문사 편,『한국불교인물사상사』, 민족사, 1990

가마다시케오, 신현숙 역,『한국불교사』, 민족사, 1988

강전섭,『한국시가문학연구』, 대왕사, 1986

고미숙,『19세기 시조의 예술사적 의미』, 태학사, 1998

구본혁,『한국가악논고』, 진영사, 1987

김광식, 『용성』, 민족사, 1996

김광식, 『한국근대불교사연구』, 민족사, 1996

김기동, 『국문학개론』, 태학사, 1983

김성배, 『한국불교가요의 연구』, 아세아문화사, 1973

김성배, 『한국의 민속』, 집문당, 1980

김영배 외, 『염불보권문의 국어학적 연구』, 동악어문학회, 1996

김영태, 『한국불교사』(수정판), 경서원, 1997

김정희, 『조선시대 지장시왕도 연구』, 일지사, 1996

김주곤, 『한국가사연구』, 국학자료원, 1998

김주곤, 『한국가사와 사상연구』, 국학자료원, 1998

김주곤, 『한국불교가사연구』, 집문당, 1994

김태곤, 『한국무속연구』, 집문당, 1981

김호성, 『방한암 선사』, 민족사, 1995

김홍우 외, 『불교전통의례와 그 연극연희화의 방안 연구』, 엠애드, 1999

박경수 서대석, 『한국구비문학대계 별책부록』 3, 한국정신문화연구원, 1992

범해 찬, 김윤수 역, 『동사열전』, 광제원, 1991

불교문화연구원 편, 『한국불교사상사개관』, 동국대학교 출판부, 1993

사재동, 『한국문학유통사의 연구』, 중앙인문사, 1999

서경수, 『불교철학의 한국적 전개』, 불광출판부, 1990

심우성, 『남사당패 연구』, 동문선, 1989

유동식, 『민속종교와 한국문화』, 현대사상사, 1978

윤석창, 『가사문학개론』, 깊은샘, 1991

이능화, 『조선불교통사』, 신문관, 1918

이능화 저, 이재곤 역, 『조선무속고』, 동문선, 1991

이병기, 『국문학개론』, 일지사, 1961

이상보, 『한국불교가사전집』, 집문당, 1980

이상보 외, 『불교문학연구입문』, 동화출판공사, 1991

이재창, 『한국불교사원경제연구』, 불교시대사, 1993

이재창, 『한국불교사의 제문제』, 우리출판사, 1993
이종찬, 『한국불가시문학사론』, 불광출판부, 1993
이형기 외, 『불교문학이란 무엇인가』, 동화출판공사, 1991
이혜구, 『한국음악서설』, 서울대학교출판부, 1985
임기중, 『고전시가의 실증적 연구』, 동국대출판부, 1992
임기중, 『불교가사 원전연구』, 동국대학교출판부, 2000
임기중, 『불교가사연구』, 동국대학교출판부, 2001
임기중, 『한국가사문학연구사』, 이회, 1998
赤松智城 秋葉隆 共編, 심우성 옮김, 『조선무속의 연구(상)』, 동문선, 1991
정광호 편, 『한국불교 최근백년사 편년』, 인하대학교출판부, 1999
정재호, 『주해 초당문답가』, 박이정, 1996
정재호, 『한국가사문학의 이해』, 고려대학교출판부, 1998
조동일, 『한국문학통사』 3, 지식산업사, 1994
한국문학연구소 편, 『한국불교문학연구』(상,하), 동국대학교 출판부, 1988
한용운 저, 이원섭 역, 『조선불교유신론』, 운주사, 1992
한만영, 『증보판 한국불교음악연구』, 서울대출판부, 1988(1980초판)
홍윤식, 『불교와 민속』, 현대불교신서 33, 동국대학교 부설 역경원, 1980
홍윤식, 『한국불교사의 연구』, 교문사, 1988
홍윤식, 『영산재』, 대원사, 1991
홍윤식 외, 『불교민속학의 세계』, 집문당, 1996
황성기, 『불교사상의 본질과 한국불교의 제문제』, 보림사, 1989

3. 논문

강유문, 內藏禪院一瞥, ≪불교≫ 46·47호, 불교사, 1928.5
강전섭, 나옹화상작 가사 4편에 대하여, 『한국언어문학』 23집, 1984
구수영, 나옹화상과 서왕가 연구, 『국어국문학』 62·63호, 국어국문학회,
   1973

김갑주, 조선시대 사원경제의 추이, 『한국불교사의 재조명』, 불교시대사, 1994

김경집, 경허의 정혜결사와 그 사상적 의의, 『한국불교학』 21집, 한국불교학회, 1996

김기종, 불교가사 작가연구, 『불교가사 연구』, 동국대학교출판부, 2001

김대행, 서왕가와 문학교육론, 『한국가사문학연구』, 태학사, 1995

김동욱, 신라행자염불 및 설화, 『한국가요의 연구(속)』 이우출판사, 1980

김봉영, 미발표의 침굉가사에 대하여-지금까지의 국문학사상에 들어나지 않은 사원가사, 『국어국문학』 20, 국어국문학회, 1959

김성배, 한국 향두가의 연구, 『성곡논총』 5집, 1975

김소하, 南遊求道禮讚, ≪불교≫ 64호, 불교사, 1929.10

김영배, 염불보권문의 해제, 『염불보권문의 국어학적 연구』, 동악어문학회, 1996

김영태, 조선 전기 선의 계통과 그 특성, 『선과 동방문화』, 한중불교학술교류회, 1994

김정희, 19세기 지장보살화의 연구, 『불교미술』 12집, 동국대학교 박물관, 1994

김종우, 나옹과 그의 가사에 대한 연구, 『부산대학교 논문집』 17집, 1974

김종일, 현행 불교의례의 현장조사-현행 영산재에 대한 고찰, 『불교전통의례와 그 연극연희화의 방안 연구』, 엠애드, 1999

김종진, 불교가사의 연행 연구, 동국대학교 대학원 석사학위논문, 1991

김종진, 17세기 불교가사의 이치표출 양상과 의미, 홍윤식 외, 『불교민속학의 세계』, 집문당, 1996

김종진, 불교가사와 무가의 상호텍스트성 연구, 『국어국문학논문집』 17집, 동국대국어국문학과, 1996

김종진, 학명의 가사 〈선원곡〉에 대하여, 『동악어문논집』 33집, 동악어문학회, 1998

김주곤, 회심곡연구, 『논문집』 4집, 대구한의대, 1987

김흥우, 성도재와 기타 불교의례,『불교전통의례와 그 연극연희화의 방안 연구』, 엠애드, 1999

김흥우, 현행 불교의례의 문제점과 그 연극연희화의 방법-천도재와 49재, 『불교 전통의례와 그 연극연희화의 방안 연구』, 엠애드, 1999

김태곤, 무속과 불교의 습합,『무속신앙』, 민속학회편, 교문사, 1989

남광우, 경신록언석 연구,『국어국문학』 49·50합집, 국어국문학회, 1970

동국대학교 불교대학, 경기강원일대 불교경판 조사보고,『불교학보』 12집, 동국대 불교문화연구소, 1975

박순호, 장한가 소고,『평사민제선생 화갑기념논문집』, 동 간행위원회, 1990

박요순, 백발가고,『한국언어문학』 22호, 한국언어문학회, 1983

배연형, 회심곡 음반 연구,『불교가사연구』, 동국대학교출판부, 2001

서대석,『한국구비문학대계』 수록 무가의 분류체계,『한국구비문학대계』 별책부록3, 한국정신문화연구원, 1992

서경수, 한국불교백년사,『불교철학의 한국적 전개』, 불광출판부, 1990

석지명, 만공선사,『한국불교인물사상사』, 불교신문사편, 민족사, 1990

성 타, 경허의 선사상,『한국불교사상사』, 원광대출판부, 1975

손진태, 조선불교의 국민문학, ≪불교≫ 90호, 1931.12

안귀숙 김정희, 조선시대 시왕도 연구,『조선조 불화의 연구(2)-지옥계 불화』, 한국정신문화연구원, 1993

유마리, 조선조 아미타불의 연구,『조선조 불화의 연구-삼불회도』, 한국정신문화연구원, 1985

유마리, 조선조 감로왕도의 연구,『조선조 불화의 연구(2)-지옥계 불화』, 한국정신문화연구원, 1993

유효석, 여말 초기가사의 장르현상-〈승원가〉를 중심으로,『국어국문학논총』, 기곡 강신항 박사 정년기념논총, 태학사, 1995

이대복, 강창문학으로서 본 회심곡,『사대학보』 7-1, 서울대, 1965

이병주, 가사문학과 불교-〈인생탈춤〉에 붙여,『인생탈춤』, 한진출판사, 1978

이상보, 불교가사의 연구(상),『국어국문학논문집』 제7·8합집, 동국대, 1969

이상보, 불교가사의 연구(하),『명대논문집』제3집, 명지대, 1970

이상보, 한국불교가사의 역사적 고찰,『명대논문집』제4집, 명지대학, 1971

이상보, 한국불교시가문학의 유형과 변천,『한국불교문학연구』(하), 동국대
　　　학교출판부, 1988

이성타, 경허선사-전등법맥 이은 근대선의 중흥조,『한국불교인물사상사』,
　　　민족사, 1990

이승남, 조선 전기 가사의 갈등구조와 표출양상 연구, 동국대학교 대학원 박
　　　사학위논문, 1996

이옥영, 회심곡연구, 이화여대 대학원 석사학위논문, 1988

이은상, 침굉대사와 그의 가사,『국어국문학연구』제6집, 청구대, 1962

이종찬, 유불선을 섭렵한 침굉,『물따라 구름따라』(중), 현대불교신서 67, 동
　　　국대학교 불전간행위원회, 1991

이진오, 조선후기 불가한문학의 유불교섭양상, 한국정신문화연구원 한국학
　　　대학원 박사학위논문, 1989

이혜화, 태고화상 토굴가고,『한성어문학』제4집, 한성대, 1985

인권환, 나옹왕사 혜근의 사상과 문학,『한국불교문화사상사』권하, 가산불
　　　교문화진흥원, 1992

임기중, 구성방식과 작시원리,『불교가사연구』, 동국대학교출판부, 2001

임기중, 화청과 가사문학,『국어국문학』97집, 국어국문학회, 1987

임기중, 불교가사에 나타난 우리 글말의 쓰임새,『한글』제214호, 한글학회,
　　　1991

임기중, 아악부가집과 악부와 가집,『고전시가의 실증적 연구』, 동국대출판
　　　부, 1992

임기중, 불교가사란 무엇인가,『불교가사』1, 동국대학교 불전간행위원회,
　　　1993

임기중, 불교시가 연구-한글시대의 불교시가,『한국문학연구』제22집, 동국대
　　　학교 한국문학연구소, 2000

장정수, 종교가사 연구사,『한국가사문학연구』, 태학사, 1995

장주근, 화청의 문학적 연구,『논문집』제22호, 경기대, 1988

정 각(문상련), 불교 제의례의 설행 절차와 방법-상용의례를 중심으로,『불
　　　교전통의례와 그 연극연희화의 방안 연구』, 엠애드, 1999

정대구, 승원가의 작자연구,『숭실어문』1집, 1984, 숭전대

정익섭, 청광자 박사형의 남초가고,『장암지헌영선생화갑기념논총』, 1971

정재호, 나옹작 가사의 진위고-서왕가 수도가 승원가를 중심으로,『사대논
　　　총』11집, 고려대 사대, 1986

정재호, 백발가고,『주해 초당문답가』, 박이정, 1996

조동일, 가사의 장르규정,『어문학』21집, 한국어문학회, 1969

조순향, 한국판 시왕경 연구,『경기대학교 논문집』제15집, 경기대학교, 1984

조순향, 불교 효사상의 대중화 연구,『경기대학교 논문집』제18집, 경기대학
　　　교, 1985

조순향, 용주사판 부모은중경 연구,『경기대학교 논문집』제22집, 경기대학
　　　교, 1988

종　범, 권왕가 자책가 서왕가에 대한 해제,『논문집』제4집, 중앙승가대학,
　　　1995

지병규, 회심곡의 연구,『어문연구』제21집, 어문연구회, 1991

채상식, 한말 일제시기 범어사의 사회운동,『한국문화연구』제4집, 부산대학
　　　교 한국문화연구소, 1991

채인환, 선사상,『한국불교사상사개관』, 동국대학교출판부, 1993

최강현, 경허선사와 그의 가사에 대한 고찰-주로 참선곡과 그의 선사상을
　　　중심하여,『수도공대 논문집』제3집, 1971, 수도공대

최강현, 서왕가연구-주로 그 수록문헌과 연대를 중심하여,『인문논집』17집,
　　　고려대문과대학, 1972

최강현, 가사의 발생사적 연구,『새국어교육』18~20집, 1974

최강현, 불교가사 육도가를 살핌,『한국가사문학연구』, 태학사, 1995

최범훈, 승원가의 차용표기 연구,『논문집』10집, 경기대학교, 1982

하성래, 가사문학의 원형인 수도가, ≪문학사상≫ 29호, 문학사상사, 1975.2

홍윤식, 화청에 대한 역사적 고찰, ≪법시≫ 38호(통권 67권), 1970.11
홍윤식, 근대한국불교의 신앙의례와 민중불교, 『한국근대종교사상사』, 원광
　　　대출판국, 1984

4. 외국서적
월터 J. 옹, 이기우 임명진 옮김, 『구술문화와 문자문화』, 문예출판사, 1995
林家平 外, 『中國敦煌學史』, 北京語言學院出版社, 1992
D. Oliver, 『Poetry and Narrative in Performance』, MACMILLAN PRESS,
　　　1989
R. Finnegan, 『Oral Poetry』, Indiana Univ. Press, 1992

【ㅈ】

【ㅊ】

■ 저자 : 김종진

- 전북 임실 출생
- 동국대학교 국어국문학과 졸업
- 동 대학원 석·박사과정 수료(문학박사)
- 현 동국대학교 강사
- 저서
『경기체가 연구』(태학사, 1997, 공저) 외
- 논문
「균여의 理事無碍적 문학사상」, 『불교사상과 한국문학』(아세아 문화사, 2001) 외

불교가사의 연행과 전승

ⓒ 김종진 2002

초판인쇄 ‖ 2002년 6월 10일
초판발행 ‖ 2002년 6월 15일
지 은 이 ‖ 김 종 진
펴 낸 이 ‖ 송 미 옥
펴 낸 곳 ‖ 이회문화사
출판등록 ‖ 1992년 5월 2일 제6-0532
주   소 ‖ 131-030 서울 동대문구 답십리동 488-338 부영빌딩 503호
전자우편 ‖ ih7912@chollian.net
홈페이지 ‖ http://www.ihoe.co.kr
전화번호 ‖ (02)2244 - 7912,3
팩   스 ‖ (02)2244 - 7914
정   가 ‖ 14,000원

ISBN 89-8107-188-8 93810
* 잘못된 책은 바꿔드립니다.